L'ART de SÉDUIRE

un homme plus jeune

Ce livre est une œuvre de fiction. Tous les noms, les personnages, les lieux et les incidents décrits sont le produit de l'imagination de l'auteur. Toute ressemblance avec des personnes existantes ou ayant existé, des choses, des lieux ou des événements réels, ne serait qu'une coïncidence.

L'art de séduire un homme plus jeune
Conception de la couverture : Sommer Stein, Perfect Pear Creative

VI KEELAND
PENELOPE WARD

HAPITRE 1

Je regardai mon téléphone en secouant la tête.

— Pourquoi tu fais cette tête? me demanda mon ami Colby en revenant dans la cuisine, avant de me jeter les clés de sa voiture. Je ne pensais pas que les hommes célibataires sans enfants et aux comptes en banque bien garnis avaient des raisons de stresser.

— Lâche-moi la grappe, répliquai-je.

Il se mit à rire.

— Non, sérieusement, est-ce que ça va? Tu grommelais déjà en fixant ton téléphone la dernière fois que je t'ai croisé dans l'ascenseur.

— Oui, tout va bien. Sauf que l'un des bénévoles de l'équipe de rénovation du projet pour Ryan's House est en train de me rendre dingue. Tu sais qu'on choisit deux chefs d'équipe pour aider à la coordination des différents métiers?

— Un pour tout ce qui est technique : l'électricité, la plomberie, le chauffage et le reste. Et l'autre pour l'aménagement intérieur : la peinture, les sols, les luminaires, l'électroménager. C'est ça? acquiesça Colby.

— Exactement, confirmai-je. Ce type, Alex, est le chef de l'aménagement. Il me rend dingue avec ses *suggestions*. Il remet en question tous les luminaires, tout l'électroménager et les moulures que j'ai choisis. Aujourd'hui, il veut changer d'un ton la peinture du salon. *Un foutu ton.* Je n'arrive même pas à voir la différence entre les deux échantillons en ligne. Et maintenant, il me demande si on peut dîner ensemble pour discuter de quelques changements de dernière minute qu'il aimerait faire.

Je secouai la tête.

— C'est hors de question, poursuivis-je. Heureusement que vous allez venir donner un coup de main ce week-end, parce que je sens que ce type va tester mes limites.

— Oooh… Brayden a du mal à travailler en équipe, se moqua Colby en faisant la moue.

Je secouai la tête, mais je souris.

— Je ne sais même pas pourquoi je t'en parle.

— Probablement parce que personne d'autre ne veut t'écouter.

— Ouch.

Il se mit à rire.

— Tu prends la route à quelle heure, aujourd'hui ?

— Vers quatorze heures. Il faut que je fasse un arrêt au bureau pour récupérer un projet sur lequel j'ai travaillé pour un enfant. Il est de retour à l'hôpital, alors je vais passer le voir ce week-end pour lui faire la surprise.

— Qu'est-ce que tu as fait, cette fois-ci ?

Je souris.

— Tu sais que je ne donne pas d'indices concernant mes chefs-d'œuvre avant qu'ils soient dévoilés. J'ai dit à sa famille que je passerais dimanche. Si toi et les autres crétins êtes encore dans les parages, vous devriez venir aussi.

— Ça me va.

— Merci encore pour l'échange de voiture, ajoutai-je en levant ses clés. La mienne est trop petite pour transporter les habillages de radiateurs.

— Je t'échange mon vieux SUV de dix ans contre ta superbe Porsche de dix mois quand tu veux, répondit-il avec un grand sourire. Je vais me régaler à la conduire samedi matin.

J'ouvris la porte.

— Ne te fais pas arrêter en roulant à cent quatre-vingt-dix.

Plus tard ce soir-là, j'arrivai à l'hôtel à Seneca Falls et je décidai de descendre boire un coup au bar du hall. Il était vide, à l'exception d'une femme assise seule. Elle avait un verre devant elle, et un verre de vin encore plein était posé devant le tabouret vide à côté d'elle, alors je présumai qu'elle devait être accompagnée. Je m'installai à l'extrémité du bar pour leur laisser un peu d'intimité.

Mais bon sang... Être assis ici m'offrait une meilleure vue sur la femme, et elle était sacrément canon. Elle avait des cheveux blond cendré, de grands yeux bleus, des pommettes saillantes et des lèvres pulpeuses. Elle devait avoir quelques années de plus que moi, mais ça ne m'empêcha pas d'être secoué par une montée d'adrénaline.

Le barman s'approcha et déposa une serviette devant moi.

— Qu'est-ce que je vous sers ?

— Je vais prendre un whisky sour. Est-ce que, par chance, vous auriez du bourbon Russell's Reserve de dix ans d'âge ?

L'homme fronça les sourcils, puis désigna d'un geste du pouce la femme assise seule.

— Vous êtes avec elle ?

— Non, pourquoi ?

Il haussa les épaules.

— Elle vient de commander la même chose. Même marque de bourbon et tout.

— Vraiment ?

— Oui.

Je jetai de nouveau un coup d'œil dans sa direction.

— Elle est seule ? demandai-je en baissant la voix.

— Maintenant oui. Un type s'est approché d'elle quand elle est arrivée il y a quelques minutes, mais il est parti assez rapidement, la queue entre les jambes.

Très bien, alors.

— Est-ce que par hasard, vous servez à manger ici ?

— Bien sûr. Je vous apporte un menu.

Même si je savais à présent qu'elle était seule, je n'étais pas très enthousiaste à l'idée d'aller engager la conversation avec cette jolie blonde. Pas alors qu'elle venait de rejeter un autre homme. Toutefois, lorsque le barman apporta ma boisson et qu'elle me regarda brièvement, je levai mon verre.

— Apparemment, on a commandé la même chose.

— Whisky sour ? m'interrogea-t-elle.

— Avec du bourbon Russell's Reserve de dix ans d'âge.

Elle sourit en levant son verre.

— Au bon goût.

Je trinquai de loin. Une minute plus tard, mon téléphone vibra pour m'avertir d'un appel de Colby, alors je décrochai.

— J'espère que tu n'appelles pas pour me dire que tu as déjà abîmé ma voiture.

— Non, mais comment tu remets le toit ?

— Tu vois le bouton sur lequel tu as appuyé pour le baisser ?

— Oui.

— C'est le même pour le remonter. Il faut juste que tu restes appuyé dessus pendant dix secondes.

— Mince. D'accord, merci.

— Où es-tu pour avoir baissé le toit ?

— J'ai pris une baby-sitter pour pouvoir emmener ma femme faire une balade. Le vent dans nos cheveux nous donne l'impression d'être jeunes et libres, au lieu d'être les parents de deux jeunes enfants généralement couchés à vingt heures.

— Eh bien, profitez-en bien, répondis-je en riant.

— C'est prévu. À ton avis, pourquoi j'ai besoin de remettre ce toit ? Je viens juste de me garer dans un endroit tranquille, et j'ai besoin d'un peu d'intimité, si tu vois ce que je veux dire.

— Argh, ne me dis pas ça, mec. Je ne veux pas que tu poses ton cul nu sur mon siège.

— Je ne te promets rien, mon ami.

Je secouai la tête.

— Bordel, je te déteste. Au revoir.

Après avoir raccroché, la fille canon jeta un coup d'œil dans ma direction.

— D'habitude, je ne suis pas malpolie, mais je n'ai pas pu m'empêcher d'écouter votre conversation, commença-t-elle. Une fois, j'ai acheté une nouvelle voiture. Quand je suis allée la chercher, j'ai trouvé un emballage de préservatif vide devant le siège conducteur. Je leur ai fait changer le véhicule.

Je souris.

— Mon ami et moi avons fait un échange pour le week-end. J'envisage de garder son tas de ferraille de dix ans pour le laisser garder ma belle nouvelle voiture, puisque ses fesses vont se frotter partout sur mon cuir.

— Je pense que c'est une bonne idée. À moins que...

— Quoi ?

— Et si votre ami avait un penchant pour le sexe en voiture ? J'ai bien peur que ça signifie qu'il l'a déjà fait dans celle que vous conduisez.

— Bonne observation, soulignai-je. Je ferai juste nettoyer la mienne.

La jolie femme sourit de nouveau, et je me retrouvai à me demander si elle portait du rouge à lèvres ou si c'était la couleur naturelle de ses lèvres. Elles étaient juste un peu plus roses que la teinte rouge des personnes qui avaient le même teint qu'elle. Ou peut-être qu'elle avait mis une sorte de gloss, parce qu'elles étaient aussi parfaitement brillantes.

Après une analyse bien trop longue, je me rendis compte que je devais avoir l'air d'un pervers en train de fixer sa bouche, alors je détournai le regard pour étudier le menu que le serveur avait déposé. Cependant, je ne pus quand même m'empêcher de jeter des coups d'œil, tout en lisant la liste des entrées. Elle était captivante. C'était peut-être son visage qui n'était pas maquillé pour simuler la perfection, comme la plupart des femmes de nos jours.

Quelques minutes plus tard, je levai les yeux et remarquai que son verre était vide, alors je tentai ma chance.

— Je peux offrir la prochaine tournée ?

— Euuuh... hésita-t-elle en mordillant sa lèvre inférieure.

Je levai les mains.

— C'est juste un verre. Je ne m'inviterai pas à la place vide à côté de vous.

— Bien sûr. Pourquoi pas ? accepta-t-elle en souriant. Merci.

Je levai deux doigts pour interpeller le barman.

— Une autre tournée pour nous deux, s'il vous plaît. C'est moi qui offre. Et quand vous pourrez, je prendrai les tacos au poulet et au maïs à la mexicaine.

— Oh, bon sang, j'adore le maïs à la mexicaine, déclara la femme. Ça a l'air délicieux.

— Oh, alors maintenant, vous voulez que je vous offre à boire *et* un repas ?

Elle agita ses mains.

— Oh non, je n'étais pas en train de suggérer que…

— Je vous taquine, précisai-je en souriant, avant de revenir au barman. Mettez deux tacos, s'il vous plaît.

— Compris.

— Eh bien, maintenant que vous m'offrez à manger *et* à boire, je me sens obligée de vous proposer la place libre à côté de moi.

— Oh, non. Il n'y a aucune obligation, je vous assure.

Elle m'adressa un grand sourire.

— Je vous taquine aussi.

Je ris, mais je me levai pour la rejoindre.

— Est-ce que cette place est occupée ?

— Non. Mais je ne peux pas vous promettre qu'il n'y a jamais eu de fesses nues qui se soient posées ici.

— Je prends le risque, affirmai-je en m'asseyant et en lui tendant ma main. Brayden.

— Alexandria. Ravie de te rencontrer, Brayden.

— Moi aussi. Est-ce que tu dors dans cet hôtel, ou est-ce que tu es juste venue flirter avec un homme pour qu'il t'offre des verres et ton repas ?

Elle sourit. J'appréciais qu'elle ait le sens de l'humour.

— Je dors ici. Et toi ?

— Pareil. Qu'est-ce qui t'amène dans le coin ?

— Je suis bénévole pour une association qui rénove des maisons près des hôpitaux pour les patients qui n'ont pas les moyens de rester à l'hôtel pendant leur traitement contre le cancer.

Ma mâchoire se décrocha.

— Tu es sérieuse ? Tu es bénévole pour Ryan's House ?

— Tu connais ?

— Je suis le fondateur. Mais une fois par an, je suis aussi bénévole pour faire des réparations. Comme en ce moment.

— Ah oui ?

— Je récapitule. On commande les mêmes boissons, on aime tous les deux les tacos au maïs à la mexicaine, on déteste les empreintes de fesses sur nos sièges de voitures, *et* on est bénévoles pour le même projet ? Est-ce que je te demande en mariage maintenant, ou est-ce que j'attends de savoir si tu aimes les *candy corn* autant que moi ?

— J'adore ces bonbons, m'apprit-elle, les yeux brillants.

Je posai ma main sur mon cœur.

— Alexandria Foster. Ça sonne plutôt bien, pas vrai ?

Le barman interrompit notre déclaration d'amour en apportant nos boissons. Lorsqu'il s'éloigna, nous étions encore tous les deux en train de sourire.

— Alors tu as vraiment fondé Ryan's House ? me demanda-t-elle. Comment c'est arrivé ?

— Il y a presque dix ans, j'ai perdu l'un de mes meilleurs amis d'une leucémie. Ryan et moi faisions tous les deux des études d'ingénieur à la fac quand il a débuté ses traitements. Il a passé beaucoup de temps à l'hôpital et il s'est intéressé à la conception de prothèses avec plus de flexibilité. On a commencé à travailler sur des idées ensemble pour passer le temps pendant mes visites. Après son décès, j'ai continué de travailler sur certains des projets qu'on avait trouvés ensemble. Pour résumer, deux ans plus tard, j'ai obtenu un brevet pour un simulateur de prothèse articulaire. Il est homologué par la plupart des fabricants de membres artificiels à présent. J'ai essayé de partager les bénéfices avec les parents de Ryan, mais ils n'en ont pas voulu, alors sa moitié sert à acheter les maisons qu'on rénove chaque année pour Ryan's House.

— C'est incroyable.

Je sirotai mon verre.

— Et toi alors ? Est-ce que tu fais juste du bénévolat, ou est-ce qu'il y a une histoire qui explique que tu aies choisi de donner ton temps à Ryan's house ?

— J'ai perdu mon mari d'une leucémie il y a quelques années, me confia-t-elle avec un sourire triste.

— Je suis désolé.

— Merci. Il était plus âgé que moi, mais quand même bien trop jeune.

— C'est la première fois que tu es bénévole, ou est-ce que tu as travaillé sur l'une des autres maisons ?

— C'est ma première fois. Pour être honnête, je suis un peu nerveuse.

— Pourquoi ça ? l'interrogeai-je.

— Je n'ai pas beaucoup d'expérience dans la construction.

— Tu sais quoi ? Je m'assurerai que tu sois dans la bonne équipe, alors.

— Je ne savais pas qu'il y avait une bonne et une mauvaise équipe.

— En général, ce n'est pas le cas. Mais on sépare les bénévoles en deux équipes, chacune avec un chef qui coordonne qui fait quoi et qui s'assure d'avoir tout le matériel. L'un des chefs d'équipe est un vrai emmerdeur, un monsieur je-sais-tout. Il veut changer tout ce qui est prévu avant même que ça ait commencé. Je suis sûr qu'il va microgérer son équipe.

— Oh, waouh. D'accord. Merci.

— D'habitude, on compte les bénévoles pour qu'il y ait le même nombre dans les deux équipes, mais je m'assurerai que tu sois dans le groupe de Jason et pas dans celui d'Alex.

— Oh. Donc Alex est l'emmerdeur ?

— *L'énorme* emmerdeur.

Le barman arriva avec nos plats. Ça avait l'air aussi délicieux que sur le menu. La conversation ralentit un peu pendant que nous mangions, mais je savourai le silence en bonne compagnie. Après avoir terminé nos assiettes, je me tournai pour poser une question à Alexandria, mais je perdis le fil de ce que je disais après avoir prononcé seulement trois mots. Ses yeux étaient envoûtants à ce point.

— Quoi ? s'enquit-elle en essuyant sa joue. Est-ce que j'ai de la sauce sur le visage ?

— Désolé, non, répondis-je en secouant la tête. Si je peux me permettre, tu es absolument magnifique. Je suis soulagé d'avoir pu m'asseoir à côté de toi, parce que je n'arrivais pas à m'empêcher de te fixer quand j'étais là-bas.

Elle rougit.

— Merci.

Nos verres étaient de nouveau presque vides, alors je les désignai du doigt.

— Tu en veux un autre ?

— Je pense que je vais m'arrêter là pour ce soir.

La déception m'envahit. J'espérais que je ne l'avais pas contrariée avec mon compliment.

— Est-ce que je peux avoir mon addition, s'il vous plaît ? demanda-t-elle en interpellant le barman.

— Bien sûr.

Il s'éloigna et revint quelques secondes plus tard. J'étais toujours en train d'essayer de décider si je devais m'excuser ou non. Peut-être que j'avais été trop direct.

Elle signa la note et descendit de son tabouret.

— Écoute, Alexandria. Je ne voulais pas te contrarier en te disant à quel point je te trouve belle. Désolé si ça a eu l'air bizarre.

— Non, ce n'est pas pour ça que je me suis sentie insultée.

— Comment ça ? Alors j'ai dit autre chose qui t'a offensée ?

Elle m'observa un moment.

— Dommage, parce que je te trouve attirant aussi.

— Je suis perdu. Qu'est-ce qui est dommage ?

Elle secoua la tête.

— Bonne nuit, Brayden. On se voit demain matin. Oh, et pas besoin de t'inquiéter pour l'équipe dans laquelle je serai. Je serai très bien dans celle d'Alexandria.

— Celle d'Alexandria ?

— Oh, j'ai dit ça ? Je voulais dire l'équipe d'*Alex*. J'utilise les deux prénoms. Alexandria est mon vrai prénom, que je tiens de ma grand-mère. *Alex*, c'est le diminutif.

♥CHAPITRE 2

Alex

— Salut. Est-ce que je peux te parler une minute ?

L'après-midi suivant, Brayden arriva dans la chambre du haut alors que je finissais de prendre quelques mesures. J'appuyai sur le bouton pour enrouler le mètre ruban, puis je récupérai le crayon derrière mon oreille et le carnet posé par terre.

— Bien sûr, répondis-je. J'ai presque fini. Laisse-moi juste écrire ce nombre, sinon je vais l'oublier.

C'était la première fois que nous nous retrouvions seuls depuis que j'avais quitté le bar la veille au soir. Quand j'étais arrivée à la maison ce matin-là, l'autre chef d'équipe était déjà là. Nous avions discuté un moment tous les trois, puis Brayden était parti chercher une longue liste de matériel. Vingt bénévoles devaient arriver à huit heures le lendemain matin, alors nous avions tous beaucoup de choses à préparer.

Je n'étais pas surprise que Brayden m'ait prise pour un homme dans nos échanges par e-mails, et j'étais parvenue à éviter toute conversation à propos de la veille jusqu'à présent. Je n'étais pas vraiment énervée qu'il m'ait traitée d'emmerdeuse, surtout pas après avoir relu plusieurs fois nos messages une fois que j'étais revenue dans ma chambre. J'avais *en effet* proposé beaucoup de changements, mais c'était seulement parce que j'avais envie que la maison soit parfaite. En plus, on m'avait déjà dit que j'étais *pointilleuse* et *extrêmement minutieuse*, y compris mon associé, ce qui était juste la manière polie de dire *emmerdeuse*. Alors il ne m'apprenait pas vraiment que j'étais exigeante. J'étais plus énervée contre moi que contre Brayden, car j'avais laissé un homme me faire de l'effet. Ça n'était pas arrivé depuis mon mari qui était décédé trois ans plus tôt, et la culpabilité me faisait souffrir, même si je savais qu'il n'y avait aucune raison que je me sente coupable. Et puis, de toute façon, Brayden était trop jeune pour moi.

Je finis d'écrire dans mon carnet et le refermai.

— Que se passe-t-il?

— Je voulais m'excuser pour hier soir, déclara-t-il en passant une main dans ses cheveux.

— Ce n'est rien, lui assurai-je en haussant les épaules. Je suis consciente que je peux être compliquée. Mais c'est parce que je veux faire du bon travail.

— Je n'aurais jamais dû dire du mal de quelqu'un qui fait du bénévolat. Tu fais une bonne action, et je me suis comporté comme un crétin. Je suis vraiment désolé.

— Ce n'est rien.

— Amis? proposa-t-il en me tendant sa main.

Je la serrai en acquiesçant.

— Bien sûr.

Je m'en voulais que les picotements que j'avais ressentis la veille soient de retour dès que ma paume toucha la sienne. Je ne pus non plus m'empêcher de remarquer à quel point sa main était grande, et à quel point elle était chaude autour de la mienne. Je la retirai aussi vite que possible, à la limite de paraître pressée que ça se termine.

— Est-ce que tu veux m'accompagner à Home Depot ? m'invita-t-il en faisant un geste de la tête en direction de la porte. Tu pourrais m'aider à choisir les moulures.

— Est-ce que tu veux vraiment mon avis, ou est-ce que tu proposes ça parce que tu te rends compte que j'aime vraiment le donner ?

— Je vais être honnête avec toi. Les deux, avoua-t-il en souriant.

Je levai les yeux au ciel.

— D'accord. Mais je t'accompagne parce que j'ai vu la vasque que tu as choisie quand elle a été livrée ce matin.

— Qu'est-ce qui ne va pas avec la vasque ?

— Rien. Si tu vis dans une chambre d'étudiant.

— C'est simple. J'aime ce qui est simple.

— C'est la première qui est apparue sur le site, pas vrai ?

Ses lèvres s'étirèrent.

— Non.

— Tu racontes n'importe quoi, Foster, répliquai-je en pointant du doigt le sourire qu'il tentait de contenir.

Je le suivis en bas, puis à l'extérieur, et il resta silencieux pendant les premières minutes du trajet.

— Alors, c'est quoi le Rejuvenation Center ? demanda-t-il soudainement.

— Comment tu connais ce nom ?

— C'est le site web en bas de tous tes e-mails. RejuvenationCenter.com.

— Oh, c'est vrai. C'est mon entreprise. Je possède un spa médical. Enfin, la moitié. Je suis associée à mon meilleur ami, Wells.

— Un spa ? Avec des massages et tout ce qui va avec ?

Je secouai la tête.

— Un spa médical est différent d'un spa de relaxation. On réalise des soins cosmétiques non invasifs comme l'épilation au laser, le Botox, le *lip filler*, les peelings chimiques, le blanchiment des dents… ce genre de choses.

— Intéressant. Comment tu t'es lancée dans ce domaine ?

— Je suis infirmière. Il y a des années de ça, j'ai travaillé pour un chirurgien esthétique. Des tas de personnes venaient en consultation, puis finissaient par ne pas réaliser l'opération qu'elles envisageaient à cause du prix, ou après avoir découvert combien d'heures elles allaient passer sous anesthésie. Elles demandaient souvent des recommandations pour des méthodes alternatives qui étaient moins invasives. Je me suis demandé : pourquoi les envoyer voir quelqu'un d'autre alors que je pouvais réaliser moi-même ces traitements ?

— Alors tu es partie pour ouvrir ta propre entreprise, et le médecin a commencé à t'envoyer des clients ?

Je souris.

— Il n'avait pas le choix s'il voulait que je lui prépare à manger. Le chirurgien était mon mari.

Nous nous arrêtâmes au prochain feu rouge. Du coin de l'œil, je pouvais voir Brayden en train de m'étudier.

— Est-ce que tu essaies de deviner si j'ai fait de la chirurgie parce que j'étais mariée à un chirurgien esthétique ?

— Non, répondit-il bien trop vite.

— Si.

— En fait, je regardais tes lèvres.

— Parce que tu penses qu'elles sont refaites ?

— Non, parce qu'elles sont roses. Mais on dirait que tu n'as pas de rouge à lèvres. J'ai remarqué ça hier soir aussi.

— Est-ce que tu scrutes toujours les gens aussi attentivement quand tu les rencontres pour la première fois ?

— Seulement les personnes que je n'arrive pas à quitter des yeux.

— Charmant, observai-je en riant.

— Je n'essaie pas de te draguer. C'est la vérité. J'ai à peine dormi cette nuit parce que je m'en voulais d'avoir dit toutes ces conneries. Je te trouve jolie, et j'ai vraiment aimé discuter avec toi.

Moi aussi j'avais mal dormi cette nuit. Je n'arrêtais pas de penser à un certain homme au sourire sexy à fossettes. Toutefois, je n'allais pas partager cette anecdote et l'encourager à aller plus loin.

Home Depot n'était qu'à une rue sur la droite.

— Il faut que tu passes devant le magasin, indiquai-je en pointant la direction du doigt. Il y a un parking à l'arrière.

— Tu habites dans le coin ?

Je secouai la tête.

— Non, je vis dans le Connecticut, mais je suis venue ici hier, pour jeter un coup d'œil à d'autres vasques. J'allais en proposer une autre. Enfin, c'était *avant* de découvrir ce que tu pensais de mes suggestions.

Brayden baissa la tête.

— Tu ne vas jamais cesser de me rappeler que je me suis comporté comme un crétin, c'est ça ?

— Probablement.

À l'intérieur du magasin, il me laissa choisir les moulures. Après ça, nous nous arrêtâmes au rayon peinture, et je lui montrai la différence entre sa nuance de bleu gris et celle que j'avais choisie. Sous une lampe, il était facile de voir que la sienne avait une base verte, contrairement à la mienne.

— Il y a beaucoup de lumière dans le salon, indiquai-je. Donc le vert de ta couleur va beaucoup plus ressortir que sur le petit échantillon carré, même si la mienne n'est que légèrement différente. La cuisine attenante va avoir une crédence bleue, alors j'ai pensé que celle que j'ai choisie irait mieux avec, tout en gardant les tons que tu avais choisis.

— Maintenant, je peux le voir.

Je plissai les yeux.

— Vraiment ? Ou est-ce que tu es encore en train de me lécher les bottes pour te faire pardonner ce que tu as dit hier soir ?

— Non, je vois vraiment la différence, m'assura-t-il en souriant. Je ne la voyais pas sur le site, alors j'ai pensé que tu faisais juste la difficile.

— Tu vois ? Il y a une logique dans ma folie, ajoutai-je en lui reprenant l'échantillon des mains.

Une fois de retour à la maison, Brayden se gara devant.

— Est-ce que tu dois retourner à l'intérieur, ou est-ce que tu as fini ta journée ?

— J'ai fini, et je suis prête à accueillir mes bénévoles demain.

— Est-ce que tu veux aller manger quelque chose ?

Je mordillai ma lèvre.

— Tu proposes ça en tant que collègues ou comme un rencard ?

— Et si je disais un rencard ?

— Étant donné que tu pourrais être mon fils, je serais obligée de refuser.

Il fronça le nez.

— Il est impossible que tu sois suffisamment âgée pour être ma mère. Sauf si tu as une fontaine de Jouvence dans ton spa médical.

— Peut-être pas physiquement, mais j'ai une belle-fille qui ne doit pas être beaucoup plus jeune que toi. Et je suis sûre d'avoir au moins dix ans de plus que toi.

— Elle a quel âge ?

— Trente ans. Mon mari avait dix-sept ans de plus que moi.

Il haussa les épaules.

— Tu te fichais de l'écart d'âge quand tu l'as épousé. Pourquoi tu t'en soucies maintenant ?

— Ce n'est pas une bonne idée, Brayden, insistai-je en souriant.

— Très bien, alors on va dîner entre collègues.

J'en avais envie. *Vraiment*. Voilà pourquoi je savais que je devais refuser.

— Merci pour l'invitation, mais je pense que je vais manger tranquillement toute seule, soupirai-je.

Il fronça les sourcils.

— D'accord. Tu es garée où ? Je vais te déposer à ta voiture.

Je désignai le véhicule juste en face du sien.

— Je suis juste là. Passe une bonne soirée, Brayden.

— Toi aussi, prononça-t-il d'un air boudeur.

Je sortis de la voiture pour rejoindre la mienne. Juste au moment où j'ouvris la portière, Brayden baissa sa vitre.

— Hé, Alex ?

— Oui ?

— Tu es peut-être une belle-mère, mais je ne connais aucune mère qui te ressemble.

CHAPITRE 3

Alex

Ce soir-là, je décidai de dîner au restaurant de l'hôtel. Avec le recul, c'était sûrement une mauvaise idée si j'essayais d'éviter Brayden. Je me rendis compte de mon erreur au moment où il arriva, si beau que j'avais envie de crier.

Il portait un polo bleu marine et un jean foncé, et la grosse montre à son poignet complétait parfaitement ses mains sexy. Quand il me repéra dans le coin de la pièce, la façon dont ses yeux se plissèrent lorsqu'il fit semblant d'être surpris fut vraiment adorable.

Il se dirigea droit vers ma table.

— C'est drôle de te croiser ici.

— Oui, c'est fou, hein ? Étant donné qu'on dort tous les deux dans cet hôtel, plaisantai-je.

Il leva les mains.

— Je ne te suis pas, promis. J'ai juste faim, et il n'y a pas beaucoup d'options dans le coin.

Alors que ses yeux restaient rivés aux miens, la seule chose à laquelle je pensais, c'était qu'il avait faim, mais pas que de nourriture. Et pour être honnête, ça ne m'aurait pas dérangée de le goûter sur-le-champ.

Il arbora un sourire espiègle en pointant du doigt la chaise à côté de moi.

— Est-ce que cette place est prise ?

— En fait, non.

— Est-ce que je peux me joindre à toi, alors ? demanda-t-il en battant de ses cils incroyablement longs.

Je sentis mes joues rougir.

— Si tu veux.

Il s'assit et tapa doucement des doigts sur la table.

— Tu as déjà commandé ?

— Non, répondis-je en tournant le menu vers lui. J'étais justement en train de regarder quand tu es arrivé, mais je n'arrive pas à me décider.

Du moins, en ce qui concerne la nourriture. Vu comme mon corps réagissait, il savait avec certitude ce qu'*il* désirait. Sauf que Brayden n'était pas au menu. Il ne le serait jamais.

Son parfum délicieux me parvint. Mes mamelons durcirent, signe que mon corps et mon bon sens faisaient une pause et étaient complètement dissociés l'un de l'autre.

Il étudia les différents choix.

— Tu as beaucoup faim ?

— Plutôt, oui.

Je me raclai la gorge, et il leva les yeux vers moi.

— Est-ce que ça te dirait de partager une pizza et d'essayer aussi les aubergines au parmesan ? J'ai envie des deux, mais je n'arrive pas à me décider, me confia-t-il en refermant le menu. On pourrait peut-être faire moitié-moitié ?

Ou alors, tu pourrais me manger, moi. Mais qu'est-ce qui ne tourne pas rond chez moi ?

— Ça me va. Je lorgnais sur ces deux plats.

Et sur tes lèvres. Tes mains. Tes avant-bras musclés.

— Ce n'est pas surprenant vu comme nos goûts se ressemblent jusqu'à maintenant, affirma-t-il en me faisant un clin d'œil.

— Sur *certaines* choses… pas nécessairement en matière d'aménagement intérieur, précisai-je en lui faisant à mon tour un clin d'œil.

Il reposa le menu et me regarda droit dans les yeux. J'avais l'impression qu'il y avait un projecteur au-dessus de moi. Son regard était perçant. Cet homme m'accordait absolument toute son attention, et c'était un peu intimidant.

Un serveur passa prendre notre commande, m'offrant ainsi un moment de répit. Cependant, dès qu'il partit, Brayden m'observa de nouveau attentivement.

— Alors… tu as mentionné une belle-fille. Est-ce que tu as d'autres enfants ? demanda-t-il.

— Non, répondis-je en fixant mon verre d'eau. Mon mari n'en voulait pas d'autres, alors on n'en a pas eu.

— Et *toi* alors ? Tu voulais des enfants ?

Sa question me prit au dépourvu. La vérité, c'était que même si ça m'était égal à l'époque, à présent, je regrettais parfois de ne pas en avoir eu au moins un avec Richard. Caitlin aurait eu un frère ou une sœur. Je sortis de mes pensées et contournai la question.

— Ça ne s'est pas fait, c'est tout. Je présume que tu n'en as pas, ajoutai-je en inclinant la tête.

— Pourquoi tu penses ça ?

— Peut-être parce que tu débordes d'énergie, indiquai-je en riant. Les enfants sont épuisants.

— Tu as raison. Je n'en ai pas encore.

Pas encore.

— Donc, tu en veux…

— Un jour, oui, confirma-t-il.

Encore une raison pour laquelle je ne devrais pas jouer avec le feu.

— Je me suis aussi dit que tu n'avais pas d'enfant, parce que si tu en avais un, ce serait plus difficile de prendre des week-ends pour venir ici comme ça.

— C'est vrai. Et c'est pour ça que mes amis ne peuvent pas venir la plupart du temps, même s'ils vont passer demain. Tous mes amis proches ont des enfants maintenant.

— Parle-moi d'eux, réclamai-je en faisant tourner mes glaçons dans mon verre d'eau.

— Ryan était le cinquième membre de notre groupe. On a tous grandi ensemble en Pennsylvanie. Colby, Holden, Owen et moi. Ryan nous a légué une grosse somme d'argent lorsqu'il est décédé, alors on l'a utilisée pour acheter l'immeuble dans lequel on habite tous. On loue les autres appartements.

— Alors tu es propriétaire.

— Oui.

— Impressionnant.

— Pas vraiment. Je suis bien plus fier de mon travail dans le domaine des prothèses et de Ryan's House.

— Bien sûr, mais ce que je veux dire, c'est que c'est impressionnant que vous vous soyez tous mis ensemble pour utiliser cet argent à bon escient, plutôt que de le dépenser. L'investir dans l'immobilier est très intelligent, remarquai-je en souriant. Et je suppose que ça doit être sympa de vivre dans le même immeuble que ses amis.

— On descend tous au Central Perk pour boire un café, plaisanta-t-il.

Je claquai des doigts.

— Mais oui, comme dans la série. Je pensais que tu étais trop jeune pour te souvenir de *Friends*.

— Ouch, lança-t-il en riant. J'admets que je la regardais dans mon pyjama Superman, alors peut-être que tu n'es pas totalement à côté de la plaque.

— Tu devais être mignon dans cette tenue.

Il soupira.

— En fait, c'est vraiment sympa de vivre dans le même immeuble que mes amis, mais l'inconvénient, c'est que tout le monde se mêle toujours des affaires des autres. Tu fréquentes quelqu'un ? m'interrogea-t-il en inclinant la tête.

— C'est un changement radical de sujet.

— Je suis comme ça quand je suis curieux à propos de quelque chose... ou de quelqu'un.

— Non. Pas en ce moment.

— Alors tu as eu quelques rencards depuis le départ de ton mari...

— Oui. Beaucoup de pommes pourries, pour la plupart. Rien de sérieux.

Personne avec qui j'ai eu autant d'alchimie qu'avec toi.

— Eh bien, une femme comme toi peut se permettre d'être exigeante.

— Merci, mais ça voudrait dire qu'il y a une multitude de bons choix, déclarai-je en croquant un morceau de glace. La plupart des hommes de mon âge sont divorcés, avec un passé compliqué. Et si ce n'est pas le cas... disons juste qu'il y a souvent une bonne raison qui explique qu'ils n'aient jamais été mariés.

Brayden remua ses sourcils.

— Tu vois ? C'est pour ça que tu devrais choisir quelqu'un de plus jeune.

— Laisse-moi deviner. Tu sais *exactement* qui est fait pour moi.

— Il aime même le même bourbon que toi.

Je me mis à rire.

Lorsque nos plats arrivèrent, la conversation se poursuivit naturellement. Après avoir dévoré notre pizza et nos aubergines, je décidai de lui poser enfin la question.

— Tu as quel âge, d'ailleurs ?

Tout à l'heure, j'avais plaisanté sur le fait qu'il pourrait être mon fils, mais je savais que j'exagérais.

— Trente-et-un. J'aurai trente-deux ans cette année, m'apprit-il en haussant les épaules. Tu vois ? Je n'ai rien à cacher. Tu me donnais quel âge ?

Il arbora un grand sourire.

— Entre trente et trente-cinq ans.

— Bon sang. Trente-cinq ans ? s'étonna-t-il en écarquillant les yeux.

— Dans le pire des scénarios, admis-je.

Il soupira.

— Tu ne vas pas me demander mon âge ? le questionnai-je après quelques secondes de silence.

— Non.

Il secoua la tête en croisant mon regard.

— Pourquoi ?

— Parce que je me fiche de savoir quel âge tu as. Tu peux me le dire si tu en as envie, mais ça ne changera rien.

Je croisai les bras et m'adossai à ma chaise.

— Tu ne vas même pas essayer de deviner ?

— Tu ne fais pas plus de trente-cinq ans. C'est tout ce que je pense.

— Et si tu découvrais que j'avais vingt ans de plus que toi ?

— Ce n'est clairement pas le cas, affirma-t-il en croisant les bras.

— Tu as raison. Mais ça n'aurait pas d'importance ?

— Aucune, répondit-il sans hésiter.

— Eh bien, ça devrait.

Brayden plissa les yeux.

— Pourquoi ?

— Parce qu'il y a une grande différence en matière de vécu avec tant d'écart.

— De ce que tu viens de me dire, ton *vécu* avec les hommes de ton âge n'est pas très reluisant, répliqua-t-il en arquant un sourcil. Tu es déjà sortie avec un homme plus jeune ?

— Non.

— Alors tu n'as aucune expérience sur laquelle fonder ton jugement. Je me porte volontaire pour te montrer à quoi ça ressemble. Je pense qu'il faut que tu essaies avant de juger.

— Pas question d'essayer quoi que ce soit, le taquinai-je.

Il se mit à rire.

— Tu as de la chance que je me relève immédiatement quand quelqu'un me repousse. La plupart du temps, je suis encore plus motivé.

— Qu'est-ce que je vais faire de toi ?

Je secouai la tête.

— Oublie tes idées mal placées, ajoutai-je en le voyant ouvrir la bouche.

— D'accord, je reste sérieux, m'assura-t-il en jouant avec sa serviette de table. Tu as dit que ta belle-fille avait à peu près mon âge, et que ton mari avait dix-sept ans de plus que toi. Ça a dû être intéressant entre elle et toi quand tu es entrée dans la vie de son père.

Je regardai au loin en repensant à ces premiers jours avec Caitlin.

— Au départ, ce n'était pas facile. Sa mère est morte quand elle avait dix ans. Je suis entrée dans sa vie au début de son adolescence.

— Elle a de la chance de t'avoir, surtout maintenant qu'elle a perdu ses deux parents.

— Notre relation était un peu tumultueuse au début, mais je comprenais pourquoi c'était difficile pour elle de voir une femme plus jeune emménager chez elle. Aucun enfant ne trouverait ça facile. Mais elle a fini par s'habituer à moi et me faire confiance. Avec le temps, j'ai pris un rôle plus maternel. Maintenant, on est très proches toutes les deux, et j'en suis extrêmement reconnaissante, avouai-je en souriant. C'est en quelque sorte ma meilleure amie.

Il posa son menton sur sa main en m'adressant un grand sourire.

— C'est super.

— Bref... repris-je en sirotant mon vin. Est-ce que tu es déjà sorti avec une femme plus âgée ?

— Non, révéla-t-il en grattant son menton. Enfin, pas que je sache.

— Comment ça ?

— Il se peut que j'aie couché avec quelques femmes dont je ne connaissais pas l'âge.

— Oh.

Mon ventre se noua.

— Est-ce que ça te dérange ? s'enquit-il en fronçant les sourcils. Je suis juste honnête. Mais si ça peut te rassurer, les coups d'un soir, c'est derrière moi depuis un moment. J'ai fini par en avoir marre et j'aimerais vraiment trouver la femme de ma vie.

Ce ne sera pas moi.

Je soupirai.

— Eh bien, ne pas connaître l'âge de quelqu'un, ça ne compte pas. Tu me dis de sortir avec un homme bien plus jeune que moi, alors que tu n'es jamais sorti *consciemment* avec une femme plus âgée.

— C'est pour ça que c'est parfait, affirma-t-il en nous désignant tour à tour. On a beaucoup à apprendre l'un de l'autre.

— Tu sais ce que tu pourrais m'apprendre ?

Brayden se pencha en avant.

— Quoi donc ?

— Comment me servir d'un pistolet à clous, plaisantai-je. Je commence à m'inquiéter que l'aspect pratique de ce projet me dépasse un peu. Je n'ai pas vraiment d'expérience en dehors de l'aménagement.

— J'assure tes arrières, m'assura-t-il avec un grand sourire. Si tu as besoin de quoi que ce soit, je serai là.

C'était en partie ce qui m'inquiétait. Ce projet allait signifier passer pas mal de temps avec lui. Ça m'aiderait beaucoup qu'il ne soit pas si irrésistible. En parlant de ça, il serait intelligent de ma part de remonter dans ma chambre, avant que ce dîner se transforme en dernier verre.

Brayden régla l'addition en refusant de me laisser participer.

— On se lève tôt demain matin, indiquai-je en récupérant mon sac à main. Je pense que je vais monter.

Il prit un air déçu.

— Tu es sûre ? J'ai l'impression qu'il est trop tôt pour se dire bonne nuit.

— Il est presque vingt-deux heures.

— Comme je l'ai dit, il est tôt.

— On n'est pas d'accord sur ce point.

— Parmi d'autres, souligna-t-il, les yeux brillants. Allez, viens boire un verre avec moi au bar.

Mon corps se tendit, mais je campai sur mes positions.

— Je ne peux pas. Ma douche et mon lit m'attendent.

— Ça me va aussi.

Je levai les yeux au ciel.

— Est-ce que je peux au moins t'accompagner jusqu'à ta chambre ? demanda-t-il.

Je ne pouvais pas prendre ce risque.

— Non, merci. Je vais passer prendre de l'Advil avant de monter.

— Je t'ai donné mal à la tête ? s'enquit-il.

Euh, non. *C'est juste une excuse puisque je ne peux pas me faire confiance quand il s'agit de toi.* Je commençai à m'éloigner avant qu'il puisse ajouter autre chose pour me faire changer d'avis.

— Bonne nuit, Brayden.

— Bonne nuit, Alex. Fais de beaux rêves.

Je me tournai pour lui faire face une dernière fois, en marchant à reculons.

— Je sais très bien à quoi tu penses.

Il m'envoya un baiser, et je faillis percuter quelqu'un avant de me promettre de ne plus me retourner, par peur de changer d'avis et de choisir de ne pas retourner dans ma chambre comme une fille raisonnable. Néanmoins, mon sourire ne me quitta pas lorsque je montai les étages.

Quand j'arrivai dans ma chambre, je me regardai dans le miroir de la salle de bains. Mes joues étaient roses, peut-être d'excitation, de désir, de gêne, ou un mélange de tout ça.

Je me donnai une claque.

— Reprends-toi !

Puis je ris en me rendant compte à quel point j'agissais comme une idiote. Pour une femme qui pensait être trop âgée pour cet homme, je me comportais comme une collégienne.

Mon téléphone sonna, me faisant sortir de ma stupeur. Je répondis à l'appel FaceTime, et ma belle-fille, Caitlin, apparut à l'écran.

— Quoi de neuf ?

— Pas grand-chose, répondis-je en poussant un long soupir.

— On dirait que quelque chose t'a épuisée.

Je mordillai ma lèvre en coinçant une mèche de cheveux derrière mon oreille.

— Ah bon ?

— Oui. Comme si je t'avais surprise avec ton pantalon Lilly Pulitzer baissé, ajouta-t-elle en riant. Il y a quelqu'un avec toi ?

— Non. Pourquoi tu penses ça ?

— Je ne sais pas. Tu as l'air de te sentir coupable. Comme si tu n'étais pas seule.

— Je peux te garantir que je le suis.

Je tournai le téléphone pour qu'elle puisse voir ma chambre d'hôtel vide.

— Tu vois ?

— Tout se passe bien pour toi là-bas ? demanda-t-elle.

— Oui.

Je marquai une pause. *Bon sang, j'avais envie de lui en parler.*

Qu'est-ce que j'avais à cacher ? Pendant des années, j'avais tout dit à Caitlin. En quoi c'était différent ?

— Il y a un homme ici qui est... intéressant, lâchai-je.

— Je le savais ! s'exclama-t-elle en me pointant du doigt et en battant des pieds en signe de victoire. Tu vois à quel point je te connais !

Je me mis aussitôt à minimiser les choses.

— Ce n'est pas comme ça. Enfin, il ne se passe rien et ça ne changera pas, mais bon sang, j'avais presque oublié ce que ça faisait de flirter avec quelqu'un. Il n'y a rien de comparable.

— Attends. Pourquoi il ne passerait rien ? répliqua-t-elle en plissant les yeux.

Je mordillai ma lèvre.

— Je crois qu'il est trop jeune pour moi.

— Jeune comment ?

— Comme toi.

Mon cœur s'emballa pendant que Caitlin semblait digérer l'information.

— D'accord. Eh bien, en quoi c'est différent de ma relation avec Greg, qui avait dix ans de plus que moi ?

Greg était un homme avec qui elle était sortie pendant environ six mois. Ça n'avait pas duré. *Probablement à cause de la différence d'âge.*

— Ce n'est pas différent. C'est juste que... commençai-je, sans avoir de bonne réponse à lui donner. Je ne sais pas.

— Alex, tu es magnifique. Tu surpasses largement la plupart des femmes de mon âge et même plus jeunes. Qui se soucie qu'il soit plus jeune ?

— *Moi*, je crois. J'en suis à un stade où j'ai besoin de profiter de ma vie et non pas de m'inquiéter à propos d'un homme qui pourrait vouloir des enfants un jour.

— Tu t'avances beaucoup trop, là. Pourquoi ne pas t'amuser un peu avec ce type pendant que tu travailles sur ce projet ? Vous ne vivez même pas au même endroit, pas vrai ? Qui te dit que tu dois te soucier de toutes ces choses sérieuses ?

Je n'avais pas de réponse à lui donner, mis à part qu'au fond de moi, je savais qu'il y avait quelque chose de spécial dans la connexion que je ressentais avec Brayden. Je pouvais me voir tomber amoureuse de lui. Et c'était exactement pour cette raison que je devais faire *très* attention. Ça ne ressemblait pas seulement à de l'attirance physique.

Toutefois, même si je ne cessais de me rappeler ces mises en garde, une partie de moi ne voulait rien entendre. Je ne pouvais m'empêcher d'être ravie de le revoir le lendemain. *Euphorique* était un terme qui convenait mieux.

— Le revoilà, déclara-t-elle, me sortant de mes pen-sées.

— Quoi donc ?

— Ce regard, répondit Caitlin en se couvrant la bouche pour rire. Tu devrais te voir.

C'était déjà fait. Je l'avais vu dans le miroir. *Peut-être qu'il faut que je me gifle plus fort.*

❤CHAPITRE 4

Brayden

— Qu'est-ce que tu as fait ? Tu as demandé des photos pour choisir les bénévoles en fonction de leur beauté ?

Holden leva les mains.

— Aucune d'entre elles ne m'intéresse. Ma femme est ma reine. Mais je ne peux pas m'empêcher de remarquer que certaines sont plutôt jolies. J'ai été bénévole pour d'autres projets, et les équipes ne ressemblaient certainement pas à ça.

Mes amis – Owen, Holden et Colby – avaient fait le chemin ce matin-là pour soutenir le début des rénovations de la vingt-troisième maison de Ryan's House. La plupart du temps, les travaux duraient trois ou quatre mois, alors ça demandait un sacré engagement pendant les week-ends. Mais quand l'un d'entre nous dirigeait un projet, les autres essayaient de donner un coup de main au moins un week-end ou deux. Ça faisait toujours du bien de se rassembler comme ça en l'honneur de Ryan.

Je jetai un coup d'œil à Kyra, une femme d'une vingtaine d'années super sexy. Elle croisa mon regard et m'adressa un sourire charmeur.

Je secouai la tête.

— Je ne sais pas comment c'est arrivé. Mais l'année dernière, quand j'ai géré une rénovation, j'avais dix-sept hommes, un couple lesbien, et une femme de soixante ans qui me rappelait ma tante et qui enchaînait les cigarettes. Elle passait plus de temps à fumer dehors qu'à travailler à l'intérieur.

Holden se mit à rire.

— Kyra t'adresse son *fameux* regard depuis qu'on est arrivés il y a une heure.

En temps normal, une femme comme elle serait tout à fait dans mes goûts, mais ces derniers temps, j'avais l'impression d'avoir une seule chose en tête. Au même moment, l'objet de mes pensées singulières entra dans la pièce avec Chad, un bénévole plutôt pas mal qui devait avoir la quarantaine. Ils étaient tous les deux en train de sourire.

— Excuse-moi un instant, déclarai-je. Je vais donner le coup d'envoi. Je pense qu'une heure me suffira largement pour un café, une visite et les présentations.

Holden posa une main sur mon épaule.

— Je te laisse être l'homme du moment, mon pote.

Je jetai mon gobelet de café vide dans la poubelle, puis m'avançai au centre de la pièce.

— Est-ce que je peux avoir votre attention, s'il vous plaît ?

Les vingt-deux personnes présentes se rassemblèrent tout autour de moi.

— On va commencer. Comme je l'ai dit tout à l'heure, nous avons deux chefs d'équipe, Jason et Alex. Jason va gérer la moitié du groupe responsable de tous les travaux d'électricité, de plomberie, de chauffage et des aspects techniques. Vous verrez passer différents entrepreneurs au fil des week-ends pour prendre en charge tous les travaux qui nécessitent un permis ou une compétence particulière, mais les équipes se chargeront de tous les travaux qui aideront ces ouvriers. Par exemple, un électricien va venir pour refaire l'installation électrique de la maison. Il se chargera des fils sous tension, mais vous pourrez tirer les câbles dans les murs avant que tout soit raccordé. L'autre équipe sera menée par Alex, et elle se concentrera sur les aménagements intérieurs, tels que la peinture, les sols, les luminaires et l'électroménager. Un entrepreneur passera dans la matinée pour vous montrer comment installer le parquet stratifié, et on travaillera à ses côtés pour réduire les coûts. Vous avez des questions ?

Tout le monde secoua la tête.

Je récupérai un porte-bloc sur la table.

— Bon, très bien. Quand vous avez rempli le formulaire pour devenir bénévole, on vous a demandé si vous aviez de l'expérience dans la construction. C'est le cas pour certains d'entre vous, alors on va vous répartir équitablement dans les deux groupes, pour qu'il y ait des travailleurs novices et expérimentés de chaque côté. Tous les autres ont été répartis au hasard dans un groupe ou dans l'autre.

Je posai les yeux sur la liste des équipes que j'avais composées, et je fis un changement de dernière seconde. Dave et Holden étaient les deux personnes ayant le plus d'expérience dans la construction, alors j'avais mis Holden dans le groupe de Jason, et Dave dans celui d'Alex. Inconsciemment, j'avais peut-être séparé mon ami, que les femmes adoraient, de celle qui m'intéressait. Toutefois, Holden était heureux en mariage, et Dave semblait un peu trop ravi à mon goût de passer du temps avec Alex. Alors j'allais définitivement échanger leurs places.

J'étais sur le point de lister les différents membres de chaque équipe, quand Kyra leva la main.

— J'ai une question.

— Bien sûr. Qu'y a-t-il ?

Elle m'adressa un grand sourire en basculant d'un pied sur l'autre.

— Est-ce que je peux être dans *ton* équipe ?

Du coin de l'œil, j'aperçus Alex froncer les sourcils. *En fin de compte, peut-être qu'il y avait de l'espoir.*

— Désolé, je ne suis dans aucune équipe. J'irai à gauche et à droite. Mais si tu as besoin de quoi que ce soit, je serai toujours dans le coin.

Je lus la liste de noms dans chaque équipe, tout en souriant intérieurement en voyant l'air déçu de Dave quand je le fis aller avec Jason. Après ça, j'expliquai à chaque groupe par où ils allaient commencer, et je libérai tout le monde.

Pour éviter que les équipes se marchent dessus, un des groupes commença au rez-de-chaussée, pendant que l'autre travaillait à l'étage. Alex commença à monter les escaliers avec son équipe, mais je saisis l'épaule de Holden avant qu'il puisse la suivre.

— Tu as un instant ?

— Pour toi, j'ai tout le temps que tu voudras, mon ami.

— Juste pour info, je me suis rapproché d'Alex.

— Ah oui ? s'étonna-t-il avec un grand sourire.

— Je ne te le dis pas pour que tu gardes tes distances. Je sais que tu n'as d'yeux que pour Lala. Mais peut-être que tu pourrais dire du bien de moi si l'occasion se présente.

— Si dire du bien de toi revient à parler de la fois où tu t'es pissé dessus en CP et que tu as essayé de faire croire que l'un des poissons de l'aquarium de madame Reardon avait sauté et t'avait éclaboussé, compte sur moi. Je lui raconterai tout.

Je fermai les yeux.

— Mais pourquoi j'ai pris la peine de te dire qu'elle me plaisait ?

— Aucune idée, répondit-il en riant. C'était bête de ta part.

Il leva la main.

— Hé, Owen, viens par ici une seconde.

— Quoi de neuf ? lança ce dernier en nous rejoignant.

— Notre ami ici présent en pince pour Alex, la chef de l'équipe aménagement.

— Ah oui ? Est-ce qu'elle sait que quand il avait quatre ans, il s'est énervé contre moi parce que je l'avais frappé sans faire exprès avec le ballon quand on s'entraînait à faire des lancers dans le jardin, et qu'il a retenu son souffle jusqu'à s'évanouir sur une crotte de chien ?

— Je vous déteste, gémis-je.

Owen plaça ses mains autour de sa bouche.

— Hé, Colby ! Viens par ici.

Le dernier membre de notre groupe se joignit à nous.

— Qu'est-ce qui se passe ?

— Brayden ici présent en pince pour l'une des femmes, révéla Holden en me désignant d'un signe de tête.

— Je parie que c'est Kyra.

— Non. Alex.

Colby parut surpris.

— Vraiment ?

— Oui, confirma Holden avec un grand sourire. Alors si tu passes du temps avec elle, assure-toi de glisser un mot gentil pour notre ami.

— Bien sûr. Je lui parlerai de tout ton travail de bénévole.

— Enfin un ami qui n'est pas un vrai crétin, répliquai-je.

— Comme la fois où tu as fait du bénévolat dans une église quand on était en quatrième et que tu es entré en douce dans le confessionnal pour te masturber, ajouta Colby avec un sourire en coin.

J'écarquillai les yeux.

— Je ne me suis pas masturbé dans un confessionnal. J'y suis allé pour essuyer le foutu baume du tigre sur ma queue parce que cet enfoiré d'Owen m'avait dit que c'était de la crème pour les mains, et que j'étais allé pisser juste après en avoir mis. Dès que je suis sorti des toilettes de l'église, il a pris ma place pour que je ne puisse pas y retourner quand ça commencerait à brûler. J'étais censé faire quoi? Baisser mon pantalon dans l'allée?

Owen me tapota l'épaule.

— Tu maintiens encore cette histoire de baume du tigre, hein?

Je secouai la tête en la baissant.

— Vous êtes tous nuls.

L'électricien que j'avais engagé arriva une minute plus tard, alors tout le monde se mit au travail. Les choses s'enchaînèrent, et quand le milieu d'après-midi arriva, je n'étais même pas encore allé voir comment ça se passait pour Alex à l'étage. J'avais attendu avec impatience le moment où je pourrais lui apprendre à manier le pistolet à clous, comme nous en avions parlé la veille. Alors je récupérai la boîte de transport et montai à l'étage.

Alex, Holden, et un autre bénévole qui devait s'appeler Joe, se trouvaient dans la pièce en haut des escaliers. Je les entendis rire en m'approchant. Lorsque j'entrai, ils me regardèrent et se mirent à rire plus fort.

— Mince, murmurai-je. Ça n'annonce rien de bon.

Alex essaya de dire quelque chose, mais elle éclata de rire au moment d'ouvrir la bouche.

— Est-ce que tu t'es vraiment levé le premier jour de maternelle pour annoncer que tu n'avais plus le droit de te toucher dans le bain pendant que ta maman te lavait les cheveux, et que tu devais attendre qu'elle ait fini et d'être seul dans ta chambre pour le faire ? demanda-t-elle, alors que les larmes coulaient sur ses joues.

Je fermai les yeux.

— J'avais *trois* ans, et ils nous avaient demandé de nous lever chacun notre tour pour dire quelque chose sur nous. C'est la seule chose qui m'est venue à l'esprit. Ma mère ne m'avait pas dit que c'était une information qui devait rester privée.

Holden se roula par terre – vraiment – tellement il riait.

Je secouai la tête.

— Merci beaucoup, mon pote.

Alex se leva. Elle posa sa main sur mon torse, ce qui apaisa légèrement la piqûre causée par la trahison de mon ami.

— Ne t'en fais pas. Il nous a aussi raconté de très belles choses sur toi.

— Oui, j'en suis certain, répondis-je en fronçant les sourcils.

— Comment s'est passée ta journée ? continua-t-elle. Je suis descendue récupérer une boîte de vis tout à l'heure, et tu avais l'air occupé.

— Oui, mais ça s'est bien passé. On a déjà commencé beaucoup de choses.

Je levai la boîte dans ma main.

— Je suis venu te donner une leçon de pistolet à clous, comme je te l'ai dit hier soir. Tu as quelques minutes ?

— Oui. Deux des garçons viennent de récupérer le sol qu'on va poser. Mais si tu es occupé, je peux demander à Holden de me montrer comment m'en servir.

Celui-ci se leva et épousseta ses mains.

— En fait, je suis débrouillard, mais Brayden est l'expert des outils. Il m'a appris tout ce que je sais.

Évidemment, il racontait n'importe quoi, mais j'appréciais qu'il s'éclipse. Holden me fit un clin d'œil dans le dos d'Alex.

— Et si on allait dans la chambre principale ? proposai-je en faisant un signe de tête en direction de la porte. Les poutres sont toutes apparentes, et personne ne travaille dans cette pièce aujourd'hui. Comme ça tu pourras t'entraîner.

— D'accord !

Une fois dans la chambre, je sortis le pistolet à clous sans fil et lui montrai rapidement le matériel.

— Ça, c'est l'embout de sécurité. Il ne se rétractera pas avant que tu appuies sur la surface que tu souhaites clouer.

— Oh, d'accord. Super. Ça me rassure.

Je lui montrai le loquet de déverrouillage, le chargeur, le bouton pour détacher le chargeur et la gâchette. Ce n'était pas vraiment difficile, mais étant donné que c'était puissant et qu'on pouvait facilement se clouer la main, je comprenais son hésitation.

— Tu es prête à essayer ?

— Plus que jamais.

Je lui tendis le pistolet et me plaçai derrière elle. Il n'y avait aucune position particulière à adopter pour s'en servir, alors je tirai un peu profit de la situation.

— Pose un pied devant l'autre pour une meilleure stabilité, lui conseillai-je.

— D'accord.

— Maintenant, pose le pistolet là où tu veux clouer.

Je passai mon bras autour d'elle pour lui indiquer un point à la hauteur de son regard.

— Mets-en un juste ici. Je vais tenir le pistolet pendant que tu appuies sur la gâchette, comme ça tu verras ce que ça fait.

Mon bras s'enroula autour d'elle et enveloppa son corps mince par-derrière. J'adorais cette sensation, alors je n'allais pas la pousser à accélérer.

— Je peux y aller ? demanda-t-elle après quelques secondes.

— Si tu es prête.

Elle appuya sur la gâchette, et le bruit sourd du clou s'enfonçant dans la poutre résonna dans la pièce. Alex se retourna en arborant un sourire ravi.

— C'était facile !

Une mèche de cheveux tomba sur sa joue, et je ne pus m'empêcher de la repousser de son visage. Tandis que nous étions seuls entre ces quatre murs, si proches l'un de l'autre, ce moment devint intime.

— Tu es vraiment très belle, Alex.

— Merci, répondit-elle en mordillant sa lèvre inférieure.

Mes yeux se posèrent sur sa bouche, et sa respiration accéléra.

— Tu le sens aussi, hein, murmurai-je.

Elle déglutit et s'approcha encore.

— Quoi donc ?

— C'est dur de mettre des mots là-dessus, mais j'ai l'impression qu'il y a une force magnétique entre nous. Dès que je m'approche de toi, quelque chose m'attire vers toi.

J'entendis des pas dans le couloir, mais j'étais trop perdu dans l'instant pour m'en rendre vraiment compte. Du moins, avant que Dave entre dans la pièce.

— Un tuyau a lâché ! Où est l'arrivée d'eau principale ? *Merde.*

— Je dois y aller.

Alex cligna des yeux.

— Oui. Bien sûr. Merci de m'avoir montré le, euuh… truc.

Je me précipitai dans les escaliers, le sourire aux lèvres. Toutefois, il s'évanouit dès que j'arrivai dans la cuisine. De l'eau giclait d'un tuyau au plafond. La vanne d'arrivée d'eau principale se trouvait au sous-sol, alors je descendis les marches deux par deux et tournai le robinet.

— Ça s'est arrêté ?! hurlai-je en bas des escaliers.

— Pas encore !

— On va attendre un peu. L'eau va couler jusqu'à ce que les tuyaux soient vides.

Après encore trente secondes, quelqu'un m'informa que le débit ralentissait, alors je remontai.

— Qu'est-ce qui s'est passé ? demandai-je.

— C'est ma faute, répondit Jason. On était en train de préparer les murs et le plafond. J'ai demandé à quelques personnes de retirer les vieux clous, mais je n'ai pas précisé de retirer uniquement ceux présents sur les poutres. Apparemment, il y avait un vieux clou rouillé enfoncé dans un tuyau. Le poseur de placo a dû le planter là quand la pose a été réalisée il y a quelques décennies. Il faut croire qu'il agissait comme un bouchon, jusqu'à ce que l'une des filles le retire.

Kyra fit la moue.

— C'était moi. Je suis désolée. Je me suis laissé emporter et je n'ai pas réfléchi.

— Ce n'est rien, la rassurai-je en levant la main. Ce clou n'avait rien à faire ici pour commencer.

— Qu'est-ce qui s'est passé ? lança Holden en entrant dans la pièce.

— Un trou dans un tuyau. Je vais passer au magasin de plomberie. Avec un peu de chance, ce sera encore ouvert, sinon on n'aura plus d'eau. Ils ferment plus tôt le samedi.

— Je vais t'accompagner.

— On nettoiera tout pendant ton absence, affirma Jason.

Puisqu'il était déjà quatorze heures trente, je mis les gaz dès que j'arrivai sur l'autoroute, juste au cas où le magasin fermerait à quinze heures.

— C'est la seule anecdote gênante que je lui ai racontée, m'assura Holden. J'ai dit du bien de toi toute la matinée, et j'ai pensé que mon baratin paraîtrait plus sincère si j'ajoutais quelque chose qui ne te faisait pas passer pour un saint.

— C'est ça, oui.

— Si, je t'assure. Mais dis-moi ce qui se passe entre cette MILF et toi.

— Ne l'appelle pas comme ça.

— Pourquoi pas ? C'est un terme comme un autre. Ça ne veut pas vraiment dire que je veux coucher avec elle.

Je serrai les dents.

— Bordel, réagit Holden en pointant du doigt mon visage. Elle te plaît vraiment, hein ?

— Oui, avouai-je en haussant les épaules. Évidemment, ce n'est pas une relation idéale sur le papier, puisqu'elle vit dans le Connecticut et qu'elle a une belle-fille de mon âge, mais, je ne sais pas... il y a quelque chose de spécial chez elle.

— Mec, ma femme est une chercheuse qui a obtenu un doctorat. Je suis un batteur minable, doublé d'un homme à tout faire. Il n'y a pas toujours de logique en matière d'attirance.

— Tu es déjà sorti avec une femme plus âgée ?

— Oh que oui. Meilleure partie de jambes en l'air de ma vie, mis à part avec ma femme, bien sûr. Elles savent ce qu'elles veulent et n'ont pas peur de le demander.

Je soupirai.

— Je ne suis pas sûr de pouvoir le découvrir un jour. Alex ne veut pas de moi.

— Je n'en serais pas si sûr à ta place. J'ai remarqué la façon dont elle a froncé les sourcils quand Kyra flirtait avec toi ce matin. On n'est pas jaloux quand on ne veut pas de quelqu'un.

— Toi aussi tu as vu ça, hein ?

— Oui. Mais tu n'es jamais sorti avec une femme plus âgée ?

— Non, jamais.

Holden gratta son menton.

— Quand on y pense, je crois que c'est logique que tu craques pour une femme plus mûre.

— Pourquoi ça ?

— À cause de ton histoire avec ta mère.

— De quoi tu parles ? Pas du tout.

— Ta mère est partie quand tu avais neuf ans, et ton père s'est retrouvé seul avec ton frère et toi. Les quatre ou cinq fois où elle venait te rendre visite chaque année, elle ramenait un gars qu'elle voulait que tu appelles tonton. Tu as sûrement un besoin fondamental d'être choyé ou quelque chose comme ça.

Je jetai un coup d'œil dans sa direction, avant de me concentrer de nouveau sur la route.

— Je pense que tu devrais laisser les travaux de recherche et d'analyse à ta femme.

Il haussa les épaules.

— Comme tu veux. Mais ce n'est pas faux.

Plusieurs heures plus tard, nous avions réparé le tuyau abîmé, et la plupart des bénévoles avaient fini leur journée. Il ne restait plus que mes amis, les deux chefs d'équipe et Kyra.

— Ça vous dirait qu'on aille tous boire un verre ? proposa Colby. On le mérite après tout le travail accompli aujourd'hui. Il y a un bar sportif pas très loin de l'hôtel. Ils diffuseront probablement le match des Rangers.

— Tu es partante ? demandai-je à Alex.

— Euuh…

— Allez, rien que pour un verre.

Je sentis qu'elle était sur le point d'accepter, mais ensuite, Kyra passa son bras sous le mien.

— Je suis partante !

Le visage d'Alex se décomposa.

— Je crois que je vais passer mon tour, déclina-t-elle. La journée a été longue. Mais vous devriez aller vous amuser entre jeunes.

Entre jeunes.

Elle s'enfuit presque de la maison après ça.

Je fus de mauvaise humeur tout le reste de la soirée. Je passais toujours de bons moments quand j'étais avec mes amis, mais après deux bières, j'étais prêt à monter dans ma chambre pour dormir. Kyra, quant à elle, s'était un peu *trop* amusée en très peu de temps. Elle pouvait à peine marcher au moment de rentrer à l'hôtel. Owen, Colby et Holden avaient des chambres au premier étage. Avec la chance que j'avais, la mienne se trouvait sur le même palier que celle de Kyra, alors j'eus l'honneur de devoir m'assurer que la fille saoule rejoigne sa chambre en toute sécurité.

J'appuyai sur le bouton de l'ascenseur et la guidai à l'intérieur quand il arriva. Lorsque les portes se fermèrent, elle se jeta dans mes bras.

— Je te trouve chexy, roucoula-t-elle.

Je retirai ses bras de mon cou.

— Et moi je trouve que tu es un peu bourrée.

Elle plaqua ses gros seins contre mon torse, puis traça les contours de ma bouche avec son ongle.

— Je te trouvais sexy avant même de boire.

J'appuyai sur le bouton du cinquième étage, même s'il était déjà allumé et que la cabine était en train de bouger. J'avais l'impression qu'on montait extrêmement lentement.

Je posai mes mains sur les épaules de Kyra et la fis reculer de quelques pas.

— Tu es dans quelle chambre ? lui demandai-je.

Elle battit des cils.

— On t'a déjà fait une pipe dans un ascenseur ?

Avant que je puisse répondre, elle se laissa tomber à genoux et saisit ma ceinture.

Les portes de la cabine s'ouvrirent au même moment au cinquième étage...

Et Alex se trouvait juste là.

J'écarquillai les yeux.

— *Putain.* Ce n'est pas du tout ce que tu crois.

CHAPITRE 5

Alex entra dans un autre ascenseur, au lieu de rester pour que je puisse m'expliquer. Les portes se fermèrent et elle disparut.

Super.

Vraiment génial.

Je ne pouvais même pas lui en vouloir. La scène avait l'air terrible vue de l'extérieur. J'allais devoir passer beaucoup de temps à me justifier.

— Je dois y aller, informai-je Kyra, la laissant retrouver seule sa chambre.

Je retournai dans l'ascenseur et appuyai sur le bouton du rez-de-chaussée aussi vite que possible. Évidemment, avec la chance que j'avais, il s'arrêta à l'étage juste en dessous. Je me mis à transpirer quand un homme âgé avec un déambulateur entra avec une lenteur désespérante.

Les portes finirent par se refermer, et la cabine se remit à descendre.

Allez.

Allez.

Allez.

Une fois en bas, je sortis précipitamment et examinai le hall. Alex ne se trouvait nulle part. Je me rendis directement au bar. J'aperçus des cheveux blonds, mais je me rendis vite compte que ce n'était pas elle. Elle n'était pas là non plus.

Ensuite, je me rendis à la réception. L'employée était en train de discuter avec sa collègue, tellement plongée dans sa conversation qu'elle ne remarqua pas ma présence. Je me raclai la gorge pour l'interrompre. Je n'avais pas le temps pour la politesse dans un moment pareil. Elle m'adressa un regard noir.

— Pardon, mais c'est une urgence. J'ai besoin de trouver quelqu'un qui séjourne ici. Pouvez-vous me dire dans quelle chambre se trouve Alex Jones ? Ou peut-être qu'elle est enregistrée sous le nom d'Alexandria.

À mes yeux, elle ne ressemblait pas à une Alexandria, mais plutôt à une Alex.

— Je suis désolée, s'excusa la femme en secouant la tête. Vous transmettre cette information serait contraire à la politique de l'hôtel.

— Et si je vous laissais ma carte d'identité en garantie, comme ça vous saurez que je ne suis pas un assassin ? J'ai vraiment besoin de...

— Je suis désolée. Je ne peux rien dire.

Qu'est-ce que je fais maintenant ? Je passai ma main dans mes cheveux en poussant un grand soupir, puis la frustration me fit donner un coup sur le comptoir, et je m'éloignai.

Je fis de nouveau le tour du hall à la recherche de la jolie blonde qui m'avait envoûté dès notre première rencontre. Alex était sûrement en train de se dire qu'elle aurait préféré ne jamais me rencontrer. Ça me perturbait de me dire qu'elle imaginait que je pouvais aussi facilement passer d'elle à une fille comme Kyra. Si seulement elle savait que j'avais pensé uniquement à elle toute la soirée, et que je n'avais pas aimé qu'elle se soit éloignée intentionnellement du groupe de « jeunes ». La remarque qu'elle avait faite m'agaçait au possible.

J'hésitai à monter au cinquième pour frapper à toutes les portes, mais je me ravisai en me rappelant qu'il était tard. On aurait franchi la limite du désespoir, même si à ce stade, j'y étais presque. Le meilleur choix qui se présentait à moi était de ne pas bouger, dans l'espoir qu'elle soit encore en bas. Je m'installai sur un fauteuil qui m'offrait une vue sur les ascenseurs, pour ne pas la rater.

Comment ça se fait que je n'aie pas le numéro d'Alex ?

Ça devait être rectifié aussi vite que le fait de me racheter auprès d'elle.

Alors que les minutes défilaient, je savais que j'aurais dû aller me coucher puisque je devais me lever tôt le lendemain pour travailler dans la maison. Et puis, Alex et moi devions reprendre la route pour rentrer dans l'après-midi. Toutefois, si je ne pouvais pas lui parler ce soir, je n'allais pas pouvoir dormir.

Est-ce que j'avais déjà perdu le sommeil à cause d'une femme ? Pas dans mes souvenirs. C'était peut-être parce que je n'en avais jamais rencontré qui en valait la peine. Je ne savais pas vraiment pourquoi les quelques heures qui me séparaient de la revoir étaient si importantes, mais c'était le cas. Je détestais l'idée qu'elle puisse aller se coucher en pensant que j'étais un enfoiré. D'une certaine manière, j'avais *l'impression* d'en être un, même si je n'avais rien fait de mal.

— Pourquoi tu as l'air si mal en point, fiston ? me demanda un homme qui attendait l'ascenseur.

Je décidai de me confier à cet inconnu.

— J'ai déçu une femme bien ce soir à cause d'un malentendu. Et maintenant, je n'arrive pas à la retrouver pour m'excuser comme il se doit pour la chose qu'elle pense que j'ai faite, alors que ce n'est pas le cas.

Il cligna des yeux.

— Je suis fatigué pour essayer de comprendre, mais j'espère que tu trouveras un peu de paix.

— Moi aussi, répondis-je en joignant mes mains en guise de remerciement. Bonne nuit.

Il disparut dans l'ascenseur et je baissai la tête.

Après avoir passé une bonne heure en bas, j'en arrivai à la conclusion que je n'allais pas pouvoir m'expliquer ce soir, alors je montai dans la cabine, abattu.

J'errai un peu dans les couloirs du cinquième étage, mais il n'y avait aucun signe d'elle. Une fois de retour dans ma chambre, je me rendis aux toilettes pour vider enfin ma vessie, avant de retirer mes vêtements et de sauter sous la douche.

Alors que l'eau chaude coulait sur moi, je tentai de me calmer, cependant, je restai concentré sur le fait qu'Alex était quelque part dans cet hôtel, en train de me détester. La déception que j'avais lue sur son visage quand elle m'avait vu avec Kyra à genoux était gravée dans ma mémoire.

Je savais que j'étais contrarié parce que je ne pouvais même pas me masturber comme je l'aurais fait en temps normal sous la douche. J'étais trop préoccupé pour réussir à bander.

Je ne me sentis pas mieux, même pas un peu revigoré une fois lavé. Je me sentais encore comme le connard qu'Alex pensait que j'étais.

J'enfilai un T-shirt et un jogging gris, avant de m'allonger. Les ressorts du matelas inconfortable me rentraient dans le dos. C'était étrangement calme dans ma chambre, si on ne tenait pas compte du bruit dans ma tête. J'hésitai à allumer la télé, mais quel intérêt ? Je n'arrivais pas à me concentrer sur quoi que ce soit de toute façon. Alors je restai allongé là, en fixant mon reflet pathétique dans l'écran de télévision.

Quelques minutes plus tard, un coup frappé à la porte me fit m'asseoir.

Sans vérifier dans le judas, je l'ouvris. J'eus le souffle coupé en la voyant, la jolie blonde que j'avais cherchée toute la soirée. Alex n'avait l'air ni heureuse ni triste. Je n'arrivais pas à déchiffrer son expression.

— Dieu merci, murmurai-je. Je t'ai cherchée partout.

Elle entra dans la chambre, et la porte se referma derrière elle. Elle joua avec ses mains, mais ne dit rien.

— Rappelle-moi d'enregistrer ton numéro de téléphone après notre conversation. Cette soirée aurait été bien plus facile si je l'avais eu tout à l'heure, indiquai-je. Non pas que tu m'aurais répondu après ce que tu as dû imaginer.

Je soupirai.

— Comment tu as eu mon numéro de chambre ?

— J'ai demandé à la femme de l'accueil.

— Attends, lançai-je en grattant mon menton. Elle a dit que ça allait à l'encontre de la politique de l'hôtel quand je lui ai demandé.

— Elle a dit qu'un homme me cherchait aussi. Puisque nous cherchions clairement à nous retrouver, elle a accepté de me donner ton numéro de chambre quand je lui ai donné ton nom.

— Je suis désolé pour ce que tu as vu tout à l'heure, mais ce n'était absolument *pas* ce que tu crois.

Alex hocha la tête.

— Je le sais à présent.

— Ah bon ? Comment ça ? demandai-je en écarquillant les yeux.

— Juste après t'avoir vu avec Kyra, je suis descendue. Mais je ne suis pas restée. Quand je suis revenue à notre étage, tu n'étais pas là, mais elle était encore dans le couloir. Elle avait perdu sa clé. Elle parlait aussi d'une voix traînante, et je me suis rendu compte qu'elle était saoule. Elle a commencé à raconter que tu l'avais repoussée alors que tout ce qu'elle essayait de faire, c'était de te sucer.

Un soupir de soulagement m'échappa. *Eh bien, heureusement que Kyra sert à quelque chose.* Qui aurait imaginé que ce serait elle qui sauverait ma peau ?

— J'avais peur que tu penses que j'étais une personne horrible.

Elle pencha la tête.

— Accepter une fellation n'aurait pas fait de toi une personne horrible.

À cet instant, je sus que j'étais plus détendu, parce que l'entendre prononcer le mot *fellation* fit tressaillir mon sexe. L'ardeur qui m'avait manqué sous la douche était de retour en force. Cette femme sublime – une vraie femme – m'excitait comme je ne l'avais jamais été auparavant.

— Tu sais ce que je veux dire, Alex. Il était hors de question que je fasse quoi que ce soit avec elle, affirmai-je en me rapprochant de quelques pas. Il se passe quelque chose entre toi et moi, que tu veuilles l'admettre ou non. J'ai senti la façon dont ton corps a réagi quand on était proches l'un de l'autre, tout à l'heure...

Mes yeux se posèrent sur son cou, qui était en train de rougir.

— De la même façon que tu es en train de réagir à ma présence en ce moment.

— Je ne vois pas de quoi tu veux parler, réfuta-t-elle en secouant la tête.

Même si elle essayait de nier, sa respiration s'accéléra. Quand elle passa sa langue sur sa lèvre inférieure, je mourus d'envie de la mordre. J'aurais aimé faire tellement de choses, là, à cet instant.

J'avais terriblement envie de coucher avec cette femme, mais c'était plus que ça. J'aurais aussi été ravi de rester éveillé toute la nuit pour parler avec elle. Je prendrais tout ce qu'elle me donnerait. Je me demandai ce qui se passerait si je l'embrassais. Mais au lieu de tenter ma chance, je reculai.

— Pourquoi tu as parlé comme ça à propos des « jeunes », tout à l'heure ?

Elle plissa les yeux.

— Qu'est-ce que j'ai dit exactement ?

— Quand tu as refusé de venir avec nous, tu as dit qu'on devrait aller s'amuser entre jeunes, comme si tout un monde nous séparait à cause de notre âge. Tu sais très bien que ce n'est pas le cas.

— Je ne voulais rien sous-entendre.

— Eh bien, ça m'a énervé.

— Mais c'est la vérité, non ? ajouta-t-elle en arquant un sourcil. Tes amis et toi, vous *êtes* plus jeunes que moi.

— J'ai eu l'impression que tu essayais de me dire de rester avec des femmes de mon âge, alors que personne d'autre que toi ne m'intéresse en ce moment. Je me fous de ce que tu as pu voir tout à l'heure, quand Kyra s'est jetée sur moi. Je ne lui ai rien demandé. Et il ne s'est absolument rien passé avec cette fille.

— D'accord... répondit-elle en baissant les yeux. Ça m'a *vraiment* prise au dépourvu de voir Kyra collée à toi tout à l'heure. Je dois bien l'admettre.

Mes lèvres s'étirèrent.

— Elle est enfin honnête avec moi. Tu étais jalouse ?

— Je n'ai pas dit ça.

— Pas avec ces mots-là, non, lui accordai-je en avançant lentement. Laisse-moi te dire quelque chose. Imaginer que je puisse être attiré par cette fille est risible, étant donné que je n'ai pensé qu'à toi ce week-end. Ce n'est pas facile de courir après quelqu'un qui me fuit, tu sais. Il y a un risque que je ne t'attrape jamais. Mais c'est un risque que je suis prêt à prendre si ça signifie que j'ai une chance avec toi. C'est même un peu stimulant. Ce n'est pas souvent qu'une femme me résiste, cela dit, je n'abandonne pas facilement quand je veux quelque chose.

Elle ne dit rien, alors que je continuai à la fixer droit dans les yeux.

— Pourquoi tu es venue dans ma chambre ce soir, Alex ?

Elle croisa les bras.

— Ne te fais pas d'idées. Je suis seulement venue pour parler.

— Je sais. Ce que je veux dire, c'est que tu aurais pu laisser tomber si tu voulais que je m'intéresse à une femme plus jeune. Tu aurais pu me laisser penser que tu étais en colère. Tu n'étais pas obligée de venir me voir. On aurait pu clarifier les choses demain matin. Mais... je te plais, ajoutai-je en humectant mes lèvres.

Elle déglutit.

— Il faut que j'y aille.

Malgré ses mots, elle ne bougea pas.

— Vas-y, alors. Personne ne te retient.

Sa poitrine se souleva au rythme de sa respiration. C'était tout ce que j'avais besoin de voir. Parce que la réaction de son corps ne collait pas avec ce qu'elle disait. Elle ne voulait pas du tout partir. Elle n'avait pas envie de me désirer. Mais c'était le cas. Je pouvais le sentir de tout mon être. Toutefois, elle se retenait. *Comment je peux faire pour qu'elle arrête de faire ça ?*

— Bonne nuit, finit-elle par ajouter, avant de faire demi-tour et de s'éloigner, me laissant là, dans l'attente de plus.

Cependant, j'étais plus sûr que jamais qu'elle ressentait aussi quelque chose.

Bon sang, je n'ai pas pris son numéro.

♥

Le lendemain matin, un rayon de soleil filtra à travers les rideaux sombres de ma chambre d'hôtel.

Lorsque j'ouvris les yeux, je jetai un coup d'œil au réveil, et mon ventre se noua.

Neuf heures !

J'aurais dû être sur le chantier à sept heures.

Comment j'avais pu laisser ça arriver ? Apparemment, j'avais été tellement distrait la veille au soir que j'avais oublié d'activer mon alarme. Je repoussai la couverture, sautai du lit et enfilai rapidement des vêtements. Je récupérai toutes mes affaires et jetai tout dans ma valise. Il fallait que je rende la chambre, puisque je reprendrais directement la route pour rentrer chez moi depuis le chantier.

J'avais mal à la tête parce que j'avais terriblement besoin de café, mais je refusais de m'arrêter pour aller en chercher avant de me mettre en route. Une fois arrivé à la maison, tout le monde était déjà occupé à travailler. J'étais le seul crétin à arriver en retard.

Je repérai Alex dans un coin de la chambre du rez-de-chaussée. Elle était en pleine conversation avec deux hommes bénévoles. Elle riait alors qu'ils peignaient ensemble, et on aurait dit qu'elle s'amusait comme une folle. Elle était magnifique dans son legging noir qui mettait en valeur ses longues jambes, et son T-shirt blanc noué au niveau de sa taille. Ses cheveux étaient attachés en un chignon flou. Ça m'agaçait d'avoir loupé une bonne partie de la matinée avec elle.

Tandis que je continuais à l'admirer de loin, quelqu'un se glissa derrière moi.

— Je comprends pourquoi elle te plaît, déclara Holden.

Je me tournai et aperçus son sourire en coin. J'avais oublié qu'il devait rester ce matin-là pour donner un coup de main, contrairement aux autres qui étaient déjà rentrés.

J'arquai un sourcil, contrarié par son commentaire.

— Pourquoi tu dis ça ?

— J'ai discuté avec elle tout à l'heure. Tu étais où, d'ailleurs ?

— J'ai oublié de mettre un réveil hier soir, avouai-je en posant de nouveau les yeux sur elle. Toi, et *tous* les autres ici présents semblez l'apprécier.

— Peut-être que tu ne devrais pas oublier ton réveil la prochaine fois, si tu ne veux pas rater le plus intéressant, répliqua-t-il en me tapant gentiment sur le bras. Sinon, il s'est passé quoi hier soir ? Vu comme cette fille te collait, je ne savais pas comment allait se terminer la soirée.

— Kyra était complètement bourrée, et je ne voulais rien avoir à faire avec elle.

Curieusement, elle n'était pas là ce matin. Elle était probablement occupée à soigner sa gueule de bois.

Je racontai à Holden tout ce qui s'était passé la veille – de ce que Kyra avait fait dans l'ascenseur, jusqu'au moment où Alex était venue dans ma chambre.

Il secoua la tête.

— Tu as eu de la chance que cette fameuse Kyra lui dise la vérité. Si j'étais Alex, je ne sais pas non plus si je t'aurais cru.

— Parle moins fort, murmurai-je. Je ne veux pas qu'elle sache que j'en parle.

Il baissa la voix.

— Bref, je pense que tu devrais continuer à tenter ta chance.

— J'ai essayé, mais ce n'est pas facile.

— Comme les meilleures choses dans la vie, indiqua-t-il en me donnant une tape dans le dos. Bon, je suis désolé de t'éloigner dès ton arrivée, Roméo, mais j'ai besoin que tu viennes avec moi au magasin. Je vais avoir besoin de ton aide pour décharger quelques appareils électroménagers.

Je jetai de nouveau un coup d'œil dans sa direction.

— Mince. D'accord. Laisse-moi juste lui dire bonjour d'abord.

— Ne sois pas trop long, acquiesça-t-il. Je dois bientôt prendre la route du retour.

J'entrai dans la chambre où Alex était encore en train de discuter avec les deux hommes.

— Salut, lançai-je en me forçant à sourire.

Elle se tourna et souffla sur les cheveux sur son front.

— Salut.

— Je suis désolé d'être en retard.

— Je pensais que tu n'allais pas venir, avoua-t-elle en venant me rejoindre.

— Eh bien, j'ai bêtement oublié de mettre un réveil hier soir.

Alex arqua ses sourcils.

— Je te prenais pour quelqu'un de responsable.

— En général, je le suis. J'ai été *distrait*.

— Qu'est-ce qui t'a distrait ?

— Une certaine femme qui se trompe quand elle dit qu'elle est trop vieille pour moi, mais qui est sûrement trop bien pour moi, soupirai-je. Je m'en veux d'avoir raté la moitié de la matinée.

Elle regarda autour d'elle pour être sûre que personne ne m'avait entendu.

— J'ai une nouvelle pour toi… m'annonça-t-elle en riant.

— Quoi ?

— J'ai oublié de mettre un réveil, moi aussi.

— Tu étais en retard ?

Elle secoua la tête.

— J'ai juste eu la chance de ne pas réussir à m'endormir et d'être levée à cinq heures.

— On dirait qu'on est tous les deux distraits.

— Hé, Ashton Kutcher ! s'exclama Holden. Je ne veux pas vous interrompre, mais il faut qu'on y aille.

Je vais le tuer.

— Tu ferais mieux d'y aller.

Alex rougit en se tournant vers le mur qu'elle était en train de peindre.

— Je te verrai à mon retour.

— Oui, d'accord, répondit-elle sans se retourner.

Après être passé au magasin de bricolage avec Holden, je chargeai et déchargeai l'électroménager à une vitesse jamais vue. Cependant, les catastrophes s'enchaînèrent au moment de tout mettre en place. Tout ce que je voulais, c'était convaincre Alex de prendre un café avec moi avant de devoir partir chacun de notre côté. Mais ce ne fut qu'en fin d'après-midi que j'eus l'occasion de lui reparler.

Toutefois, quand je retournai dans la pièce dans laquelle elle était en train de travailler, je me rendis compte que le peu de chance qu'il me restait avec elle du week-end avait disparu.

Elle était partie. Sans dire au revoir.

CHAPITRE 6

Alex

— Vous n'imaginez pas combien de visages vont s'illuminer en voyant ça, madame Jones.

— Je vous en prie, appelez-moi Alex.

Après avoir quitté le chantier dimanche, plutôt que de rentrer directement chez moi, je m'étais arrêtée au Memorial Cancer Center, l'hôpital que Ryan's House allait aider, afin de déposer quelques consoles dernier cri et des jeux. J'avais lu un article dans le journal de Seneca Falls qui disait que les dons se faisaient rares à cause de la situation économique actuelle. Il parlait du fait que les consoles des services pédiatriques commençaient à dater, donc j'avais décidé d'y remédier.

— Si vous avez le temps, vous pouvez venir avec moi dans le service pour les distribuer. En général, les enfants se rassemblent dans la salle de jeux avant le dîner. Les donateurs devraient pouvoir voir l'impact qu'ils ont quand c'est possible.

— Avec plaisir.

— Il faudra juste porter un masque et ne rien toucher. Beaucoup de nos patients ont un système immunitaire affaibli à cause de leur traitement.

— Oh, bien sûr.

Je suivis Liz jusqu'au service d'oncologie pédiatrique au quatrième étage. Nous nous arrêtâmes au bureau des infirmières pour les informer que nous apportions des cadeaux, puis nous nous dirigeâmes vers la salle de jeux.

Après le diagnostic de mon mari, j'avais passé beaucoup de temps parmi les patients atteints de cancer, mais rien n'aurait pu me préparer à la douleur que je ressentis en entrant dans une pièce remplie d'enfants malades. Des tas de crânes chauves et de peaux pâles, dont la majorité était reliée à des pieds à perfusion où étaient accrochées plusieurs poches. La pièce se mit à tourner, et j'eus l'impression qu'un éléphant s'était assis sur ma poitrine.

— Bon sang, murmurai-je.

— Je sais.

Liz me donna une petite tape dans le dos, alors que nous nous trouvions sur le seuil.

— Tenez bon. Je vous promets que vous vous sentirez mieux dans quelques minutes. Ces enfants sont tellement plus que ce qu'on voit. Ils sont résilients et inspirants. Regardez.

Elle avança au milieu de la pièce en souriant.

— Bonjour tout le monde ! Qui se souvient de mon prénom ?

Un garçon qui devait avoir environ huit ans leva la main.

— Tu es Lizzy la Furie.

Liz se mit à rire.

— Lui, c'est Little Ray. Il donne un nom de rappeur à tout le monde.

— Comment tu t'appelles ? me demanda le petit.

— Alex.

— Alex The Boss.

— J'aime bien, répondis-je en souriant.

— Il appelle le docteur Artemis, notre chef qui ne sourit jamais, MC Rémission. J'éclate de rire à chaque fois.

Le poids sur ma poitrine s'allégea peu à peu au cours de la demi-heure qui suivit. Liz avait dit que les nouvelles consoles allaient illuminer leurs visages, mais elles firent plus que ça. Elles me remontèrent le moral. Les enfants ouvrirent les boîtes et installèrent l'équipement en moins de cinq minutes. Après ça, nous les regardâmes tester tous les jeux. Quand Liz finit par m'informer qu'elle devait redescendre, j'avais décidé de faire la même chose pour l'hôpital près de chez moi quand je rentrerais.

Après avoir dit au revoir à tout le monde, nous traversâmes le couloir côte à côte, et alors que nous étions presque arrivées à l'ascenseur, j'entendis une voix familière. Au départ, je pensais l'avoir imaginée. Mais quand je l'entendis à nouveau, je m'arrêtai et me retournai. Dans une petite pièce sur ma gauche, un petit garçon vêtu d'une blouse était assis sur un canapé, entre ses parents. Un homme portant une blouse en papier, une charlotte médicale et un masque se tenait devant eux, une grande boîte dans ses bras. Ses yeux verts étaient la seule chose que je pouvais voir, mais c'était suffisant pour savoir que c'était Brayden.

Liz pointa du doigt l'homme derrière la vitre.

— C'est Brayden, de Ryan's House.

— Je sais. On… s'est rencontrés.

— C'est vrai. J'ai oublié que vous m'avez dit que vous travaillez sur leur projet actuel.

— Pourquoi il est habillé comme ça ?

— C'est obligatoire quand un patient est en isolement. Malheureusement, c'est nécessaire quand quelqu'un est gravement immunodéprimé. Seuls les parents et les membres du corps médical sont autorisés à rendre visite aux patients, et ils doivent prendre toutes les précautions nécessaires.

— Mais...

J'étais sur le point de demander comment Brayden entrait dans cette catégorie, quand la raison devint évidente. Il posa la boîte qu'il tenait dans ses mains et l'ouvrit. Lorsqu'il en sortit son contenu, le petit garçon écarquilla les yeux. Il bondit de son siège avec un immense sourire. Je n'avais pas remarqué qu'il lui manquait un bras, pas avant d'avoir vu la prothèse. Et ce n'était pas n'importe quelle prothèse. Celle-ci était à l'effigie d'une bande dessinée Marvel. Tout le bras était peint en rouge laqué, et des toiles noires remontaient le long de l'avant-bras. Une araignée en 3D sublimait le dos de la main, et les articulations des doigts étaient bleu vif. Je ne m'intéressais pas vraiment aux superhéros, mais même moi, j'étais capable de voir à quel point ce bras Spider-Man était incroyable. Je fondis en observant la scène.

Liz interrompit ce moment.

— Est-ce qu'on peut avancer ? Je dois rejoindre une famille en bas dans quelques minutes.

— Oh. Oui, désolée. Bien sûr.

Je jetai un dernier regard, avant de rejoindre l'ascenseur. Je ne voyais peut-être plus Brayden, mais je ne risquais pas d'oublier de sitôt la scène à laquelle je venais d'assister.

De retour dans le Connecticut le lundi matin, Wells, mon partenaire et meilleur ami, entra dans une salle de soins pendant que je me regardais dans le miroir.

— Bonjour, chaton, lança-t-il.

Je tirai la peau au niveau de mes yeux.

— Est-ce que je devrais faire des injections de Botox ? Ou peut-être des *fillers* ?

Il se plaça derrière moi et observa mon reflet.

— Oui.

— Merci, répondis-je.

Mon visage se décomposa.

— Quoi ? Ne me demande pas mon avis si tu n'en veux pas. Tu es magnifique, mais tu ne peux pas arrêter Mère Nature sans une seringue, trésor.

— Vieillir, c'est nul, soupirai-je.

Wells s'assit sur le tabouret que nous utilisions pendant les soins, et il se retourna.

— Parle-moi. Qu'est-ce qui se passe ?

— Rien. Pourquoi tu dis ça ?

— Parce que tu n'as jamais envisagé de faire des injections. Tu es l'une des seules femmes que je connais qui aime son apparence et qui a une assurance naturelle. Alors il se passe quelque chose pour que tu envisages soudain de rejoindre le club des visages figés, comme moi.

Il pointa du doigt un placard et se mit à retirer sa chemise.

— On a une demi-heure avant l'arrivée de nos prochains patients. Est-ce que tu peux faire une retouche sous mes bras ? Je recommence à transpirer.

Contrairement à moi, Wells profitait de tous les services que nous proposions, y compris des injections contre l'hyperhidrose, une transpiration excessive au niveau des aisselles.

Je secouai la tête, tout en récupérant quand même un flacon de Botox et des gants.

— Tu sais que c'est naturel de transpirer, non ?

— Tu dis ça comme si c'était génial. Tu sais ce qui est naturel ? Une banane. Tu sais ce qui arrive quand on la laisse traîner trop longtemps ? Elle pourrit et elle flétrit. Tu sais ce qui ne flétrit pas ? Le plastique. Il peut rester là pendant mille ans. Je veux être du plastique.

Il me fit rire.

— Lève ton bras, gros bêta.

Wells et moi discutâmes pendant que j'injectais du poison dans ses aisselles. Il me raconta le rencard horrible qu'il avait eu durant le week-end, et je lui racontai ce que j'avais fait pour Ryan's House.

— Est-ce qu'il y a beaucoup d'ouvriers canons et transpirants là-bas ? Peut-être que je devrais venir avec toi la prochaine fois.

Je me mis à penser à un homme que j'aimerais beaucoup voir en sueur.

— Est-ce que je peux te demander quelque chose sans que tu m'interroges sur les raisons de cette question ?

— Bien sûr, ma belle, faisons comme si c'était possible.

— Est-ce que je suis trop vieille pour sortir avec un homme de trente-et-un ans ?

— Absolument pas. Je suis sorti avec un homme de trente-quatre ans le week-end dernier.

— Ah oui ?

Wells hocha la tête.

— Il s'appelle Cash. Il avait des tablettes de chocolat et m'a dit que son but dans la vie était de rencontrer Scott Disick.

— Qui ça ?

— Oh, bon sang. Il se peut que tu sois trop âgée pour un homme qui a la cinquante, mamie.

— Génial.

— Sérieusement, qui est ce type ? Parce que je le déteste déjà s'il te fait ressentir ce genre de choses.

Je soupirai.

— Ce n'est pas Brayden qui me donne cette impression. C'est moi.

— Brayden, hein ? Joli prénom. Dis-m'en plus.

Je terminai la dernière injection et jetai l'aiguille dans la boîte rouge accrochée au mur.

— C'est le type qui a fondé l'association pour laquelle je travaille.

— J'aime les hommes généreux, déclara-t-il en remuant les sourcils.

Il me fit rire.

— C'est un très gentil garçon. Sans parler du fait qu'il est magnifique et qu'on semble avoir beaucoup de choses en commun.

— Alors, le seul problème c'est qu'il est plus jeune que toi ?

— Il est beaucoup plus jeune que moi.

— Tu as dit qu'il a trente-et-un ans. Ça ne fait même pas dix ans d'écart.

— Je sais. Mais il a presque le même âge que Caitlin. Et il n'a jamais été marié, alors il voudra une famille un jour. Donc c'est plus qu'une différence d'âge. Ça concerne aussi le stade où nous en sommes dans la vie.

Wells s'assit et remit sa chemise.

— Je croyais que tu avais dit que tu ne savais même pas si tu voudrais te remarier un jour. Depuis quand tu cherches un nouveau mari ?

— Je n'en cherche pas, mais...

— Mais quoi ? Tu sais que tu peux simplement passer du bon temps avec quelqu'un, pas vrai ? Tu n'es pas obligée de faire des plans d'avenir sur dix ans.

— Je sais.

— D'ailleurs, pourquoi un écart d'âge te dérange ? Ça ne te faisait rien que Richard ait dix-sept ans de plus que toi.

— C'est différent.

— Pourquoi ?

— Parce que... je...

Wells sourit.

— Bonne réponse.

— Ferme-la.

— Sérieusement, Alex, trente-et-un ans, ce n'est pas trop jeune pour toi, m'assura-t-il en souriant. Surtout si le type est posé et qu'il gère une association. Même si tu penses qu'il n'a pas le potentiel sur le long terme parce qu'il veut avoir des enfants et toi non, il n'y a aucune raison que tu ne puisses pas être avec lui à court terme. Où vit cet homme ?

— Manhattan.

— Combien de temps va durer ce projet de rénovation ?

— Environ trois mois.

— Alors tu as une date d'expiration, conclut-il en haussant les épaules. Si tu veux mon avis, ça me semble parfait.

— Si tu le dis...

— Arrête de trop réfléchir et contente-toi de t'amuser, pour changer.

— Tu dis ça comme si c'était simple.

Il se leva et déposa un baiser sur mon front.

— Ça l'est, ma puce. Il te suffit de lever les bras et de profiter de ces montagnes russes qu'est la vie.

Un peu plus tard, je terminai mon premier rendez-vous et je me rendis dans mon bureau pour me mettre à jour dans la paperasse et mes e-mails. Après ça, j'atterris bizarrement sur le site web de Ryan's House. Je cliquai à quelques endroits pour regarder des photos de tous leurs projets, puis je me rendis sur l'onglet « à propos de nous ». Un cliché de cinq jeunes hommes qui se tenaient par les épaules apparut. Je reconnus d'accord Brayden, avant de me rendre compte que j'avais rencontré la plupart des autres garçons. Il s'agissait de ses amis, Holden, Colby et Owen. Je supposais que celui que je ne reconnaissais pas devait être Ryan. Ils devaient avoir vingt ans tout au plus, et ils étaient tous différents les uns des autres, tout en étant tous très beaux. J'imaginais que ce groupe avait dû faire tourner pas mal de têtes quand ils sortaient ensemble. Sous cette photo se trouvait l'histoire de Ryan, ainsi qu'une biographie de chacun des garçons, qui faisaient apparemment tous partie du bureau de direction de Ryan's House. Je lus tout une première fois, avant de revenir à la biographie de Brayden.

Brayden Foster est le fondateur et directeur général de Ryan's House. Il détient une licence, ainsi qu'un master en génie mécanique de l'université de Pennsylvanie. À tout juste vingt-trois ans, il a obtenu son premier brevet pour une prothèse d'articulation révolutionnaire, qui est actuellement utilisée par les plus grandes entreprises mondiales de prothèses. Brayden a fondé l'association Ryan's House en l'honneur de son meilleur ami d'enfance, Ryan Ellison, décédé d'une leucémie. L'une des passions de Brayden est de développer des membres artificiels à l'effigie des héros d'action, ainsi que le ski, le kick-boxing, les voyages, l'élevage de fourmis et le tricot.

Je ris toute seule en lisant ces deux derniers loisirs. M'imaginer Brayden élever des fourmis était étrange, mais je le visualisais davantage encore en plein tricot. Lui, assis sur un fauteuil à bascule avec une énorme pelote de laine et des aiguilles à tricoter. Peut-être qu'il n'était pas trop jeune pour moi en fin de compte. Plus bas sur la page se trouvait un gros bouton rouge pour faire un don. Mes yeux se posèrent sur le chèque posé à droite de mon clavier. Les anciens associés de mon mari lui envoyaient un petit pourcentage des bénéfices du cabinet tous les trimestres. Les paiements faisaient partie de leur accord de partenariat et allaient continuer à arriver jusqu'à dix ans après sa mort. Je les envoyais à Caitlin chaque fois que je les recevais, mais le trimestre dernier, elle m'avait dit d'arrêter. Au lieu de ça, elle voulait que je verse l'argent à des associations puisqu'elle se débrouillait très bien toute seule. Mes yeux revinrent sur le lien à l'écran. L'association venait en aide aux patients atteints de cancer, et j'étais certaine que mon mari aurait vraiment apprécié Ryan's House. Alors, pourquoi pas ? J'entrai le montant exact du chèque. Le site me demanda ensuite d'entrer mes informations personnelles pour recevoir un reçu fiscal, ce qui incluait mon nom, mon numéro de téléphone et mon adresse e-mail. Je remplis le tout, et dix minutes plus tard, je finis par me forcer à arrêter de fixer la photo de Brayden et je fermai mon ordinateur portable. Au même moment, mon téléphone vibra à la réception d'un message, mais je ne connaissais pas l'expéditeur. Je balayai l'écran pour l'ouvrir.

Inconnu : 11 842,88 $? Je ne peux pas attendre presque une semaine pour te poser cette question. Est-ce que tu as une aversion pour les nombres ronds ?

Un second message arriva avant que je puisse finir de lire le premier.

Inconnu : Au fait, c'est Brayden. J'ai pris ton numéro sur le formulaire de don.

Mon sourire était si grand que j'eus l'impression que mon visage allait se fissurer.

Alex : Salut ! J'ai donné le montant exact d'un chèque que j'ai reçu. Je ne sais pas vraiment pourquoi je n'ai pas arrondi. Je comprends que ça ait pu paraître bizarre.

J'appuyai sur le bouton d'envoi, avant d'ajouter un autre message.

Alex : Enfin, pas aussi bizarre que tes passe-temps...

Je mordillai mon ongle en attendant sa réponse, qui arriva quelques minutes plus tard.

Inconnu : Mince. Il m'a fallu une minute pour comprendre ce que tu voulais dire. J'ai dû aller vérifier ma biographie. C'est Owen. Il gère le site pour moi. Dès qu'il se connecte pour faire une mise à jour, il ajoute un loisir ridicule à ma biographie. Apparemment, il en a mis deux cette fois-ci.

J'éclatai de rire.

Alex : Dommage. J'allais te demander un bonnet en laine rouge et une écharpe. J'ai perdu la mienne.

Inconnu : Désolé de te décevoir. Mais je vais envisager de prendre des cours de tricot si tu ne t'enfuis pas sans me dire au revoir le week-end prochain...

Je ne m'étais pas vraiment *enfuie*, même s'il était vrai que j'étais partie sans dire au revoir.

Alex : Au fait, je t'ai vu au Memorial Hospital. J'ai fait don de quelques consoles et je suis passée devant une pièce au moment où tu donnais une prothèse Spider-Man à un petit garçon. C'était vraiment sympa.

Inconnu : C'était Landon. Pourquoi tu ne m'as pas dit que tu étais là ?

Alex : Je ne voulais pas t'interrompre. Et puis, il fallait que je rentre chez moi.

J'étais en train d'ajouter qu'il fallait que je rentre chez moi avant que la nuit tombe, parce que je ne voyais plus si bien que ça quand il faisait sombre, mais ça m'aurait vieilli encore plus, alors j'appuyai sur le bouton d'envoi et je patientai. Cette fois-ci, les points de suspension apparurent, puis disparurent pendant une minute ou deux, avant de revenir, et de disparaître à nouveau. Il ne se passa rien pendant cinq bonnes minutes, alors je commençai à penser que notre conversation était terminée. Puis mon portable vibra.

Inconnu : C'est peut-être déplacé, mais je n'arrête pas de penser à toi depuis hier. En fait, depuis notre première rencontre...

Lire ce message m'excita bien plus que de raison. Cependant, je ne savais pas vraiment quoi répondre. Est-ce que j'admettais que je pensais aussi à lui tout le temps ? Je pouvais le faire... mais je ne voulais pas trop l'encourager. Je pouvais mentir... ou changer de sujet sans répondre. Alors que j'étais encore en train de réfléchir à mes choix, un autre message arriva.

> **Inconnu : Je sais que tu es en train de choisir soigneusement comment répondre, alors je vais t'épargner ça en changeant de sujet. Tu penses encore pouvoir venir sur le chantier jeudi, cette semaine ? J'aurais besoin d'aide pour récupérer du carrelage et de l'électroménager. Et avant que tu dises non, pense aux pauvres patients atteints de cancer qui devront se contenter de murs gris, de carrelage gris, de peinture grise et d'équipements gris si tu ne m'aides pas...**

J'en avais vraiment très envie. Cependant, mon instinct me disait que ce n'était pas une bonne idée. Je ne me faisais pas assez confiance pour passer du temps seule avec lui. Wells était peut-être capable de séparer ses simples aventures de ses vraies relations, mais je n'étais pas sûre de pouvoir le faire. Cependant, je voulais prendre le temps d'y réfléchir, alors je ne fermai aucune porte.

> **Alex : J'ai beaucoup de travail cette semaine. Ce ne sera sûrement pas possible, mais je vais essayer.**

J'entendis la déception dans la voix de Brayden, même par message.

> **Inconnu : Je ne vais pas te déranger plus longtemps puisque tu es occupée. Merci pour le don. C'est très généreux de ta part. Passe une bonne semaine.**

Je le remerciai et tentai de me remettre au travail. Toutefois, lorsque j'ouvris mon ordinateur, l'écran afficha de nouveau le visage de Brayden. Il fallait croire que je n'avais pas fermé le site. *Bon sang. Il est tellement beau.*

Wells entra dans mon bureau. Il fit le tour de mon bureau et regarda mon écran.

— Oh, seigneur. Qui est cette magnifique créature ? Je t'en supplie, dis-moi que tu es sur un site de rencontres gay.

— C'est Brayden. L'homme dont je t'ai parlé tout à l'heure.

— Tu as dit qu'il était mignon, pas que c'était un dieu grec.

Je soupirai.

— Peu importe. Il ne se passera rien, Wells.

— Pourquoi ça ?

— Je ne sais pas, répondis-je en haussant les épaules. Les aventures, ce n'est pas mon truc.

— Tu le revois quand ?

— Vendredi. En fait, il vient juste de me demander de venir un jour plus tôt pour l'aider à aller récupérer du matériel pour la maison. Mais j'ai dit que je ne pensais pas que ce serait possible.

Il pointa du doigt le visage de Brayden sur l'écran.

— Oh, évidemment que tu vas y aller plus tôt. Même s'il faut que je t'attache et que je t'y conduise moi-même.

CHAPITRE 7

Alex

J'étais arrivée un peu plus tôt que prévu le week-end suivant, et j'avais décidé de m'arrêter au Memorial Cancer Center. Depuis ma dernière visite ici, j'avais parlé à l'assistante sociale de l'hôpital au téléphone, et elle m'avait proposé de devenir bénévole. Ils avaient fait quelques recherches sur moi, et je leur avais envoyé quelques papiers. À présent, je devais juste m'enregistrer en tant que bénévole avant chaque visite.

Il n'y avait pas de meilleur moyen de faire usage de mon temps libre du jour qu'en rendant visite à une petite fille spéciale, qui avait l'air d'avoir désespérément besoin de compagnie. Ashlyn avait douze ans et suivait un traitement contre un lymphome non hodgkinien. On ne voyait que ses grands yeux magnifiques malgré sa tête parfaitement chauve et lisse.

Nous passâmes presque une heure à discuter de télé-réalité et de musique, avant qu'une infirmière vienne nous interrompre pour prendre ses constantes. Je sortis mon téléphone et vérifiai mes messages pour leur laisser autant d'intimité que possible, tout en restant dans la pièce, mais je sentais qu'Ashlyn jetait des coups d'œil dans ma direction en permanence.

— Tu es vraiment très belle, déclara-t-elle après le départ de l'infirmière.

— Oh, merci.

— J'espère avoir des cheveux comme les tiens quand ils repousseront.

— Ils ressemblaient à quoi avant ?

— Ils étaient bouclés, mais j'espère qu'ils repousseront lisses.

Je n'allais pas briser son rêve en lui disant que j'avais entendu dire que c'était plutôt le contraire qui se produisait après une chimio, et que les cheveux lisses repoussaient bouclés. Peut-être qu'elle aurait de la chance. Elle le méritait totalement.

— Tu vas t'amuser ce soir ? demanda-t-elle en ajustant sa couverture.

L'image de Brayden apparut dans mon esprit.

— Je ne sais pas vraiment. Je vais peut-être dîner avec une connaissance.

— C'est une fille ?

— En fait, non. C'est un... garçon, rectifiai-je en riant. Techniquement, il fallait croire que je considérais plus Brayden comme un garçon qu'un homme.

— N'oublie pas de mettre une jolie robe.

Je baissai les yeux sur mon pantalon noir et mon pull blanc au col bénitier.

— Tu n'aimes pas ma tenue ?

— Elle est jolie, mais si je sortais ce soir, je préférerais une belle robe.

— Eh bien, tu sais quoi ? Je mettrai une belle robe pour toi.

— Rose, précisa-t-elle.

— Rose ? répétai-je en ouvrant grand les yeux. En général, je ne porte pas...

— Rose ! Elle doit être rose, insista-t-elle en riant. Porte une robe rose pour moi. Parce que je suis coincée ici et que je ne peux pas le faire.

Vu comme ça, comment pourrais-je le lui refuser ? J'acquiesçai.

— Alors ce sera une robe rose. Tu as gagné.

— Je veux des photos, sinon je ne te croirai pas, ajouta-t-elle en me pointant du doigt.

— D'accord.

— Il te faut aussi de belles chaussures.

Ce petit ange voulait vivre par procuration à travers moi. Je pris une grande inspiration.

— À quoi devraient ressembler ces chaussures ?

— Elles doivent être en verre, comme celles de Cendrillon.

— Je suis presque sûre que les pantoufles de verre n'existent pas, mais peut-être que je peux trouver des talons transparents. Ça irait ?

Elle hocha la tête.

— J'accepterai.

— D'accord, très bien. Eh bien, grâce à toi, j'ai beaucoup de choses à faire cet après-midi. Trouver une robe rose et des chaussures qui ressemblent à du verre. Je devrais filer, annonçai-je en me levant.

— Tu m'envoies une photo tout à l'heure ? demanda-t-elle.

— Tu as un téléphone ?

— Évidemment !

Elle récupéra un portable dans une coque en silicone rose et l'agita devant moi.

— Désolée d'en avoir douté, répliquai-je en lui tendant le mien. Entre ton numéro et je t'enverrai un message.

Elle prit mon téléphone, appuya sur quelques boutons, puis me le rendit.

— Merci, Alex.

— Je te donnerai des nouvelles, affirmai-je avant de sortir de la pièce.

Alors que je traversais le couloir, je me rendis compte de la chance que j'avais, et je fus presque submergée. Et dire que je m'étais lamentée à propos de mes rides, alors que cette pauvre petite voulait juste pouvoir sortir d'ici pour retrouver sa vie. *C'est une bénédiction d'être en bonne santé et de pouvoir vieillir*, me rappelai-je. Chose que bon nombre de ces enfants ne connaîtront peut-être pas. J'allais prier tous les jours pour la guérison d'Ashlyn.

J'avais toujours le cœur lourd en continuant mon chemin. Je m'arrêtai net en apercevant Brayden dans l'une des chambres. Il était en train de parler à un garçon, et il avait un badge de bénévole comme le mien. Visiblement, nous avions eu la même idée. Il ne semblait pas m'avoir remarquée devant la porte, alors j'écoutai ce qu'il disait.

— Je t'ai apporté ça, déclara-t-il en donnant un carton à l'enfant.

— C'est quoi ?

— Juste quelques livres que j'ai pris dans mon ancienne chambre. Je les ai récupérés la dernière fois que je suis allé rendre visite à mon père en Pennsylvanie.

Le garçon lut le titre.

— *Le Monde de Narnia* ?

— Oui. C'est une série d'aventure vraiment sympa. Quand j'étais plus jeune et que je traversais des moments difficiles, je m'évadais dans ce monde sans un regard en arrière.

— Tu penses que je vais aimer ?

— J'espère. Ils ont aussi adapté les livres en films.

— Ça parle de quoi ?

— Eh bien... commença Brayden en se grattant le menton. Des enfants ont été évacués dans la campagne anglaise pendant la Seconde Guerre mondiale. Ils se retrouvent dans un royaume imaginaire qu'on appelle Narnia. Il y a un lion qui parle et une sorcière maléfique. Il faut que tu les lises, mais je serais curieux de savoir ce que tu en penses.

— Merci ! Je commencerai ce soir, comme ça je pourrai te les rendre, indiqua le petit en passant sa main sur les livres.

— Ils comptent beaucoup pour moi. Mais toi aussi, alors je te les offre.

— Tu ne veux pas les récupérer ?

— Non, insista Brayden en levant la main. Tu peux les garder. Offre-les à un ami quand tu auras terminé.

Soudain, il se tourna et m'aperçut sur le seuil. Son regard s'éclaira.

— Salut, toi.

— Salut, répondis-je en entrant. Je crois qu'on a eu la même idée.

— Toi aussi tu passais du temps avec une amie ? demanda Brayden en souriant.

— Oui. Je viens juste de dire au revoir à Ashlyn.

— Super, répondit-il en se tournant vers le garçon. Est-ce que tu connais Will ?

— Pas encore. Enchantée, Will.

Je lui fis bonjour de la main.

— Moi aussi.

— J'allais partir, m'informa Brayden en se levant. Tu sortais ?

— Oui.

Il se tourna vers Will.

— Je reviens bientôt, d'accord ?

— Merci encore pour les livres.

— La prochaine fois que je viendrai, on en parlera. Je veux savoir ce que tu en penses. Il faudra peut-être que tu me rafraîchisses la mémoire sur certains points.

Il tapa dans la main du garçon, avant de sortir avec moi.

— C'est très gentil de ta part, affirmai-je.

— Je pense vraiment qu'il va aimer ces bouquins. Du moins, je l'espère. Il m'a dit qu'il aimait lire. Ces enfants... ils ont désespérément besoin de pouvoir s'échapper, tu comprends ?

— Oh oui. Mon amie au bout du couloir m'envoie en mission shopping cet après-midi.

— Pour lui acheter des vêtements ? m'interrogea-t-il en riant.

— Non. Elle veut que je m'habille d'une certaine manière ce soir, et que je lui envoie une photo. C'est inté-ressant.

— Tu es sa poupée dans la vraie vie ?

— On peut dire ça, répondis-je en me raclant la gorge. De quels moments difficiles tu parlais à Will ?

— Hein ?

— Tu as dit que tu as lu cette série quand tu traversais des moments difficiles pendant ton enfance.

— Oh.

Son expression s'assombrit.

— C'était ma mère. Elle, euh, elle nous a en quelque sorte abandonnés quand j'avais neuf ans.

— Mince. Je suis désolée. Tu ne l'as plus revue ? m'enquis-je en marchant moins vite.

— Occasionnellement au fil des années.

Ça me faisait mal au cœur.

— Je suis navrée. Ça a dû être difficile.

Il baissa les yeux en continuant à avancer.

— Je m'en suis remis.

— Est-ce qu'on s'en remet vraiment ? rétorquai-je.

— Pas le choix, hein ? lança-t-il en se tournant vers moi.

Je hochai la tête, puis je tentai de faire taire mes pensées. J'aimerais croire que le fait que Brayden s'intéresse à moi n'avait rien à voir avec ses problèmes potentiels avec sa mère. Je changeai intentionnellement de sujet.

— Tu as dit qu'on devait aller où aujourd'hui ?

— Où tu veux.

— Attends, tu as dit que tu avais besoin que je t'aide à choisir de l'électroménager, non ?

— Il faut qu'on règle ça aussi, oui.

Lorsque nous arrivâmes au magasin de bricolage, nous nous garâmes côte à côte.

L'odeur de contreplaqué me parvint dès l'entrée, et les yeux de Brayden scintillèrent sous la lumière vive des néons.

— C'est plutôt sympa d'être ici avec un homme, indiquai-je. D'habitude, je me fais draguer dans ces magasins.

— Je ne peux pas en vouloir à ces types, répondit-il en me poussant gentiment. Même si techniquement, tu te fais draguer aussi aujourd'hui, mais juste par moi.

— Mince alors, répliquai-je en claquant des doigts. Je pensais avoir droit à une pause.

Nous nous dirigeâmes vers les appareils électroménagers.

— J'ai adoré t'entendre parler avec Will, tout à l'heure. On dirait que tu t'entends bien avec les enfants.

— J'adore les enfants.

Je déglutis.

— Tu as dit que tu en voudrais un jour...

— Je ne suis pas pressé.

Oui. Justement. Il avait encore tout son temps. Encore une raison pour laquelle nous n'étions pas faits l'un pour l'autre. Je secouai la tête en me promettant de laisser tous les sujets sérieux de côté pour l'instant, et de profiter simplement du temps passé avec lui.

Nous parvînmes à choisir rapidement une cuisinière, puisqu'un seul modèle était disponible sur place à ce moment-là, et que Brayden devait l'installer rapidement.

— Qu'est-ce qu'on doit prendre d'autre ici? l'interrogeai-je.

— Aucune idée. Tout ça, c'était juste une ruse pour que tu viennes plus tôt.

— Tu n'avais pas vraiment besoin de mon aide...

Il s'approcha pour me parler à voix basse.

— J'avais besoin de ta compagnie. Mais en y réfléchissant, il faut qu'on choisisse le carrelage de la salle de bains.

Nous rejoignîmes le rayon carrelage, où je choisis un motif à chevrons qui semblait aussi lui plaire.

Nous passâmes ensuite à la caisse, et sur le chemin du retour, je suivis Brayden jusqu'à la maison pour déposer nos achats.

— Est-ce qu'il y a un centre commercial dans le coin? demandai-je une fois que tout fut terminé et que nous étions en train de retourner à nos voitures.

— On peut sûrement en trouver un. Qu'est-ce que tu as en tête?

Il sortit son téléphone.

— La fille dont je t'ai parlé, Ashlyn. Je lui ai promis d'acheter une tenue spécifique pour ce soir.

— Ah, c'est vrai. Tu as prévu d'aller dans un endroit spécial ? lança-t-il en m'adressant un sourire espiègle.

— Je lui ai dit que je sortais avec mon ami... qui est un garçon.

Il secoua la tête.

— Ouch. La dernière fois que j'ai vérifié, j'étais un homme. Mais tu ne m'as pas laissé la chance de te le prouver.

Il posa sa main au creux de mes reins, et un frisson me parcourut.

— Bref, monte dans ma voiture. Allons faire du shopping.

Il s'avérait qu'il y avait un centre commercial pas très loin de la maison. Une fois sur place, je traînai Brayden dans le plus grand magasin à disposition.

Il regarda autour de lui.

— On cherche quoi exactement ?

— Je suis censée acheter une robe rose et lui envoyer une photo de moi.

— Je ne te vois pas porter une robe rose à volants.

— En général, ce n'est pas mon truc. Mais je ne suis pas opposée à l'idée de sortir de ma zone de confort.

— Assure-toi de te souvenir de ça plus tard, répliqua-t-il avec un clin d'œil.

Je levai les yeux au ciel en riant.

Alors que nous étions en train d'explorer le rayon des robes, Brayden en choisit une.

— Qu'est-ce que tu penses de celle-ci ?

Elle était rose vif, avec de la dentelle à l'avant et une jupe à volants.

— C'est peut-être un peu trop, non ?

— Je parie que tu serais magnifique avec.

— Il n'y a pas énormément de choix, alors je vais l'essayer, déclarai-je en la lui prenant des mains.

Je me rendis dans une cabine d'essayage, pendant qu'il attendait devant. Après avoir enfilé la tenue, je compris pourquoi il l'avait choisie. Elle avait un grand décolleté. Mis à part ça, elle était parfaite. Elle était ajustée à la taille, et la jupe s'évasait d'une manière féerique qui allait plaire à Ashlyn.

Je me rhabillai et sortis avec la robe.

— Je pense qu'on a trouvé la bonne.

Il prit un air renfrogné.

— Je m'attendais à ce que tu sortes pour me la montrer.

— Tu la verras ce soir.

— Oh, j'avais oublié. Tu as un rencard avec un garçon, c'est ça ? plaisanta-t-il. On devrait rentrer à l'hôtel pour se changer. J'ai réservé une table.

— Où ça ?

— C'est une surprise, mais cette robe sera parfaite.

— Mais on ne peut pas partir maintenant. Je lui ai dit que j'achèterais aussi des pantoufles de verre.

— Des quoi ?

— Des chaussures qui ont l'air transparentes, comme celles de Cendrillon.

— Ah... comprit-il en se grattant le menton. Ce défi va être plus difficile.

Après avoir trouvé le rayon chaussures, j'examinai les choix qui s'offraient à moi aussi vite que possible.

Aucune paire n'avait l'air transparente.

— Je crois que je n'ai pas de chance, annonçai-je en retrouvant Brayden dans le rayon des soldes.

Il portait une boîte sous le bras.

— Et celles-ci ? demanda-t-il en l'ouvrant.

Des mules à talons couvertes de fourrure rose se trouvaient à l'intérieur. Mais elles étaient en plastique transparent. Et c'était ma taille ! *Bingo.*

— Je pense que je ne trouverai pas mieux. Merci de les avoir trouvées.

— Je n'arrive pas à dire si elles sont sexy ou si on dirait qu'elles viennent tout droit d'une maison close de Vegas, ajouta-t-il en riant.

— Je penche plus pour Vegas.

Brayden m'avait envoyé un message pour me dire qu'il était prêt, et j'avais décidé de le rejoindre dans le hall.

Mes mules claquaient sur le sol en marbre lorsque je m'approchai de lui.

Il était magnifique dans sa chemise ajustée et son pantalon noir. Il avait les mains dans les poches, et il était appuyé contre un pilier près de l'entrée. Quand il m'aperçut, il me rejoignit rapidement.

— Bon sang. Tu es toujours canon, mais ce soir? Tu es incroyable, affirma-t-il en secouant lentement la tête. Ça me fait penser au film *Rose bonbon*.

— Ce film est plus vieux que toi, le taquinai-je.

— Je l'ai vu, petite maline.

Je lui tendis mon téléphone.

— Tu veux bien prendre une photo de moi? Avant que j'aie l'air fatiguée en fin de soirée.

— Est-ce que tu prévois de faire quelque chose en particulier pour lâcher tes cheveux et avoir l'air... fatiguée?

— Laisse-moi deviner, tu as quelques idées? répliquai-je en riant.

— C'est toi qui le dis, pas moi. Dis ouistiti, ajouta-t-il en levant le portable.

J'arborai un grand sourire, et il prit quelques photos, avant de me rendre mon téléphone.

— Prête ? demanda-t-il en me tendant sa main.

— On va où ? l'interrogeai-je en glissant ma paume dans la sienne.

— J'ai réservé une table dans une cave locale. On va goûter une sélection de leurs produits.

— C'est une super idée. Tu as réservé aujourd'hui ?

— Non, je les ai appelés il y a quelques jours, étant donné que j'ai entendu dire qu'ils étaient souvent complets, même en semaine.

— Alors tu étais certain que j'allais venir plus tôt ?

— J'étais plutôt sûr de moi.

— Ça, je n'en doute pas, monsieur Foster.

Brayden commanda un taxi qui nous conduisit au vignoble de Seneca Falls.

À notre arrivée, une serveuse nous installa à une table joliment décorée et éclairée à la chandelle.

— Tu as déjà fait une dégustation de vins ? demanda-t-il.

— Et si je te disais que c'est la première fois ?

— Parfait, répondit-il en tirant une chaise pour moi. Tu vas adorer.

— Merci. Mais j'ai un peu peur de mes inhibitions en ta compagnie, avouai-je dans un rire.

— Tu ne te fais pas confiance ?

C'est ça.

La serveuse nous apporta les échantillons les uns après les autres. D'habitude, je ne mélangeais pas le vin rouge et le vin blanc, mais puisque nous étions ici...

Brayden et moi avions aussi commandé deux entrecôtes. Et mes inhibitions s'envolaient rapidement.

— Tu sais ce qui est nul ? reprit-il.

— Quoi donc ?

J'avalai le reste de mon cabernet.

— Te faire boire était l'idée la plus stupide qui soit, parce qu'à présent, je sais que je ne pourrai pas te toucher.

C'est un peu décevant.

— Pourquoi ça ?

— Parce que je ne saurais pas si tu entres dans mon jeu seulement parce que tu es ivre.

Je frottai ma jambe contre la sienne sous la table.

— Eh bien, puisque tu ne vas rien tenter, je suppose que je peux admettre que tu es très appétissant ce soir, Brayden, et c'est vraiment dommage que tu ne tentes rien, parce que j'aurais *adoré* jouer le jeu.

Il ferma les yeux.

— Est-ce que tu sais à quel point j'ai envie de toi ?

— Je crois que j'en ai une petite idée.

— J'espère que tu me laisseras une chance. Parce que je te promets que tu ne le regretteras pas.

— Si tu n'avais pas de principes, je t'aurais laissé ta chance ce soir.

Il agita son index devant moi.

— C'est l'alcool qui parle, mais crois-moi, je prendrai tout ce que je pourrai, même si c'est juste une conversation coquine.

Je gloussai. Ça faisait longtemps que je ne m'étais pas sentie aussi heureuse et insouciante. Je respectais aussi beaucoup le fait qu'il ne profite pas de mon désir évident pour lui.

Sur le trajet du retour, j'avais peut-être le ventre rempli, mais j'étais quand même affamée.

— Pas même un baiser, hein ? demandai-je en passant ma langue sur mes lèvres.

— Non, parce que c'est comme ça que ça commence. Et crois-moi, une fois que j'aurai commencé... tu ne voudras pas que je m'arrête.

Oui, j'étais éméchée, mais j'étais encore parfaitement consciente de ce que je faisais, de ce que je désirais. Et je désirais Brayden Foster. Désespérément.

Une fois de retour à l'hôtel, j'avais pensé qu'il monterait dans l'ascenseur avec moi, mais au lieu de ça, il tint la porte ouverte pour me dire au revoir au moment où je montais dans la cabine.

— Tu ne viens pas ?

— Non.

— Pourquoi ?

— Parce que je ne me fais pas entièrement confiance. Et aussi parce que ma chambre est de l'autre côté de l'hôtel. Alors je vais prendre un autre ascenseur au bout du couloir.

— Bon, eh bien... commençai-je en coinçant une mèche de cheveux derrière mon oreille. J'ai passé une bonne journée.

— Moi aussi. Merci d'être venue plus tôt pour m'aider à m'occuper de tout ça, ma belle.

J'allais définitivement *m'occuper* d'autre chose ce soir. En fait, je prévoyais de me charger dès que possible du feu entre mes jambes.

Quelques minutes après mon arrivée dans ma chambre, mon téléphone sonna. *Brayden*. Je décrochai.

— Je te manque déjà ?

— Oui. Même si je viens de te fuir, je n'avais pas envie que la soirée se termine.

— Moi non plus, admis-je.

— Et tu sais quoi ? Je regrette totalement de ne pas t'avoir embrassée.

Je fermai les yeux en souriant.

— Il y aura d'autres occasions.

— J'espère, Alex. J'espère que tu ne retrouveras pas la raison une fois que l'alcool ne fera plus effet, ajouta-t-il en riant. Hé, est-ce qu'Ashlyn a répondu à la photo que tu lui as envoyée ?

— J'ai été tellement distraite que je n'ai pas vérifié. Attends.

Je cliquai sur la notification des messages.

Ashlyn : J'adore ! Maintenant, montre-moi le prince charmant.

— Elle a adoré, mais elle voulait une photo du prince charmant.

— Oh, dommage. J'aurais accepté de poser pour elle, soupira-t-il. Je passerais bien te voir tout de suite pour prendre une photo rapidement, mais bon, je suis en boxer.

Je soupirai à mon tour.

— Je pense que tu devrais passer dire bonjour à Ashlyn en personne la prochaine fois que tu iras à l'hôpital.

— C'est une bonne idée. Si je lui dis que je suis le prince charmant, elle comprendra.

Alors que la conversation se poursuivait, je retirai mes chaussures et ouvris les rideaux pour voir la vue depuis ma chambre. J'étais face à une autre partie de l'hôtel, une autre série de chambres. Puis j'aperçus un homme de l'autre côté, appuyé contre une fenêtre. Il portait un boxer et ressemblait à... un dieu grec. Il était aussi au téléphone avec *moi* au même moment.

— À tout hasard, est-ce que ton boxer est noir ?

— Oui. Pourquoi ?

— Est-ce que tu as toujours pour habitude de te donner en spectacle à moitié nu devant tes fenêtres de chambre d'hôtel ?

Il tourna brusquement la tête et regarda dans ma direction. Je lui fis signe de la main.

— Bordel. Tu m'observais depuis tout ce temps ?

— Non, je viens juste de te voir en ouvrant les rideaux.

— Quelle coïncidence.

— Jolis abdos, d'ailleurs.

— Tu n'étais pas censée me voir comme ça aujourd'hui. Maintenant, ma grande révélation est gâchée.

— Désolée, gloussai-je.

— Moi aussi je devrais avoir droit à un petit spectacle, alors. Tu vois, je me sens un rien lésé d'être le seul à montrer un peu de peau.

— Oh, pauvre petit. Me voir à moitié nue t'aiderait à te sentir mieux, hein ?

— Oui. Je crois que c'est la seule chose qui pourrait me consoler.

Je me sentis un peu joueuse, alors j'hésitai à lui offrir le spectacle qu'il réclamait.

Est-ce que je devrais le faire ?

CHAPITRE 8

Brayden

— Bordel, marmonnai-je.

J'avais complètement oublié que j'étais encore au téléphone, mais la voix d'Alex me le rappela.

— J'en déduis que tu apprécies la vue ?

Étant donné que j'étais en train de saliver, *apprécier* n'était pas un mot assez fort. Alex se trouvait devant la fenêtre, sa robe rose avait disparu, et elle portait uniquement des sous-vêtements en dentelle couleur chair. C'était plutôt *carrément phénoménal*. Évidemment, je n'avais pas de jumelles sous la main. J'aurais tout donné pour voir ça de plus près, passer mes doigts sur la dentelle et sentir ses courbes magnifiques.

— Tu es sublime, Alex, déglutis-je. Tu veux bien te tourner pour moi ?

Le silence se fit au bout du fil, à l'exception de nos respirations rapides. Je la fixai en sentant mon cœur battre la chamade dans ma poitrine. Après quelques secondes, elle se tourna.

Merci, mon Dieu.

Un string.

Un foutu string.

Je gémis.

— Si tu savais ce que je ferais à ses fesses si j'étais là…

— Tu as un faible pour les fesses, alors ?

— J'ai un faible pour *Alex*. Il n'y a rien chez toi qui ne m'excite pas. Et je n'exagère pas. Aujourd'hui, quand on a acheté la cuisinière, tu as demandé au caissier s'il n'avait pas des bons de réduction en trop, et ça m'a donné envie d'empoigner tes cheveux et d'écraser ma bouche sur la tienne.

— *Mmmh…* Ça donne envie.

Je fermai les yeux.

— Je dois prendre sur moi pour rester ici et ne pas venir dans ta chambre.

— Peut-être que c'est ce que je veux. Ta bouche sur moi, que tu me tires les cheveux.

— Redis ça demain, trésor, et essaie de m'en empêcher. Tout ça et bien plus encore, promis-je en soupirant. Maintenant, retourne-toi pour que je puisse te regarder une dernière fois. Même si j'adore chaque seconde de ce spectacle, je ne veux pas que quelqu'un d'autre puisse te voir comme ça.

Elle m'obéit. Mes yeux parcoururent lentement son corps incroyable pour le graver dans ma mémoire.

— Merci.

— Fais de beaux rêves, Brayden. Je sais que ce sera mon cas.

— Bonne nuit, ma belle. N'oublie pas de fermer les rideaux.

— D'accord.

Après avoir raccroché, Alex me fit au revoir de la main avant de dissimuler la vue. Maintenant que le spectacle érotique était terminé, je jetai un coup d'œil dans ma chambre. Il n'y avait pas grand-chose de plus qu'un lit, une commode, une télé et une lampe. Et j'étais bien trop excité pour dormir tout de suite, même après tout le vin que nous avions bu au cours de la soirée. J'hésitai à me rendre à la salle de sport de l'hôtel, ou peut-être même à aller faire un footing. Toutefois, aucune de ces solutions ne serait confortable avec l'érection qui étirait mon boxer. Alors je choisis plutôt une douche rapide, en me disant que j'allais m'occuper de ça, tout en visualisant Alex dans ses sous-vêtements sexy.

Dans la salle de bains, je fis couler l'eau et attendis qu'elle chauffe avant de retirer mon boxer. Je n'eus même pas à fermer les yeux pour me rappeler chaque détail. Ses yeux bleus saisissants, ses lèvres naturellement roses, son long cou couleur crème. Son corps était parfait, tout en courbes – et non pas squelettique comme certaines femmes en rêvent –, avec des hanches qui attendent qu'on y enfonce nos doigts, ainsi que des seins qui me semblaient naturels. Alex faisait très femme, à tel point qu'elle faisait passer toutes celles qui étaient passées avant elle pour des fillettes.

Pourtant, en même temps, quelque chose paraissait curieusement innocent chez elle, comme si elle était pure ou qu'elle n'avait encore jamais été touchée. Ce qui, évidemment, était ridicule puisqu'elle avait déjà été mariée pendant dix ans. Peut-être que j'en rajoutais juste pour prendre mon pied – non pas qu'il me faille plus qu'un seul regard posé sur elle. Je fermai les yeux et laissai l'eau chaude couler sur mes épaules, puis sur mon sexe. Mais quand je me mis à me caresser, un sentiment auquel je n'étais pas habitué s'empara de moi.

La culpabilité.

Ça me semblait mal de me masturber en pensant à Alex.

Pourquoi ? Je n'en avais aucune idée. Ça ne m'avait jamais posé problème auparavant. Bon sang, j'avais passé la majeure partie de ma première année de fac à prendre mon pied en pensant à ma prof d'anglais qui était mariée à *une femme*. Tous les mardis et jeudis, je lui avais dit bonjour avec un grand sourire et aucune culpabilité.

C'est ridicule.

J'avais besoin de me soulager après avoir vu Alex presque nue. En fait, elle *voulait* sûrement que je le fasse. J'étais même prêt à parier qu'elle était en train de se tortiller sur son lit, les doigts enfoncés dans son sexe trempé pour se faire jouir.

Visualiser cette scène fit raidir un peu plus mon érection déjà dure comme la pierre. Alors je pris l'après-shampoing, j'en fis couler une bonne quantité sur ma paume, et je me remis en action. C'était agréable, mais j'avais beau essayer, je n'arrivais pas à me laisser suffisamment aller pour atteindre la ligne d'arrivée. C'était extrêmement frustrant. Je finis par abandonner et sortir de la douche. Des heures plus tard, j'étais encore en train de fixer le plafond dans le noir, en me demandant comment j'allais fonctionner normalement avec des couilles pleines si je ne pouvais pas toucher Alex au plus vite.

J'arrivai en retard sur le chantier le lendemain matin. Heureusement, la plupart des bénévoles venaient seulement les samedi et dimanche, alors il n'y avait que les chefs d'équipe et deux autres bénévoles qui étaient arrivés en ville plus tôt.

Alex arbora un sourire en coin quand j'entrai dans la cuisine.

— Bonjour, marmotte.

Je passai une main dans mes cheveux.

— Qu'est-ce qu'il y a de si amusant ?

— Tu n'as pas bien dormi ? demanda-t-elle en mordillant sa lèvre pour tenter de cacher son amusement.

— Non, pas du tout.

— Eh bien moi, j'ai dormi comme un bébé.

Je récupérai un gobelet et me servis au distributeur de café posé sur la table. Seulement quelques gouttes en sortirent.

— Désolée, on a tout bu, m'informa Alex. Mais j'allais justement chercher de l'eau. Je peux passer te chercher un café.

— Comme tu veux, répondis-je en faisant la moue.

Puis Chad, un autre bénévole que je n'avais pas remarqué, entra dans la pièce. Je n'étais pas très fan de lui, surtout parce qu'il était beau, plus âgé que moi, et qu'il suivait Alex partout comme un petit chien.

— Je vais passer chez Dunkin, annonça Alex. Tu veux quelque chose, Chad ?

— Non, mais je vais t'accompagner.

Génial. Comme si je n'étais pas déjà de mauvaise humeur. Bref, j'avais des choses à faire, alors j'allais commencer ma journée pendant qu'ils s'éloignaient tous les deux. Je faisais mon deuxième voyage pour récupérer les cartons de carrelage dans ma voiture, quand un homme s'approcha. Ses vêtements étaient en lambeaux, l'avant de l'une de ses baskets tenait grâce à du ruban adhésif, et il tenait un gros sac de voyage vert sur son épaule. Il me semblait vaguement familier.

— Est-ce que je suis bien à la maison pour le projet de Ryan's House ?

— C'est ça, confirmai-je en hochant la tête. Je peux vous aider ?

L'homme me tendit sa main.

— Charlie Nolan. Je suis bénévole.

Je posai le carton de carrelage et la lui serrai.

— Ravi de vous rencontrer, Charlie.

— Vous en avez d'autres à porter ? demanda-t-il en désignant le carton, puis ma voiture, qui était garée devant.

— Une dizaine.

Charlie acquiesça.

— Laissez-moi poser mon sac et je vous donnerai un coup de main.

— Merci.

Le nouveau bénévole m'aida à transporter le reste du carrelage. Après avoir terminé, je frappai dans mes mains pour en retirer la poussière.

— Vous me semblez familier. On s'est déjà rencontrés ?

— Est-ce que vous avez participé au dernier projet ? m'interrogea-t-il. Celui de Jersey.

— Non. Vous faisiez partie des bénévoles ?

Il hocha la tête.

— J'habite à New Brunswick. Enfin, j'y habitais.

— Vous vivez où, maintenant ? Au nord de New York ?

— Pas vraiment. Je vadrouille un peu en ce moment. Quelques jours ici, quelques jours là-bas...

Puis je me rappelai où je l'avais vu. La veille, quand j'étais arrivé, j'avais garé ma voiture dans un endroit isolé du parking, pour éviter qu'elle soit éraflée par les portières d'un camion. Il y avait un sans-domicile en train d'installer un abri en carton dans la pelouse juste derrière moi. Je l'avais salué d'un geste de main, puis j'avais continué mon chemin.

— Eh bien, on est ravis de vous avoir parmi nous. Est-ce que je peux vous demander ce qui vous a amené à être bénévole pour Ryan's House ?

C'était une question que je posais à tout le monde. Certains cherchaient juste à venir en aide à un projet, mais la plupart de nos volontaires avaient une histoire, une raison d'accorder leur temps à une association liée au cancer. Et ces personnes aimaient raconter ce qui les avait fait s'engager.

— Ma femme a eu un cancer. Cancer des os, précisa-t-il. Elle est décédée il y a un an. Quand elle était malade, on a passé beaucoup de temps dans le Texas, au centre de cancérologie MD Anderson, pour qu'Arlène puisse recevoir des traitements expérimentaux. Les trajets, les frais de séjour et les frais médicaux non pris en charge nous ont ruinés. J'ai dû vendre notre petite maison à Jersey pour pouvoir tout régler. J'ai perdu mon emploi de comptable à la fin de mes congés pour raison familiale. Peu de temps après la mort de mon Arlène, j'ai lu un article à propos de Ryan's House. Je ne regrette absolument pas d'avoir dépensé nos économies et d'avoir perdu notre maison et mon travail. Je le referais sans hésiter pour passer ce temps avec elle. Mais... et si quelqu'un d'autre n'avait pas à endurer tout ça ? C'est une cause que je peux défendre.

— Waouh. Toutes mes condoléances. On dirait que vous en avez bavé.

Charlie acquiesça.

— Ces quelques années ont été difficiles, mais les choses commencent à s'améliorer. Et c'est en grande partie grâce à Ryan's House. Pendant un moment après le décès de ma femme, j'ai en quelque sorte baissé les bras. Je n'avais plus d'épouse, plus de maison, plus de travail... Il est plus facile de s'apitoyer sur son sort que de se battre pour avancer après toutes ces épreuves. Participer au dernier projet m'a donné l'impression d'être à nouveau utile. Ça m'a fait me rappeler que j'avais peut-être soixante-et-un ans, mais que j'avais encore beaucoup de choses à offrir. J'ai même un entretien d'embauche la semaine prochaine.

— C'est une bonne nouvelle.

Notre conversation fut interrompue lorsque Chad et Alex revinrent. Je présentai tout le monde et demandai à Charlie de rester avec Alex. Quelque chose me disait que sa compagnie lui ferait du bien. Puis l'heure de la livraison de l'électroménager arriva, et le reste de la matinée passa rapidement. J'ignorais si c'était l'attitude positive de Charlie ou le café qui avait illuminé ma journée, mais je me sentais moins grincheux lorsque je retrouvai Alex, qui était seule dans la salle de bains du bas, en train de prendre des mesures.

Elle inscrivit un nombre sur son carnet et coinça le stylo derrière son oreille en souriant.

— Salut. Tu te sens mieux que ce matin ?

— Oui, répondis-je en fermant la porte derrière moi.

La pièce parut plus petite.

— Tu as l'air fatigué, observa-t-elle en inclinant la tête. Tu n'as vraiment pas bien dormi ?

— Non. J'ai vraiment passé une mauvaise nuit. Mais toi, tu as dit que tu avais dormi comme un bébé, hein ?

— C'est vrai.

Ses joues s'empourprèrent, et j'avançai d'un pas.

— Ah oui ? Est-ce que tu as fait quelque chose de spécial avant de t'endormir ?

— Non, répondit-elle *beaucoup* trop rapidement.

Je me penchai pour approcher mon visage du sien.

— *Menteuse.*

Ses joues prirent une teinte écarlate.

— Dis-moi ce que tu as fait, Alexandria.

— Tu *sais* ce que j'ai fait, reprit-elle en mordillant sa lèvre.

— Peut-être. Mais j'ai envie de te l'entendre dire.

— Parce que tu es égocentrique ?

— Parce que j'ai dû aller au lit seul alors que tu m'avais excité. Accorde-moi au moins cette petite satisfaction.

— Très bien. Je me suis touchée. Content ?

J'arborai un grand sourire.

— Fou de joie.

Un coup frappé à la porte interrompit notre conversation. Je l'ouvris et découvris Chad. Il essaya de regarder par-dessus mon épaule pour parler à Alex, mais je ne bougeai pas. Sauf pour bomber le torse. Dommage que je ne sois pas un paon, sinon j'aurais complètement bloqué sa vue avec mes plumes.

— J'ai fini dans le salon, m'informa-t-il. Je me suis dit que j'allais venir voir si Alex avait besoin d'aide.

— Non.

— Oh... D'accord.

— Mais j'ai besoin de quelqu'un pour nettoyer les gouttières, si tu es libre.

Rien de tel que de nettoyer la vase et les crottes d'oiseaux avec tes mains plutôt que de passer du temps dans une salle de bains étroite avec Alex.

Le visage de Chad se décomposa.

— Bien sûr.

— Merci.

Alex me réprimanda dès que je refermai la porte.

— Tu n'es pas très sympa avec lui.

— Peut-être qu'il devrait passer plus de temps à se concentrer sur ce qu'il est venu faire ici plutôt que sur la femme qu'il aimerait se faire...

Elle leva les yeux au ciel.

— Chad est un type bien. Et il ne s'intéresse pas à moi de cette manière.

— Ça m'étonnerait.

— Je t'assure.

Je croisai les bras.

— Tu serais prête à parier ?

— Comment ça ?

— Je te parie que Chad va te proposer de sortir avec lui avant la fin du projet.

— On parie quoi ?

— Du sexe oral, proposai-je avec un grand sourire.

Alex écarquilla les yeux.

— Tu es fou.

— Ça ne devrait pas te déranger si tu es sûre de gagner, pas vrai ? répliquai-je en arquant un sourcil.

— D'accord. Mais il ne me proposera rien du tout, alors tu n'auras pas de fellation.

— Tu as raison, je n'en aurai pas. Parce que quand j'ai parlé de sexe oral, je voulais dire m'occuper de *toi*, lui murmurai-je à l'oreille. Tu ne sais pas à quel point j'ai envie de te goûter, trésor.

— Hé, Charlie ?

Il arrêta d'installer son abri tout au bout du parking et se tourna vers moi.

— Quoi de neuf, Brayden ?

Je lui tendis une carte de chambre d'hôtel.

— Chambre deux cent dix-huit.

Il fronça ses sourcils épais.

— Tu as besoin d'aide pour y monter des affaires ?

— Non. C'est ta chambre. Je l'ai payée pour une semaine.

— Pourquoi tu as fait ça ?

— Tu as un entretien d'embauche la semaine prochaine. Je me suis dit que tu aurais besoin de sommeil, et tu pourras te raser et te préparer avant ton rendez-vous.

— C'est très gentil de ta part, mais je ne peux pas accepter. Une chambre ici doit coûter plusieurs centaines de dollars par nuit.

— Tu m'as raconté pourquoi tu participais au projet, mais moi, je ne t'ai pas raconté mon histoire. Mon ami Ryan avait une leucémie. Il avait beaucoup de temps à tuer pendant ses traitements et ses hospitalisations. On était tous les deux élèves ingénieurs. Je lui tenais compagnie, et à cette époque, on a développé une technologie qui s'est vendue très cher après son décès. Sa part des bénéfices sert à construire des maisons pour aider les patients atteints de cancer. Alors je ne donne pas mon argent à une association. Je donne le sien pour lui rendre hommage.

Je lui tendis de nouveau la carte.

— Tu fais honneur à ta femme en donnant de ton temps. Laisse-moi faire honneur à mon ami de cette manière. S'il te plaît.

Charlie avait les larmes aux yeux. Il hocha la tête et accepta la carte magnétique.

— Merci, mec.

— Je t'ai aussi pris rendez-vous dans un magasin de costumes à quelques rues du chantier. Demain à dix heures. Tu peux choisir celui que tu veux, c'est déjà payé, et le tailleur a dit qu'il pouvait s'occuper des ajustements en vingt-quatre heures. Je t'accompagnerai.

— Je ne sais pas quoi dire, comment te remercier.

— Ce n'est pas nécessaire. Dis juste à ton Arlène de veiller sur mon Ryan.

Il sourit.

— Pas de souci.

Je l'aidai à rassembler ses affaires, puis nous nous rendîmes ensemble à l'hôtel. Alex se trouvait à l'accueil, alors je souhaitai à Charlie de passer une bonne soirée, et j'allai voir ce qu'elle manigançait.

— Tu ne rends pas ta chambre, hein ?

Elle secoua la tête.

— Non, ma clé ne fonctionne pas. Mon portefeuille a une fermeture aimantée qui n'arrête pas de désactiver la carte magnétique. Il faut que je me souvienne de la mettre dans ma poche.

J'acquiesçai.

Elle désigna Charlie d'un signe de tête, alors qu'il attendait l'ascenseur.

— Il a l'air d'être quelqu'un de bien. J'ai discuté un peu avec lui aujourd'hui. Il séjourne aussi dans cet hôtel ?

— Oui.

— Super. J'avais un peu peur qu'il dorme dans sa voiture ou dehors.

— Non, ne t'en fais pas.

La femme à l'accueil donna une nouvelle carte à Alex, et nous avançâmes tous les deux en direction de l'ascenseur. J'appuyai sur le bouton, et les portes s'ouvrirent.

— Ça te dit de dîner avec moi ?

L'expression sur le visage d'Alex me répondit avant elle.

— Je ne crois pas que ce soit une bonne idée. Ce qui s'est passé hier soir était... une erreur. J'avais trop bu et...

Elle secoua la tête.

— Ça n'aurait simplement pas dû arriver.

Mon cœur se serra. Je ne savais pas si c'était le manque de sommeil ou le fait d'être rejeté une nouvelle fois, mais je n'avais pas la force de la contredire.

— D'accord, répondis-je en me forçant à sourire.

— Je suis désolée.

— Ce n'est rien, lui assurai-je en levant une main. Tu n'as pas à l'être.

Une heure plus tard, je me sentais encore triste quand le room service frappa à ma porte. J'avais commandé quelques plats que je ne m'autorisais pas à manger en temps normal, comme des macaronis au fromage, un sandwich au bacon, et les pommes dauphine du menu enfant. Juste au moment où je m'installais pour oublier ma tristesse en mangeant, mon téléphone vibra et le nom d'Alex s'afficha à l'écran. J'étais tenté de ne pas regarder, mais je ne pus m'en empêcher.

Alex : Est-ce qu'il est trop tard pour accepter ton invitation à dîner ?

Je commençai à taper une réponse, mais je me dis qu'il serait plus rapide de l'appeler.

Elle décrocha à la première sonnerie.

— Salut, Brayden.

— J'adorerais dîner avec toi. Mais qu'est-ce qui t'a fait changer d'avis ?

— Charlie.

— Charlie, le bénévole ?

— Oui. Je suis allée chercher une bouteille d'eau au distributeur de mon étage, et il était en train de prendre des glaçons.

— D'accord...

— Il m'a dit ce que tu as fait pour lui. L'hôtel, le costume... Ça m'a fait prendre conscience que l'attirance que je ressens pour toi est bien plus que physique. Je suis attirée par l'homme que tu es, Brayden. Je ne sais pas où ça pourrait aller ni ce que ça signifie, mais je sais que j'adorerais dîner avec toi.

— Dans dix minutes dans le hall, ça t'irait ?

— Ce serait parfait.

Je me rafraîchis rapidement en mettant du déodorant et en me brossant les dents, puis je pris le chariot roulant avec moi et sortis de ma chambre pour rejoindre l'ascenseur. Au deuxième étage, je sortis de la cabine, avançai jusqu'à la chambre deux cent dix-huit, et frappai à la porte.

Charlie ouvrit et observa le chariot.

— Qu'est-ce que c'est ?

— Ton repas.

— Waouh. Merci, Brayden.

— Ne me remercie pas. Remercie Ryan. En fait... me corrigeai-je en souriant. Je crois que Ryan m'a rendu un grand service aussi ce soir. Alors on peut le remercier tous les deux.

CHAPITRE 9

Le dîner avec Brayden ne m'avait pas du tout aidée. J'avais encore plus envie de lui en cette fin de journée. La conversation s'était déroulée naturellement. Lorsque je lui avais demandé de m'en dire plus sur son travail, Brayden m'avait expliqué certaines de ses idées concernant les futurs modèles de prothèses. Il m'impressionnait vraiment. Et pour un homme qui pouvait être arrogant quand il le voulait, Brayden était plutôt humble. Il ne s'était pas vanté d'avoir aidé Charlie. Il aurait pu se servir de cette information à son avantage, mais il ne l'avait pas fait.

Après le dîner, nous entrâmes dans un ascenseur vide et montâmes en direction de nos chambres respectives.

— Je n'ai pas envie que cette soirée se termine, me confia-t-il.

Brayden fixa ma bouche avec envie, mais il ne fit rien de plus.

Je mourais d'envie qu'il m'embrasse. Ses lèvres se retrouvèrent soudain à seulement quelques centimètres des miennes, mais il ne bougea toujours pas. *Est-ce qu'il at-*

tend ma permission ? Je ne pus prendre plus longtemps mon mal en patience pour goûter à cet homme, alors en une fraction de seconde, je décidai de me lancer. Je posai mes lèvres sur les siennes, et je savourai le gémissement de satisfaction qu'il laissa échapper.

— Putain, oui, murmura-t-il contre ma bouche.

Brayden m'attira contre lui, son érection dure comme la pierre appuyant contre mon ventre. J'écartai mes lèvres pour laisser passer sa langue, appréciant la saveur de la bière. Notre baiser s'approfondit lorsque j'enfouis mes doigts dans ses cheveux.

Oh, bon sang. C'est…

Puis les portes s'ouvrirent.

Nous nous écartâmes rapidement, mais pas avant que quelques-uns des bénévoles de l'association qui attendaient l'ascenseur nous aient vus.

Je baissai la tête quand Brayden et moi passâmes devant eux en faisant comme si de rien n'était. Un peu plus loin dans le couloir, j'aperçus la grosse bosse qui déformait son pantalon.

— Tu t'attendais à quoi ? demanda-t-il lorsqu'il capta la direction de mon regard. Je suis comme un animal en chaleur pour toi, Alex.

J'avais le souffle court. J'étais absolument certaine que si l'un d'entre nous entrait dans la chambre de l'autre, nous allions coucher ensemble. Et même si mon corps en mourait d'envie, je n'étais pas prête à franchir cette étape. Car que se passerait-il ensuite ?

— Bonne nuit, déclarai-je en m'éloignant sans un regard en arrière.

Je ne fus pas surprise de recevoir un message de sa part peu de temps après m'être enfuie dans ma chambre.

Brayden : Comment je suis censé tenir deux jours de plus avec toi ?

Alex : C'est exactement pour ça que je suis partie. Moins on passera de temps tous les deux, mieux ce sera. Regarde ce qui se passe quand on est seuls.

Brayden : J'ai adoré ta façon de prendre ce que tu voulais.

Alex : Il ne peut rien se passer de plus que ce baiser.

Brayden : Tu me tues. Mais je sais que tu ne fais pas ça pour te faire désirer. Tu n'es pas prête. Et j'ai besoin que tu sois totalement à l'aise. Parce que j'ai besoin que tu te donnes entièrement à moi sans que rien ne te retienne. Je peux être patient.

Alex : À ce stade, je ne tiens qu'à un fil.

Brayden : Rappelle-moi d'apporter mes ciseaux demain. ;-)

Le lendemain matin, je fis la grasse matinée avant de me rendre sur le chantier. J'avais besoin de dormir après toute cette tension sexuelle accumulée des deux derniers jours. Quand je finis par arriver vers onze heures, Brayden n'était nulle part.

Puisque je l'avais laissé sur sa faim une deuxième fois, peut-être qu'il avait décidé qu'il ne pouvait plus supporter ma présence. Mon esprit s'emballa concernant la raison de son absence. Il s'était demandé comment il allait tenir deux jours de plus avec moi. Peut-être qu'il était enfin d'accord sur le fait qu'il valait mieux passer le moins de temps possible ensemble.

L'une des femmes qui m'avaient vue embrasser Brayden dans l'ascenseur la veille s'approcha alors que je m'apprêtais à retirer du papier peint.

— Salut, lançai-je.

Elle avait l'air de vouloir dire quelque chose.

— Je ne crois pas qu'on ait été officiellement présentées, même si on a travaillé ensemble. Je m'appelle Cora, déclara-t-elle en me tendant sa main, sur laquelle se trouvaient des éclaboussures de peinture.

— Alex. Enchantée.

Cora était grande avec des cheveux châtain courts, et elle portait une salopette en jean.

— Est-ce que je peux faire ma curieuse ? demanda-t-elle.

— Bien sûr.

— Toi et Brayden le beau gosse… Certains d'entre nous vous ont vus en train de vous embrasser dans l'ascenseur hier soir, comme tu dois déjà le savoir.

— En effet, confirmai-je, avant de me racler la gorge. Désolée pour le spectacle.

— Oh, je t'en prie, répliqua-t-elle en balayant mon commentaire d'un geste de la main. C'était torride.

— Ravie que tu penses ça. Mais ce n'était pas censé être une représentation.

— Vous étiez tellement pris dans le feu de l'action que vous avez à peine vu les portes s'ouvrir.

— On s'est un peu laissé emporter.

— Je trouve ça génial, se réjouit-elle en inclinant la tête. Alors, à quand le mariage ?

Je me tournai vers le mur et commençai à gratter le papier.

— Il n'y aura pas de mariage. On ne sort même pas ensemble.

— Ah bon ? Eh bien, j'y ai vraiment cru.

— On ne fait que… flirter.

Scratch.

Scratch.

Scratch.

— Bon sang. Ça, c'est du flirt, alors.

— Il est trop jeune pour moi.

Scratch.

Scratch.

Scratch.

Plus je passais du temps avec Brayden, plus mes excuses semblaient peu convaincantes. Si je n'y croyais pas moi-même, comment quelqu'un d'autre pourrait y croire ?

— Alors, je suppose que ça ne te dérange pas si je tente ma chance avec lui ? m'interrogea Cora. Ce type est carrément canon.

Je sentis la chaleur monter dans mon cou jusqu'à mon visage, et j'arrêtai aussitôt de gratter le papier.

— Oh, mon Dieu. Tu devrais voir comme tu es rouge. Je plaisantais. Et puis, je suis totalement gay. Tu m'intéresses plus que lui. Tu n'es pas bi, par hasard ?

— Non.

Elle se mit à rire.

— D'accord, alors pourquoi tu nies ce qui est visiblement une connexion incroyable ? Et puis, l'âge, ce n'est qu'un nombre.

— Mis à part la différence d'âge, Brayden et moi… on n'en est pas au même stade de nos vies.

— Vous aviez l'air d'être exactement au même stade hier soir. En parlant du loup… ajouta-t-elle en jetant un coup d'œil par-dessus mon épaule.

Je me tournai et j'aperçus Brayden entrer avec Charlie. Je me sentis aussitôt très bête de m'être demandé où il était. *C'est vrai.* Il m'avait dit la veille qu'il emmenait Charlie chez le tailleur le matin.

Brayden se dirigea droit vers moi avec deux cafés.

Il m'en tendit un.

— Je me suis dit que tu en aurais besoin.

Je l'acceptai.

— Merci. J'en ai bu un à l'hôtel, mais un deuxième ne sera pas de trop.

— Longue nuit ? demanda-t-il en arquant un sourcil.

Je sentis mes joues rougir en retirant le couvercle en plastique.

— Est-ce que tu t'es couchée tard parce que tu faisais quelque chose de spécial ? insista-t-il en m'adressant un sourire espiègle.

— Pourquoi ça te regarderait ?

— Parce qu'on a commencé ça ensemble, et je veux savoir comment ça s'est terminé sans moi, répondit-il en baissant la voix.

— Ça s'est très bien terminé.

— Bon sang, j'aurais tout donné pour pouvoir être une mouche posée sur le mur de ta chambre. Ou mieux encore, une punaise de lit pour être aux premières loges.

Je ne pus me retenir de rire, et il me fit un clin d'œil.

J'avalai une gorgée de mon café, et je n'en revins pas. *Est-ce que c'est de la cannelle ? Une pointe de caramel ?* C'était exactement comme ça que je l'aimais. Je regardai les détails imprimés sur le gobelet, et je me rendis compte qu'il avait vraiment trouvé ma commande habituelle.

— Comment tu savais comment je prenais mon café ? Je ne te l'ai jamais dit.

— Il y en a là-dedans, indiqua-t-il en tapotant son crâne avec son index.

— Impossible. Lait d'avoine avec deux sucres, une dose de caramel et une pincée de cannelle ? C'est bien trop spécifique pour que ce soit de la chance.

— Tu es déjà venue ici avec un café. J'ai mémorisé ce qui était écrit sur l'étiquette du gobelet pour savoir ce que tu aimais.

Waouh.

Bizarrement, ça me fit penser à mon mari, paix à son âme. Richard était toujours trop occupé avec le travail pour s'occuper de détails si infimes. Je ne le lui avais jamais reproché. Je comprenais. Ce n'était simplement pas son truc. Mais à présent, c'était étrange qu'on m'accorde autant d'attention.

— Ce n'est pas la seule chose que je sais sur toi, renchérit Brayden.

— Ah bon ? m'étonnai-je en clignant des yeux. Je t'écoute.

— Le bleu est ta couleur préférée. Tu en as porté à peu près quatre fois. C'est comme ça que je le sais.

Il a raison.

— L'un de tes yeux est légèrement plus foncé que l'autre. C'est subtil, mais je l'ai remarqué parce que je les fixe constamment.

Il commence à faire chaud ici.

— Tu écris de la main gauche, mais tu manges avec la droite. Tu lèches le coin de tes lèvres quand tu es nerveuse, poursuivit-il en souriant. Je continue ?

S'il te plaît, non, parce que tu me plais de plus en plus.

Plus tard dans l'après-midi, après le travail, Brayden me raccompagna à l'hôtel. Nous nous retrouvâmes à nouveau dans un ascenseur vide. Avant même que je puisse me demander si nous allions nous retrouver dans la même situation que la dernière fois, Brayden m'avait plaquée contre le mur.

— C'est toi qui m'as embrassé hier soir. Alors... à mon tour, murmura-t-il contre mes lèvres, avant d'y poser les siennes.

Ooooooh. Mes jambes faiblirent et je me laissai aller contre lui. Il posa ses mains sur mes joues et m'embrassa avec passion, comme on ne m'avait encore jamais embrassée. D'une manière si exigeante. Tellement parfaite. Lorsque les portes s'ouvrirent, il s'écarta aussitôt. Heureusement, cette fois-ci, il n'y avait personne que nous connaissions en train d'attendre.

Nous avançâmes dans le couloir, et je savais que ce baiser avait été bien trop court. Ma bouche brûlait d'un désir non assouvi. J'avais besoin de plus. Mes mamelons étaient dressés, mon corps enflammé, alors que je marchais sur des jambes en coton.

— Viens dans ma chambre pour que je puisse finir ce que j'ai commencé, proposa-t-il en m'effleurant.

J'en avais envie. Ou du moins, tout mon corps le réclamait. Mais je *savais* ce qui se passerait.

— Je ne peux pas, déclinai-je.

— Ce n'est pas qu'une question de sexe, Alex.

Ses cheveux étaient un peu décoiffés.

— Je veux sortir avec toi. Pourquoi tu ne prends pas mon attirance pour toi au sérieux ?

— Est-ce que tu vois quelqu'un d'autre ? lâchai-je.

Il s'arrêta en plein milieu du couloir.

— Non.

— Tu ne fréquentes personne à New York ? insistai-je, ma poitrine bougeant au rythme de ma respiration rapide.

— Qu'est-ce que tu ne comprends pas quand je dis non ? Bon, à quelle heure on va dîner ce soir ?

Il me vit hésiter.

— On se rejoint en bas à vingt heures, décréta-t-il.

Puis il fit demi-tour en direction des ascenseurs, et il disparut.

Je me surpris à lécher le coin de mes lèvres. Il avait raison. Je faisais vraiment ça quand j'étais nerveuse.

Ce soir-là, Brayden m'emmena dans un restaurant indien qu'il voulait tester. La nourriture était plus épicée que ce que j'aimais en temps normal – c'était bien trop intense, comme à peu près tout le reste de cette journée.

À un moment donné, il laissa son téléphone sur la table pour aller aux toilettes. Il s'alluma lorsqu'il reçut un appel, et le visage d'une femme s'afficha à l'écran. Elle avait de longs cheveux noirs et du rouge à lèvres rouge foncé. Elle était belle, et je me mis à paniquer intérieurement.

La jalousie s'empara de moi. *Je suis trop vieille pour ces conneries.* Il avait dit qu'il ne fréquentait personne. J'avais *envie* de le croire. Mais qui était cette femme magnifique ?

Brayden revint, et son sourire s'évanouit dès qu'il me regarda. Visiblement, je n'étais pas très douée pour cacher mes émotions.

— Qu'est-ce qui ne va pas, Alex ?

— Tu as raté un appel, l'informai-je en faisant glisser son portable dans sa direction.

Il plissa les yeux et observa l'écran.

— Oui, d'accord. C'était Billie...

— Et qui est Billie ? demandai-je, le cœur battant.

— La femme de mon ami Colby, répondit-il, avant d'écarquiller les yeux. Attends, tu as pensé que...

Il soupira.

— Je comprends pourquoi tu as pu penser ça.

— Qui prend la peine de télécharger une photo de la femme de son ami pour l'associer à son contact ? Je n'aurais jamais pu deviner qui elle était.

Brayden leva les yeux au ciel.

— Je n'ai rien téléchargé. C'est elle qui l'a fait. Billie a pris mon téléphone un jour pour me casser les pieds. Tu as remarqué qu'elle me fait un doigt d'honneur sur cette photo ?

Non, je n'avais pas remarqué. J'avais été trop occupée à voir à quel point elle était belle.

— Elle a dit que je ne répondais jamais au téléphone, c'est pour ça qu'elle l'a fait.

Il soupira, puis il sembla avoir une illumination et il claqua des doigts.

— Tu sais quoi ? Il faut que tu parles avec elle, reprit-il en faisant défiler l'écran de son portable.

— Quoi ? Qu'est-ce que tu fais ? l'interrogeai-je.

Brayden attendit qu'elle décroche.

— Salut, Billie. Ça va ? J'ai vu que tu m'avais appelé...

Il gratta son menton.

— Oh, oui. Dis à Colby que j'ai pu les faire descendre à deux mille. J'avais prévu de le tenir au courant.

Il marqua une pause.

— Écoute, j'ai besoin d'un service. Je suis en plein rencard. Elle s'appelle Alex. J'ai besoin que tu lui parles et que tu lui dises qu'elle peut me faire confiance.

Sans autre avertissement, il me tendit le téléphone.

Je me raclai la gorge.

— Euh... Allô ?

— Je n'en reviens pas que ce crétin t'ait passé le téléphone comme ça, déclara-t-elle en riant.

— C'est parce que j'ai vu ta photo sur l'écran quand tu l'as appelé, et j'ai pensé que tu étais plus qu'une amie alors qu'il m'avait dit qu'il ne fréquentait personne, soupirai-je. Tu es très belle, d'ailleurs.

— Ooh, je t'apprécie déjà alors que je ne te connais pas encore.

— Je suis désolée. C'est terriblement gênant. Je ne sais pas vraiment ce que je suis censée dire...

Je jetai un coup d'œil à Brayden, qui me fixait attentivement.

— Je ne te connais pas et je ne sais pas ce qui se passe entre Brayden et toi, mais je peux quand même te dire quelques trucs.

— D'accord... acceptai-je en léchant le coin de ma bouche.

— Brayden ne parle jamais des femmes avec qui il sort. D'habitude, c'est le plus secret de tout le groupe. Alors le fait qu'il voulait que je te parle en dit beaucoup. Et ce qui est sûr, c'est que ce n'est pas quelqu'un de malhonnête. Comme tous les garçons de la bande. Si tu leur poses une question, tu peux être certaine qu'ils vont te dire la vérité, même si tu ne veux pas l'entendre.

— Merci, acquiesçai-je en poussant un soupir de soulagement. Autre chose ?

— Rien qui ne me vienne à l'esprit. Mais si tu passes par New York et que tu veux un tatouage, je t'accueillerai sans rendez-vous. Les amis de Brayden sont aussi les miens.

— Eh bien, c'est très généreux de ta part. Si ça venait à se faire, ce serait mon premier tatouage.

— Alors il faut vraiment qu'on rectifie ça.

— Ça m'a fait plaisir de te parler, Billie.

— Moi aussi, Alex. Au revoir.

Je lui rendis son téléphone.

— Merci, Billie, ajouta-t-il, avant de raccrocher et de croiser les bras. Est-ce qu'elle avait des choses intéressantes à dire ?

— Elle considère que tu es digne de confiance.

— Tu vois ? lança-t-il en me faisant un clin d'œil. Mais ne te méprends pas, Alex. J'aime que ça t'ait rendue un peu jalouse.

— Ce n'était pas seulement de la jalousie. C'était aussi... de la peur.

— Pourquoi tu as si peur de moi ? demanda-t-il. Je te jure que je ne veux pas te faire de mal.

— Je sais que tu ne cherches pas à me blesser, Brayden.

— Mais tu continues à chercher des raisons pour expliquer que ça ne pourrait pas fonctionner entre nous.

— Je ne vais pas mentir... parfois, tu as l'air d'être trop beau pour être vrai. Je crois sincèrement que tu es quelqu'un de bien. Il n'y a qu'à voir ta façon d'aider Charlie, ton travail avec les enfants, que ce soit avec les prothèses ou le bénévolat. Tu ne te vantes de rien, et tu n'essaies pas de t'en servir à ton avantage. Tout ça te rend encore plus sexy que ton apparence.

— Si ce genre de choses te fait de l'effet, il faut que je t'avoue que j'ai aidé une vieille dame à traverser le parking aujourd'hui.

Il me fit rire.

— Et tu es drôle aussi. Encore un bon point pour toi.

Je marquai une pause pour tenter de mettre de l'ordre dans mes idées.

— Mais ma peur vient plutôt du fait que je me demande si je suis celle qu'il te faut, avouai-je.

Il prit un air sérieux.

— Alors parlons-en, proposa-t-il d'une voix douce.

— Je pense que parfois, dans la vie, on doit regarder au-delà du moment présent. Il n'y a aucune raison pour que ça ne fonctionne pas entre nous *pour l'instant*. Mais certaines choses pourraient se présenter dans le futur et faire en sorte que ça se termine mal. Par exemple, tu veux des enfants. Tu l'as dit toi-même. C'est quelque chose que je ne pourrai probablement pas t'offrir. Alors, est-ce que ce n'est pas un motif de rupture ?

— Bien sûr que non, affirma-t-il.

J'écarquillai les yeux.

— Comment tu peux dire ça ?

— Il y a d'autres moyens d'avoir des enfants, hormis la méthode naturelle. À moins que tu ne sois pas non plus ouverte à ça.

— Je ne sais pas.

C'était la vérité.

— Même si je comprends que tu réfléchisses aux problèmes auxquels on pourrait être confrontés dans plusieurs mois, voire plusieurs années, ce n'est pas comme ça que je fonctionne, Alex. Si la mort de Ryan m'a appris quelque chose, c'est qu'il faut vivre chaque jour comme si c'était le dernier. Je pourrais me faire écraser par un camion demain. Et tu sais quoi ? La chose que je regretterais le plus serait de ne pas savoir où ça aurait pu aller entre nous.

Mon cœur se serra.

— Tu es incroyable, marmonnai-je.

— Viens dans ma chambre ce soir, et je te montrerai à quel point je peux l'être.

— C'est dangereux et tu le sais.

— Absolument.

— Je ne te crois pas.

— Et si je te promettais de bien me tenir? Je ne tenterai rien. Sérieusement, je déteste que nos soirées se terminent si tôt parce que tu as peur d'être seule avec moi. On a déjà tellement peu de temps ensemble. Pourquoi on ne peut pas être seuls dans une chambre sans pour autant coucher ensemble?

Je réfléchissais encore à cette question alors que nous étions en train de rentrer à l'hôtel. Ce soir-là, la chance ne fut pas de notre côté puisque l'ascenseur n'était pas vide, alors je n'eus pas droit à mon baiser. En sortant de la cabine, je n'avais toujours pas décidé si je devais aller dans sa chambre ou non.

Brayden m'arrêta en plein milieu du couloir, puis il posa ses mains sur ma taille et me fit reculer contre le mur. Un frisson parcourut mon corps.

— Qu'est-ce que tu dis de ça? commença-t-il. Je jure sur la tête de Ryan que je ne tenterai rien si tu viens dans ma chambre. Je ne te toucherai pas.

Je hochai la tête.

— Eh bien, je sais que tu dis la vérité, mais je vais quand même dans ma chambre.

— Pourquoi?

— Parce que je ne suis pas sûre de pouvoir *me* retenir de tenter quelque chose.

Son regard s'emplit de malice.

— Bonne nuit, ajoutai-je en me dirigeant une fois de plus ma chambre, seule.

— Heureusement que le bleu est ta couleur préférée, parce que ça va parfaitement avec la couleur de mes testicules ! s'exclama-t-il.

❤CHAPITRE 10

Alex

Je n'arrivais pas à me détendre. Pas même après une douche chaude. Contrairement à la dernière fois, après notre petit spectacle érotique, ce n'était pas mon corps qui avait besoin d'être apaisé. C'était mon esprit. Toutefois, dès que j'étais près de Brayden, mon corps vibrait de désir, alors je pourrais m'occuper de ça aussi. Pourtant, même si je savais que ça allait me détendre un peu, je savais aussi qu'après, j'allais fixer le plafond dans le noir. Il fallait que je parle de ce que je ressentais. Je récupérai mon téléphone pour regarder l'heure. Il était presque vingt-trois heures, mais Wells ne devait pas encore dormir. Dans notre duo, c'était moi qui me couchais tôt.

Je descendis tout en bas de la liste de mes contacts et appuyai sur le bouton d'appel vidéo.

Wells décrocha à la troisième sonnerie. Il me dit bonjour, mais je l'entendis à peine à cause de la musique tonitruante.

— Attends une minute ! Il faut que je sorte !

Je le vis se déplacer et passer devant des dizaines d'hommes en train de danser. Il était en boîte de nuit. La musique finit par passer en arrière-plan, et je pouvais voir qu'il était à l'extérieur. Il leva l'écran devant son visage, et son ami Kennedy apparut par-dessus son épaule.

— Salut, chaton ! Est-ce que tu m'appelles pour me dire que tu viens de coucher avec le petit jeune ?

— *Oooh*. Un homme plus jeune ? s'extasia Kennedy. On veut des détails.

— Je n'ai pas couché avec Brayden, soupirai-je.

Wells pointa du doigt l'écran et regarda son ami.

— Tu vois ces marques sur son visage ? Soit elle a besoin de s'envoyer en l'air, soit il lui faut du Botox, déclara-t-il, avant de se retourner en fronçant les sourcils. Ma belle, c'est pour ça que les vieilles filles meurent seules, avec un visage plein de rides à cause du manque d'orgasmes.

— Je te déteste, lançai-je en riant.

— Eh bien, tu interromps notre soirée gay, alors crache le morceau. Qu'est-ce qui se passe ? Si rien ne te tracassait, tu serais au pays des rêves. Dis à papa ce qui t'arrive.

— J'ai passé une très bonne soirée au restaurant avec Brayden, et il m'a embrassée dans l'ascenseur.

— J'adooore les baisers dans les ascenseurs, me confia Wells. Pourquoi c'est si excitant ?

— Je ne suis pas une experte en baisers dans les ascenseurs, mais embrasser Brayden était vraiment excitant. Si on était restés coincés entre deux étages pendant quelques minutes, j'aurais couché avec lui.

— Tu aurais dû appuyer sur le bouton d'arrêt ! C'est à ça qu'il sert. Pour les urgences !

— Je l'ai fait une fois dans l'Empire State Building, avoua Kennedy en tournant le téléphone vers lui. Et quand on est sortis de la cabine, la sécurité nous a escortés vers la sortie. Apparemment, il y a des caméras dans certains ascenseurs.

Il leva son index.

— *Personne* n'a redémarré la cabine avant qu'on ait fini, alors je pense que celui qui nous regardait était occupé à prendre son pied, mais *bref*.

Wells redirigea le téléphone vers lui.

— Il s'est passé quoi après le baiser ? Laisse-moi deviner. Tu l'as envoyé balader alors que tu aurais dû lui sauter dessus ?

Mes épaules s'affaissèrent.

— J'ai eu la trouille et je me suis presque ruée dans ma chambre.

— De quoi tu as si peur ?

— Je ne sais pas. De souffrir ? Et si dans six mois, il réalise qu'il veut des enfants biologiques ? Ou s'il veut une femme avec qui il pourrait partager ses premières fois ? Son premier mariage, sa première maison, son premier enfant. Et si après un an...

— Bon sang, Alex, m'interrompit Wells. Tu as de la chance que je sois loin de toi, parce que si j'étais là à t'écouter raconter toutes ces conneries, je te giflerais pour te remettre les idées en place.

— Mais...

— Il n'y a pas de mais, insista-t-il en levant la main. On est meilleurs amis depuis qu'on a quoi, huit ans ? Est-ce que je t'ai déjà mal conseillée ?

— En dehors de la fois où tu m'as dit que les épaulettes m'allaient très bien dans ma *robe de bal de promo* ? Non.

— Je le pensais vraiment. Ce n'est pas ma faute si les filles de ton lycée n'avaient aucun goût et avaient décidé de s'habiller comme des prostituées. Mais oublie ça. Est-ce que je t'ai déjà mal conseillée en matière de relations amoureuses ? Tu as dû embrasser pas mal de crapauds avant de trouver le prince charmant que tu as épousé, et j'ai toujours su avant toi qui avait du potentiel ou non, pas vrai ?

Il avait vraiment une incroyable capacité à voir le vrai visage des hommes avec lesquels je sortais. D'ailleurs, il m'avait dit que je devrais épouser Richard après notre tout premier rendez-vous.

— Non, tu ne t'es jamais trompé, concédai-je en soupirant à nouveau.

Wells sourit.

— Je suis plutôt génial, hein ?

— Revenons-en à moi, monsieur l'égocentrique.

— D'accord. Laisse-moi te poser une question simple. Comment tu te sentiras une fois que ce projet de bénévolat sera terminé si tu ne revois plus jamais Brayden ? Tu crois que tu seras triste ? Tu te demanderas ce qui aurait pu se passer si tu avais saisi ta chance ?

Je n'eus pas à réfléchir longtemps.

— Oui, je me le demanderai.

— Alors voici mon conseil, chaton. Arrête de te demander si tu devrais épouser cet homme et va t'amuser. Avance petit à petit. On n'a qu'une vie. Tu pourras te remettre d'avoir tenté quelque chose qui n'a pas fonctionné, je te le promets. Mais tu regretteras toujours les choses que tu n'as pas tentées. Tu pourrais te faire écraser par un camion demain sans en avoir profité pour t'envoyer en l'air avec ce type canon.

Cette dernière partie me fit rire. Mais il fallait croire que Wells avait raison. Enfin, toute relation comprenait des risques, pas vrai ? Un homme de mon âge pouvait tout aussi bien me briser le cœur qu'un homme plus jeune, même si les raisons étaient différentes.

Je pris une grande inspiration et hochai la tête.

— D'accord.

— Voilà, c'est ça que je veux entendre. Maintenant, va te taper ce mec et appelle-moi demain matin pour me remercier.

— Merci de m'avoir laissée interrompre ta soirée, ajoutai-je en souriant.

— Tu n'as rien interrompu. C'était une intervention divine en matière de sexe.

— Profitez bien du reste de votre soirée, les garçons.

Wells éloigna le téléphone et me fit une révérence.

— À plus, chaton.

Après avoir raccroché, je me sentis plus légère. Je ne savais toujours pas si Brayden était la bonne personne pour moi à long terme, mais j'étais déterminée à me concentrer sur l'instant présent.

J'hésitai à lui envoyer un message pour lui dire que j'avais changé d'avis, mais je n'avais pas arrêté de souffler le chaud et le froid, et il méritait mieux que ça. Alors je m'habillai, j'appliquai un peu de mascara, puisque je m'étais déjà démaquillée, et je me rendis dans sa chambre.

Lorsque j'arrivai devant sa porte, mon courage vacilla un peu. Toutefois, je n'allais pas me remettre à trop réfléchir. Il me plaisait et j'avais envie de passer du temps avec lui. C'était aussi simple que ça. Alors je pris une grande inspiration et frappai.

Brayden ouvrit la porte, *torse nu*, me laissant bouche bée.

Il sourit en voyant clairement l'effet qu'il me faisait, et il posa sa main en hauteur, accentuant ainsi la courbe de son biceps contracté, le dessin de ses abdos, et le V de sa taille. Mes yeux ne savaient plus où donner de la tête.

— Tu aimes ce que tu vois ? demanda-t-il en arquant un sourcil.

Évidemment, il fallait que ce petit prétentieux fasse un commentaire. Je levai les yeux au ciel.

— Tu me plais beaucoup plus quand tu es humble.

— Ah bon ? Parce que j'ai l'air de te plaire énormément quand je suis à moitié nu...

— Tu ne me facilites pas les choses, là.

— Crois-moi, c'est *dur* pour moi aussi, plaisanta-t-il. Tu veux entrer ?

Je secouai la tête.

— C'est plus prudent de rester ici. Ce que je suis venue te dire ne prendra pas plus d'une minute.

— D'accord...

Je pris une grande inspiration avant de me lancer.

— Tu me plais, Brayden. Je t'ai repoussé parce que quelque chose me fait peur chez toi, mais je n'ai plus envie de le faire. J'ai envie de tenter le coup pour voir où ça peut aller.

— Waouh. Sérieusement ?

J'acquiesçai.

— Je suis ravi de ta décision, mais est-ce que je peux te demander ce qui t'a fait changer d'avis ?

— Je ne veux pas avoir de regrets en regardant en arrière, avouai-je en haussant les épaules.

— Viens par ici, m'invita-t-il avec un sourire.

— Où ça ?

— Embrasse-moi, ordonna-t-il en me faisant signe d'approcher.

Je fis deux pas en avant et me dressai sur la pointe des pieds pour poser mes lèvres sur les siennes. Il prit le contrôle à la seconde où nos bouches entrèrent en contact. Il enroula son bras autour de ma taille et me fit tourner pour plaquer mon dos contre la porte ouverte. Nos lèvres fusionnèrent. Ce fut d'abord lent, puis il saisit ma nuque et inclina ma tête pour approfondir le baiser. Son autre main se posa sur mes fesses, et il me souleva pour que j'enroule mes jambes autour de lui.

— Putain, gémit-il. Je peux sentir à quel point tu es chaude et mouillée à travers nos vêtements.

Mes jambes se resserrèrent autour de sa taille.

— Arrête de parler. J'en veux plus.

Je me sentais euphorique, comme si j'avais fini par céder et que j'avais hâte de tout donner. Après quelques minutes passées à se frotter l'un contre l'autre dans l'entrée, Brayden s'écarta. Il éloigna sa bouche et posa son front contre le mien, alors que nous étions tous les deux haletants.

— Il faut qu'on s'arrête maintenant, Alex. Tu es venue en disant que ce serait plus prudent de ne pas entrer, et je suis à deux doigts de te traîner dans ma chambre pour te déshabiller.

Je fis la moue, mais je savais que c'était la bonne décision. Plus tard, j'apprécierais sûrement le fait que l'un d'entre nous ait réussi à se contrôler. Même si d'ici là, mon corps allait devoir se calmer. Brayden prit ma lèvre inférieure entre ses dents et la tira fermement.

— Tu as dit que tu ne voulais pas avoir de regrets, et je n'ai pas envie non plus que tu en aies, alors je vais te demander de retourner dans ta chambre.

— C'est nul, soupirai-je.

Il sourit et me reposa par terre, puis il baissa les yeux, et je suivis son regard jusqu'à son érection en humectant mes lèvres. Il gémit en pointant du doigt le couloir.

— Vas-y. *Cours !* Et verrouille ta porte.

Le lendemain matin, quelqu'un frappa à ma porte à huit heures. J'ouvris, et je découvris Brayden avec un panier de pique-nique dans les mains.

— Qu'est-ce que tu fais ici si tôt ? demandai-je.

— Je sais que tu dois partir juste après la journée de travaux, et je ne voulais pas attendre une semaine entière avant notre premier rencard officiel.

La chaleur se répandit dans ma poitrine.

— C'est trop mignon. Entre, l'invitai-je en m'écartant sur le côté.

Brayden hésita, ce qui me fit rire.

— Il faut que je finisse de me préparer. Ça ne prendra que cinq minutes. Je pense qu'on peut se contrôler jusque-là, ajoutai-je.

Il n'avait pas l'air très confiant, mais il entra quand même. Il déposa le panier sur la commode, et je ne pus m'empêcher d'être curieuse et de jeter un coup d'œil à l'intérieur.

— Oh, mon Dieu. Où tu as trouvé tout ça ? l'interrogeai-je.

Il devait y avoir quatre sortes de fromages différents, des fraises, des cerises, du raisin et du pain. Sans oublier une bouteille de jus d'orange et une grande bouteille de champagne. Il avait même apporté des flûtes et un tire-bouchon.

— Il y a une épicerie ouverte jour et nuit à Guilderland.

— Guilderland ? Ce n'est pas à une demi-heure d'ici ?

Brayden haussa les épaules.

— Je ne pouvais pas me contenter du fromage fondu à tartiner de la station-service, pas vrai ?

— À quelle heure tu y es allé ?

— Six heures, je crois.

Je secouai la tête.

— Je n'en reviens pas que tu aies fait tout ça pour moi. Tu es vraiment adorable.

— Pas du tout, répliqua-t-il en fronçant les sourcils. Je suis un pervers.

— Pourquoi ça ?

Son regard se posa sur des sous-vêtements que j'avais laissés sur le lit.

— Parce que pendant que tu fouillais dans ce panier, j'essayais de trouver le moyen de récupérer ça sans que tu le voies pour les ramener chez moi.

Je ris en me couvrant la bouche.

— Peut-être qu'on n'arrive pas à se contrôler ici. Accorde-moi juste quelques minutes et je serai prête à partir.

Je me rendis à la salle de bains pour finir de sécher mes cheveux, puis je me brossai les dents. J'étais déjà habillée, mais avant de sortir, je décidai de me changer rapidement.

Brayden était sur son téléphone, assis au bord du lit.

— Tu es prête ? demanda-t-il en se levant.

— Oui.

— Il y a un parc à un peu plus d'un kilomètre d'ici, m'informa-t-il en récupérant le panier. J'ai pensé qu'on pourrait y aller. J'ai une couverture dans ma voiture.

— Ça me va. Mais d'abord, j'ai un cadeau pour toi.

Je m'approchai de lui et tirai sur la poche de son jean pour y glisser ce qu'il y avait dans ma main.

— C'est quoi ? s'enquit-il en baissant les yeux.

Je me dressai sur la pointe des pieds et déposai un baiser sur ses lèvres.

— Mes sous-vêtements.

Il jeta un coup d'œil sur le lit, avant de me regarder en fronçant les sourcils.

— Pas ceux-là, murmurai-je. Ceux que je viens de retirer pour qu'ils aient mon odeur.

❤

Brayden lança un grain de raisin en l'air et le rattrapa avec sa bouche. Sa tête était posée sur mes cuisses, et ses jambes étendues dépassaient de la couverture, alors que je profitai de cette vue.

— J'en ai une. Qu'est-ce que tu as pensé de moi quand on s'est vus pour la première fois au bar ?

Nous jouions à action ou vérité depuis une heure, sauf que notre version s'appelait action ou un baiser. Nous nous posions des questions chacun notre tour, et celui qui ne voulait pas répondre devait embrasser l'autre à l'endroit qu'il désignait. Jusqu'à présent, j'avais embrassé Brayden sur la joue, dans le cou et sur la bouche. Ce jeu aurait été dangereux si nous n'étions pas dans un lieu public, avec des enfants à cinq mètres de nous sur les balançoires.

— Je t'ai trouvé très beau, avouai-je. Et drôle. Et clairement modeste, puisque c'est seulement maintenant que tu me poses cette question.

Il sourit et me tendit un grain de raisin, que je récupérai directement avec ma bouche.

— Et toi, qu'est-ce que tu as pensé de moi ?

— Je me suis dit que tu étais la plus belle femme que j'avais jamais vue.

Je me mis à rire en me disant que sa réponse clichée était exagérée, mais il avait l'air très sérieux.

— Je ne plaisante pas, m'assura-t-il.

— Alors tu es en train de me dire que tu m'as trouvée plus jolie que... commençai-je en tapotant ma bouche avec mon doigt, tout en mâchant. Qu'un mannequin ? Comme Gigi Hadid ou Kaia Gerber ?

— Absolument.

— Je crois que tu as besoin de lunettes.

Il haussa les épaules.

— Crois ce que tu veux, mais je t'assure que je n'ai jamais été autant attiré par quelqu'un dans ma vie. Tout mon corps l'a senti.

Je levai les yeux au ciel, mais j'avais surtout *peur* de le croire. Il y avait des tas de femmes plus belles que moi. Pourtant, j'aurais pu jurer que Brayden était honnête, et ça me terrifiait. Je pris mon verre et avalai le reste de mon deuxième mimosa.

— À mon tour. Est-ce que tu t'es déjà fait arrêter ?

Son visage s'assombrit.

— Tu veux que je t'embrasse à quel endroit ?

— Sérieusement ? Tu ne vas pas répondre à cette question ?

— Ça se passait tellement bien jusqu'à présent. Je ne veux pas descendre dans ton estime.

— J'accepterai le baiser si ça te met vraiment mal à l'aise d'en parler, mais j'aimerais quand même être au courant si je passe du temps avec un criminel endurci.

— Ça ne m'est arrivé qu'une seule fois, et j'ai seulement dû payer une amende.

— Allez, je suis curieuse maintenant. Raconte-moi.

Brayden soupira.

— Sollicitation de prostitution.

Je restai bouche bée.

— Tu t'es fait prendre avec une prostituée ?

— J'étais à l'enterrement de vie de garçon d'un ami à Vegas. L'un des garçons avait embauché une strip-teaseuse, mais elle a annulé à la dernière minute. Je me suis retrouvé dans un club de strip-tease pour voir si je pouvais trouver une remplaçante. Pour commencer, je ne voulais même pas d'une strip-teaseuse. Je voulais juste aller au casino et boire des verres. Bref, apparemment, l'endroit où on est allés était sous surveillance, car c'était une couverture pour un réseau de prostitution. On n'en savait rien. L'ami qui m'accompagnait a commencé à flirter avec une danseuse, et moi je voulais juste me tirer d'ici, alors j'ai demandé au type qui gérait les entrées si l'une des filles pouvait être engagée pour une fête privée. Il a demandé ce que je voulais, et j'ai répondu de la danse. Ensuite, il m'a demandé si la danseuse devait avoir des compétences particulières. Je te jure que je ne savais pas qu'il parlait de sexe. Quelques mois avant ça, un autre ami s'était marié, et la strip-teaseuse savait lancer des balles de ping-pong avec ses fesses. C'était à ce genre de choses que je pensais, alors j'ai répondu oui et j'ai demandé si ça coûterait plus cher. Il a pointé du doigt une femme assise au bar et m'a dit qu'il fallait que je la paie. J'ai donné la somme demandée, et trente secondes plus tard, on me passait les menottes.

— Oh, mon Dieu, lâchai-je en couvrant ma bouche.

Brayden fronça les sourcils.

— Tu me crois ?

— Pourquoi je ne te croirais pas ?

— Parce qu'il est difficile de croire que quelqu'un puisse être aussi bête que ça.

— S'il y a bien un endroit pour être bête, c'est celui-là.

— Et toi alors ? Tu t'es déjà fait arrêter ?

— Non.

Son téléphone sonna. Il gémit en le sortant de sa poche.

— J'ai programmé une alarme cinq minutes avant qu'il soit l'heure de partir.

— Oh.

— Ça me soulage de voir que tu n'as pas non plus envie que ça se termine, déclara-t-il en souriant.

— Tu as raison.

— Une dernière question ?

— D'accord.

— Tu as posé la première, alors celle-ci est pour moi.

— Pourquoi j'ai l'impression que tu avais prévu de faire ça depuis le début ? rétorquai-je en riant.

— Parce que tu es très intelligente, répondit-il en tapotant mon nez. Qu'est-ce qui t'excite le plus au lit ? Qu'est-ce que je peux faire qui te rendrait folle ?

— Oh là. Désolée de te décevoir, mais je vais accepter un baiser et garder ma réponse pour moi.

Brayden fit la moue.

— Vraiment ? Tu ne veux pas partager ça avec moi ?

Je me penchai pour effleurer ses lèvres des miennes.

— Ce n'est pas que je n'ai pas envie de te le dire. C'est que je pense que ce sera plus amusant que tu le découvres par toi-même, soufflai-je contre sa bouche.

Ses lèvres s'étirèrent.

— J'ai sacrément hâte.

Huit heures plus tard, je me retrouvai enfin de nouveau seule avec lui. Nous avions tous les deux été occupés à la maison toute la journée, et nous nous étions à peine croisés. Je devais partir dans la soirée, alors j'avais attendu de pouvoir lui dire au revoir en privé.

Brayden balança nos mains jointes d'avant en arrière.

— À quelle heure tu dois être au spa ?

— Minuit. L'événement s'appelle Midnight Madness. Wells a eu cette idée l'année dernière. On ouvre à minuit et on reste ouvert pendant vingt-quatre heures. Tous nos services sont à moitié prix, et on sert gratuitement du champagne et des amuse-bouche en continu. La première fois qu'on l'a fait, je pensais qu'il n'y aurait personne à minuit. Mais on a fait de la pub dans des endroits comme les hôpitaux où les horaires de travail sont décalés. Tu serais surpris de savoir combien de femmes sont venues après le travail et ont adoré.

— J'adorerais que tu t'occupes de moi, déclara Brayden en m'attirant contre lui.

— J'en suis certaine, répondis-je en souriant.

— Quand vas-tu dormir ?

— Je ferai une petite sieste en arrivant chez moi. Ensuite, Wells et moi nous reposerons chacun notre tour quand ce sera calme.

— Est-ce que ça te ferait peur si je te disais que je redoute déjà l'idée de ne pas te voir de la semaine ?

Je secouai la tête.

— En fait, ça me rassure. Au moins, je sais que je ne suis pas la seule à ressentir ça.

— Est-ce que tu peux encore arriver jeudi, la semaine prochaine ?

— Je crois. Mais il faut que je vérifie mon planning au travail à mon retour.

— J'aimerais t'offrir un meilleur rencard.

— Un meilleur rencard ? Je sais que c'était court, mais j'ai vraiment aimé notre pique-nique ce matin. J'ai passé un bon moment. Ça va être compliqué de faire mieux.

— J'aime les défis.

— Est-ce que c'est ce que je suis, Brayden ? Un défi ? demandai-je en inclinant la tête.

— Non, trésor. Tu n'es pas un défi. Tu es la récompense.

CHAPITRE 11

J'avais l'impression d'avoir deux vies en ce moment. Ma vie habituelle à New York, et celle qu'il me tardait de retrouver au nord de la ville. Cette dernière était bien plus excitante.

Attendre que cette semaine passe était de plus en plus difficile. J'avais hâte que les jours défilent.

Le mercredi après-midi, je décidai de rentrer à pied du travail pour évacuer un peu d'énergie. C'était une belle soirée fraîche de septembre, sans un seul nuage dans le ciel. J'avais envie qu'Alex soit là. J'aurais adoré pouvoir l'emmener dîner dans mon restaurant italien préféré, avant de la ramener chez moi et de... eh bien, la liste des choses que je lui ferais si j'étais seul avec elle était interminable. Toutefois, connaissant Alex, elle trouverait sûrement une excuse pour s'enfuir avant d'en arriver à cette étape. Sans parler du fait que la ramener chez moi surprendrait mes amis qui n'étaient pas au courant de ma situation personnelle actuelle. Cependant, j'avais hâte qu'Alex vienne me rendre visite ici.

Alors que j'arrivais presque à mon immeuble, je passai devant le café au coin de la rue et aperçus Billie et Lala, les femmes de Colby et Holden, assises près de la vitrine, en train de discuter. Billie leva les yeux un instant et me repéra. Je tentai de continuer mon chemin en souriant, mais elle me fit signe de les rejoindre avec insistance. J'aurais dû me douter que je n'allais pas pouvoir simplement passer devant elles.

— Pas si vite ! Viens par ici, articula-t-elle de l'autre côté de la vitre.

Génial. Elle voulait sans aucun doute plus d'informations après l'appel téléphonique forcé avec Alex, le week-end dernier. Il était sûrement temps que je lui explique tout ça.

— Quoi de neuf, les filles ? demandai-je en arrivant.

— Quoi de neuf pour *toi*, Brayden Foster ? répliqua Billie avec un sourire en coin.

— Pas grand-chose, répondis-je avec un sourire coupable.

— Pas grand-chose, hein ? Ce n'est pas ce que j'ai entendu dire... intervint Lala en me faisant un clin d'œil.

L'odeur du café frais se répandit dans l'air, et le bruit des grains en train d'être moulus furent une distraction bienvenue face à cette inquisition.

— Vous savez quoi ? Je prendrais bien un café, annonçai-je. Je reviens.

J'avançai jusqu'au comptoir et décidai de commander la boisson préférée d'Alex, pour voir ce qu'elle avait de si spécial.

— Je vais prendre un café avec du lait d'avoine, deux sucres, une dose de caramel et une pointe de cannelle, s'il vous plaît.

— Vous pouvez répéter ? demanda le serveur.

Je ris intérieurement en me rendant compte à quel point j'étais bête, et je répétai ma commande.

Une fois mon café prêt, je retournai à la table où Billie et Lala attendaient impatiemment mon retour.

— Maintenant, crache le morceau, ordonna cette première dès que je m'assis. Cette Alex doit être sacrément spéciale pour que tu me la passes au téléphone. D'habitude, tu es très discret.

— Elle est *vraiment* spéciale.

— *Oooh*, lâchèrent-elles à l'unisson.

— Parle-nous d'elle, réclama Lala.

Alors je leur racontai ce qui s'était passé avec Alex jusqu'à présent. Elles écoutèrent attentivement lorsque je leur expliquai mon attirance croissante pour cette femme qui ne me facilitait pas les choses. Ça faisait du bien de tout laisser sortir. Ça me faisait prendre conscience de tout ce que j'avais gardé à l'intérieur de moi ces derniers temps.

— On parle de combien d'années de plus que toi ? finit par me questionner Billie.

— C'est ça qui est drôle. En fait, je ne sais pas, avouai-je en riant.

Lala écarquilla les yeux.

— Sérieusement ? Comment c'est possible ?

— Je lui ai dit que ça n'avait pas d'importance pour moi, elle ne me l'a jamais dit.

— C'est fou.

Lala lécha la mousse sur sa bouche, et Billie sourit.

— Mais tu dois bien avoir une idée, non ?

Je haussai les épaules.

— Je dirai une dizaine d'années, peut-être un peu moins, peut-être un peu plus. Mais je m'en fiche complètement. Physiquement, c'est la femme la plus canon que j'aie jamais vue, et il y a quelque chose d'unique chez elle. Elle n'est ni superficielle ni quelconque. Elle se soucie des autres. Elle vient de commencer à faire du bénévolat à l'hôpital. Elle a *vécu*, vous voyez? Elle a vécu, et elle a perdu quelqu'un. Son mari était bien plus âgé qu'elle. Il a laissé une fille derrière lui, la belle-fille d'Alex, qui ironiquement a presque mon âge. Bref, perdre son partenaire comme ça, ça doit nous changer et nous aider à comprendre nos priorités. Voilà pourquoi elle est si prudente. Même si c'est agaçant, j'aime bien qu'elle prenne son temps et qu'elle ne se précipite pas.

Je sirotai ma boisson. Elle était plus sucrée que ce que j'aimais en temps normal, mais c'était quand même bon.

— Honnêtement, j'aime lui courir après.

Lala croisa les bras.

— Mais d'une certaine manière, le fait qu'elle prenne son temps signifie qu'elle hésite. À ton avis, qu'est-ce qui explique ça?

— Je sais pourquoi elle hésite. Elle pense qu'on a des attentes différentes et qu'on n'en est pas au même stade dans nos vies. Alex sait que je veux des enfants. Je pense que ça lui fait peur.

— Elle ne veut pas avoir d'enfant à elle? demanda Lala.

— Je crois qu'elle a l'impression que c'est trop tard pour elle.

— Elle pense qu'elle est trop vieille?

Lala fronça les sourcils.

— Je n'en suis pas totalement sûr, admis-je.

— Si elle ne veut pas ou ne peut pas avoir d'enfants, est-ce que ça te pose problème? intervint Billie.

— Honnêtement, pas vraiment.

— Oui, enfin, ça ne te dérange pas *maintenant*, avec la passion du début de la relation, reprit Lala. Mais peut-être que ce sera le cas plus tard.

— Des tas de choses peuvent se passer *plus tard*. Je pourrais me faire foudroyer, *plus tard*. Je me fiche un peu de ce qui pourrait se passer. Je me concentre sur le présent. Personne n'est sûr d'être encore là demain. Ton frère, Ryan, nous l'a tous appris, tu te rappelles ?

Lala hocha la tête, tandis que Billie sirotait son café.

— D'accord, mais je peux comprendre les inquiétudes d'Alex. Enfin, si elle sait qu'elle n'aura pas d'enfants et que tu en veux, c'est un élément important à prendre en considération. Je comprends qu'elle hésite à s'impliquer émotionnellement avec quelqu'un qu'elle devra, selon elle, laisser partir un jour.

Je secouai la tête.

— La vie n'a pas à être si difficile, si compliquée. Des tas de couples ne peuvent pas avoir d'enfants. Qu'est-ce qu'ils font ? Ils trouvent une solution. Ils adoptent, ou ils trouvent d'autres sources de bonheur dans la vie.

— Waouh, lâcha Lala en s'adossant à sa chaise. Je ne t'ai jamais vu aussi dingue d'une femme.

— C'est exactement ça, confirmai-je. C'est une vraie *femme*. Et quand quelque chose nous semble bien, on a envie de le partager.

Je fixai mon gobelet.

— Même si... Holden est le seul à qui j'ai parlé d'elle. Owen est trop occupé avec Devyn. Ça fait un moment que je ne l'ai pas vu, avouai-je en me tournant vers Billie. Mais tu peux sans problème en parler à Colby.

— Oh, tu *sais* que je vais le faire, répondit-elle en me faisant un clin d'œil.

♥

Ce soir-là, Colby, Owen, Holden et moi nous retrouvâmes pour notre réunion au bar du coin. Nous étions censés discuter de tout ce qui concernait l'immeuble, mais nous nous débarrassions rapidement des sujets ennuyeux pour pouvoir bavarder pendant quelques heures.

Cependant, cette fois, je décidai de me défiler plus tôt, après mon premier verre. Holden me suivit.

— Attends ! m'interpella-t-il en posant sa main sur mon épaule. Je sais pourquoi je pars plus tôt. J'ai un bébé malade qui m'attend à la maison. Mais toi ? Pourquoi tu t'en vas si vite ?

Nous arrivâmes dans l'air frais de cette soirée et commençâmes à marcher côte à côte, en direction de l'immeuble.

— J'ai un appel à passer.

— À Alex, je présume ? Lala m'a dit que Billie et elle t'ont cuisiné tout à l'heure.

— C'est vrai. J'ai essayé de passer rapidement devant elles au café, mais ça n'a pas fonctionné, alors j'ai dû les rejoindre.

— Je ne m'étais pas rendu compte que les choses avaient autant évolué entre Alex et toi. Vous avez parlé d'enfants ?

— Seulement parce qu'Alex a envisagé le fait de ne pas en vouloir, clarifiai-je.

— Quand même. Rien que le fait d'en parler est énorme. C'est un sujet sérieux. Lala n'a pas arrêté de répéter que tu avais l'air dingue d'elle.

— C'est un mot un peu fort, rectifiai-je, même si elle avait raison.

— Pourquoi tu n'as pas parlé d'elle aux garçons, ce soir ? Tu es resté vague toute la soirée.

— Je leur en parlerai à un autre moment. Je ne sais toujours pas où ça va nous mener. Même si elle me plaît beaucoup, elle n'est pas encore prête, alors je n'ai rien de concret à annoncer. Et puis, je ne veux pas me porter la poisse et brûler les étapes, tu vois ? ajoutai-je en accélérant le pas. D'ailleurs, est-ce que tu peux marcher plus vite ? Pourquoi tu es si lent ?

— Qu'est-ce qui presse autant ?

— Alex semble penser qu'il est déjà tard à vingt-deux heures, alors je veux pouvoir la joindre avant qu'elle aille se coucher.

— En effet, tu n'es pas du tout dingue d'elle.

Il se mit à rire en accélérant à son tour.

♥

De retour chez moi, j'envoyai un message à Alex.

Brayden : Ça te dit un appel vidéo, ou est-ce que j'arrive trop tard ?

Elle me répondit quelques minutes plus tard.

Alex : En fait, je suis sortie avec un ami.

Hmm...

Brayden : Un ami ?

Alex : Wells. On mange des tapas.

Le soulagement m'envahit. Son ami gay qui était aussi son associé.

Brayden : Ah.

Avant que je puisse ajouter quoi que ce soit, mon téléphone sonna.

C'était Alex. Sauf que lorsque j'acceptai l'appel vidéo, je ne vis pas son visage à elle, mais celui d'un type qui avait une boucle d'oreille.

— Waouh. Tu es encore plus beau en vrai, déclara-t-il.

— Wells…

— J'adore t'entendre prononcer mon nom, répondit-il d'une voix sensuelle. Recommence.

Je plissai les yeux, mais je lui obéis.

— Euh… Wells ?

— Je suis désolée, Brayden ! entendis-je Alex s'excuser quelque part derrière lui.

Il jeta un coup d'œil par-dessus son épaule.

— J'ai demandé à Alex à qui elle était en train d'envoyer des messages de manière impolie pendant notre dîner, mais elle n'a rien voulu me dire, alors j'ai pris son téléphone. Quand j'ai vu que c'était toi, beau gosse, j'ai laissé passer. Mais je pense qu'il est temps qu'on ait une petite conversation, toi et moi.

— Je suis prêt, Wells. Et je suppose que c'est la vengeance d'Alex, puisque je l'ai forcée à parler à mon amie Billie l'autre jour.

Il gratta son menton.

— Bon, j'ai quelques questions…

— Je t'écoute.

Je m'installai sur mon canapé en sentant mon cœur s'emballer.

— Quelles sont tes intentions envers mon amie ?

— Tu ne commences pas en douceur, hein ?

— Eh bien, j'allais te demander si tu t'épilais le maillot, mais bon, chaque chose en son temps.

— D'accoooord. Compris, répondis-je en riant.

Alex apparut brièvement à l'écran.

— Je suis vraiment désolée...

— Ne t'en fais pas, je peux gérer.

— Alors ? reprit-il en me fusillant du regard.

Je me raclai la gorge en essuyant mes paumes sur mon pantalon.

— Mes intentions sont honnêtes, Wells. Mais je ne peux rien promettre à propos de ce que le futur nous réserve. On est encore en train d'apprendre à se connaître. Pour l'instant, je veux juste continuer à passer du temps avec elle. Je n'ai pas du tout l'intention de jouer avec ses sentiments. Je suis sérieux quand je dis que je veux voir où les choses pourraient aller. J'aime sa compagnie. J'aime toutes ses petites particularités, et je compte les jours avant de pouvoir la retrouver les week-ends. C'est la première fois que je vis quelque chose comme ça. Et comme je l'ai dit à Alex, je peux être aussi patient qu'elle en aura besoin.

Je soupirai.

— De ce que j'entends, tu as déjà été *très* patient. Tu es bien parti pour décrocher le record des couilles les plus pleines du monde...

Tu m'étonnes.

— Elle en vaut la peine.

— Je suis d'accord.

Il avala une gorgée de ce qui ressemblait à un cosmo, puis il reposa son verre.

— Bon, passons aux choses sérieuses...

— Ce n'était pas déjà sérieux ? demandai-je en arquant un sourcil.

— Non, pas du tout. Ce n'est que le début.

Bordel. C'était moi qui avais besoin d'un cocktail.

— D'accord... soupirai-je en humectant mes lèvres.

— Pourquoi une femme plus âgée, beau gosse ?

— Pourquoi pas ?

— Bonne réponse, mais il va falloir que tu m'en dises un peu plus.

— Je ne suis pas attiré par Alex à cause de son âge. C'est *elle* que je veux. Tout simplement. L'âge n'est pas un problème de mon côté, donc je ne peux pas vraiment répondre à ta question. Je n'avais pas prévu de rencontrer une femme plus âgée. J'ai rencontré Alex. Fin de l'histoire.

Je pensais que c'était assez clair et qu'il allait me laisser tranquille, mais pas du tout.

— Mais il y a bien une différence d'âge. Est-ce qu'il y aurait une raison pour que tu sois attiré par Mrs Robinson ?

— Mrs Robinson ?

— C'est un terme qui désigne les femmes qui sortent avec des hommes plus jeunes. Tu n'as jamais entendu ça ?

— Non.

— Eh bien, ça montre à quel point tu es jeune, répliqua-t-il avec un clin d'œil.

— Bref... lançai-je en levant les yeux au ciel. Je n'ai encore jamais été attiré par une femme plus âgée que moi, alors ce n'est pas une habitude. C'est une première pour moi.

— Donc tu n'as aucune expérience avec les femmes plus mûres ?

Je soupirai.

— On peut dire ça. Mais je ne vois pas ça comme une mauvaise chose. Alex n'est encore jamais sortie non plus avec un homme plus jeune, alors on est quittes.

— Hmm... Des soucis relationnels avec ta mère ? me sonda-t-il en penchant la tête.

— Wells ! s'exclama Alex derrière lui.

— Tout va bien, déclarai-je, en espérant qu'elle puisse m'entendre.

Je pris une grande inspiration.

— Ma mère est partie de la maison quand j'avais neuf ans, avouai-je.

Il prit un air sérieux.

— Est-ce que tu penses que ça peut expliquer pourquoi tu es attiré par une femme plus âgée?

Très honnêtement, je trouvais cette supposition agaçante. Ça me mettait même un peu en colère, mais j'essayai de ne pas le montrer. J'avais besoin que ce type soit de mon côté.

— Je ne vois pas en quoi le départ de ma mère pourrait avoir un lien avec ça. Si tu veux analyser le fait que ma mère m'ait abandonné et faire des corrélations entre cet événement et mon attirance pour Alex, fais-le, mais ce serait impossible à prouver. Est-ce qu'il est possible qu'il y ait une sorte de lien que j'ignore avec ma mère? Peut-être. Tout est possible. Mais ce n'est pas conscient de ma part. Pourquoi est-ce que je devrais forcément avoir une raison de vouloir être avec Alex, hormis le fait de l'apprécier réellement? lançai-je en marquant une pause. Est-ce que ton passé familial détermine les personnes qui t'attirent, Wells?

— Absolument pas.

— Eh bien, voilà.

— J'accepte, acquiesça-t-il. Qu'est-ce que tu préfères chez elle?

— Combien de temps tu as?

— Toute la soirée, mon ami, m'assura-t-il en avalant une gorgée de sa boisson.

— Je dois admettre que ce que je préfère chez Alex, c'est son cœur. Rien que les circonstances de notre rencontre montrent à quel point c'est quelqu'un de bien, qui donne de son temps. Plus j'apprends à la connaître, plus je trouve des exemples à ce sujet. Mais honnêtement, mec, je n'arriverais jamais à lister tout ce que j'aime chez elle. C'est juste... tout, confiai-je en fermant les yeux un moment. J'aime tout.

Lorsque je regardai de nouveau l'écran, Wells semblait perdu dans ses pensées avec un sourire niais.

— D'autres questions ? le relançai-je.

Il soupira.

— Oui. Quand comptes-tu venir dans le Connecticut pour que je puisse t'évaluer en personne ?

— Je viendrai dès qu'Alex m'invitera.

Je lui fis un clin d'œil en sentant un poids se retirer de ma poitrine.

— Je pourrais venir me faire faire un soin au spa, suggérai-je.

— Tu es bien trop parfait. Je ne suis pas sûr qu'on puisse faire quelque chose pour toi. Je te proposerais éventuellement un blanchiment dentaire, mais tes dents sont déjà bien assez belles comme ça.

— Eh bien, vous êtes les bienvenus à Manhattan. Quand vous voulez.

— Ça, ça me plaît.

Je pensai soudain à quelque chose.

— Tu es célibataire, Wells ?

— Oui, pourquoi ?

— Je connais un type qui l'est aussi depuis peu de temps. Il s'appelle Deek. C'est un bon gars. Il vit dans mon immeuble. Je pourrais te le présenter.

— Deek. Ce nom me plaît bien.

— Tu les aimes grands et musclés ?

— Et comment, confirma-t-il, les yeux brillants.

— Tatoués ?

Il écarquilla les yeux.

— Oh que oui !

— On en parlera alors, lui assurai-je avec un clin d'œil.

Il finit par se tourner vers Alex.

— J'aime bien ce type, lui confia-t-il en lui rendant son téléphone.

Je n'avais jamais vu ses joues aussi roses.

— Est-ce que je peux te rappeler plus tard, quand je me serai débarrassée de lui ?

— Bien sûr.

— Merci.

Elle raccrocha, et je laissai tomber ma tête en arrière en prenant quelques instants pour décompresser de ce mini interrogatoire. Après ça, je m'occupai un peu dans l'appartement.

Environ une demi-heure plus tard, mon portable sonna. C'était un appel classique venant d'Alex, et non pas un appel vidéo. Je décrochai.

— Salut. Il est beaucoup plus tard que ton heure de coucher habituelle, non ?

— D'habitude, je ne sors pas si tard en semaine, mais Wells voulait qu'on teste ce restaurant de tapas, alors...

— Je suis presque déçu que ce ne soit pas un appel vidéo. Je voulais te voir.

— Eh bien, étant donné que je viens juste de me démaquiller, tu n'as pas de chance, plaisanta-t-elle.

— Tu ne te maquilles même pas tant que ça.

— Je sais, mais je veux être à mon avantage pour toi, alors je préfère utiliser un peu d'aide.

— Crois-moi, tu n'en as pas besoin. Et je te préviens, un de ces jours, je verrai tout. Ton visage nu, comme le reste de ton corps.

Je marquai une pause.

— En parlant de nudité, Wells a visiblement oublié de me reposer la question à propos de mes poils pubiens après notre conversation.

— Il fera ça une prochaine fois, répondit-elle en riant, avant de pousser un long soupir. Encore désolée pour ce soir.

— Ne le sois pas. Mais c'est drôle, j'ai l'impression d'avoir passé la journée à me faire interroger au sujet de notre relation.

— Comment ça ?

— Avant Wells, Billie et la femme de Holden, Lala, m'ont aussi passé sur le grill. C'était la première fois que je les voyais depuis l'appel avec Billie, alors naturellement, elles voulaient savoir ce qui se passait.

— Et Wells a vu passer une opportunité ce soir et l'a saisie. J'espère que ce n'était pas trop pénible.

— Je suis content que tu aies des amis comme Wells, qui se soucient suffisamment de toi pour cuisiner le type avec qui tu sors.

— Est-ce qu'on sort ensemble ?

— Alex, je ne pense qu'à toi et je compte les jours avant de pouvoir te retrouver les week-ends. Si ce n'est pas ce qu'on appelle sortir ensemble, je ne sais pas ce que c'est.

CHAPITRE 12

Alex

— Waouh… tu es magnifique.

Je venais d'accepter l'appel vidéo de ma belle-fille, qui arborait un grand sourire.

— Est-ce que tu sors avec Wells pour ton anniversaire ? demanda-t-elle.

— En fait, je suis déjà au nord de New York pour le projet de Ryan's House.

— Ooh, tu vas voir le type canon ? me questionna-t-elle en remuant ses sourcils. Pas étonnant que tu sois sublime. En temps normal, tu ne mets pas de fard à paupières.

— Est-ce que ça fait trop ?

— Pas du tout. Ça fait ressortir tes yeux. Tu devrais en mettre plus souvent. Comment ça se passe avec le petit jeune, d'ailleurs ? Ça fait un moment que tu n'as pas parlé de lui.

Je soupirai. J'avais hésité à reparler de Brayden à Caitlin. Nous n'avions pas beaucoup de secrets l'une pour l'autre, surtout pas depuis le décès de son père, mais quelque chose m'en empêchait. Elle m'avait encouragée à me lancer, cela dit, je me demandais si le fait qu'elle m'en parle et celui de me voir passer à l'action seraient deux choses différentes. Caitlin vénérait son père, et je me disais qu'elle serait peut-être un peu possessive à mon égard le moment venu. Ou alors... je me servais de ça comme excuse pour ne rien partager avec elle parce qu'une partie de moi avait encore honte de sortir avec un homme de son âge.

Au bout du compte, les deux raisons étaient stupides et ne valaient pas le coup de risquer la relation honnête que j'avais eu tant de mal à bâtir avec elle au fil des années.

— Je... commençai-je en mordillant ma lèvre. J'ai un rencard avec lui ce soir.

Caitlin cria si fort que je ne pus me retenir de sourire.

— Quelle cachotière ! J'adore ! Raconte-moi tout sur lui. La seule chose que tu as avouée, c'est qu'il a mon âge. Génial. Maintenant, je veux la suite.

Je souris.

— Eh bien, il est très beau. Musclé, mais pas trop. Et ce que j'aime le plus chez lui, c'est qu'il est humble.

— Il est humble, d'accord, répéta Caitlin en levant les yeux au ciel. Mais est-ce qu'il a des abdos ?

J'essayai de ne pas sourire, en vain.

— Une vraie tablette de chocolat.

— Alors tu l'as déjà vu nu ? Bravo, *sexy mama* !

— Non, je ne l'ai pas vu nu, répliquai-je en riant.

Même si je partageais certaines choses avec elle, je fixais la limite au petit spectacle érotique de Brayden à la fenêtre.

— Une fois, je suis allée le voir dans sa chambre pour lui parler, et il a ouvert la porte torse nu.

— Alors qu'est-ce que vous allez faire ce soir pour que tu te fasses toute belle ? Est-ce qu'il t'emmène dans un endroit spécial pour ton anniversaire ?

— En fait, je ne lui ai pas parlé de mon anniversaire, mais on va dîner au restaurant.

— Tu stresses ?

— Beaucoup. On a bien appris à se connaître ces dernières semaines, alors ce n'est pas le même stress que lors d'un premier rencard avec quelqu'un que je viendrais tout juste de rencontrer. Je pense que c'est plutôt le fait de passer à l'étape supérieure dans notre relation. Je ne sais pas vraiment quelles seront ses attentes... après le rendez-vous.

— Eh bien, de nos jours, la plupart des couples couchent ensemble avant même d'avoir passé un mois à faire connaissance, alors je pense qu'il était temps que ça arrive.

J'écarquillai les yeux, et Caitlin gloussa.

— Oh, je suis désolée. On dirait que tu vas te faire dessus. Je ne voulais pas te rendre encore plus nerveuse ou te faire penser qu'il allait attendre quelque chose de toi. Je voulais juste dire que si tu sens que c'est le bon moment, ce n'est pas trop tôt.

— Je n'ai pas... tu vois... depuis ton père. J'ai eu quelques rencards, mais aucun d'entre eux n'est allé jusqu'au stade de l'intimité.

— Oh, waouh. Ça fait un moment alors. Je comprends que tu sois stressée. Mais je suis certaine que c'est comme après une chute à cheval, il suffit de se remettre en selle et de chevaucher l'étalon, ajouta-t-elle avec un grand sourire.

Quelques minutes plus tard, nous étions encore au téléphone quand quelqu'un frappa à la porte de ma chambre d'hôtel.

Je pris une grande inspiration.

— Je crois qu'il est là.

— Je te laisse alors.

— D'accord. Je t'appellerai demain. Souhaite-moi bonne chance !

— Bonne chance. Je t'aime, Alex.

— Je t'aime aussi, trésor.

Je baissai mon téléphone en m'apprêtant à raccrocher.

— Attends ! s'exclama Caitlin.

— Qu'est-ce qu'il y a ? demandai-je en relevant mon portable.

— Je voulais juste te dire que papa voudrait que tu sois heureuse. Il ne voudrait pas que tu sois seule.

Les larmes me montèrent aux yeux.

— C'était un homme bien.

— Et il n'est pas le seul à vouloir ça. Moi aussi, maman.

Maman. Je dus essuyer une larme rebelle.

— Tu vas faire couler mon maquillage.

— Hé, de toute façon, il finira par couler un peu plus tard dans la soirée quand tu transpireras pour une autre raison, répliqua-t-elle en me faisant un clin d'œil. Amuse-toi bien.

Après avoir raccroché, je pris quelques profondes inspirations pour me ressaisir, avant d'ouvrir la porte. Toutefois, je ne pus contrôler mes émotions en voyant Brayden. Ses cheveux habituellement ébouriffés étaient plaqués en arrière, comme dans les films à l'ancienne, et il était vêtu d'un costume cravate. Il me tendit une boîte à chapeau noire contenant au moins une vingtaine de roses blanches.

— C'est pour toi.

— Elles sont magnifiques, affirmai-je en touchant les pétales de l'une des fleurs. Waouh, ce sont des vraies ?

— Ce sont des roses éternelles, acquiesça-t-il. Elles sont censées tenir un an. Je me suis dit que tu n'aurais pas de vase ici, et même si l'hôtel t'en donnait un, ce serait compliqué de rapporter un bouquet chez toi. Et puis, si ces fleurs tiennent vraiment pendant un an, tu te souviendras de moi pendant longtemps.

— Merci.

Je souris en m'écartant sur le côté. Cet homme pensait vraiment à tout.

— Entre. Il me faut juste une minute pour enfiler mes chaussures et mettre un peu de rouge à lèvres. J'étais au téléphone avec ma belle-fille et je n'ai pas vu le temps passer.

— Rien ne presse, m'assura-t-il en fermant la porte derrière lui, avant de prendre ma main dans la sienne. Mais avant que tu mettes ce rouge à lèvres...

Il tira brièvement sur mon bras, et je chutai presque contre son torse. Ses yeux brillèrent quand il posa ses paumes sur mes joues.

— J'ai attendu ce moment toute la semaine.

Les lèvres de Brayden s'écrasèrent sur les miennes, et je me laissai aller contre lui. C'était encore meilleur que dans mes souvenirs. Je le sentis durcir contre mon ventre une minute plus tard.

— Tu m'as tellement manqué, gémit-il dans ma bouche.

Si je n'avais pas déjà succombé à son baiser, entendre l'envie dans sa voix s'en serait chargé. C'était brut, réel, et il ne laissait aucun doute sur le fait qu'il me désirait. Et c'était pareil pour moi. J'étais à deux doigts de me déshabiller quand quelqu'un frappa à la porte.

J'ignorai notre perturbateur, mais Brayden finit par éloigner sa bouche et poser son front contre le mien.

— Je déteste cette personne.

— Moi aussi, gémis-je.

Aucun de nous ne se déplaça pour aller ouvrir, et j'étais peut-être restée silencieuse en espérant qu'elle parte pour que nous puissions reprendre là nous en étions. Cependant, je n'eus pas cette chance. Les coups résonnèrent à nouveau, plus fort cette fois-ci. Brayden passa son pouce sous ma lèvre et désigna la porte d'un signe de tête.

— Il faut que tu ailles ouvrir. J'ai besoin d'une minute.

— D'accord, acceptai-je en souriant.

Je pensais que c'était peut-être une femme de ménage ou un employé de l'hôtel, alors je fus surprise quand j'ouvris la porte pour me retrouver face à *Cher*.

La femme devait mesurer un mètre quatre-vingt *sans* les plumes immenses sur son chapeau. Elle avait une crinière de cheveux noirs et bouclés, et le contour de ses lèvres était maquillé d'une couleur rouge vif.

— Vous êtes Alex Jones ?

— Oui, répondis-je en reculant d'un pas d'un air hésitant.

Elle sourit et leva les bras en l'air.

— Joyeux anniversaire de la part de votre meilleur ami, Wells !

Elle appuya sur un bouton de son iPhone pour lancer la musique, et elle chanta la version complète de *If I Could Turn Back Time*, suivi de *Happy Birthday, You Bitch*. Les voisins sortirent de leur chambre et se joignirent à nous dans le couloir pour profiter du spectacle. Je n'arrivais pas à m'arrêter de rire. La femme était très douée. Elle avait la même gestuelle que Cher. Brayden se tenait derrière moi, l'air un peu perdu, mais c'était totalement habituel de la part de Wells. À la fin de la représentation, la femme me tendit une sucette en forme de pénis, tandis que Brayden récupérait de l'argent dans son portefeuille pour lui donner un pourboire.

Je riais encore en fermant la porte.

— C'était quoi ça ?

— Cher, de toute évidence.

— C'est vraiment ton anniversaire ?

Je hochai la tête.

— C'est dimanche. Mais j'ai fêté ça avec Wells ce matin, avant de quitter le Connecticut. Son père est décédé le jour de mon anniversaire il y a quelques années, alors on fête ça trois jours plus tôt.

— Pourquoi tu ne m'en as pas parlé ?

— Parce que contrairement à toi, j'ai arrêté de célébrer le fait d'avoir un an de plus.

Il passa sa main dans ses cheveux.

— Je dois partir dimanche. J'ai un rendez-vous tôt lundi matin.

— Ce n'est rien. C'est un jour comme un autre.

— Est-ce que c'est... un anniversaire important ?

J'arquai un sourcil.

— Est-ce que tu es en train de me demander si je fête mes quarante ans ? Ou pire encore, mes *cinquante ans* ?

— Je me fiche de savoir quel âge tu as, mais j'aurais aimé pouvoir faire quelque chose pour toi.

Je saisis sa cravate et me redressai pour l'embrasser.

— Si tu te débrouilles bien, il se pourrait que je te laisse *faire quelque chose pour moi* avant la fin du week-end.

Brayden gémit, mais ma petite mise en bouche sembla détendre les traits de son visage.

— Va faire ce que tu as à faire, reprit-il. Sinon, on va être en retard pour le dîner... et en retard de plusieurs jours.

♥

— Désirez-vous une autre bouteille de vin ? demanda le serveur, aux petits soins, en nous regardant tour à tour.

Brayden haussa les épaules.

— Je suis partant si tu l'es aussi.

— Bien sûr, pourquoi pas ? acceptai-je.

— Pour être honnête, je me fiche du vin, ajouta-t-il en entrelaçant nos doigts sur la table. Je ne suis juste pas prêt à voir cette soirée se terminer.

— Moi non plus, confiai-je dans un sourire.

Avant que le serveur nous interrompe, Brayden était en train de me parler du nouveau projet sur lequel il travaillait : une jambe de superhéros pour un garçon qui avait perdu la sienne à cause d'un cancer des os. J'avais vu de mes propres yeux le bonheur que ses créations apportaient aux enfants, mais vu la façon dont ses yeux s'éclairaient quand il m'expliquait tous les détails, j'étais presque sûre qu'il était aussi heureux de fabriquer les prothèses que les enfants l'étaient de les recevoir.

— Tu sais, tu m'as inspirée, avouai-je.

— À te déshabiller ? lança-t-il en remuant ses sourcils.

Sa remarque me fit rire.

— À faire plus pour les survivants du cancer. Je ne peux pas fabriquer des membres artificiels ni de choses aussi cool que les tiennes, mais je peux offrir des services gratuits pour les patients qui suivent des traitements pour les gâter un peu, comme des soins du visage et des massages. Et on a même commencé à offrir des poches de transfusions vitaminées. Mais dans l'absolu, je peux leur proposer ce qui leur ferait plaisir et leur permettre d'avoir une journée pour se détendre et se faire dorloter.

— Je trouve que c'est une super idée.

— Merci. Elle m'est venue d'un type canon que je connais.

Le serveur revint avec notre vin. Il nous montra l'étiquette, puis il ouvrit la bouteille et en versa un peu dans nos verres afin que nous puissions goûter, avant de les remplir.

J'avalai une gorgée en observant Brayden par-dessus le bord de mon verre, et je me perdis un instant dans mes réflexions.

Sans surprise, il le remarqua.

— À quoi tu penses ?

— Comment tu sais que je pense à quelque chose ?

Il pointa du doigt mon visage.

— Tes yeux s'embuent et regardent au loin quand tu essaies de réfléchir à quelque chose.

— Y a-t-il quelque chose que tu ne remarques pas ? demandai-je en secouant la tête.

— Pas en ce qui te concerne... répondit-il en buvant son vin, avant de reposer son verre. Parle-moi. Qu'est-ce qui te tracasse ?

— Ce n'est rien du tout.

Il m'adressa un regard qui me faisait comprendre qu'il savait que je racontais n'importe quoi.

Je soupirai.

— Je me disais que je ne devrais pas me resservir après ce verre.

— Tu ressens les effets de l'alcool ?

— Un peu.

— Je ne profiterais jamais de toi, si c'est ce qui t'inquiète.

— Oh, non. Ce n'est pas toi qui m'inquiètes. C'est moi.

Brayden arqua les sourcils.

— Tu envisages de profiter de moi ?

— Je ne pense qu'à ça ces derniers temps.

— Et c'est un problème, parce que...

— Je n'ai pas... tu vois, depuis mon mari.

— Tu n'as pas eu de relation sexuelle depuis ton mari ?

J'acquiesçai.

— Waouh. D'accord. Eh bien, je suis ravi que tu m'en aies parlé. Non pas que j'avais prévu de te mettre la pression, mais je me freinerai un peu. Je veux que tu sois sûre de toi.

— Le fait que tu dises ça me donne encore plus envie de toi, confiai-je en souriant tristement.

Il me fit un clin d'œil.

— Je n'y peux rien si je suis irrésistible.

Il plaisantait, mais je trouvais vraiment qu'il était impossible de lui résister.

Il se pencha au-dessus de la table et baissa la voix.

— Rien ne presse, Alex, d'accord ? Je veux que tu aies les idées claires quand et si ça arrive, et je ne veux pas que tu regrettes le lendemain.

— Merci d'être si compréhensif, répondis-je en trinquant avec lui.

Un peu plus tard, nous étions de retour à l'hôtel, et Brayden me raccompagna à ma chambre.

— Est-ce que tu veux entrer ? proposai-je.

— Oui, mais je ne le ferai pas.

— D'accord.

J'étais déçue, mais je comprenais.

Il releva ma tête et déposa un baiser sur mes lèvres.

— Je suis fou de toi, Alex.

— Je suis folle de toi aussi, avouai-je, le cœur serré.

— Vas-y, ajouta-t-il en désignant la porte d'un signe de tête. Je ne sais pas si je pourrai m'arrêter à un baiser. Et verrouille la porte derrière toi. J'attends ici.

— Merci pour le dîner.

— Merci de me donner ma chance.

Les deux jours suivants furent chargés à la maison de Ryan's House. Quelques bénévoles souffraient de la grippe, alors nous étions en sous-effectif, et tout le monde dut travailler un peu plus pour que tout soit fini avant notre départ dans la soirée. Je n'avais pas pu passer beaucoup de temps avec Brayden pendant la journée, mais nous prenions tout de même nos petits déjeuners et nos dîners ensemble. Il se passait quelque chose entre nous depuis notre rencontre, mais ce week-end-là, j'avais l'impression de pouvoir dire que nous étions en couple. Et j'aimais ça. Plus je passais du temps avec lui, plus mes peurs s'apaisaient.

La porte d'entrée de la maison venait à peine de se refermer derrière le dernier bénévole que Brayden me prit dans ses bras.

— Viens par ici, la reine du jour.

— J'avais l'impression que ces bienfaiteurs agaçants n'allaient jamais partir, avouai-je en riant.

Brayden prit mon visage dans ses mains et planta un baiser chaste mais passionné sur mes lèvres. Tout mon corps se laissa aller contre lui.

— J'ai décalé mon rendez-vous de demain, annonça-t-il. On sort pour ton anniversaire ce soir.

— Vraiment ? Tu n'étais pas obligé de faire ça.

— J'en ai envie. Tu es importante pour moi, et je veux te le montrer.

Je le fixai droit dans les yeux.

— Tu l'as déjà fait, Brayden. Chaque fois que je suis près de toi, tu me fais me sentir spéciale.

— Ce n'est pas très difficile, puisque tu l'es vraiment, affirma-t-il en embrassant mon front. Viens, partons d'ici.

Sur le trajet du retour jusqu'à l'hôtel, je réfléchis en regardant par la fenêtre. Je ne me rappelais pas avoir déjà désiré quelque chose autant que je désirais cet homme. Quelques jours plus tôt, j'avais eu l'impression que m'empêcher d'avoir des relations physiques était la bonne chose à faire pour protéger mon cœur, mais la vérité, c'était que mon cœur était déjà impliqué dans cette histoire. Si les choses tournaient mal aujourd'hui, ça allait être douloureux. Alors pourquoi ne pas en profiter à fond ? Comme Wells et Caitlin me l'avaient conseillé de *nombreuses* fois.

Nous traversâmes le parking en direction de l'entrée de l'hôtel.

— Est-ce que tu as envie de quelque chose en particulier ? demanda Brayden. Italien, sushi, cuisine française ?

J'avais en effet une envie particulière, mais ce n'était pas quelque chose qui se trouvait sur un menu.

— J'ai envie... de toi.

Il s'arrêta brusquement.

— Tu peux répéter ?

— J'ai envie de *toi*, Brayden, affirmai-je en me jetant à son cou.

— Tu es sûre ?

— Certaine, lui assurai-je en souriant. La seule chose que je veux pour mon anniversaire, c'est passer la nuit avec toi, Brayden Foster.

— Très bien, alors... commença-t-il en prenant ma main pour me faire traverser le hall d'entrée. Allons-y, ma belle. Vite, vite.

Sa réaction me fit rire.

— Et si j'allais prendre une douche rapide et que je te rejoignais ici après ? On pourrait manger un petit truc au restaurant de l'hôtel et ramener une bouteille de vin dans ma chambre après.

— On dirait que c'est *mon* cadeau d'anniversaire.

— Dans une heure, ça irait ?

— C'est cinquante-neuf minutes de trop, mais d'accord.

Mon corps vibrait d'impatience alors que je me douchais et me préparais. Maintenant que j'avais pris la décision de coucher avec Brayden, j'avais hâte que ça arrive. Je faillis lui envoyer un message pour lui proposer de sauter le dîner, mais vu ce que je ressentais, cet homme allait avoir besoin d'énergie.

Nerveuse, je descendis dans le hall quelques minutes avant l'heure fixée. Quand les portes de l'ascenseur s'ouvrirent au rez-de-chaussée, je sortis de la cabine, mais je m'arrêtai net en voyant la femme qui se tenait là avec ses bagages.

Je fronçai les sourcils.

— Caitlin ?

— Surprise ! s'exclama-t-elle en levant les bras en l'air.

Je la serrai dans mes bras.

— Oh, mon Dieu. Qu'est-ce que tu fais là ?

— On a passé tous tes anniversaires ensemble depuis que je suis petite. Je ne voulais pas briser cette tradition. Et puis, quand on s'est écrit hier, tu as dit que le petit jeune ne serait pas là pour ton anniversaire, alors je me suis dit que j'allais te faire sortir.

— Oh. Merci.

Je me forçai à sourire pour ne pas la blesser en lui disant que Brayden avait changé ses plans et que j'attendais avec grande impatience notre soirée en tête-à-tête.

Quelques secondes plus tard, l'ascenseur tinta, et l'intéressé en sortit, fraîchement douché et rasé. Il sourit en me voyant approcher.

Caitlin se retourna et ses yeux s'écarquillèrent.

— Brady ?

— Kate ?

Peut-être que j'étais dans le déni, mais je ne compris pas tout de suite ce qui était en train de se passer. Je restai là, confuse, alors que ma belle-fille serrait Brayden dans ses bras.

— Ça fait une éternité. Comment tu vas ?

Je regardai Brayden, toujours perdue.

— Brady ?

Caitlin s'éloigna de lui.

— Alex, tu te souviens du garçon avec qui je suis sortie pendant un moment à la fac, et qui était censé venir skier avec nous pendant les vacances de Noël ? Papa et toi vous étiez disputés à ce sujet parce qu'il me traitait comme si j'avais encore douze ans, et qu'il insistait pour qu'on fasse chambre à part. Mais ensuite, papa a dû remplacer quelqu'un, alors ça ne s'est pas fait.

Je clignai plusieurs fois des yeux.

— Je... Je crois.

— Eh bien, c'est lui, déclara-t-elle en pointant Brayden du doigt. Je suis sorti avec Brady pendant ma troisième année de fac.

CHAPITRE 13

Brayden

J'avais l'impression que tout tournait autour de moi. Kate…
était *Caitlin*, la belle-fille d'Alex ? La fameuse Kate avec qui
j'étais sorti pendant quelques mois à la fac ? La même Kate
qui était si gentille que je ne savais pas comment lui briser
le cœur quand j'ai commencé à me lasser, alors je m'étais
juste montré plus distant jusqu'à ce qu'*elle* mette un terme
à la relation ? *Cette Kate.* Celle qui méritait mieux que le
type immature que j'étais à l'époque. Celle qui venait du
Connecticut et qui me parlait de sa magnifique et jeune
belle-mère qu'elle admirait. *Cette Kate.*

Putain !

Caitlin.

Kate.

Ce n'est pas possible.

Je n'eus pas le temps de trouver le meilleur moyen
de gérer cette situation. Il fallait que j'agisse rapidement.
Mon instinct me disait de protéger Alex, et la seule façon
de le faire était de prétendre de ne pas la connaître.

— Enchanté, déclarai-je avec un sourire, en fixant Alex droit dans les yeux, et en la suppliant silencieusement de me pardonner.

Je t'en supplie, pardonne-moi.

Elle déglutit, mais elle entra dans mon jeu.

— Salut, répondit-elle d'une voix à peine audible.

— Qu'est-ce que tu fais ici, à Seneca Falls ? me demanda Kate.

Toujours sous le choc, je me tournai vers elle.

— Je suis là, euh, pour le travail.

— Qu'est-ce que tu fais maintenant ? ajouta-t-elle en hochant la tête.

Je jetai un coup d'œil à Alex, dont le visage avait perdu toutes ses couleurs. J'étais encore déboussolé, alors je me contentai de donner une réponse banale à Kate, en lui parlant de l'immeuble et du fait que je vivais à New York. Je lui avais peut-être aussi demandé ce qu'elle devenait, mais je ne retins absolument rien de sa réponse. Mon cerveau était en mode pilote automatique, et mon cœur battait à tout rompre en essayant de comprendre la situation. Comment j'avais pu passer à côté de ça ? J'avais dû louper certains indices.

Il fallait que je me tire d'ici, parce que je ne pouvais pas continuer plus longtemps à me tenir devant elles et à mentir, alors qu'Alex était visiblement blessée.

— Ça m'a fait plaisir de te revoir après tout ce temps, Kate. Vraiment. Mais je suis déjà en retard à un rendez-vous, et j'ai oublié quelque chose à l'étage, alors je ferais mieux d'y aller.

— Ça m'a fait plaisir aussi. Prends soin de toi.

— Passe une bonne soirée.

J'adressai un dernier regard désolé à Alex avant de m'éloigner.

Mon cœur ne se calma pas lorsque je me précipitai dans l'ascenseur.

J'eus l'impression d'avancer dans le couloir en flottant dans un brouillard surréaliste lorsque je rejoignis ma chambre. Comment cette soirée qui était censée être inoubliable s'était transformée en mon pire cauchemar ?

Une fois à l'intérieur, je fis les cent pas. Tout ce qui importait, c'était de retrouver Alex et de régler tout ça. Il fallait que je trouve le moyen de lui parler immédiatement et de m'assurer qu'elle allait bien. Toutefois, je savais que ce serait impossible. Ça me tuait de savoir qu'elle souffrait et que je ne pouvais pas la réconforter. Ça me tuait encore plus de savoir que c'était *moi* la cause de sa souffrance. Jamais je n'avais autant souhaité pouvoir remonter dans le temps. Cependant, cette histoire aurait fini par se savoir à un moment ou un autre.

Il fallait que je parle à quelqu'un. La première personne qui me vint à l'esprit fut Holden. Il était le seul des garçons à savoir comment les choses avaient évolué entre Alex et moi. Même s'il n'avait pas la solution à cette situation, il fallait que j'en discute avant que ça me rende dingue.

Je composai son numéro et tirai sur mes cheveux pendant que ça sonnait.

Il décrocha, et je pus entendre sa fille, Hope, gazouiller.

— Salut, mec, quoi de...

— Je deviens fou, Holden.

— Qu'est-ce qui ne va pas ?

— Tu ne vas jamais croire ce qui vient de se passer.

— Raconte.

— Tu te souviens de Kate, la fille avec qui je suis sorti à la fac ?

— Vaguement, pourquoi ?

— On n'est pas restés longtemps ensemble. Quelques mois, tout au plus.

— Ne me dis pas que tu as un enfant dont tu ignorais l'existence. Est-ce que je vais devoir commencer à t'appeler Colby ?

— Ce scénario serait peut-être plus facile que celui que je suis en train de vivre, répliquai-je avec un rire amer.

— Merde. Qu'est-ce qui peut être pire que ça ? Dis-moi ce qui se passe.

— Je passais un bon week-end avec Alex. C'est son anniversaire. Cette soirée était censée être...

J'hésitai, mais je décidai de ne pas révéler ce qui était *censé* se passer ce soir-là.

— C'était censé être une soirée spéciale. Mais sa belle-fille est arrivée sans prévenir, peut-être pour lui faire la surprise pour son anniversaire. Eh bien, il s'avère qu'Alex n'a pas été la seule à être surprise.

— Je ne te suis pas.

— Sa belle-fille et mon ex de la fac, Kate, ne sont qu'une seule et même personne.

— Oh, bordel. Impossible !

— Si.

— Comment tu as fait pour ne pas le découvrir avant ?

— Je n'ai jamais vu de photo de sa belle-fille, et Alex l'appelait toujours Caitlin. Et cette Caitlin se faisait appeler Kate à la fac. Maintenant que j'y pense, Kate venait du Connecticut, comme Alex. Mais c'est un petit point commun. Je n'aurais jamais pensé à faire le rapprochement. Tout le monde m'appelait Brady à l'époque, tu te souviens ? Je disais à tout le monde que c'était mon prénom, comme un diminutif de Brayden. J'avais eu cette idée stupide de me créer une nouvelle identité à la fac, et j'avais pensé que me faire appeler Brady pourrait m'aider. Eh bien, figure-toi que ça vient de se retourner contre moi.

— D'accord, alors c'est pour ça que sa belle-fille n'a pas fait le lien...

— Je crois, répondis-je en secouant la tête. Bon sang, c'est un vrai merdier.

Il soupira.

— Bon, c'est vrai... Mais écoute, même si c'est difficile de le croire pour l'instant, ce n'est pas la fin du monde. Ton histoire avec Kate n'était pas sérieuse, si ? Et ça remonte à une dizaine d'années. Il y a de grandes chances qu'elle se fiche de tout ça. Alors qu'est-ce que ça peut faire ?

— Je suis certain qu'Alex ne s'en fiche pas. Il est impossible qu'elle se fasse à l'idée que j'étais en couple avec Kate à une époque, peu importe le nombre d'années qui se sont écoulées depuis. Et il est certain qu'elle ne fera rien qui puisse contrarier sa fille. Je la *connais*. Sa famille passe avant tout. Alex et Kate sont tout l'une pour l'autre. Quant à Alex et moi, c'est fichu, déclarai-je d'une voix brisée. C'est fini pour nous, Holden.

— Tu veux que je vienne ?

— Non, mec. Mais merci. J'apprécie ta proposition.

— Je ne sais pas quoi dire, admit-il. C'est le truc le plus fou qui soit arrivé à l'un de nous. Je suis sincèrement désolé.

— Il fallait que ça tombe sur moi, ajoutai-je en levant les yeux au ciel. Mais je m'inquiète surtout pour Alex. Elle avait *enfin* décidé de me faire confiance. Je ne sais pas si elle a déjà avoué la vérité à Kate ou pas. Quoi qu'il en soit, c'est la merde.

— Attends... La fille ne le sait pas encore ?

— Tout est arrivé très vite. Je venais juste d'arriver en bas pour retrouver Alex quand je les ai vues toutes les deux. Kate m'a reconnue avant qu'Alex puisse dire quoi que ce soit. Une fois que j'ai compris ce qui était en train de se passer, je n'ai pas su comment réagir. Alors j'ai fait semblant de me présenter à Alex, j'ai bavardé avec Kate pendant une minute ou deux, puis je suis parti. Je n'imagine même pas ce qui doit se passer dans la tête d'Alex en ce moment.

— D'accord. Voilà ce que tu vas faire... reprit-il. Tu vas respirer et te calmer. Et ne culpabilise pas, Brayden. Tu n'as rien fait de mal.

— Je suis sûr qu'elle ne voit pas les choses de la même manière, répliquai-je. Là, tout de suite, j'ai l'impression d'être la pire personne de la planète.

— Parfois, les choses arrivent pour une raison, même si on ne comprend pas laquelle.

— J'ai du mal à croire qu'il pourrait ressortir quelque chose de positif de cette situation.

— Je parie que ton ex ne s'en soucie pas autant que tu le penses.

— Même si ça ne dérange pas Kate – ce dont je doute fortement, car qui ne serait pas perturbé par cette situation –, c'est surtout une histoire de principe. Et Alex est une femme de principes. Elle suranalyse tout. Elle est hyper prudente. Et surtout, elle accorde énormément de valeur à sa relation avec Caitlin... Kate. Elle m'a dit qu'il lui avait fallu des années pour en arriver au stade où elles en sont aujourd'hui. Elle ne prendrait jamais le risque de lui faire du mal.

— Eh bien, essaie de ne pas tirer de conclusions hâtives. Même si tu penses savoir comment ça va se passer, il se pourrait que tu sois surpris.

— Je donnerais tout pour me tromper, mec, avouai-je en poussant un long soupir. Je ferais mieux de te laisser.

— Tu es sûr ? Je peux rester aussi longtemps que tu en as besoin.

— J'ai besoin de réfléchir seul à tout ça.

— D'accord. Appelle-moi si besoin.

— Je le ferai. Merci. C'est gentil d'avoir essayé de me calmer.

Après avoir passé plusieurs minutes assis sur le lit, à remuer nerveusement les jambes en fixant le mur, j'envoyai un message à Alex.

Brayden : Dis-moi quand tu auras un moment pour discuter, s'il te plaît. Je deviens fou dans ma chambre.

Comme je m'y attendais, elle ne répondit pas tout de suite. Je me dis qu'elle devait encore être avec Kate. J'ignorais si elle avait décidé de lui dire la vérité.

Plus tard, ce soir-là, j'étais en train de zapper sans but entre les différentes chaînes de télévision quand un message arriva.

Alex : Je viens dans ta chambre.

Dieu merci.

Je bondis du lit et restai près de la porte. Elle eut à peine le temps de frapper avant que j'ouvre pour la laisser entrer.

Alex passa devant moi et se mit à faire les cent pas, tout en frottant ses mains sur ses bras.

Je pus lire l'angoisse dans ses yeux quand elle finit par se tourner vers moi.

— Je ne sais pas quoi faire, Brayden.

J'avais envie de la prendre dans mes bras, mais je ne savais pas si ça allait empirer les choses.

— Raconte-moi ce qui s'est passé après mon départ, Alex.

— J'ai choisi de ne pas lui parler de toi, avoua-t-elle, les yeux brillants. Je ne pouvais pas gâcher sa soirée alors qu'elle est venue me faire une surprise.

— D'accord, soufflai-je. Je ne savais pas ce que tu allais faire.

— Mais il faut que je le lui dise. Et ça ne peut pas vraiment attendre, précisa-t-elle d'une voix tremblante. Le souci, c'est que je ne sais pas *comment* faire ça. Je ne lui ai jamais menti, Brayden. Je ne pense pas pouvoir supporter cette situation un jour de plus. Il faut que je lui en parle demain matin, parce que même ces deux heures à lui cacher la vérité m'ont paru une éternité. Je n'arrivais pas à la regarder dans les yeux. C'était horrible.

— Où elle est maintenant ? demandai-je.

— Elle est retournée dans sa chambre après le dîner. Je suis censée la rejoindre pour regarder un film avec elle. Elle ignore que quelque chose ne va pas. D'ailleurs, je ne sais pas comment elle fait pour ne rien voir, car j'ai l'impression que c'est écrit en gros sur mon front. Je lui ai dit que je voulais me changer et me démaquiller, alors je n'ai pas beaucoup de temps.

Elle fixa le plafond.

— J'ai l'impression d'être coincée en plein cauchemar. Je donnerais tout pour pouvoir remonter le temps et...

Je la pris dans mes bras pour interrompre ses pensées. Je ne pus m'en empêcher. Malgré l'agitation de cette soirée, c'était toujours aussi bon de l'avoir contre moi.

— Je suis désolé, Alex. J'ai l'impression que tout est ma faute.

Elle me laissa l'étreindre pendant quelques secondes, avant de s'éloigner.

— Ce n'est pas ta faute, mais on n'a vraiment pas de chance.

— J'étais inquiet à l'idée que tu puisses m'en vouloir de t'avoir forcée à lui mentir.

— Tu as pris la bonne décision, m'assura-t-elle en prenant ma main dans la sienne. Je n'étais pas prête à tout lui avouer tout de suite. On avait déjà besoin de temps pour digérer tout ça. J'ai vu que tu avais l'air tout aussi surpris que moi.

— Je ne t'aurais jamais volontairement mise dans cette situation. Je veux que tu le saches.

— Je le sais, Brayden. Mais ça ne rend pas les choses plus faciles.

— Est-ce qu'elle a parlé de moi après mon départ ?

Alex hocha la tête.

— Elle a surtout ri de cette coïncidence. Elle a dit que le monde était petit, et elle a parlé de toi pendant environ dix minutes en buvant un verre, avant de changer de sujet.

Je me préparai à la suite.

— Je suis sûr qu'elle n'avait pas que des bonnes choses à raconter...

— Elle a dit que même si elle t'appréciait beaucoup à l'époque, tu n'étais pas prêt à être en couple. Elle a mis fin à la relation avant que tu puisses le faire parce qu'elle a senti que ça allait arriver. Elle voulait te devancer. Mais tu sais sûrement déjà tout ça. Elle n'a pas l'air de t'en vouloir, mais je pense qu'elle est déçue de la façon dont ça s'est passé. En fait, je me rappelle qu'elle en avait parlé au moment où c'est arrivé, même si je ne me souviens pas des détails puisque c'était il y a longtemps.

Alex inclina la tête.

— Vous êtes sortis combien de temps ensemble ? m'interrogea-t-elle.

— Honnêtement, je ne m'en rappelle pas, mais je crois que c'était environ trois mois. C'est une fille bien, et je la respecte. Mais elle a raison. Je n'étais pas prêt à être en couple à l'époque. J'ai l'impression que ça remonte à une éternité. J'étais si jeune. On l'était tous les deux. Notre relation s'est arrêtée avant même d'avoir réellement commencé.

— Mais vous avez couché ensemble... répliqua-t-elle en mordillant sa lèvre.

Je ne savais pas si c'était une question ou une affirmation. Quoi qu'il en soit, je ne pouvais pas le nier.

— Oui, admis-je en fermant brièvement les yeux. J'imagine à peine à quel point ça doit être difficile pour toi de l'entendre.

Elle acquiesça en enroulant ses bras autour de son ventre, comme si elle avait envie de vomir.

Bordel, même moi, j'avais envie de vomir.

— Est-ce que tu imagines à quel point c'est tordu d'être jaloux de son propre enfant ? gémit-elle.

J'avais envie de la regarder droit dans les yeux et de lui dire que ce que j'avais vécu avec Kate ne signifiait rien à côté de ce que je ressentais pour elle. J'aurais aussi aimé pouvoir lui dire que je n'avais même pas pensé à Kate depuis la fac. Cependant, ce serait déplacé. C'était de sa fille qu'il s'agissait. Être condescendant me ferait seulement passer pour un enfoiré. Même si la vérité, c'était que Kate ne représentait rien pour moi à l'heure actuelle, alors qu'Alex signifiait... *tout*.

— Tu vas lui en parler quand ? lui demandai-je.

— Demain matin, au petit déjeuner.

— Est-ce que ça aiderait si je venais avec toi ?

— Non, refusa-t-elle en secouant la tête. Je pense que ça ne ferait qu'empirer les choses. J'ai besoin de le faire seule.

Je passai une main dans mes cheveux.

— D'accord. Je sais que ça va être délicat, mais si tu changes d'avis et que tu as besoin de mon soutien, je suis là.

Nos regards se croisèrent. Elle était si belle ce soir. Elle avait mis un haut sexy avec un grand décolleté comme elle n'en avait encore jamais porté. Elle s'était sentie suffisamment à l'aise pour le porter en ma présence et me laisser enfin l'explorer entièrement. Le sexe avec elle aurait été incroyable. Mais plus que ça, ça aurait signifié quelque chose. Toutefois, je n'allais pas pouvoir vivre cette expérience.

— Mince, je dois y aller, annonça-t-elle en regardant son téléphone.

Si elle devait partir maintenant, et si sa matinée allait être consacrée à cette tâche difficile, je savais que j'avais très peu de temps pour lui dire ce que j'avais sur le cœur. Même si le timing n'était pas bon, il fallait que je le fasse avant de ne plus en avoir la possibilité.

— Avant que tu partes, il faut que je te dise quelque chose, Alex.

— D'accord... accepta-t-elle en humectant ses lèvres.

— Je sais que ça s'annonce mal pour nous à l'heure actuelle. J'ai l'impression qu'on t'a arrachée à moi ce soir, et qu'on m'a arraché le cœur aussi. Je te connais, tu ne feras rien qui pourrait contrarier ta fille. Et si ça signifie m'effacer de ta vie, tu le feras. Je ne peux même pas t'en vouloir. Je n'arrête pas de vouloir utiliser le terme « belle-fille », mais en réalité, tu es la seule mère qui lui reste. Kate est ta fille. Et moi, eh bien... je suis presque un inconnu qui a débarqué dans ta vie. Il n'est pas question de compétition ici.

Je la fixai droit dans les yeux.

— Mais je regretterais de te laisser partir sans te dire à quel point tu comptes pour moi. Et je sais qu'avant tout ça, je comptais beaucoup pour toi aussi.

— Tu comptes *toujours* beaucoup pour moi, murmura-t-elle.

Je m'approchai d'elle et je me retins de la toucher.

— Tu allais m'offrir ton corps ce soir, et je sais que tu n'aurais pas pris cette décision si tu ne m'avais pas déjà offert un bout de ton cœur aussi. Ne crois pas que je ne le sais pas.

— Ça n'a plus d'importance.

— Je ne cesserai de me demander ce qui se serait passé si Kate n'était pas venue. Je n'oublierai jamais ça. Je ne t'oublierai jamais, toi. Parce que je n'ai jamais ressenti ça pour personne, Alex. Et cette malheureuse coïncidence ne change rien au fait que tu es la femme la plus incroyable que je connaisse.

Elle renifla en retenant ses larmes.

— Il faut que j'y aille.

Alex essuya ses yeux et se tourna vers la porte, avant de disparaître.

Je me demandai si je la reverrais un jour.

CHAPITRE 14

Alex

J'entendais les mots sans les comprendre.

Je fixai la bouche de ma fille. Du son en sortait, mais seule une partie me parvenait. Le reste n'était qu'un murmure distant, un langage incohérent. J'étais restée éveillée toute la nuit sans pouvoir fermer les yeux suffisamment longtemps pour dormir, alors j'étais certaine que la fatigue avait quelque chose à voir là-dedans. Mais il fallait quand même que je me reprenne. Mon cerveau n'arrivait pas à se concentrer sur autre chose que la façon dont j'allais parler de Brayden à Caitlin. *Qu'est-ce que je lui dis ?*

Elle enfourna une cuillère de yaourt dans sa bouche et continua à parler. Après un laps de temps indéterminé, elle fronça les sourcils et agita sa main devant mon visage.

— La Terre à Alex... Tu es là ?

J'ouvris la bouche pour m'excuser, pour dire que j'étais juste fatiguée, mais d'autres mots en sortirent précipitamment.

— Brayden est l'homme plus jeune dont je t'ai parlé. Je suis vraiment désolée. Je ne savais pas du tout que vous vous connaissiez. Brayden non plus, d'ailleurs.

Je fermai les yeux en m'en voulant d'avoir lâché ça de cette manière, mais j'étais soulagée que ce soit fait.

— Brayden ? répéta Caitlin.

J'ouvris un œil.

— Brayden. Brady. C'est la même personne. Mon Brayden est *ton* Brady.

Elle cligna plusieurs fois des yeux.

— Tu *sors* avec mon ex ?

— Oui. Non, rectifiai-je en secouant la tête. Enfin, oui, Brayden est l'homme dont je t'ai parlé, mais on ne sort pas ensemble. Enfin, on sortait ensemble, mais ce n'est plus le cas.

Ma fille fronça les sourcils. Elle détourna les yeux et regarda au loin pendant un long moment, tandis que je patientais avec angoisse. Elle avait encore l'air complètement perdue quand elle se tourna de nouveau vers moi.

— Il m'a vue toute nue. Je l'ai vu nu aussi. J'ai *couché* avec lui.

Je grimaçai.

— Je suis vraiment désolée, Caitlin. Je n'en savais rien. Je ne me serais jamais rapprochée de lui si j'avais eu le moindre doute sur le fait que vous vous connaissiez. J'hésitais déjà assez à cause de son âge. Même si vous aviez été juste amis, ça aurait sûrement été trop pour moi. Je n'en savais absolument *rien*.

J'avais toujours su lire facilement en Caitlin. Je savais quand elle était contrariée, même quand elle essayait de le cacher. Mais là, tout de suite, j'ignorais totalement ce qu'elle avait en tête. Son expression était un mélange de confusion et d'autre chose. De colère, peut-être ? Elle retira la serviette en papier de ses genoux et la jeta sur la table devant elle.

— Est-ce que tu as aussi couché avec lui ?

— Non, lui assurai-je en secouant la tête. Absolument pas. Heureusement, les choses ne sont pas allées aussi loin entre nous.

Je me sentais déjà bien assez mal en repensant à quel point nous nous étions rapprochés. Si Caitlin était arrivée cinq minutes plus tard, ou si j'étais descendue cinq minutes plus tard, Brayden et moi serions allés dîner... *et plus encore*. Cependant, j'allais garder ça pour moi.

— Qu'est-ce que tu vas faire, maintenant ?

— Eh bien, ce qui se passait entre nous, ce que nous avions commencé, est terminé. Je n'ai pas encore réfléchi au projet sur lequel on travaille ensemble.

Caitlin regardait partout sauf dans ma direction. Ça me rappelait l'époque où son père et moi avions commencé à sortir ensemble. Elle m'avait vue comme la femme qui essayait de prendre la place de sa mère. Elle m'en voulait tellement qu'il s'était écoulé presque un an avant qu'elle puisse me regarder dans les yeux. Ça me brisait le cœur de penser que nous pourrions revenir à ce stade, après tout ce que nous avions dû traverser pour en arriver là. Caitlin n'était pas seulement la fille de mon mari. Elle était *ma* fille et ma meilleure amie. Ou du moins, elle l'était...

Je pris sa main sur la table.

— Caitlin ?

Elle posa les yeux sur moi.

— Tu me crois quand je te dis que j'ignorais qùi il était et que je ne te ferais jamais intentionnellement quelque chose qui pourrait te faire souffrir, n'est-ce pas ?

— Pourquoi je ne te croirais pas ? Tu me l'as déjà dit.

Elle avait parlé d'un ton plus sarcastique que convaincu. Toutefois, j'avais eu toute la nuit pour digérer tout ça. Elle était sûrement encore sous le choc.

— Je suis désolée que ce soit arrivé, ajoutai-je en serrant sa main.

— Oui, moi aussi, répondit-elle, les sourcils froncés.

Elle observa mon assiette. J'avais commandé une omelette aux blancs d'œufs et des fruits, mais je n'avais encore rien mangé.

— Tu as fini ton petit déjeuner ? demanda-t-elle.

Mon ventre était complètement noué. Je ne pouvais rien avaler.

— Oui, j'ai fini.

— Il faut que je reprenne la route, annonça-t-elle en reculant sa chaise pour se lever. J'ai quelques conférences téléphoniques prévues à mon retour, cet après-midi.

— Oh... d'accord. Il faut juste que je paie l'addition.

Je cherchai le serveur des yeux et levai la main.

— Je t'attends devant le restaurant.

— Bien sûr. Je comprends, répondis-je en me forçant à sourire.

Après ça, nous marchâmes jusqu'aux ascenseurs. Aucune de nous ne prononça un mot. Une fois dans la cabine, les portes se fermèrent et je me tournai vers elle.

— Je te retrouve dans le hall dans quinze minutes pour qu'on puisse rendre nos clés ?

— Pas de souci, accepta-t-elle en hochant la tête, mais en gardant les yeux baissés.

Une fois dans ma chambre, j'étais soulagée de pouvoir me retrouver seule quelques minutes. J'avais eu du mal à respirer à cause de la tension pesante. Puisque je n'avais pas dormi, mes affaires étaient déjà prêtes. Je n'avais pas grand-chose à faire avant de redescendre. J'hésitai à appeler Brayden, ou peut-être lui envoyer un message pour lui faire savoir que c'était fait, mais ça allait inévitablement engendrer une avalanche de questions auxquelles je n'étais pas prête à répondre. Alors au lieu de ça, je m'allongeai sur le lit, fermai les yeux, et tentai un peu de méditation.

— Tout va s'arranger, murmurai-je. Respire. Inspire... et expire.

J'inspirai profondément en sentant mes poumons se remplir d'oxygène, puis j'essayai de souffler pour évacuer toute la tension dans mon corps. Néanmoins, des pensées envahirent mon esprit comme un barrage qui venait de céder. *Et si Caitlin ne peut pas me pardonner ? Et si elle prenait ses distances ? Est-ce que je peux continuer à travailler avec Brayden pour Ryan's House ? Et si ce n'est pas le cas, est-ce que je le reverrai un jour ?* Cette dernière question me fit mal au cœur.

J'inspirai de nouveau, cette fois-ci en laissant échapper un long « om » méditatif. Je n'allais peut-être pas pouvoir m'éclaircir les idées, mais je tentai quand même. Finalement, après une dizaine de respirations, j'abandonnai. Si je n'étais pas obligée de conduire jusqu'à chez moi, j'aurais peut-être eu recours à l'alcool pour me détendre. Je passai aux toilettes, avant de faire un dernier tour de la chambre pour m'assurer de n'avoir rien oublié, puis je me rendis à la réception.

L'esprit toujours embrumé, je ne fis pas attention aux étages qui défilaient dans l'ascenseur. Quand les portes s'ouvrirent, je m'apprêtai à sortir en pensant que nous étions arrivés au rez-de-chaussée, mais je m'arrêtai net quand j'aperçus les deux personnes qui se tenaient devant la cabine, prêtes à entrer.

Caitlin.

Et Brayden.

Nous avions tous les trois l'air de biches prises dans les phares d'une voiture.

— Je, euh, je pensais être arrivée en bas, déclarai-je.

Caitlin pinça ses lèvres.

— Non, on est au deuxième étage.

Est-ce qu'elle pense que je voulais aller dans la chambre de Brayden ?

Celui-ci croisa mon regard. Il avait l'air tout aussi dévasté que moi, pourtant, il fit signe à Caitlin d'avancer.

— Allez-y ensemble. Je vais attendre le prochain, proposa-t-il.

Nous nous fixâmes dans un silence inconfortable, alors que Caitlin entrait dans la cabine. J'ignorais que les choses pouvaient devenir encore plus pénibles, mais ce fut le cas une fois que les portes se refermèrent et que je me retrouvai seule avec elle.

— Caitlin, je suis vraiment désolée. Je ne savais pas qu'il allait rendre sa chambre. Je ne lui ai pas parlé depuis...

Elle leva la main.

— Arrête de t'excuser. Je veux juste rentrer chez moi.

Par chance, il ne restait plus qu'un étage à descendre. À l'accueil, deux employés étaient disponibles. Caitlin s'adressa à l'un, tandis que je me dirigeais vers l'autre. Je jetai un coup d'œil autour de moi en redoutant de voir apparaître Brayden, tout en faisant mon possible pour ne pas avoir l'air de chercher quelqu'un. Toutefois, ça n'avait probablement pas d'importance puisque ma fille ne regarda pas une seule fois dans ma direction. Après ça, nous nous dirigeâmes ensemble vers le parking.

— Je suis garée par ici, indiqua Caitlin en désignant le côté gauche.

J'acquiesçai.

— Je suis à l'opposé, l'informai-je.

Je m'avançai pour l'étreindre, même si je ne savais pas si elle en avait envie.

— Merci beaucoup d'avoir fait tout ce chemin pour mon anniversaire. Ça signifie beaucoup pour moi.

Elle m'adressa un sourire forcé.

— Pas de souci.

— Je t'appelle demain après le travail ?

— D'accord.

— Bon retour.

— Toi aussi.

Quelques minutes plus tard, j'aperçus la BMW blanche de Caitlin quitter sa place pour rejoindre la sortie. Mes mains tremblaient encore, et je ne me sentais pas prête à conduire. Toutefois, j'avais peur qu'elle vérifie dans son rétroviseur si je la suivais. Si ce n'était pas le cas, elle allait peut-être se dire que j'étais restée là pour voir Brayden. Alors même si j'aurais bien eu besoin d'une minute supplémentaire pour me ressaisir, je démarrai la voiture et la suivis. Environ un kilomètre plus loin, je dus m'arrêter à un feu rouge avant l'entrée de l'autoroute, tandis que Caitlin continuait son chemin. Devant moi, elle tourna à droite sur la voie d'insertion, et je la perdis de vue. Mes épaules s'affaissèrent de soulagement.

Puisqu'elle allait maintenant avoir quelques minutes d'avance sur moi et qu'elle conduisait toujours plus vite que moi, je doutais qu'elle s'attende à me voir encore derrière elle. Alors je m'arrêtai à une station-service et j'appelai Brayden. J'étais curieuse de savoir ce qu'ils avaient pu se dire en attendant l'ascenseur.

Il décrocha à la première sonnerie.

— Tu vas bien ?

— Pas vraiment, soupirai-je.

— Je suppose que tu lui en as parlé.

— Elle ne t'a rien dit pendant que vous attendiez l'ascenseur ?

— Non. Je lui ai souri quand elle est arrivée, mais pas elle. Elle avait l'air énervée, alors je me suis dit qu'il valait mieux ne rien faire. Aucun de nous n'a prononcé un mot.

Je pris une grande inspiration, avant de souffler.

— Ça ne s'est pas très bien passé au petit déjeuner.

— Je suis désolé.

— Moi aussi. Elle a dressé un mur immense entre nous. J'espère que ça ira mieux quand elle aura digéré l'information. Si elle se sent comme nous hier soir, quand on a découvert cette histoire, elle doit sûrement être encore sous le choc.

— Oui, j'en suis sûr.

— Même moi, je ne m'en suis toujours pas remise.

— Moi non plus.

Nous restâmes silencieux un moment, puis Brayden reprit la parole :

— Qu'est-ce qu'on fait maintenant ?

— Il n'y a pas de « on », Brayden. Plus maintenant. C'est impossible.

— Je ne parlais pas dans ce sens-là, précisa-t-il, même si je pouvais entendre la tristesse dans sa voix. Je voulais dire, qu'est-ce que je peux faire pour aider ? Mais...

— Mais quoi ?

— C'est vraiment terminé pour nous ?

— Tu es *sorti* avec ma fille, Brayden ! Vous avez couché ensemble !

— C'était il y a une éternité.

— Peu importe que ça remonte à cent ans. C'est arrivé, et rien ne pourra l'effacer. Ça fait partie du rôle de parent. On doit faire passer notre enfant avant le reste.

Il souffla dans le téléphone.

— Est-ce que tu viendras encore jeudi, cette semaine ? Pour qu'on puisse discuter.

— Je ne suis pas sûre de pouvoir revenir tout court, Brayden.

— Mais...

Les larmes me montèrent aux yeux.

— Il faut que j'y aille. Je me suis arrêtée à une station-service pour t'appeler, et je ne veux pas arriver chez moi trop longtemps après Caitlin, au cas où elle déciderait de passer.

— D'accord.

— Je te tiendrai au courant si je peux revenir ou non pour le projet.

— Pas de souci, mais j'espère que ce sera possible.

— Au revoir, Brayden.

— Sois prudente sur la route.

Je raccrochai juste au moment où mes larmes se mirent à couler. Je n'avais pas encore pleuré jusqu'à présent, mais soudain, il me fut impossible d'arrêter. Mes épaules remuèrent, alors que je sanglotais encore et encore. J'avais l'impression que mon cœur avait été arraché. J'avais envie de faire demi-tour, de conduire jusqu'à l'hôtel, de sauter dans les bras de Brayden et de le laisser me dire que tout allait s'arranger. Mais ce ne serait pas le cas. Ce n'était pas réel. C'était juste un rêve.

Peut-être qu'imaginer que les choses pouvaient fonctionner entre Brayden et moi n'avait été que ça depuis le début... un rêve.

— J'espère que cette tête s'explique par un manque de sommeil à cause d'une nuit torride, et non pas par une nuit difficile à cause de la frustration sexuelle, déclara Wells en agitant son index devant mon visage.

Les larmes me montèrent aux yeux, alors que je me tenais devant lui au travail, le lundi matin.

Son expression changea, et il me prit dans ses bras.

— Oh, trésor, tu n'es pas si horrible que ça. Arrête d'être si sensible. Et puis, on pourrait s'occuper de ces cernes avec un traitement au laser.

Je reniflai en m'écartant de lui.

— Brayden et moi... c'est fini. On ne peut plus se voir.

— Pourquoi ? Qu'est-ce qui s'est passé ?

— Il... est déjà sorti avec Caitlin.

Wells cligna plusieurs fois des yeux.

— Répète.

Je secouai la tête.

— Je sais, c'est fou. Mais Caitlin est venue me rejoindre pour me faire une surprise à l'hôtel ce week-end, et il s'avère qu'ils se connaissent. Ils sont sortis ensemble un moment à la fac. Pendant plusieurs mois, d'ailleurs. Elle était même censée le faire venir avec nous lors d'un voyage en famille au ski, mais on avait fini par annuler.

— Bordel.

— Je sais.

— Mince alors, vous avez vraiment les mêmes goûts, toutes les deux. Tu te rappelles la fois où vous étiez venues avec la même robe à la fête de Richard ?

— Ça ne m'aide pas à me sentir mieux, confiai-je en fermant les yeux.

— Désolé, chaton. Je suis sûr que ça t'a fait un choc de découvrir ça, mais est-ce que c'est vraiment important ? La fac remonte à dix ans pour Caitlin. Elle a dit quoi quand elle l'a appris ?

— Elle n'était pas ravie. Elle était aussi paniquée que moi.

— Laisse-lui un peu de temps. Je suis sûr qu'elle s'en fichera.

Je secouai la tête.

— Peu importe qu'elle s'en fiche ou non. *Moi*, je ne m'en fiche pas. Ils ont... été intimes.

Wells fronça le nez.

— D'accord, là, c'est bizarre. Mais c'est mieux que de coucher avec son cousin, non ?

— Mon cousin ? De quoi tu parles ?

— Je dis juste qu'il y a pire que de voir le même homme nu que ta belle-fille. Par exemple, coucher avec ton cousin, ou ton frère. Ou alors... ce très vieil homme au Sénat, celui dont les oreilles tombent presque jusqu'aux épaules. Il a besoin d'une otoplastie. Je me suis renseigné sur plusieurs types de chirurgie de l'oreille le soir de la dernière élection, quand ils n'arrêtaient pas de montrer ce type à l'écran.

Je fronçai les sourcils.

— Je l'appréciais vraiment, Wells.

— Je sais, trésor. Et moi aussi je le trouvais bien pour toi.

— Je ne sais pas si je devrais retourner finir le projet pour Ryan's House.

— De quoi tu parles ? Bien sûr qu'il faut que tu y retournes. Ça n'a rien à voir avec le fait de pouvoir être en couple ou non avec le beau gosse.

Je m'en voudrais de revenir sur mon engagement auprès de l'association. Ça ne me ressemblait pas.

— Je sais, mais...

— Mais quoi ? Je suis sûr qu'il sera respectueux. Il a l'air d'être un homme bien, d'après ce que tu m'as raconté.

— Ce n'est pas le problème, soupirai-je.

— D'accord, alors quel est le souci ?

— Je ne m'inquiète pas de la capacité de Brayden à pouvoir garder ses distances. Je m'inquiète de mon propre self-control. Je ne me fais pas confiance quand je suis près de lui.

CHAPITRE 15

Brayden

J'alternais entre fixer le mur de mon appartement et observer la rue animée par la fenêtre. Même si j'avais des tas de choses à faire pour m'occuper en cette journée, en travaillant depuis chez moi, je n'arrivais à me concentrer sur rien d'autre que ce qui s'était passé le week-end. Ou plus précisément, sur ce qui ne s'était *pas* passé le week-end.

J'étais rentré à New York la veille, après mon plus récent et misérable séjour à Seneca Falls. Alex n'était pas venue. Je ne pouvais pas dire que j'étais surpris, et je ne pouvais pas non plus lui en vouloir, mais j'avais vraiment espéré pouvoir lui parler. Au lieu de ça, je m'étais plongé dans le travail à la maison, et j'avais sûrement été plus productif que d'habitude. C'était la première fois depuis le début du projet que je n'avais pas été distrait par Alex, même si chaque recoin de la maison me faisait penser à elle.

J'avais mal au cœur en pensant au futur. Et si elle ne revenait *jamais* à Seneca Falls ? Et si je ne la revoyais plus jamais ? Je ne pouvais pas l'imaginer, mais ce n'était pas impossible.

Le mercredi précédent, Alex m'avait envoyé un message pour me dire que même si elle n'abandonnait pas le projet, elle avait besoin d'une semaine ou deux pour s'éclaircir les idées avant de me revoir. Ça ne m'avait pas empêché de passer le week-end à espérer qu'elle change d'avis et qu'elle vienne. Elle m'avait déjà surpris avant ça. En fin de compte, je m'étais dit qu'elle m'avait rendu service en s'abstenant, car comment étais-je censé me comporter avec elle à présent ? Tout ce que j'avais envie de faire, c'était de l'embrasser, de la serrer dans mes bras, de la réconforter, et je n'allais rien pouvoir faire de tout ça. Alors peut-être que j'aurais dû être reconnaissant de son absence.

Mon téléphone sonna, me sortant de mes pensées. Je ne connaissais pas le numéro, mais je décrochai quand même.

— Allô ?

— Salut, Brayden. C'est Wells... l'ami d'Alex.

Mon cœur faillit s'arrêter.

— Est-ce que tout va bien ?

Pourquoi m'appellerait-il sinon ?

— Oui, oui, désolé. Je ne voulais pas te faire peur, beau gosse. Elle va bien... enfin, physiquement en tout cas.

Ça me faisait mal d'entendre ça, mais je m'en doutais déjà.

— J'ai fouillé dans ses contacts pour voler ton numéro, parce que je pensais qu'on pourrait avoir une petite conversation tous les deux à propos des derniers... événements.

Je déglutis.

— D'accord...

— Je sais que je suis peut-être en train de me mêler de ce qui ne me regarde pas, mais je le fais pour son bien. Alex garde tout pour elle.

— Comment va-t-elle dans l'ensemble ? demandai-je en fermant les yeux un instant.

— Ce n'est vraiment pas la forme, et je déteste la voir dans cet état. Elle mérite tant de bonheur après tout ce qu'elle a traversé. Ce que vous viviez la rendait heureuse, et ça faisait longtemps que je ne l'avais pas vue comme ça. Et en tant qu'ami, j'ai du mal à la regarder tout foutre en l'air pour rien.

— Je ne qualifierais pas ce dilemme de « rien ». C'est dingue, mais ce n'est pas *rien*.

— Oui, je comprends ce que tu veux dire, crois-moi. Elle aime Caitlin plus que tout. Mais vous êtes tous des adultes, alors ça ne devrait pas être aussi compliqué. Elle est en train de sacrifier son propre bonheur pour quelque chose qui appartient depuis longtemps au passé. Ce n'est pas comme si Caitlin tenait encore à toi. Tu as seulement refait surface parce que tu sortais avec Alex. Et voilà que tout à coup, il y a un problème ? Soudain, tu existes à nouveau ? Je ne comprends vraiment pas pourquoi Alex devrait gâcher sa vie amoureuse à cause d'une amourette de fac de sa fille qui remonte à une dizaine d'années. Enfin, je suis sûr que tu as totalement changé depuis cette époque.

— C'est vrai. Mais bonne chance pour convaincre Alex de ne pas tenir compte des sentiments de sa fille, peu importe le nombre d'années qui se sont écoulées. Elle ne ferait jamais rien qui pourrait la contrarier.

— Je me rends compte que la convaincre de faire passer son bonheur en priorité dans cette situation va être compliqué, mais je crois aussi fermement que ce que les gens ignorent ne peut pas leur faire de mal.

— Comment ça ? le sondai-je en plissant les yeux.

— Ce qui nous amène à la vraie raison de mon appel.

— De quoi tu parles ?

— Je serai à New York avec Alex demain.

Mon cœur manqua un battement.

— Vraiment ?

— Je me doutais qu'elle ne t'en avait pas parlé.

— Tu as raison. On ne s'est pas parlé depuis le dernier message qu'elle m'a envoyé la semaine dernière pour me dire qu'elle ne viendrait pas à Seneca Falls. Qu'est-ce qui se passe à New York ?

— Une exposition sur les spas médicaux. On arrive demain et on ne reste qu'une nuit.

L'adrénaline se répandit en moi à l'idée de savoir Alex dans ma ville. J'eus l'envie urgente de la voir.

— Juste une nuit, hein ?

— Oui, confirma-t-il. Il te suffirait de cligner des yeux pour nous manquer. Je me disais que tu pourrais, tu vois, apparaître *par hasard* dans le restaurant dans lequel on a prévu de dîner.

— Je ne sais pas, mec. Tu penses qu'elle aura envie de me voir alors qu'elle évite de me parler ?

— Je sais qu'elle n'organiserait pas ça, mais je pense qu'une fois qu'elle te verra, elle sera contente que tu sois là. Ça vous laissera une vraie occasion de parler de ce qui s'est passé. J'ai l'impression qu'elle s'est enfuie si vite le week-end où Caitlin est venue, que vous n'avez pas eu le temps de digérer tout ça en privé.

— C'est totalement ça, soupirai-je.

— Aucune pression. J'ai juste pensé que tu voudrais être au courant qu'elle sera à New York, parce que je savais qu'elle ne t'en parlerait pas elle-même.

— J'apprécie que tu m'aies prévenu, acquiesçai-je. Envoie-moi l'adresse par message. Je ne sais pas encore si vous rejoindre est la bonne décision. J'ai besoin d'y ré-fléchir.

— Pas de souci.

— Et au fait, l'offre tient toujours si tu veux que je présente à mon ami Deek, ajoutai-je. Fais-moi savoir si ça t'intéresse. Peut-être pas cette fois-ci, étant donné que tu es juste de passage, mais la prochaine fois.

— Qui oserait refuser ? plaisanta-t-il. Bien sûr que je suis partant.

♥

Ce n'était pas du tout comme si j'avais attendu avec impatience le message de Wells, le lendemain. Je n'avais pas mangé de la journée ni rien fait de productif. Encore une journée inutile au travail.

Aux alentours de seize heures, mon téléphone bipa, alors je bondis de mon siège pour le récupérer.

Wells : Alex et moi allons dîner au restaurant Le Poulet à vingt heures.

Mes doigts hésitèrent au-dessus du clavier pendant plusieurs minutes. Je n'étais pas prêt à prendre une décision, alors je gagnais un peu de temps.

Brayden : Merci. C'est gentil de me tenir au courant. Je vais réfléchir à ce qui est le mieux et je reviens vers toi.

J'avais envie de prendre le risque et de débarquer là-bas, mais ma raison me rappela que j'étais probablement la dernière personne qu'Alex avait envie de voir apparaître pendant le repas.

Mais j'avais aussi une amie qui arrangeait toujours les choses et qui était encore mieux que ma raison. J'aurais bien besoin de l'avis de Billie sur cette situation. Je descendis au salon de tatouage pour voir si elle avait un moment à m'accorder.

Elle leva la main quand elle me vit arriver, et j'attendis qu'elle ait terminé avec son client.

Après avoir fini, elle me rejoignit.

— Qu'est-ce qui se passe, Brayden ? Tu ne descends jamais ici au beau milieu de la journée.

— J'ai besoin de tes conseils.

— Je me disais bien qu'il y avait quelque chose, déclara-t-elle en souriant.

— Tu as combien de temps ?

— Une demi-heure avant mon prochain client, répondit-elle en récupérant son sac à main noir à franges. Allons prendre un café.

Nous nous rendîmes au café au coin de la rue, et j'en profitai pour lui raconter les derniers événements, du moment où j'avais découvert que Kate était la fameuse Caitlin d'Alex, à mon dilemme concernant la visite de cette dernière à New York.

— Bon, d'abord, je suis vraiment désolée, commença-t-elle en prenant ma main sur la table. C'est terrible comme situation. Est-ce que tu vas bien ?

Elle fronça les sourcils.

— Pas vraiment. Je suis encore secoué par tout ça.

— Alors tu n'as pas encore décidé si tu devais aller au restaurant ce soir ?

— Je ne sais pas quelle est la bonne décision. J'ai envie de la voir, mais débarquer là-bas me paraît aussi un peu intrusif.

Billie passa son doigt sur le bord de son gobelet.

— Ta décision dépend de ce que tu espères obtenir. Malgré les bonnes intentions de son ami, si tu penses que ça ne changera rien pour l'instant, il vaut probablement mieux ne pas la déranger ce soir. Au contraire, si tu penses que sa décision te concernant n'est pas définitive et qu'elle pourrait succomber à ton charme, peut-être que ça aiderait. Ne te mets pas trop la pression, conseilla-t-elle en se penchant vers moi. Vite. Ne réfléchis pas plus de quelques secondes. Que te dit ton instinct ? Réponds maintenant !

Mon instinct ? *C'est trop tôt.*

Je secouai la tête.

— S'il y a la moindre chance qu'elle puisse voir cette situation différemment, ce ne sera pas aujourd'hui. Ce sera plus tard. Alors je pense que le principal intérêt d'y aller serait de satisfaire mon besoin de la voir.

— Eh bien, tu as ta réponse. Ça ne servira pas à grand-chose. Et ça va peut-être même la contrarier.

— C'est vrai, soupirai-je. Même si je déteste l'admettre, je pense qu'il vaut mieux ne pas y aller.

Billie avala une gorgée de son café, puis elle secoua la tête.

— Bon sang.

— Quoi ?

— Si seulement Alex pouvait voir à quel point tu as l'air d'aller mal en ce moment. Elle ne douterait pas du fait que c'était sérieux pour toi.

Une fois de retour chez moi, j'envoyai un message à Wells pour lui dire que je ne viendrais pas, et pour le remercier d'avoir essayé d'aider.

Je passai le reste de la soirée à remettre en question ma décision et à déplorer le fait que la femme dont j'étais dingue se trouvait dans ma ville, et que je ne pouvais même pas la voir.

La dernière chose à laquelle je m'attendais le lendemain, c'était à voir un certain nom s'afficher sur mon téléphone.

Alex.

Mon cœur se mit à battre la chamade lorsque je décrochai.

— Allô ?

— Salut.

— C'est une belle surprise, déclarai-je.

— Comment tu vas ? demanda-t-elle.

— J'ai vu mieux. Et toi ?

— Je… Je suis à New York.

— Ah bon ? Qu'est-ce que tu fais ici ? l'interrogeai-je, en me sentant un peu coupable de faire semblant d'être surpris.

— Je suis là pour un salon sur les spas médicaux. Wells et moi avons passé la nuit ici, et on doit partir plus tard dans l'après-midi. Curieusement, ça me fait bizarre d'être là sans te mettre au courant. Partout où je vais, je n'arrête pas de me dire que je vais te croiser, même si je sais que c'est peu probable dans une ville de huit millions d'habitants. Il y a peu de chance que ça arrive, hein ?

— Presque autant de chances que d'être sorti accidentellement avec ta fille à la fac.

— Ta blague est nulle, ricana-t-elle. Mais c'est vrai.

— Il vaut mieux rire que pleurer, pas vrai ? lançai-je, avant de pousser un soupir. Il te reste combien de temps avant de devoir partir ?

— Quelques heures.

— Viens boire un café avec moi, lâchai-je. Juste un café. Rien de plus, Alex. Viens avec Wells.

— Wells a prévu quelque chose avec une personne qu'il a rencontrée à l'exposition, alors je serai seule.

— D'accord, alors j'adorerais te montrer l'immeuble. On n'est même pas obligés d'entrer. J'aimerais juste que tu le voies.

— Ce serait sympa, répondit-elle après une courte pause.

Je soupirai.

— Est-ce que je peux t'appeler un taxi ?

— Oui, je te remercie. C'est gentil.

— Il y a un café juste au coin de la rue. On pourrait y aller et discuter jusqu'à ce que tu sois obligée de t'en aller.

Un peu choqué qu'elle ait accepté de me voir, je me retins de sauter de joie après avoir raccroché. *Ne te fais pas trop d'illusions. C'est juste un café. Elle culpabilise de ne pas t'avoir dit qu'elle était à New York. Ça ne veut rien dire.*

Trente minutes plus tard, j'attendais que la voiture arrive devant mon immeuble.

Le vent souffla dans les cheveux d'Alex quand elle sortit du véhicule. Elle était si belle avec son caban blanc et ses bottes à talons. Ses lèvres s'étirèrent quand elle m'aperçut.

Au lieu de la prendre dans mes bras et de l'embrasser passionnément, comme j'en mourais d'envie, je lui tendis la main, et elle l'accepta.

— Merci d'être venue, déclarai-je en posant mon autre main sur la sienne.

Alex sourit et observa le bâtiment.

— Alors, c'est le fameux immeuble, hein ?

— Oui, confirmai-je en souriant fièrement.

— Il est plus grand que je ne l'imaginais.

Dans d'autres circonstances, j'aurais répondu par une blague à caractère sexuel, mais malheureusement, je dus me taire.

— Viens, je vais te faire visiter.

Alex et moi passâmes les minutes suivantes à faire le tour de mon bien. Je pris soin d'éviter mon appartement, mais nous montâmes jusqu'au dernier étage pour passer un peu de temps sur le toit, puis nous nous baladâmes dans les couloirs avant de ressortir. Je m'étais demandé si nous allions croiser l'un des garçons – ou du moins Holden, puisqu'il s'occupait de la maintenance de l'immeuble –, mais ce ne fut pas le cas.

— Je suis contente d'avoir eu la chance de le voir, me confia Alex, alors que nous étions dehors, juste devant l'entrée.

— Moi aussi. J'aurais aimé que ça se passe dans d'autres circonstances, mais je ferai avec.

Elle me suivit lorsque j'avançai en direction du salon de Billie.

— Je veux que tu voies une dernière chose.

— Ah, c'est le fameux salon de tatouage, devina-t-elle.

Nous jetâmes un coup d'œil à l'intérieur, mais Billie n'était pas là. Depuis la vitrine, je pointai du doigt Deek, qui était occupé à tatouer quelqu'un.

— C'est l'homme que je voulais présenter à Wells.

— Oh, c'est définitivement son genre.

— Je suis presque sûr qu'il est le genre de tout le monde, et même le mien si je changeais de bord, plaisantai-je en lui faisant un clin d'œil. En y réfléchissant, ma vie serait bien plus facile à l'heure actuelle si j'étais gay.

Alex sourit tristement.

— Viens, repris-je en lui faisant un autre clin d'œil. Allons boire ce café.

Une fois sur place, Alex s'installa à une table, pendant que j'allais au comptoir pour passer sa commande habituelle. Je pris aussi plusieurs types de pâtisseries, au cas où elle aurait faim.

— Est-ce que tu essaies de me faire grossir pour ne plus vouloir de moi ? demanda-t-elle en voyant les gâteaux que j'avais apportés.

Comme si je pouvais ne plus vouloir de toi un jour.

— Je ne savais pas ce qui te ferait envie, répondis-je en haussant les épaules. Rapporte-les à Wells si tu n'as pas faim.

Nous passâmes quelques minutes à siroter nos cafés, pendant lesquelles nous alternions entre fixer l'autre droit dans les yeux et regarder par la fenêtre.

— Alors, dis-moi comment ça va avec Caitlin... finis-je par demander.

Alex baissa les yeux sur son gobelet.

— Crois-le ou non, on ne s'est pas reparlé depuis ce fameux week-end, et je n'ai pas vraiment eu de nouvelles. C'est perturbant. Mais en même temps, je ne veux pas être la première à aborder le sujet.

— Je peux comprendre pourquoi elle préférerait tout oublier, répondis-je en hochant la tête.

Puisque ce moment était peut-être ma dernière opportunité d'arranger les choses, je ne voulais pas la laisser passer.

— Je n'ai pas eu l'occasion de t'expliquer certaines choses, repris-je. Je n'ai rien dit principalement parce que je ne voulais pas passer encore plus pour un enfoiré, vu les circonstances.

Je marquai une pause.

— Mais je veux que tu saches que ce que je ressentais pour Kate à la fac n'est rien comparé à ce que je ressens pour toi. Je ne veux pas que ça paraisse déplacé, mais je ne suis pas sûr qu'elle t'ait donné un portrait fidèle de ce à quoi ressemblait notre relation.

Je secouai la tête.

— Elle et moi, ça n'a jamais été sérieux. Du moins, c'était clair pour moi. Je n'ai jamais dit à ta fille que je l'aimais, et je ne lui ai jamais laissé penser que c'était le cas, révélai-je, avant de pousser un soupir.

Alex remua sur sa chaise.

— Je ne me sens pas mieux pour autant, Brayden.

— Je veux quand même que tu le saches, insistai-je en parlant plus fort.

— D'accord, murmura-t-elle. Je comprends.

— J'aimerais plus que tout que les choses soient différentes, mais je ne peux pas m'attendre à ce que tu ne tiennes pas compte de ce qu'elle ressent. Je comprends le genre de personne que tu es et pourquoi ta relation avec Caitlin pourrait te sembler plus importante que ton propre bonheur. Je ne peux pas contester ça ou te demander de changer pour moi. Mais je veux que tu saches que te perdre restera le plus grand regret de ma vie.

Alex regarda son téléphone, les larmes aux yeux.

— Mince. Il faut que j'y aille.

— Je vais t'appeler un taxi, proposai-je en ouvrant l'application pour organiser la course.

Alex rangea les pâtisseries pour Wells dans son sac.

Alors que nous patientions sur le trottoir en se fixant en silence, je pouvais lire la douleur dans ses yeux. Toutefois, il y avait aussi autre chose : du désir, même si elle ne s'autorisait jamais à y donner suite.

Sur un coup de tête, j'exprimai mes pensées à voix haute :

— Est-ce qu'il t'arrive de songer à ce qui aurait pu se passer si Caitlin n'était pas venue ce jour-là ? Parce que j'en rêve absolument toutes les nuits, Alex, avouai-je d'une voix rauque. Et ça ne s'arrêtera jamais.

Elle déglutit, et je me rapprochai.

— Je comprends pourquoi tu dois te retenir, mais moi, il n'y a *rien* qui me retient.

Je capturai ses lèvres, avant de la plaquer contre le mur de l'immeuble.

Alex haleta contre ma bouche et accepta mon baiser.

— Je peux arrêter si tu en as envie, murmurai-je.

Au lieu de répondre verbalement, son corps figé se détendit lorsqu'elle céda en gémissant. Elle passa ses doigts dans mes cheveux en m'attirant plus près, et je saisis son visage en enfonçant ma langue dans sa bouche au goût de café. Le monde extérieur s'évanouit autour de nous. Je me fichais totalement de la foule qui passait par là et qui assistait à ce spectacle. Mon sexe durcit comme la pierre contre son corps.

Elle fut la première à s'écarter.

Nous étions tous les deux à bout de souffle quand je passai mon pouce sur sa lèvre gonflée et que je plongeai dans ses yeux brillants.

— Je me fiche d'aller en enfer pour ça. Ça en valait totalement la peine.

CHAPITRE 16

Alex

— Tu fais peur aux clients et tu me déprimes.

Je levai les yeux du bureau d'accueil et fronçai les sourcils en regardant Wells.

— Merci. Pourtant, j'ai fait des efforts aujourd'hui.

C'était vrai. Ce matin, je m'étais levée tôt, je m'étais forcée à avaler un petit déjeuner équilibré, et je m'étais maquillée et coiffée comme si j'allais sortir. J'avais pensé que prendre soin de moi m'aiderait à être d'humeur un peu moins morose, mais visiblement, un peu de maquillage et des bigoudis chauffants n'arrivaient pas à sauver les apparences.

— Oh, chérie, c'est pour ça que je préfère les histoires sans lendemain. L'amour, ça épuise, affirma-t-il en me faisant un clin d'œil. Mais pas pour les mêmes raisons qu'un coup d'un soir.

Je tentai de lui sourire, en vain.

— Bon sang. C'est pire que ce que je pensais si je n'arrive même pas à te faire sourire avec un sous-entendu graveleux.

— Je suis désolée. Même moi ça m'étonne de réagir aussi mal à ce qui s'est passé. Je n'arrive pas à retrouver le moral.

Wells fit le tour du bureau, ouvrit le tiroir où je rangeais mon sac à main, et cala ce dernier sur son épaule.

— Allez, viens, chaton. Je t'emmène en thérapie.

— Tu m'as pris rendez-vous avec le docteur Mills ?

J'avais vu mon psy quelques fois après la mort de Richard, mais je n'y étais pas retournée depuis.

Il me tendit la main et m'aida à me lever.

— Thérapie par le shopping, trésor. J'ai demandé à Hallie de rester et de faire la fermeture.

Je n'avais pas vraiment la tête à faire du shopping – ni à faire quoi que ce soit, d'ailleurs –, mais je savais qu'il ne valait mieux pas discuter avec Wells quand il était question de deux choses : le shopping et prendre soin de moi. Alors je hochai la tête.

— Merci.

Nous nous arrêtâmes d'abord à Nordstrom, et nous nous retrouvâmes au rayon des chaussures de luxe pour femmes. Je repérai une paire de Jimmy Choo argentées.

— Elles iraient super bien avec la robe noire qui a une ceinture argentée de Caitlin, tu ne trouves pas ?

Wells me les prit des mains et me guida jusqu'à une paire de Louboutin à hauts talons léopard.

— Celles-ci sont *canon*. Il te faut des chaussures provocantes. Elles iraient bien avec un maillot brésilien, et rien d'autre.

— Je ne sais pas s'ils ont ta taille, répondis-je en souriant.

Wells passa son bras sous le mien et nous fit avancer.

— Est-ce que tu t'épiles toujours, là, en bas ?

— Tu veux vraiment connaître l'état actuel de mes poils pubiens ?

— Oui. Fais-moi plaisir et réponds-moi.

Je soupirai.

— J'ai un maillot brésilien.

— Tu t'es fait épiler quand ?

— Je ne sais plus. Une semaine avant mon anniversaire, je crois.

— Alors ça fait quoi, trois semaines ?

— Je crois... confirmai-je en haussant les épaules.

— Et avant ça, ta dernière épilation remonte à quand ?

— Cette conversation est vraiment nécessaire ?

— Oui. Réponds à ma question. Je promets de ne pas te juger. Quand j'ai décidé d'entamer mes six mois d'abstinence il y a quelques années, j'ai dû passer la débroussailleuse avant de reprendre les rencards.

Je fronçai les sourcils, mais je répondis honnêtement :

— Ça faisait quelques années que je ne m'étais pas fait épiler. Pas depuis la mort de Richard. Je me rasais, mais je ne suis pas allée me faire épiler le maillot.

— C'est ce que je pensais. Quand on reprend l'épilation, les poils repoussent vite, alors ça doit commencer à revenir.

Je levai les yeux au ciel.

— Tu en connais beaucoup trop sur les subtilités de l'épilation féminine. Mais si tu veux vraiment savoir, j'ai rendez-vous mercredi pour une retouche.

— Et tu as pris ce rendez-vous quand ?

— Ce matin en arrivant au travail, pourquoi ?

Les yeux de Wells se mirent à briller.

— Ah ah ! *Je le savais.*

— Quoi donc ?

— Tu as peut-être fermé la porte, mais tu ne l'as pas verrouillée, et tu n'as pas encore jeté la clé.

— Mais de quoi tu parles ?

— S'il n'y avait aucune chance que quelqu'un voie ce minou, tu n'aurais pas pris rendez-vous pour des retouches. Donc, même si ta tête ne prévoit pas de se taper le beau gosse, ton minou a d'autres plans.

Wells nous dirigea vers le comptoir des parfums.

— Bonjour, on cherche un parfum pour rendre dingue un homme, déclara-t-il. Vous avez quelque chose qui sent le sexe ?

La femme sourit.

— Vous voulez une odeur du genre sexe sur la plage ?

— Pas aussi romantique, précisa-t-il. Plutôt du genre « dis-moi des cochonneries » et « prends-moi contre le mur de ma chambre d'hôtel ».

— Laissez-moi voir ce que je peux faire, répondit la vendeuse en riant.

Quinze minutes plus tard, je m'éloignai avec une bouteille hors de prix de Baccarat, cadeau de mon meilleur ami. Nous montâmes ensuite l'escalator en direction du rayon homme. Wells nous fit porter tout un tas d'affaires d'été qu'il voulait essayer, et je m'assis sur un fauteuil au niveau des cabines d'essayage, pendant qu'il me faisait un défilé.

— Est-ce que ça me fait un joli cul ? demanda-t-il en tournant le dos au miroir pour observer par-dessus son épaule l'arrière d'un short de bain.

— On dirait que tu fais beaucoup de squats.

Il remua ses fesses d'avant en arrière plusieurs fois, puis il les installa sur le fauteuil en cuir à côté du mien.

— Elle n'a toujours pas appelé ?

Je fronçai les sourcils.

— Elle répond aux messages par politesse, mais c'est tout.

— J'adore Caitlin, mais il faut qu'elle passe à autre chose.

— Je ne sais pas quoi faire. J'ai envie de mettre les choses au clair, mais je ne veux pas non plus trop insister. D'un autre côté, je ne veux pas qu'elle pense que ça ne me fait rien de savoir qu'elle est contrariée.

— Tant qu'on parle de mettre les choses au clair, je dois t'avouer quelque chose. Tu sais que garder des secrets me donne des brûlures d'estomac.

— De quoi tu parles ?

— J'ai volé le numéro de Brayden dans ton téléphone et je l'ai appelé.

J'écarquillai les yeux.

— Quoi ? Quand ?

— Le soir avant d'aller à New York. J'ai pensé que vous devriez parler tous les deux, alors je lui ai proposé de venir *accidentellement* dans le restaurant où on avait prévu de manger. Il avait vraiment envie de te voir, mais il a décidé de ne pas te contrarier en te tendant un piège.

Mon cœur se serra. Ça ressemblait bien à Brayden. Il avait sauté sur l'occasion de me voir quand je lui avais téléphoné, mais il s'inquiétait plus pour mes besoins que pour les siens. C'était l'une des choses que j'aimais chez lui.

L'une des choses que j'aimais chez lui.

J'eus l'impression d'avoir le souffle coupé. Mes yeux s'emplirent de larmes, et je posai ma main sur ma poitrine douloureuse.

— Oh, mon Dieu, Wells. Je crois que je suis tombée amoureuse de lui, avouai-je en secouant la tête. Je me sens tellement coupable rien que de dire ça, mais c'est la vérité.

— Tu ne peux pas te sentir coupable d'être tombée amoureuse d'un homme avant d'apprendre qu'il avait eu une relation avec Caitlin.

— Je ne parlais pas de la culpabilité que je ressens envers Caitlin, même si c'est vrai aussi, évidemment. Je me sens déloyale envers Richard. C'est le seul homme à qui j'ai dit je t'aime, si on ne compte pas les membres de ma famille. Et je pensais qu'il resterait le seul pour le restant de mes jours.

Wells secoua la tête.

— Bon sang, Alex. Je ne sais pas comment tu fais pour avancer avec tant de culpabilité sur les épaules. Que ce soit envers Caitlin ou Richard. Bordel, tu devrais au moins voler la paire de Louboutin pour avoir une raison de te sentir si coupable.

— Qu'est-ce que je vais faire ? demandai-je en cachant mon visage dans mes mains. Je suis amoureuse de Brayden.

— Il faut que tu aies une conversation avec Caitlin. Dis-lui ce que tu ressens. Je pourrais comprendre que tu te sentes coupable si tu avais couru après son ex en sachant qui il était, mais c'était complètement innocent. Il faut qu'elle le comprenne.

— Même si elle accepte, je ne suis pas sûre de pouvoir le faire de mon côté.

— Eh bien, c'est ton choix. Mais qui sait combien de chances la vie nous laissera en amour ? Je détesterais te voir regretter d'avoir laissé la tienne s'échapper.

Je continuai à ressentir ce poids sur ma poitrine pendant le reste des essayages de Wells. Il finit par repartir les bras chargés de vêtements, alors j'étais contente que cette journée ait été fructueuse pour au moins l'un d'entre nous. Sur le chemin de la sortie, nous passâmes de nouveau devant le rayon des chaussures pour femmes. Wells récupéra la paire de talons aiguilles léopard qu'il avait qualifiés de « chaussures provocantes », et il se dirigea vers la caisse.

— Combien de temps on a pour retourner ces beautés ?

— Trente jours.

— Est-ce que vous les avez en trente-neuf et demi ?

— Je crois que oui. Laissez-moi vérifier.

La vendeuse s'éloigna. Je commençai à dire à Wells que je n'allais pas les acheter, mais il posa un doigt sur ma bouche pour me couper la parole.

— Dans trente jours, soit tu seras malheureuse, soit tu t'enverras en l'air. Quoi qu'il en soit, tu as besoin de ces talons. C'est moi qui offre. Promets-moi juste que si l'occasion de coucher avec le beau gosse se présente, tu ne porteras que ces chaussures et rien d'autre.

Je me dis qu'il serait plus facile de venir les rendre dans quelques jours plutôt que de discuter avec lui, alors je hochai la tête et me forçai à sourire.

— D'accord.

Quelques minutes plus tard, nous étions en train de mettre nos ceintures dans la voiture quand mon téléphone vibra dans mon sac. Je le sortis pour lire le message, puis je montrai l'écran à Wells.

— C'est Caitlin. Elle veut passer à la maison ce soir.

Je faisais les cent pas dans la cuisine, comme un père qui attendait la naissance de son enfant. Quand la sonnerie retentit un peu après dix-neuf heures, je dus essuyer mes mains moites sur mon pantalon pour ouvrir la porte.

— Salut, lançai-je en souriant, avant de retenir mon souffle.

— Salut. Désolée, je suis un peu en retard.

Je m'écartai sur le côté.

— Tu n'es pas en retard. Je suis en avance. Enfin, je ne veux pas dire que je suis arrivée en avance puisque j'habite ici, mais la nourriture est presque prête. Ou peut-être pas. Je devrais aller vérifier, bafouillai-je, révélant ma nervosité.

Je fermai les yeux en me sentant comme une idiote, et je me dirigeai rapidement vers la cuisine.

— Mmmh... Est-ce que je sens ta sauce ? demanda Caitlin en me suivant.

— J'en avais congelé un peu, alors j'ai fait des escalopes de poulet panées, bien fines, comme tu les aimes.

J'ouvris la porte du four pour voir si la mozzarella que j'avais posée dessus avait fondu, et Caitlin jeta un coup d'œil par-dessus mon épaule.

— Euuh... Est-ce qu'une armée doit venir ?

J'observai les *deux* plateaux, et je remarquai pour la première fois qu'il y avait probablement une dizaine d'escalopes en train de cuire.

Je secouai la tête.

— Je me suis peut-être un peu laissé emporter.

— Tu crois ? répliqua-t-elle en riant.

J'avais peur de me faire de faux espoirs, mais elle semblait être redevenue elle-même, du moins pour l'instant. De mon côté, j'étais une vraie boule de nerfs. Le poulet devait encore cuire quelques minutes, alors je fermai la porte du four.

— Est-ce que tu veux un verre de vin ?

— Avec plaisir, merci.

Je m'occupai en nous servant chacune un verre de chardonnay, et j'en donnai un à Caitlin. Nous nous installâmes l'une à côté de l'autre autour de l'îlot de cuisine, et je tentai de ne pas lui montrer que j'avalai mon vin à grandes gorgées. Toutefois, il fallait aborder un sujet sensible, alors j'avais besoin de courage pour affronter ce moment, sinon j'allais devenir folle à force de tourner autour du pot. Je pris donc une grande inspiration.

— Caitlin, je suis vraiment désolée.

Elle reposa son verre.

— Non, Alex. C'est moi qui dois te présenter mes excuses. Je me suis comportée comme une enfant gâtée, et je regrette qu'il m'ait fallu autant de temps pour venir ici et dissiper les malentendus. Je te connais. Tu as sûrement dû stresser.

J'avais déjà de l'urticaire sur la poitrine. Ça m'arrivait parfois quand j'étais dans cet état. Caitlin s'en aperçut et secoua la tête.

— Oh, mince. C'est pire que ce que je pensais. Je ne t'ai pas vue faire ce genre de réaction depuis le diagnostic de la maladie de papa. Je suis vraiment bête de ne pas être venue plus tôt.

— Tu étais sous le choc. On l'était toutes les deux.

— Au début, oui, mais j'ai agi de manière possessive à propos d'une chose qui s'est passée il y a une éternité. Ce n'était pas mature de ma part, admit-elle en sirotant son vin. Pour être totalement honnête, ce n'était pas seulement à propos de Brady. Je pense que ça m'a pris si longtemps parce que je ne voulais pas m'admettre quelque chose.

— Quoi donc ?

Caitlin croisa mon regard.

— J'ai toujours été un peu jalouse de toi, Alex. Ça a commencé au début de ta relation avec mon père, seulement j'étais trop jeune pour m'en rendre compte, à l'époque.

— C'est normal pour une jeune fille de ne pas vouloir que quelqu'un se mette entre elle et son père.

Elle secoua la tête.

— C'était plus que ça. Je n'étais pas seulement jalouse de l'attention qu'il te portait. J'étais jalouse de *toi*, Alex. Tu es si belle et pleine d'assurance.

— Oh, bon sang. Je ne t'arrive pas à la cheville, Caitlin.

— C'est aussi ça qui te rend géniale, affirma-t-elle avec un sourire triste. Tu n'as pas du tout conscience de ton apparence ni de l'effet que tu fais aux gens. Je me rappelle, quand j'étais plus jeune, quand mes amies te rencontraient, elles me disaient toujours à quel point tu étais belle et gentille. Mais ça a empiré quand les garçons de mon entourage le disaient aussi.

Elle baissa les yeux et secoua la tête.

— Je racontais à tout le monde que tu avais fait beaucoup de chirurgie esthétique.

Je ne savais pas quoi dire, alors je gardai le silence.

— Bref, je pensais que c'était derrière moi. Mais quand j'ai appris pour Brady, j'ai eu l'impression de redevenir une ado de treize ans, avec mon appareil dentaire, et que tu étais la belle-mère canon.

— Je suis désolée de t'avoir fait ressentir ça.

Elle leva les yeux.

— C'est ça le truc. Ce n'est pas toi qui m'as fait ressentir ça. C'est *moi* qui me suis sentie mal à cause de mes propres insécurités. Mais il était plus facile de rejeter la faute sur toi que de faire un travail d'introspection.

— Oh, Caitlin.

Je me levai pour la prendre dans mes bras. Je pensais que rien ne pouvait être pire que de voir ma fille me détester, mais j'avais tort. Je préfèrerais qu'elle me déteste moi, plutôt qu'elle se déteste elle-même.

Après une longue étreinte, elle s'éloigna.

— Est-ce que tu peux me pardonner d'avoir agi comme une gamine ?

— Il n'y a rien à pardonner.

— J'espère que je n'ai pas tout gâché entre Brayden et toi.

— Il n'y a pas de Brayden et moi.

— Quoi ? Non ! J'ai vu comment tes yeux s'éclairaient quand tu parlais de lui, avant qu'on découvre cette histoire. Il te plaisait vraiment.

— C'était une mauvaise idée depuis le début. Il vit à New York et il est trop jeune pour moi. C'était juste...

Je secouai la tête.

— ... excitant qu'un homme séduisant s'intéresse à moi. C'était tout.

— N'importe quoi. Quand je t'ai demandé s'il avait des abdos, tu m'as dit que ce que tu préférais chez lui, c'était son humilité. Tu l'aimais *vraiment* bien.

— Bien sûr, c'est un homme bon, mais il y en a plein d'autres, qui ont mon âge et qui vivent ici, dans le Connecticut.

— Sérieusement ? Est-ce que tu peux m'en présenter quelques-uns, parce que je n'arrive pas à en trouver un qui soit beau, humble et gentil. Combien tu en as rencontré depuis la mort de mon père ?

Je m'apprêtai à lui donner une réponse, mais je me rendis compte que je n'en avais aucune.

— C'est bien ce que je pensais, reprit-elle en pointant mon visage du doigt. Crois-moi, si tu en trouves un bien, tu as de la chance. J'ai trente ans, je ne suis plus une enfant, alors je me rends compte à quel point il est compliqué de trouver un homme correct. Un homme avec qui un lien se crée et qui a toutes les qualités que tu cherches chez un partenaire.

Elle marqua une pause.

— Un homme comme papa.

— Ton père était une perle rare.

— Je suis d'accord. Mais il s'agit de toi, Alex. Pas de lui. Il n'est plus là. Alors si tu as assez de chance pour trouver une autre perle rare, tu ne devrais pas la laisser s'échapper.

Wells m'avait dit à peu près la même chose plus tôt, mais pour l'instant, je me dis qu'il valait mieux changer de sujet. Alors je pris ma belle-fille dans mes bras, puis je sortis le dîner du four. Lorsque nous commençâmes à manger, j'eus l'impression que ces deux semaines d'éloignement n'avaient pas eu lieu. J'étais tellement soulagée et reconnaissante de pouvoir profiter de ce moment avec elle. Bizarrement, nous parvînmes à ne plus aborder le sujet des hommes pour le reste de la soirée. Du moins, jusqu'à ce que je la raccompagne à la porte...

— Est-ce que tu vas travailler sur le projet de Ryan's House, ce week-end? demanda Caitlin.

— Je ne sais pas encore.

— D'accord. Eh bien, préviens-moi quand Brayden et toi serez passés à l'acte. On pourra comparer nos notes.

J'écarquillai les yeux.

Caitlin se mit à rire et me donna un petit coup d'épaule.

— Je plaisante. C'était trop tôt?

— Je pense qu'il sera *toujours* trop tôt.

— Je t'aime, maman, déclara-t-elle en m'embrassant sur la joue.

— Je t'aime aussi, trésor.

Une demi-heure plus tard, j'étais en train de fixer le plafond en repensant à tout ce que Caitlin avait dit ce soir, quand mon téléphone vibra sur la table de nuit.

Wells : Tu es seule?

Alex : Oui.

Mon portable se mit à sonner quelques secondes plus tard. Je m'assis et allumai la lumière, avant d'accepter l'appel vidéo.

— Tu es au lit ? Tu allais sérieusement dormir sans m'appeler et me raconter les détails de ta soirée ? Comment tu oses faire ça ?

— Je suis désolée. J'ai encore la tête qui tourne.

— Qu'est-ce qui s'est passé avec Caitlin ?

— Elle s'est excusée et elle m'a donné sa bénédiction pour sortir avec Brayden.

— C'est génial !

— Oui, répondis-je en fronçant les sourcils.

— Bon sang, ma belle. Il se passe quoi ? Pourquoi tu n'es pas heureuse que Caitlin soit passée à autre chose ?

— Je le suis. Vraiment. C'est un immense soulagement qu'elle ne soit plus en colère contre moi.

— Alors pourquoi on dirait encore que quelqu'un a pissé dans ton bol de céréales ?

Mes épaules s'affaissèrent.

— Parce que je ne pense pas que ça change quelque chose pour Brayden et moi.

— Pourquoi ça ?

— Parce que je crois que ça lui ferait quand même du mal si on était ensemble. Et puis, qu'est-ce qui se passerait ensuite ? Si j'étais en couple avec Brayden, on passerait forcément du temps tous les trois.

Une pensée me traversa l'esprit et me donna un peu la nausée.

— Et si on se mariait un jour ? Alors Caitlin aurait couché avec son beau-père.

Wells sourit.

— Et dire que je pensais que ce serait moi qui finirais dans l'une de ces émissions-débats...

— Il faut que je dorme un peu, soupirai-je.

— Vas-y. Il va te falloir des forces.

— Pour quoi faire?

— Pour aller à la maison de Ryan's House ce week-end et avoir une conversation avec Brayden. Tu lui dois au moins ça.

CHAPITRE 17

Brayden

J'arrivai à Seneca Falls tôt le vendredi après-midi. Il n'y avait encore aucun signe d'Alex. Pour autant que je sache, elle allait peut-être décider de se retirer du projet. Si c'était le cas, j'allais sans doute pouvoir encore travailler comme un acharné ce week-end. Le fait qu'elle m'ignore était sûrement plus facile que de devoir lui faire face. *De qui je me fous ?* Je serais dévasté si elle ne venait pas. J'avais envie de la voir. J'avais *besoin* de la voir.

Ce que je ressentais ne pouvait être décrit que comme un mélange de nervosité et d'euphorie. J'étais à la fois excité à l'idée de revoir Alex, mais je redoutais aussi de devoir prendre sur moi. Ce que j'avais fait quand elle était de passage à New York – la pousser contre le mur de cet immeuble et l'embrasser passionnément – ne devait pas se reproduire. Je ne pouvais pas perdre le contrôle comme ça si elle n'était pas à moi. Ce serait de la torture.

J'avais besoin de me calmer un peu, alors je décidai d'aller à l'hôpital pour rendre visite à Will. Ça faisait un moment que je n'avais pas pris de ses nouvelles.

Après avoir récupéré mon badge de bénévole, je me rendis dans sa chambre. Je jetai un coup d'œil par sa porte entrouverte, et je l'aperçus sur son lit, en train de regarder par la fenêtre. Ça me rendait triste de penser à toutes les choses à côté desquelles il passait, les choses habituelles de l'enfance que les gens comme moi prenaient pour acquises quand ils étaient plus jeunes. Au moins, Ryan n'était pas tombé malade avant d'être un peu plus âgé. C'était toujours trop jeune, évidemment, mais notre enfance avait été épargnée, et pleine de souvenirs précieux qui n'impliquaient aucune visite à l'hôpital. Will ne devait pas avoir plus de dix ou onze ans. Il méritait de pouvoir créer des souvenirs en dehors de ce terrible endroit.

Je frappai doucement à la porte.

Il se retourna et arbora un sourire.

— Brayden...

— Salut, mon grand, comment tu vas ?

Il peina à se redresser.

— J'ai fini les livres que tu m'as donnés. Ils sont trop bien.

— Tu as aimé ? Tu peux me dire la vérité si ce n'est pas le cas. Je ne le prendrai pas mal.

— Je ne te mentirais pas. La vie est trop courte pour lire de mauvais livres. Crois-moi, je ne les aurais pas terminés si je ne les avais pas aimés.

— Eh bien, j'en suis ravi.

— Ça m'a fait du bien de me perdre dans ce monde. Alors, merci.

Will regarda de nouveau par la fenêtre.

— On dirait que tu n'as pas trop le moral, remarquai-je en m'asseyant. Tout va bien ?

— Pas vraiment.

Mon cœur se serra.

— Que se passe-t-il ?

— Il y a cette fille à l'école. Je l'aime vraiment bien, et elle veut venir me rendre visite. En fait, on est voisins. Mais je ne sais pas trop si je dois accepter. Je ne veux pas qu'elle me voie comme ça, pas au meilleur de ma forme. Et je ne veux pas non plus lui dire de ne pas venir. C'est un peu méchant.

— Tu as envie de la voir ?

— Oui. Enfin... pas comme ça.

Même si j'étais soulagé que ça n'ait rien à voir avec sa santé, je ne savais pas vraiment quel conseil lui donner.

— Est-ce qu'elle te plaît ? demandai-je en grattant mon menton.

— À ton avis ? répliqua-t-il en me fixant. Je m'en ficherais si elle ne me plaisait pas.

— Je vois.

— Mais j'aimerais que ce soit le cas. Ça rendrait les choses plus faciles.

— Je comprends plus que tu ne peux l'imaginer, mon pote, confiai-je en posant ma main sur mon cœur. Quand on apprécie quelqu'un... on se sent complexé, parfois plus qu'on ne le devrait. Tu as bonne mine quand on prend en considération tout ce que tu as traversé ces derniers temps. Tu n'as pas de cheveux, mais quand on te regarde, on voit toujours ton joli visage et tes yeux bleus brillants.

Il sembla se requinquer un peu, puis il haussa les épaules.

— Je suppose que je pourrais toujours porter une casquette.

— Exactement. Je ne sais pas ce que ça fait d'être chauve, mais je sais que lorsque je n'arrive pas à dompter mes cheveux, les casquettes me sauvent toujours la mise.

— Tu en as une préférée ? m'interrogea-t-il.

— La casquette des Eagles de mon ami Ryan. Il en avait quelques-unes, et j'en ai porté une quand il…

Merde. Je me retins de finir la phrase, mais Will savait à qui je faisais référence.

— Ryan est ton ami qui est mort ?

Je déglutis en hochant la tête. J'étais toujours partagé quand je parlais de Ryan à Will, étant donné que je ne voulais pas qu'il perde espoir. Toutefois, il m'avait déjà demandé pourquoi je passais du temps à l'hôpital, et je lui avais tout expliqué à propos de Ryan.

Il soupira.

— Je crois que je devrais arrêter de trop réfléchir en ce qui concerne Caitlin.

J'écarquillai les yeux.

— Elle s'appelle Caitlin ?

— Oui.

— Ah, répondis-je en riant.

J'avais cru avoir mal entendu. Visiblement, je ne pouvais pas échapper à *Caitlin.*

— Eh bien, si cette fille te plaît, c'est tout à fait normal que tu aies peur de ce qu'elle pourrait penser. Crois-moi, je comprends ce que tu ressens.

— Tu en es où avec cette femme avec qui je t'ai vu parler la dernière fois ? me demanda-t-il avec un sourire en coin. C'est ta petite amie ?

— C'est Alex.

— Joli prénom pour une fille. Mais ce n'est pas un prénom de garçon ?

— Ce qui est drôle, c'est que c'est un peu à cause de ça qu'on s'est rencontrés. Je pensais qu'elle était un garçon quand j'ai fait sa connaissance.

— Tu trouvais qu'elle ressemblait à un garçon ?

— Non, loin de là, rectifiai-je en riant.

— Je ne comprends pas.

— Je correspondais avec elle par e-mail, et j'ai toujours cru que je parlais à un homme... jusqu'au jour où je l'ai vue en personne.

— Ah oui ? Qu'est-ce que tu as fait ?

— J'ai d'abord été choqué, mais ensuite, je suis tombé amoureux d'elle assez rapidement. Et depuis, je n'ai pas arrêté de me ridiculiser.

Ses lèvres s'étirèrent.

Ça faisait du bien de le voir moins triste.

— Bref, je voulais qu'Alex soit ma petite amie, mais... les choses sont compliquées pour l'instant. Je suis quand même censé la voir ce week-end, *si* elle vient, alors je comprends ce que ça fait d'être nerveux à l'idée de voir une fille sans savoir à quoi s'attendre.

— Pourquoi tu ne porterais pas simplement une casquette ? me taquina-t-il.

— J'aimerais que ce soit si simple, mon grand. Je ne suis pas sûr que ça pourrait résoudre *mon* souci.

J'allais épargner à Will les détails de ma relation compliquée. Mais comme toujours, être avec lui me rappelait qu'il y avait des problèmes bien plus graves que les miens. J'allais continuer de prier chaque jour pour que l'histoire de Will n'ait pas le même dénouement que celle de Ryan.

Une infirmière entra pour l'examiner, alors je lui dis au revoir et je promis de revenir lui rendre visite bientôt, tout en prenant note de lui acheter une casquette.

Alors que je traversais le couloir, une voix douce m'arrêta.

— Brayden.

Je me tournai et aperçus Alex. Ses cheveux blonds étaient attachés, exposant son cou, et son joli visage arborait un air sérieux.

Je me raclai la gorge.

— Salut… Je me demandais si j'allais te croiser ici.

— Salut, répondit-elle avec un sourire hésitant.

— Tu rendais visite à Ashlyn ?

Alex secoua la tête.

— Elle n'est plus là.

— Est-ce qu'elle va bien ? demandai-je, le ventre noué.

— Oui, confirma-t-elle. Elle est rentrée chez elle.

Je poussai un soupir de soulagement.

— Dieu merci.

Un long moment de silence s'étira.

— Ça fait plaisir de te voir, repris-je, avant de poser mes yeux sur son cou. Tu es magnifique, comme d'habitude.

Je serrai le poing en prenant sur moi pour ne pas la prendre dans mes bras ou l'embrasser. *Ne le fais pas.* Cependant, le manque était bien présent. J'avais repensé à ce baiser un nombre incalculable de fois. Je ne savais toujours pas où nous en étions ni ce qu'elle attendait de ce week-end. Cependant, je savais que je devais la laisser prendre les commandes. C'était elle qui avait une décision à prendre, pas moi. De mon côté, c'était clair : je voulais être avec elle. Fin de l'histoire.

— Tu crois qu'on pourrait aller discuter quelque part ? demanda-t-elle en jouant avec sa bague.

— Bien sûr. Et si on allait chercher des cafés pour les boire dans un parc ? Il fait bon dehors.

— Avec plaisir.

Nous quittâmes l'hôpital sans dire un mot. La brise de l'après-midi me fit parvenir des effluves de son parfum fleuri, ce qui suffit à me rendre dingue.

Principalement car je ne pouvais absolument rien faire.

Elle me suivit en voiture lorsque je me dirigeai vers un café local, et elle attendit dans son véhicule pendant que j'entrais pour commander son café habituel, avec du lait d'avoine et de la cannelle, ainsi que quelques pâtisseries. Nous nous rendîmes ensuite jusqu'à un parc, où nous nous installâmes sur un banc avec nos boissons.

Alex souffla sur l'ouverture du couvercle de son café pour le refroidir.

— En fait... commença-t-elle. Caitlin est passée me voir dernièrement.

— D'accord... répondis-je en humectant mes lèvres.

— On a parlé de la situation pour la première fois.

Je sentis une once d'espoir naître dans ma poitrine.

— Qu'est-ce qu'elle a dit ?

— Elle a passé la majorité de son temps à essayer de me convaincre de te laisser une chance. Elle a dit qu'il s'était écoulé suffisamment de temps et que ça n'avait plus d'importance. Elle m'a assuré que ça ne la dérangerait pas, et qu'elle avait réagi comme ça à cause du choc.

J'aurais dû être plein d'espoir en entendant ça, pourtant son expression me disait « pas si vite ».

— Pourquoi on dirait que ce n'est pas une bonne nouvelle ?

— Je ne pense pas que c'en soit une, admit-elle en secouant la tête. Caitlin m'aime et elle veut que je sois heureuse, alors elle sacrifie ses propres sentiments. Je ne crois pas qu'elle soit vraiment d'accord avec ça.

Elle sacrifie ses propres sentiments. Ça me rappelait quelqu'un.

— Pourquoi ce serait à *toi* de te sacrifier ?

— Parce que c'est ce qu'on fait pour ses enfants, soupira-t-elle. Réfléchis à la réalité à long terme de cette situation, Brayden. Elle est la personne la plus importante pour moi. Imagine passer les fêtes de fin d'année ensemble. Ce serait gênant pour elle comme pour toi.

— C'est faux, rétorquai-je en levant la voix. Ce ne serait pas gênant pour moi. La seule raison pour laquelle je serais gêné, ce serait si *toi* tu l'étais.

— Mais est-ce que tu as déjà pris le temps d'imaginer ça ?

— Non, avouai-je en secouant la tête. Parce que je n'en ai pas besoin. Mais si *toi*, tu ne peux pas accepter la situation, ce sera un échec.

Je n'arrivais pas à y croire. Caitlin lui avait donné sa bénédiction et Alex avait encore peur. Et moi qui pensais que le seul obstacle entre nous était le fait que sa fille ne se fasse pas à cette idée. Peut-être qu'il ne s'agissait pas seulement des sentiments de Caitlin. Là encore, je n'avais pas d'enfant, alors je ne pouvais pas savoir à quel point Alex se sentait coupable. Toutefois, si elle ne changeait pas d'avis, notre histoire était une cause perdue. Même si j'en mourais d'envie, je n'allais pas la supplier.

J'étais assis face à son air impassible, et mon café était en train de refroidir parce que je ne pouvais plus rien avaler.

Ses yeux s'embuèrent.

— Je suis désolée, Brayden.

— Oui, moi aussi.

Je me levai. J'avais besoin de partir avant de dire quelque chose que je pourrais regretter.

— Il faut croire qu'il n'y a plus rien à dire, ajoutai-je.

Mon plan initial avait été de l'inviter à dîner le soir, mais ça n'allait pas se faire. Pour la première fois, je me rendais compte à quel point j'avais besoin de prendre mes distances si Alex pensait que nous n'avions aucun avenir ensemble. Le défi serait de trouver comment faire ça en continuant à travailler pour le projet.

— Je vais rentrer à l'hôtel, annonçai-je en commençant à m'éloigner, la laissant assise sur le banc.

— Brayden! m'interpella-t-elle.

Je refusai de me retourner et je continuai à marcher. Ce fut l'une des choses les plus difficiles de toute ma vie. Cependant, plus vite j'apprendrais à m'éloigner, mieux ce serait.

Je m'installai dans ma voiture et pris la route.

Plus tard ce soir-là, enfermé dans ma chambre d'hôtel, le nom d'Owen apparut sur l'écran de mon téléphone. Ça faisait un moment que je n'avais pas eu de ses nouvelles.

— Quoi de neuf, Dawson? lançai-je en décrochant.

— Salut, mec. Ça fait longtemps qu'on ne s'est pas parlé.

— Comment ça va pour toi? demandai-je.

— Tu n'entends rien derrière moi?

Je n'entendais quasiment *que* les pleurs du bébé. Devyn, la fiancée d'Owen, venait d'avoir un petit garçon, alors ils étaient très occupés.

— Holden vient de me raconter ce qui se passait en ce moment pour toi, révéla-t-il. Tu es sorti avec cette femme qui travaille sur le projet de Ryan's House, et je n'en savais rien.

— Pourquoi il t'en a parlé aujourd'hui?

— Eh bien, je lui ai dit que je t'avais aperçu à deux doigts de dévorer une femme devant l'immeuble, la dernière fois, et il m'a dit que c'était Alex. Tu ne m'as pas prévenu que tu sortais avec quelqu'un. Bon sang, je suis vraiment à côté de la plaque, hein?

— Tu as d'autres choses à gérer, et il ne se passe plus rien entre nous, de toute façon.

Je fermai les yeux un instant.

— C'est terminé, et je n'ai pas vraiment envie d'en parler ce soir, soupirai-je. La journée a été compliquée.

— Mince, je suis désolé. Holden m'a aussi raconté l'histoire avec sa fille, celle avec qui tu es sorti à la fac. C'est vraiment pas de chance. Mais ce n'est pas sa fille biologique, pas vrai ?

— Techniquement, c'est sa belle-fille, mais ça n'a pas d'importance. Elle la considère comme la sienne.

La fiancée d'Owen avait un petit frère et une petite sœur, et il était devenu une figure paternelle pour eux.

— Pense à quel point tu es devenu proche de Heath et Hannah depuis le peu de temps que tu les connais. Maintenant, imagine s'il s'écoulait quelques années de plus. Il est impossible que je devienne plus important pour Alex que sa fille. Et elle a décidé qu'il y avait un choix à faire.

— C'est nul. Vraiment. C'est tellement rare de te voir avoir ce genre de sentiments pour une femme. Et finalement, ça se passe comme ça...

Il poussa un long soupir dans le téléphone.

— On a tous fini avec la femme de notre vie, et il t'arrivera la même chose. J'en suis certain, reprit-il. Si Alex est la bonne, elle finira par changer d'avis. Et si ce n'est pas le cas, tu rencontreras une femme encore mieux qu'elle.

J'observai le parking sombre par ma fenêtre.

— Je pensais avoir enfin trouvé la bonne, avouai-je d'une voix brisée. Je pensais pouvoir enfin rejoindre votre groupe et me poser.

Je marquai une pause.

— Il m'arrivait de ressentir la pression de devoir intégrer votre club, même si au fond de moi, je savais que je n'en avais pas envie. Mais ce que je vivais avec Alex était facile. Il n'y avait aucune pression, tout s'est fait très naturellement. Et je suis désolé que tu n'aies pas la chance de pouvoir faire sa connaissance, parce qu'elle est vraiment spéciale.

— Moi aussi, je suis désolé.

— Merci, murmurai-je.

— Brayden, si je ne te l'ai pas déjà dit, sache que je suis sacrément fier de toi. Enfin, on est tous plus ou moins investis dans l'association, mais tu as vraiment pris les rênes de Ryan's House. Lui aussi, il serait très fier de toi.

Je levai les yeux vers le plafond.

— J'espère que toute cette histoire avec Caitlin, ce n'est pas Ryan qui essaie de se foutre de moi.

— Je suis sûr qu'il trouverait ça drôle, affirma Owen en riant.

— Merci d'avoir appelé, mais je vais te laisser. Dis bonjour à Devyn et aux enfants.

— D'ailleurs, en parlant de mon nouveau frère, Heath, je devrais te mettre au courant de quelque chose.

— Quoi donc ?

— Il s'avère qu'il t'a filmé en train d'embrasser Alex devant l'immeuble, le jour où on est passés devant en voiture. On était à un feu rouge, alors garde l'œil ouvert au cas où ça arriverait sur les réseaux... ou si tu reçois une lettre de chantage.

— Génial, répliquai-je en levant les yeux au ciel. Merci de m'avoir prévenu, mais ça ne me fait pas grand-chose pour l'instant.

Comme tout le reste.

Après avoir raccroché avec Owen, je me sentis un peu mieux. Lui parler était toujours mieux que de passer la plus grande partie de la soirée à fixer mon repas du room service auquel je n'avais pas touché, comme j'étais en train de le faire avant son appel.

Je décidai de prendre une douche. Sous l'eau, je me dis que c'était bizarre de savoir qu'Alex se trouvait dans le même hôtel, sans pour autant être avec elle. Je ne savais pas quoi attendre du reste du week-end, mais c'était comme ça.

Lorsque je sortis de la salle de bain, j'enfilai un jogging gris et quelqu'un frappa à la porte. J'étais tellement perturbé que je ne savais même plus si j'avais commandé autre chose au room service.

J'ouvris la porte, et je me retrouvai face à elle. *Alex.*

— Qu'est-ce que tu fais là ?

Son visage était rouge, et sa respiration rapide. Ses cheveux, qui étaient soigneusement attachés plus tôt, étaient désormais en désordre, comme si on avait tiré dessus, et quelques mèches fines entouraient son visage.

— J'avais besoin de te voir, déclara-t-elle dans un souffle.

— Pourquoi? lui demandai-je. Je te l'ai dit tout à l'heure, il n'y a rien de plus à dire. Tu ne devrais pas être là.

Son expression était un mélange de tourment et de... désir. Ses yeux se posèrent sur mon torse nu, et sa respiration accéléra encore.

Puis elle finit enfin par avouer :

— On ne peut pas être ensemble, commença-t-elle, avant de marquer une pause. Mais j'ai besoin de savoir ce que ça fait, Brayden.

CHAPITRE 18

Alex

Les yeux de Brayden sondèrent les miens.

— Est-ce ça veut dire ce que je pense avoir compris ?

— J'ai envie de toi, Brayden. Je ne changerai pas d'avis en ce qui concerne notre avenir, mais j'ai *besoin* de toi. J'ai tellement besoin de toi que c'en est douloureux. Et je suis bien consciente que c'est incroyablement égoïste de ma part de débarquer comme ça et de te demander d'être avec moi comme j'en ai envie, alors que je ne peux pas t'offrir ce que toi, tu aimerais, mais je m'en fiche. Le désir que je ressens pour toi est plus fort que ma capacité à bien agir ce soir.

Ses yeux restèrent rivés aux miens, et il secoua la tête.

— Là, tout de suite, je suis vraiment en colère que tu ne veuilles pas nous laisser une chance. Même si d'une certaine façon, je comprends pourquoi tu le fais, la colère est quand même là. J'ai peur de ne pas pouvoir mettre ça de côté si on passait la soirée ensemble.

Mon cœur battait la chamade.

— Alors ne le fais pas. Sois fâché et déteste-moi de faire ça. Mais défoule-toi sur moi ce soir. J'ai *envie* de toi, Brayden.

Sa mâchoire se contracta, et ses yeux verts devinrent presque gris sous l'effet de la colère. L'espace d'un instant, je me dis qu'il allait me mettre à la porte, mais ensuite, il déglutit.

— Tourne-toi, grogna-t-il.

J'eus l'impression qu'on venait de brancher mon corps sur une prise. Un courant électrique me parcourut. J'étais prête à faire tout ce qu'il demandait, à le laisser me prendre comme il en avait envie. Alors je me tournai et me retrouvai face au mur.

Brayden arriva derrière moi et colla son corps contre le mien.

— Pas de préservatif, déclara-t-il. Je suis clean. Je n'ai fréquenté personne depuis que tu as bouleversé ma foutue vie. Si je n'ai le droit qu'à une seule nuit, je veux te sentir, et je veux que tu me sentes. Je vais enfouir mon sperme si profondément en toi qu'il lui faudra des jours pour en sortir.

Oh, bon sang. Était-il possible d'avoir un orgasme sans même avoir été touchée ?

— Ça me va, répondis-je en hochant la tête. Ça fait des années que j'ai un stérilet.

Brayden s'appuya davantage contre moi, puis il empoigna mes cheveux et les tira fermement. Ma tête partit en arrière, et il se pencha pour aspirer la peau à l'endroit où battait mon pouls.

— C'est ce que tu veux ? demanda-t-il d'une voix rauque. Je vais te laisser des traces de morsures.

Je fermai les yeux lorsqu'il remonta jusqu'à mon oreille en me mordillant.

— Vas-y, soufflai-je. J'en ai envie.

La main imposante de Brayden se posa sur moi et glissa sous mon chemisier. Lorsqu'il sentit ma peau, il se figea.

— Pas de soutien-gorge. Tu *savais* que je n'allais pas pouvoir te résister.

Ce n'était pas le cas, mais ce n'était sûrement pas le bon moment pour en parler. Au lieu de ça, je poussai mes fesses contre lui.

— Je n'ai pas de culotte non plus.

Il saisit ma poitrine et pinça un mamelon, puis l'autre. Fort. Une douleur soudaine se répandit en moi, mais ça ne fit qu'amplifier mon désir.

— Plus, haletai-je.

Il dirigea sa main entre mes jambes.

— Tu mouilles pour moi, Alex ?

J'ouvris la bouche pour répondre, mais les mots s'évanouirent quand sa paume glissa dans mon pantalon. Ses longs doigts caressèrent mon entrejambe de haut en bas, avant de plonger en moi.

— Écarte plus grand, ordonna-t-il.

La honte que j'avais ressentie en venant ici pour pousser cet homme à coucher avec moi avait disparu. Je l'avais sûrement laissée devant la porte de sa chambre d'hôtel. J'écartai les jambes autant que possible, impatiente.

— Tellement mouillée, grogna-t-il près de mon oreille. Tellement prête. Je vais te doigter jusqu'à ce que tu sois prête à jouir, et ensuite, je vais m'arrêter pour te montrer ce que ça fait quand on te reprend quelque chose dont tu as terriblement envie. C'est ce que tu me fais ressentir en t'éloignant de moi.

Il fit un va-et-vient, un deuxième, puis il ajouta un autre doigt.

— Je veux que tu me *supplies* ce soir.

Je gémis en fermant les yeux.

— Oui. S'il te plaît. Je te supplierai. Je ferai n'importe quoi.

Le bruit de sa main claquant contre mon sexe trempé s'amplifia au rythme de ses mouvements. J'étais en pleine surcharge sensorielle. Le sentir en moi, l'odeur de sexe, l'écho de mon désir résonnant dans la pièce. J'étais tellement excitée que je ne pensais pas pouvoir tenir plus de quelques secondes. Ma respiration devint irrégulière, et je sentis que j'étais prête à basculer... mais il *s'arrêta*.

J'étais en pleine inspiration, et je faillis m'étouffer. Brayden retira ses doigts. J'étais toujours face au mur, la tête tournée sur le côté. Mes paupières s'ouvrirent juste à temps pour le voir porter ses doigts à sa bouche et les sucer.

Je gémis.

— Enlève ton pantalon pour que je puisse finir de manger, lança-t-il avec un sourire espiègle.

Je retirai mon jogging et attendis la suite. Toutefois, Brayden ne me donna pas d'ordre cette fois-ci. Il se mit à genoux et posa directement sa bouche entre mes jambes écartées. Comme depuis le début, il y alla franchement. Il n'y eut pas de petits coups de langue, non, il enfouit directement son visage dans mon sexe. C'était brut et fougueux, impatient et direct. Brayden bougea sa tête de haut en bas, léchant mon excitation comme s'il mourait de faim et que j'étais son dernier repas. La barbe fine sur ses joues érafla délicieusement ma peau délicate.

— *Brayden...*

— Si douce, putain. Comme toi. Mais tu es aussi cruelle.

Il aspira brusquement mon clitoris en enfonçant deux doigts en moi.

Mes gémissements devinrent plus bruyants, plus impatients.

— Brayden...

Je remuai mes hanches pour chevaucher son visage.

— Brayden, s'il te plaît... *je t'en supplie*, ne t'arrête pas.

Il répondit une fois de plus en s'écartant, seulement quelques secondes avant mon orgasme. Les larmes aux yeux, je haletais tandis que les yeux de cet enfoiré brillaient. Il se releva et descendit son jogging d'un seul geste, avant de le retirer. Ensuite, il saisit mon poignet, tira mon bras en arrière et enroula mes doigts autour de son érection.

Oh, bordel. Il était incroyablement dur, et sa peau était douce et chaude. Sans parler du fait que mes doigts n'arrivaient pas à en faire le tour. J'humectai mes lèvres en salivant à l'idée de pouvoir lui rendre la pareille. Toutefois, ce n'était pas moi qui étais aux commandes pour l'instant. Le visage luisant de Brayden en était la preuve.

— Penche-toi en avant.

Il appuya sur mon dos avec sa paume pour me guider.

— Tes deux mains sur le mur. Et regarde droit devant toi.

Une fois que je fus pliée en deux, il enroula un bras autour de mon ventre et me souleva sur la pointe des pieds. Je retins mon souffle en attendant qu'il me prenne par-derrière. Cependant, comme tout ce qui s'était passé depuis que j'étais entrée dans chambre, il me prit de nouveau par surprise.

Cette fois-ci, un grand bruit sec résonna dans la pièce quand il me donna une fessée. Ça piqua atrocement, mais avant que je puisse me plaindre, Brayden s'enfonça en moi, me coupant le souffle. Il me pénétra si profondément que son bassin se retrouva tout contre mes fesses. Je ressentis une vibration entre nous, mais je ne savais pas lequel de nous tremblait.

Il planta ses doigts dans ma hanche et poussa plus fort contre mes fesses.

— C'est ce que tu veux ? Que je te prenne violemment pour me défouler ?

— Oui, soufflai-je. Oui.

— Tu ne voudras peut-être plus rien avoir à faire avec moi, mais tu seras tellement courbaturée que tu me sentiras encore pendant des jours.

Il empoigna mes cheveux et les tira, tout en se retirant presque complètement et en me pénétrant de nouveau brusquement. Encore et encore. C'était brutal et punitif, mais je n'avais jamais rien vécu d'aussi bon. Après avoir trouvé mes marques, je me mis à bouger avec lui et reculais quand il s'enfonçait en moi, tout en l'enserrant fermement lorsqu'il se retirait presque totalement. Mon orgasme n'était pas parti très loin, alors il revint en force. S'il ne me laissait pas finir cette fois-ci, j'allais devenir folle.

— Putain, souffla Brayden d'une voix rauque. Tu me serres tellement fort, je vais exploser.

Il fit des va-et-vient, une fois, deux fois, et avant qu'il puisse en faire un troisième, mon corps bascula et palpita avec une intensité que je n'avais encore jamais ressentie.

— Brayden !

Il continua à bouger en marmonnant un flot d'injures. Mes genoux faiblirent, et j'avais peur de ne plus pouvoir tenir debout longtemps. Puis dans un grognement, Brayden me pénétra profondément et se figea, se déversant en moi. Je pouvais sentir la chaleur se répandre dans mon corps.

Après ça, seuls nos halètements se firent entendre dans la pièce. Il se retira et me prit dans ses bras par-derrière. Nous restâmes ainsi, en silence, pendant un long moment. Les larmes menaçaient de couler au coin de mes yeux, mais je refusais de le laisser les voir, puisque j'avais eu ce que j'avais demandé.

— Je suis désolé, finit-il par murmurer.

Je tentai de minimiser les choses.

— Pour quoi? On a tous les deux franchi la ligne d'arrivée, non?

Il me retourna dans ses bras. J'eus l'impression de recevoir un coup en pleine poitrine en voyant les larmes couler sur son visage.

— Je suis vraiment désolé. Je n'aurais pas dû faire ça.

— Oh, je t'en prie, non. Ne t'excuse pas. C'est moi qui t'ai demandé de le faire.

Il secoua la tête en baissant les yeux.

— Ça n'a pas d'importance. Je n'aurais pas dû me servir du sexe pour me libérer de ma colère. Tu représentes beaucoup plus que ça pour moi.

Je posai ma main sur sa joue.

— Toi aussi tu représentes beaucoup pour moi, Brayden. C'est peut-être difficile à croire, mais je revis grâce à toi.

— Je ne peux pas te laisser partir comme ça. Je ne me pardonnerais jamais que nos derniers moments ensemble se soient passés dans la colère. Tu veux bien rester avec moi ce soir?

J'étais tellement dingue de cet homme que quelques heures n'allaient pas rendre mon départ encore plus difficile. Je ne voulais pas le quitter en me sentant coupable d'une situation que j'avais moi-même créée. Alors je hochai la tête.

— Avec plaisir.

— Peut-être qu'on devrait s'éloigner de la porte alors, répondit-il en souriant à moitié.

Jusqu'à présent, je ne m'étais pas rendu compte que nous étions restés dans l'entrée de la chambre.

— C'est une bonne idée, confirmai-je en lui rendant son sourire.

— Ça te dirait que je te prête un T-shirt pour que tu puisses te changer, et qu'on commande à manger au room service ?

— Ce serait parfait.

♥

J'avais tort.

Je pensais que ce ne serait pas plus difficile de partir, mais après une nuit comme celle-ci, ça allait être l'enfer. Nous étions restés éveillés jusqu'au petit matin, et nous avions mangé, parlé et partagé une bouteille de vin. Nous avions ri, nous nous étions blottis l'un contre l'autre, en faisant comme si ce n'était pas la fin.

Mais à présent, le soleil était en train de se lever et respirer devenait difficile. Ma tête était posée sur son torse, alors qu'il caressait mes cheveux. Aucun de nous n'avait prononcé un mot pendant cette dernière demi-heure. C'était moi qui nous avais forcés à nous retrouver dans cette situation, alors ça allait être à moi d'y mettre fin, même si c'était la dernière chose dont j'avais envie.

— Je devrais y aller, murmurai-je.

La main de Brayden s'immobilisa.

— Non, pas encore. Il faut d'abord que je fasse quelque chose.

— Quoi donc ? demandai-je en me tournant pour poser mon menton sur mon poing.

Il s'assit, puis m'allongea doucement sur le dos et déposa un baiser sur mes lèvres.

— Je veux te faire l'amour, Alex.

Je déglutis en sentant mes larmes dans ma gorge, et je hochai la tête.

Il saisit ma main et la porta à sa bouche pour l'embrasser.

— Je ne regretterai jamais le temps qu'on a passé ensemble. Tu m'as appris ce qu'est l'amour. Quand on aime quelqu'un, son bonheur est plus important que le nôtre. Et grâce à ça, je ne vais pas t'embêter ni rendre les choses plus difficiles. Je vais te laisser partir, parce que c'est ce dont tu as besoin. Mais je veux que tu saches qu'il ne se passera pas un jour sans que je pense à toi.

J'eus de nouveau les larmes aux yeux. Quand il posa ses lèvres sur les miennes, ce baiser ne ressembla à aucun autre. Il renfermait plus d'émotion, de passion, et... d'amour. Je pris la décision d'oublier mes craintes, mes inquiétudes de devoir protéger les autres et moi-même, et je m'autorisai à me perdre dans cet homme. Même si ce n'était que pour une seule fois.

Brayden se plaça au-dessus de moi, notre baiser devint passionné, et j'écartai grand les jambes pour l'inviter à venir en moi. Il se mit à faire des va-et-vient contre mon clitoris avec son sexe nu, étalant mon excitation entre nous. Quand les choses devinrent plus frénétiques, il s'écarta, avant de me pénétrer sans jamais me quitter des yeux.

— Alex, je te jure que rien n'a jamais été si bon, confia-t-il en fermant brièvement les paupières.

Nous remuâmes à l'unisson, nos corps moites, tout en s'embrassant comme si notre vie en dépendait. Jamais je n'avais ressenti une telle connexion. Nos esprits, nos corps et nos âmes ne faisaient qu'un.

Toutefois, la tension monta rapidement. Ça devait être la première fois que ne voulais pas que mon orgasme arrive, car je savais qu'après ça, ce serait terminé. Je voulais que ce moment dure pour l'éternité. Mais évidemment, ce n'était pas possible. Brayden serra les dents, la vitesse de ses coups de reins s'intensifia, et je compris qu'il tentait de faire durer cet instant autant que moi.

— Putain, lâcha-t-il. Je ne pourrai pas me retenir très longtemps. C'est trop bon d'être en toi.

Ces mots suffirent à me faire basculer. Mes muscles se mirent à se contracter tout seuls, serrant son sexe alors que je poussai un gémissement bruyant.

— Je peux te sentir, gémit-il à son tour. Je te sens jouir autour de moi.

Il remua ses hanches encore quelques fois, avant de se laisser aller en me fixant droit dans les yeux. Je me souviendrais toujours de ce moment.

Pendant de longues secondes après ça, Brayden continua ses va-et-vient, même si son érection commençait à faiblir après un orgasme si puissant. Il embrassa tendrement mes lèvres et repoussa les cheveux sur mon visage.

— Je veux que tu saches quelque chose, Alex.

— Quoi donc? murmurai-je d'une voix à peine audible.

Il ne me quitta pas des yeux.

— Je suis totalement et éperdument amoureux de toi.

Mon cœur se serra, et je posai mes mains sur ses joues.

— *Oh, Brayden.*

— J'ai peut-être appris que le véritable amour est désintéressé, mais là, j'avais besoin d'être égoïste et de te dire la vérité, avoua-t-il avec un sourire triste.

— Merci. Merci d'être toujours honnête avec moi.

Trop rapidement à mon goût, il dut se lever pour aller à la maison de Ryan's House. La seule autre personne possédant une clé ne serait pas là. Nous nous habillâmes dans une ambiance pleine de mélancolie. J'étais au moins contente de savoir que ce n'était pas la dernière fois que je le voyais. Je n'étais pas sûre de pouvoir supporter une rupture brutale pour l'instant.

— Prends ton temps pour me rejoindre à la maison, déclara-t-il. On attend quelques livraisons de toute façon.

— D'accord, répondis-je en essayant de me forcer à sourire, en vain. Je vais retourner prendre une douche dans ma chambre. Je serai là dans une heure environ.

Il hocha la tête en glissant ses mains dans ses poches. Une demi-heure plus tôt, nous étions connectés d'une manière qui m'était encore inconnue, pourtant, nos interactions me semblèrent soudain maladroites, comme si aucun de nous ne savait comment clôturer cette nuit. C'était ma faute, alors c'était à moi de le faire. Je me dressai sur la pointe des pieds pour l'embrasser sur la joue.

— À plus tard.

Sortir de cette chambre d'hôtel me parut presque impossible. Ce ne fut pas plus facile pendant les quarante-cinq minutes qui suivirent. Je pris ma douche en étant totalement ailleurs, j'oubliai de me sécher les cheveux, et j'eus à peine la force de me maquiller. Juste au moment où je m'apprêtais à partir, quelqu'un frappa à ma porte. Je l'ouvris et découvris Brayden.

— J'allais sortir.

— Ce n'est pas la peine, répondit-il en fronçant les sourcils. Quand je suis arrivé à la maison, j'ai trouvé ça sur la porte.

Il leva une feuille, et j'aperçus les premiers mots écrits en gras.

ORDRE DE SUSPENSION DES TRAVAUX

Je sentis la panique monter dans ma poitrine.

— Qu'est-ce que c'est ?

— Le service des constructions a aussi glissé quelques papiers sous la porte pour signaler des violations concernant l'absence de permis de travail appropriés. Apparemment, l'électricien que j'ai embauché n'a pas rempli les papiers comme il était censé le faire, et à présent, la ville dit qu'on a un souci en matière d'environnement. Une histoire de fosse en sous-sol qui n'a pas été comblée il y a des années.

— Il y a des années ? Mais rien de tout ça n'est ta faute. Est-ce qu'ils ont le droit de faire ça ? De nous faire arrêter ?

— L'amende s'élève à mille cinq cents dollars par jour si on se fait prendre à travailler sur le chantier. Je ne peux pas prendre ce risque.

— Qu'est-ce que tu vas faire ?

Brayden passa une main dans ses cheveux.

— Je vais appeler mon avocat lundi matin, puis j'irai au service des constructions pour voir comment je peux régler ça.

— Et les bénévoles ? Qu'est-ce qu'ils vont faire ?

— Personne ne pourra travailler ce week-end. On a fini jusqu'à ce que je puisse régler ça. J'ai déjà envoyé un message de groupe en espérant avoir pu en prévenir certains avant qu'ils prennent la route.

Il me regarda dans les yeux.

— Il faut croire que ceux qui sont déjà ici peuvent rentrer chez eux.

CHAPITRE 19

Trois mois.

Ça faisait trois mois que je ne l'avais pas regardé dans les yeux. Que je n'avais pas senti son odeur. Que je ne l'avais pas touché, que je n'avais pas entendu sa voix. Trois mois depuis qu'il... avait été en moi. Rien que penser au week-end où j'avais couché avec Brayden me fit frissonner.

Ce qui était certain, c'était qu'il ne se passait pas un jour sans que je pense à lui. En réalité, même pas une *heure*. Brayden était toujours la première chose à laquelle je pensais quand je me réveillais le matin, et la dernière avant de m'endormir. Il me manquait un peu plus chaque jour, et j'ignorais si ça allait finir par devenir plus facile.

Le dernier week-end que nous avions passé à Seneca Falls, nous nous étions séparés peu de temps après la découverte de l'ordre de suspension des travaux. J'avais pris cette tournure inattendue comme un signe confirmant que mettre fin à cette relation était la bonne décision, même après la meilleure partie de jambes en l'air de ma vie. Même après l'avoir entendu me dire qu'il m'aimait.

J'avais gardé ces trois mots pour moi plutôt que de les lui retourner, même si je mourais d'envie de les prononcer avant de partir. J'avais encore mal au cœur de devoir les taire. Et ces mots étaient toujours là, me suppliant de les laisser sortir. L'amour était toujours là et creusait un vide dans mon cœur.

Ce qui me surprenait le plus, c'était qu'aucun de nous deux n'avait cherché à contacter l'autre ces derniers mois. Je m'étais attendue à ce qu'il m'appelle ou m'envoie un message, mais il ne l'avait pas fait. Ce n'était pas que j'avais *envie* qu'il m'appelle, parce que ça compliquerait les choses. Dieu seul savait combien de fois j'avais dû me retenir de l'appeler ou de lui envoyer un texto. Chaque fois que je ressentais le besoin de le contacter, je me rappelais que ça ne ferait que rendre la situation actuelle plus difficile. Tout était fini entre nous. Il était inutile de se torturer.

L'une des choses qui fonctionnaient le mieux pour me rappeler que j'avais pris la bonne décision, c'était de passer du temps avec Caitlin. J'avais fait plus d'efforts pour la voir ces derniers temps. Nous nous étions retrouvées dans un institut de beauté pour faire nos ongles des mains et des pieds.

Caitlin était assise à côté de moi, plongée dans un magazine, alors que les employés finissaient de s'occuper de nos orteils, avant de pouvoir passer aux mains. Avant ça, nous étions allées déjeuner dans son restaurant de sushis préféré. Tandis qu'une femme travaillait sur mes pieds, j'étais plongée dans mes pensées. Je ne méditais pas, comme je l'avais espéré en m'installant dans ce siège, mais je réfléchissais à tout ce que je n'avais pas confié à Caitlin.

Le frottement de l'éponge sous ma voûte plantaire ne suffit pas à me sortir de mes songes. Même si j'adorais passer du temps avec ma belle-fille, je me sentais toujours coupable de ne pas lui avoir dit que j'avais couché avec Brayden. Je m'étais convaincue qu'elle n'avait pas besoin de le savoir, étant donné que j'avais promis de rester loin de lui. Pourquoi la mettre mal à l'aise avec cette information si notre relation était vraiment terminée ?

Terminée. Si seulement c'était si simple. Peut-être que ce serait moins compliqué si Brayden ne m'avait pas dit qu'il m'aimait. Ces mots me hantaient. Je ne m'étais pas attendue à une déclaration d'amour. Je savais que ses sentiments étaient forts... mais de l'amour ? Il *m'aimait.* J'avais pris conscience que je l'aimais déjà avant ça, même si je ne parvenais pas à me l'avouer, mais je ne m'étais jamais imaginé qu'il ressentait la même chose. Ça rendait la fin de cette relation encore plus amère. Nous ne pouvions peut-être pas être ensemble, mais je serais toujours touchée qu'il ait ressenti quelque chose d'aussi fort pour moi.

La voix de Caitlin me sortit de mes pensées.

— Hé, à quoi tu penses ? On dirait que tu es ailleurs.

Je m'aperçus qu'elle avait fermé son magazine et qu'elle m'observait, sans savoir depuis combien de temps.

— Je profite juste de ce moment de calme, répondis-je en me raclant la gorge.

— Tu es dans ton monde. D'habitude, on discute quand on vient ici, on en profite pour rattraper le temps perdu. C'est l'une des choses que je préfère quand on se fait faire les ongles ensemble.

Je secouai la tête.

— Désolée... je crois que j'étais perdue dans mes pensées.

— Il y a un problème ?

Je déglutis.

— Non, rien de grave.

— Est-ce que ça concerne Brayden ?

— Pourquoi tu dis ça ? lançai-je en me figeant.

— Parce que je ne suis pas bête. Tu m'as dit que vous aviez mis fin à votre relation la dernière fois que tu l'as vu, mais je sais que tu as minimisé les choses. Pour mon bien. Ce que je n'aime vraiment pas, soit dit en passant, précisa-t-elle en arquant un sourcil. Tu as eu des nouvelles de lui ? C'est pour ça que tu es préoccupée ?

— Non. On ne s'est pas parlé depuis Seneca Falls... depuis la suspension des travaux.

— C'est dommage que ça se soit passé comme ça. Je suis sûre que si vous aviez continué à vous voir, vous auriez fini ensemble.

— En fait, je pense que c'est le contraire, confiai-je. C'est une bonne chose qu'ils aient mis fin aux travaux, car ça a plus ou moins réglé mon problème. Le plus difficile n'était pas de savoir si je devais arrêter de le voir, mais plutôt de savoir comment j'allais y arriver en étant obligée d'être avec lui tous les week-ends.

Caitlin regarda un instant l'homme qui s'occupait de ses pieds, avant de revenir vers moi.

— Je ne comprends pas pourquoi tu ne m'as pas écoutée quand je t'ai dit que ça ne me dérangeait pas. J'ai été choquée au début, je ne l'ai pas bien géré et j'en suis encore désolée, mais ça n'aurait pas été un problème pour moi. Ton bonheur vaut bien le peu d'inconfort que ça aurait représenté.

Les deux employés semblèrent faire une pause au même moment pour lever les yeux vers nous, avant de se remettre au travail. Apparemment, ce feuilleton avait suscité leur intérêt.

— Je suis sûre que ça ne te dérangeait pas quand tu l'as dit. Mais si j'avais poursuivi cette relation, une fois que la réalité se serait imposée et que tu aurais dû nous voir ensemble et passer du temps avec nous, ça t'aurait fait quelque chose, que tu en aies conscience ou pas. Mais c'est un débat inutile, Caitlin, je t'assure. C'est terminé.

Ses yeux ne quittèrent pas les miens.

— Je ne sais pas. Je n'ai pas l'impression que c'est fini dans ta tête. Et encore moins dans ton cœur. Je vois encore ton visage quand tu parles de lui. Je ne vois jamais cette expression à aucun autre moment. Tu tiens vraiment à lui.

Je soupirai.

— Je suis désolée de ne pas être douée pour le cacher, mais j'ai pris une décision, et je vais m'y tenir, d'accord? J'ai besoin que tu respectes mon choix. Je ne vais pas te mentir, ça n'a pas été facile. Mais j'espère qu'avec le temps, ce sera plus simple. Ça fait trois mois.

Trois horribles mois. J'appuyai sur un bouton pour mettre en marche le siège massant.

— Si ça se trouve, il a rencontré quelqu'un d'autre. Plus vite je pourrai passer à autre chose, mieux ce sera. Le fait que tu insinues que j'ai pris la mauvaise décision n'aide pas. Ça ne change rien.

— Je suis désolée, s'excusa-t-elle en fronçant les sourcils. Tu as fait ce que tu pensais devoir faire. Je ne suis pas d'accord avec ta décision, mais tu as fait ce sacrifice pour moi... parce que tu croyais que c'était ce dont j'avais besoin. J'aurais juste aimé que les choses soient différentes. Je veux que tu sois heureuse.

— Je sais, murmurai-je en jetant un coup d'œil à la femme qui appliquait du vernis rose vif sur mes ongles, avant de secouer la tête. On ferait mieux de passer à un sujet plus léger.

— D'accord, parlons d'autre chose, accepta Caitlin avec un grand sourire. Il va falloir qu'on t'inscrive sur un site de rencontres.

— Argh. Ce n'est pas un sujet plus léger, répondis-je en riant. C'est de la torture.

— Eh bien, on devrait en parler. Je suis d'accord sur le fait que l'offre n'est pas très réjouissante – crois-moi, j'en sais quelque chose –, mais ça va être nécessaire si tu veux passer à autre chose.

Je soupirai de nouveau.

— Wells a aussi tenté de me convaincre. Je suis sûre qu'il va finir par créer un profil pour moi un de ces jours, si ce n'est pas déjà fait.

— Compte sur moi pour l'aider si besoin. Je pourrais édulcorer son résumé de présentation, parce que tu sais que Wells va partir en vrille avec ça.

— Tu imagines s'il avait le contrôle total ? Ces hommes penseraient que j'aime qu'on me pince les mamelons et qu'on me donne la fessée.

— Peut-être que je devrais le laisser écrire le mien alors, plaisanta Caitlin.

Je ris avec elle.

— Je dois voir Wells ce soir, alors je lui passerai le message.

Elle essuya le coin de son œil.

— Vous allez dans un endroit sympa ?

— Je dois le retrouver chez Casablanca. Il sort avec un nouveau type qui s'appelle Winston. Il veut me le présenter.

— On dirait un prénom de chien, gloussa-t-elle. Alors tu vas tenir la chandelle ?

— Pas moi. *Winston*, rectifiai-je en lui faisant un clin d'œil.

— Oui, c'est toujours comme ça avec tonton Wellsy, confirma-t-elle en souriant.

Les prothésistes ongulaires nous installèrent à leurs postes pour nos manucures, où nous passâmes le reste du temps à profiter en silence de nos soins, tout en regardant la chaîne culinaire qu'ils diffusaient sur plusieurs écrans. Alors que j'observais une femme décorer un gâteau, je réfléchis à ce que j'allais porter le soir, quand je rencontrerais le nouvel amant de Wells. Une simple robe noire ferait l'affaire. Avec peut-être une touche de rouge.

Depuis que tout était fini entre Brayden et moi, je me sentais aussi un peu coupable quand j'étais avec mon collègue. Il ne savait pas non plus que nous avions couché ensemble à Seneca Falls. Wells me prendrait pour une folle d'avoir mis fin à cette relation s'il savait que Brayden m'avait dit qu'il m'aimait. Il m'avait toujours conseillé de me faire passer en premier, même avant de savoir ce que Brayden ressentait pour moi. Si je lui donnais plus de détails, il allait certainement me faire la leçon et me dire que j'avais fait une énorme erreur. Je n'avais pas envie d'entendre ça. Alors pour l'instant, ma dernière nuit incroyable avec Brayden resterait mon petit secret. Je finirais bien par tout raconter à Wells un jour. Mais pas dans l'immédiat.

Après nos manucures, Caitlin et moi nous rejoignîmes au poste de séchage, et elle admira mes ongles rose vif.

— J'adore cette couleur. Elle s'appelle comment ? Je veux la trouver en ligne.

J'attirai l'attention de l'employée.

— Excusez-moi. Pouvez-vous me donner le nom de cette couleur ?

La femme se dirigea vers l'étagère pour récupérer le vernis, et elle jeta un coup d'œil en dessous.

— Il s'appelle Mrs Robinson, m'informa-t-elle.

Madame Robinson ?

Je restai bouche bée. Caitlin éclata de rire, et je ne pus m'empêcher d'en faire autant.

Ça faisait du bien.

♥

Dès que je repérai la table de Wells en entrant chez Casablanca ce soir-là, je regrettai d'avoir accepté de sortir. Il y avait deux hommes assis avec lui. *Est-ce que c'est un piège ?* Ce dîner devait me permettre de rencontrer *son* nouveau copain. Cet autre type ferait mieux d'être un de leurs amis gays.

— Tu es en retard, chaton, me réprimanda Wells.

— Oui, eh bien, je me suis dit que j'allais vous laisser un peu seuls tous les deux avant de débarquer, mais je vois que vous avez de la compagnie.

— Je te présente Winston, déclara-t-il en pointant du doigt son nouveau petit ami. Winston, je te présente ma meilleure amie, Alex.

Celui-ci me serra dans ses bras.

— Je suis ravi de faire ta connaissance, trésor. J'ai beaucoup entendu parler de toi.

Il était roux avec des taches de rousseur, et il était bien plus petit que Wells.

Winston se tourna vers l'autre homme.

— Et voici mon grand frère, Everett. Il est venu passer la soirée avec nous.

Ce dernier se leva. Contrairement à son petit frère, il était très grand et portait un costume, une tenue bien plus formelle que les nôtres. Et toujours contrairement à son frère, il avait des cheveux châtain clair.

Everett me tendit sa main.

— Enchanté, Alex.

— Moi de même, répondis-je en hochant la tête. On m'a dit beaucoup de bien de ton frère.

— C'est toujours comme ça, affirma-t-il en donnant un petit coup sur le bras de Winston. Il récolte toute la gloire. Heureusement, on n'a jamais eu à se battre pour les filles.

— Je ne savais pas que tu te joignais à nous ce soir, révélai-je en jetant un coup d'œil à Wells.

Je m'assis et posai une serviette de table sur mes genoux.

— Wells m'a dit que tu étais son pilier, me confia Winston en pointant son verre de vin dans ma direction. J'ai été excité toute la journée à l'idée de rencontrer la fameuse Alex.

J'avais envie de tuer Wells, mais je lui souris. Il avait l'air heureux, ce qui *me* rendait heureuse. Je pris sur moi en buvant mon vin, puis je fis mon possible pour apprendre à connaître les deux hommes pendant le dîner.

Néanmoins, j'étais encore en colère contre mon ami de m'avoir prise au dépourvu. Alors quand il se leva pour aller aux toilettes, je m'excusai également et partis l'attendre devant la porte. Dès qu'il sortit, je croisai les bras.

— Tu crois faire quoi, là ?

— J'essaie de t'aider à te mettre quelque chose sous la dent, comme tout bon ami le ferait.

— Tu aurais pu me prévenir. Je ne savais pas que c'était un rendez-vous arrangé.

— Te prévenir ? Pourquoi ? Pour que tu puisses inventer une excuse pour ne pas venir ? C'est *exactement* ce que tu aurais fait, Alex. Tu le sais très bien.

Je jetai un coup d'œil par-dessus mon épaule, avant de revenir à lui.

— Tu as raison. Parce que je n'ai pas du tout envie de faire des rencontres pour l'instant. Je te l'ai déjà dit.

— Est-ce que je dois te rappeler que ça fait une éternité que tu ne t'es pas envoyée en l'air ?

Pas exactement. Des bribes de ma nuit torride avec Brayden me revinrent à l'esprit, et mon corps frissonna. *Bon sang.* Je me sentis rougir.

Wells écarquilla les yeux.

— Petite dévergondée !

— Quoi ? demandai-je en me raclant la gorge.

Mince, apparemment, je n'allais pas pouvoir garder ça pour moi plus longtemps.

— Tu t'es envoyée en l'air...

Garder cette information secrète était une chose, mais lui mentir droit dans les yeux en était une autre. Je ne pouvais pas le faire.

— Peut-être, avouai-je en mordillant ma lèvre.

— C'est soit oui soit non, Alex.

Je soupirai.

— Ça ne fait pas une éternité, d'accord ? Alors, je... n'ai pas besoin d'aide.

— Je me fiche que Winston pense que je suis en train de me taper le serveur canon dans les toilettes. Je ne retournerai pas à notre table tant que tu ne m'auras pas raconté ce qui s'est passé.

— J'ai couché avec Brayden la dernière fois que je l'ai vu, confessai-je. Voilà, tu as eu ce que tu voulais.

— Bordel, jura-t-il en posant ses mains sur mes épaules pour me secouer. Tu m'as caché ça pendant trois mois ?

— Je ne savais pas que j'étais obligée de te raconter ma vie dans les moindres détails.

— Ma belle, je te connais mieux que toi-même, répliqua-t-il en grattant son menton. Mais si tu as gardé ça secret, c'est qu'il y a une raison. D'habitude, tu ne m'aurais pas caché quelque chose d'aussi monumental.

— Je ne voulais pas que tu me dises que je faisais une erreur, admis-je.

— Tu ne voulais pas que je te dise ce que tu sais déjà. Parce que ça ne t'aurait pas dérangée si ce n'était pas la *vérité*.

J'avais de plus en plus chaud.

— Est-ce qu'on peut éviter de parler de ça ici ?

— Très bien. On va retourner à table, mais je veux juste dire une dernière chose.

— Quoi ?

— Si tu as décidé d'être bête et de faire une croix sur quelque chose qui compte beaucoup pour toi, fais-moi au moins le plaisir de laisser une chance au frère canon, brillant et célibataire de Winston.

— Je n'ai rien à reprocher à Everett. C'est juste que...

Je ne finis pas ma phrase, ce qui fit sourire Wells.

— Il n'est pas Brayden. C'est ce que tu voulais dire, pas vrai ?

— Qu'est-ce que tu attends de moi ? soupirai-je.

— Je veux que tu sois honnête avec toi-même. Je me fiche de ce que tu me dis. Le gros problème, c'est que tu *te* mens. Ça finira par se retourner contre toi. Et si tu te réveillais dans deux ans et que tu te rendais compte que tu as fait une grosse erreur, mais qu'il est trop tard ? Un homme comme Brayden ne restera pas longtemps sur le marché, crois-moi. Et ne le prends pas mal, mais tu ne rajeunis pas.

Je levai les yeux au ciel.

— Je te remercie, petit malin.

— Tu peux toujours compter sur moi pour te dire la vérité, ma belle.

— Je peux aussi toujours compter sur toi pour te foutre de moi, ce que tu as fait en me tendant un piège ce soir !

— Je fais tout ça parce que je t'aime, déclara-t-il en souriant. Tu le sais, n'est-ce pas ?

Je soufflai.

— Oui, je le sais.

— Essaie de t'amuser un peu, d'accord ? ajouta-t-il en posant sa main sur mon bras.

— Je verrai si j'en ai la force, éludai-je en haussant les épaules.

Il remua ses sourcils.

— Visiblement, tu as eu la force de faire *bien plus* que ça sans que je le sache.

Je le frappai en riant.

— Est-ce que c'était aussi bon que ce que j'imagine ? demanda-t-il.

— Encore bien mieux que ça.

— Bordel, ça fait rêver...

Il soupira, puis enroula son bras autour de moi en retournant à notre table.

Après ça, je me forçai à discuter avec Everett en essayant de penser à autre chose qu'à Brayden.

Avant de quitter le restaurant, Everett et moi échangeâmes nos numéros. Il se trouvait qu'il était vraiment sympa. Il tenait un magasin d'ameublement, il était divorcé et avait deux enfants. Il m'avait aussi informé qu'il n'en voulait pas d'autres, ce qui lui faisait marquer un point de plus. Je ne voulais pas m'impliquer avec quelqu'un qui désirait avoir des enfants. *Comme Brayden.*

Mon cœur se serra. Et voilà que je pensais encore à lui.

CHAPITRE 20

Brayden

Je n'avais pas vraiment envie d'être là ce soir-là, pas même alors qu'une blonde canon s'installait à côté de moi au bar.

— Salut. Désolée de te déranger, mais il faut que je te demande un service, déclara-t-elle.

— D'accord…

— Tu vois cette table de filles derrière moi? demanda-t-elle en m'invitant d'un regard à jeter un coup d'œil par-dessus son épaule gauche. Celles qui sont sûrement en train de nous fixer en souriant comme des idiotes.

Je tournai les yeux, et effectivement, trois paires d'yeux nous observaient.

— Oui, je les vois.

— OK, donc… il y a un an, mon copain a rompu nos fiançailles. Ce sont mes trois meilleures amies, et elles ne me ficheront pas la paix tant que je n'aurai pas parlé à un homme ce soir, soupira-t-elle. Je sais qu'elles ont de bonnes intentions, vraiment, mais je ne suis pas prête à reprendre une vie amoureuse. Tu penses qu'on pourrait discuter pendant dix minutes? Elles dormiront mieux ce soir sans avoir à s'inquiéter que je finisse vieille fille.

Je souris et désignai la scène d'un geste de la tête.

— Tu vois le batteur là-bas? Celui qui nous regarde avec un sourire niais.

La femme jeta un coup d'œil.

— Oui.

— C'est la version masculine de tes trois copines. Je ne suis pas allé jusqu'aux fiançailles, même je suis presque sûr que celle qui m'a largué récemment était la femme de ma vie. Et ça ne fait que trois mois, pas un an. Mais j'ai accepté de sortir ce soir juste pour que mon pote arrête d'inventer des raisons pour venir prendre de mes nou-velles.

— Parfait, affirma-t-elle en souriant et en me tendant sa main. Je m'appelle Lacey.

— Brayden, répondis-je en la lui serrant. Enchanté. Je peux t'offrir un verre?

— Un shot de tequila, ça te dit? proposa-t-elle. Et c'est moi qui offre.

— Encore mieux.

Je regardai de nouveau brièvement ses amies. Elles semblaient à la fois excitées et nerveuses.

— Je vais regarder à gauche et lever la main pour faire venir le serveur. Profites-en pour faire signe à tes amies que tout va bien. Ça les aidera sûrement à se détendre.

— Oooh... Bonne idée.

Quelques minutes plus tard, Lacey et moi trinquâmes avec nos verres de tequila. Je levai le mien pour porter un toast.

— À la déprime et au fait d'avoir les larmes aux yeux chaque fois qu'on voit d'autres couples heureux.

Lacey se mit à rire.

— Au fait de pouvoir être malheureux aussi longtemps qu'on en a envie.

Nous avalâmes nos shots d'un trait, avant de lécher du sel et de croquer dans du citron vert.

— Alors, qu'est-ce qui n'allait pas dans ta relation? demanda-t-elle ensuite.

Je fronçai les sourcils.

— Oh, mince, lança-t-elle en levant les mains quand elle aperçut mon expression. Je suis désolée. Il est encore trop tôt pour que tu en parles. Je n'ai pas réfléchi. Je suis sûre que je n'aurais pas voulu en parler après seulement trois mois.

— Ce n'est rien, la rassurai-je en haussant les épaules. En fait, il ne s'est rien passé de particulier. C'est une histoire un peu folle.

— Eh bien, c'est très intrigant. Maintenant, tu vas devoir me raconter...

Je ris.

— Je crois que je vais avoir besoin d'un autre shot si tu veux qu'on partage nos histoires de guerre. Et si j'offrais la prochaine tournée?

— Bonne idée, accepta-t-elle en souriant. L'alcool m'aide à aborder les sujets difficiles.

Je levai la main pour appeler le serveur, et nous commandâmes une autre tournée. Le second shot descendit plus facilement que le premier. Je n'étais pas un grand buveur, alors entre la tequila et les deux bières que j'avais déjà bues avant qu'elle arrive, je me sentais beaucoup plus détendu. Visiblement, l'alcool améliorait aussi ma vision, car je remarquai pour la première fois quelques détails chez Lacey, comme ses grands yeux bleus et ses lèvres pulpeuses. Quand elle croqua dans le citron, mes yeux descendirent un peu plus bas et apprécièrent ses courbes féminines.

Après avoir fait le plein de courage liquide, Lacey se tourna vers moi et se redressa pour m'accorder toute son attention.

— Tu te sens un peu plus bavard maintenant ?

— Oui, ça va, répondis-je en souriant.

Toutefois, raconter mon histoire se révéla plus compliqué que je ne le pensais. Je n'arrivais pas à trouver par où commencer. Après quelques minutes, je décidai d'arrêter de trop réfléchir et de simplement cracher le morceau.

— J'ai couché avec la fille de ma copine.

La mâchoire de Lacey faillit se décrocher, et elle écarquilla les yeux.

— Mince. Ce n'est pas ce que je voulais dire, précisai-je en secouant la tête. Je n'ai pas couché avec elle après avoir commencé à fréquenter Alex. J'ai couché avec elle avant.

Cependant, Lacey semblait encore plus perdue.

— Tu as couché avec la fille de ta petite amie, et ensuite avec elle ?

— Oui, mais ce n'est pas aussi horrible que ça. Laisse-moi reprendre du début.

Je lui expliquai comment Caitlin – Kate – et moi étions brièvement sortis ensemble à la fac, et qu'Alex et moi ignorions tout ça quand nous nous étions rencontrés par hasard. Après lui avoir tout raconté, Lacey avait presque l'air aussi choquée que lorsque j'avais annoncé que j'avais couché avec la fille de ma copine.

Elle secoua la tête.

— C'est la chose la plus dingue que j'aie jamais entendue. Quelles étaient les chances que tu sortes avec une fille dans un État, que tu rencontres par hasard sa belle-mère dans un autre État dix ans plus tard, et que tu tombes amoureux d'elle?

— Je t'ai dit que c'était une histoire dingue.

— C'est bizarre d'avoir l'impression que c'était presque le destin?

— Le destin qui tentait de me nuire, peut-être.

— Alors, la fille n'a pas réussi à accepter ça?

— C'est ce que j'ai le plus de mal à digérer. Caitlin, la belle-fille, était plutôt contrariée au départ, mais elle a fini par dire que ça ne la dérangeait pas. Elle veut qu'Alex soit heureuse. Mais Alex a trop peur de mettre en péril leur relation. Elle ne croit pas vraiment que ça ne ferait rien à Caitlin.

— Tu ne penses pas qu'Alex pourrait se servir de sa fille comme excuse?

— Parce qu'elle a peur de s'engager avec un homme plus jeune?

— Oh. Oui, ça pourrait être ça aussi.

Je penchai la tête.

— Qu'est-ce que tu veux dire par là?

— Je veux dire qu'elle s'est peut-être servie de ça comme excuse pour ne pas te blesser.

— Oh.

Mon visage se décomposa, et Lacey posa la main sur son cœur.

— Je suis vraiment désolée. Je n'arrête pas de mettre les pieds dans le plat, hein? Je n'aurais pas dû dire ça. Je ne sais pas ce que je dis.

Mais elle avait planté cette idée dans ma tête, et mon cerveau était déjà en train de la faire pousser et de la regarder grandir. Comment avais-je pu ne pas envisager qu'Alex ne ressentait peut-être pas la même chose que moi? J'avais passé des heures à réfléchir à ce que j'aurais pu faire différemment, comment j'aurais pu la convaincre de me laisser une chance. Pas une seule fois je m'étais dit... qu'elle ne m'aimait pas. Néanmoins, elle ne m'avait pas répondu quand je lui avais dit ce que je ressentais.

Je déglutis et me raclai la gorge.

— Bon, à ton tour.

Lacey mordilla sa lèvre.

— J'ai besoin d'un autre shot.

— Pas de souci.

Si le deuxième shot m'avait détendu et m'avait permis d'apprécier la vue, le troisième me libéra un peu trop, et mes émotions prirent le dessus quand j'écoutai l'histoire de Lacey.

— Alors... soupira-t-elle. Ça faisait trois ans qu'on était ensemble quand je suis tombée enceinte. Henry m'a demandée en mariage le soir où on est allés à notre première échographie et qu'on a entendu le cœur. Quelques jours plus tard, j'ai fait une fausse couche. Après ça, je me suis plongée dans les préparatifs du mariage pour essayer de me concentrer sur les belles choses de la vie. Mais Henry a changé. Au départ, je pensais qu'il était triste d'avoir perdu le bébé, alors je lui ai laissé un peu d'espace, mais plus le temps passait, plus il était évident qu'il ne s'intéressait pas au mariage. Un jour, je lui ai demandé s'il avait vraiment envie de se marier, parce qu'après tout, on s'était fiancés à ce moment-là parce que j'étais enceinte. Mais je ne m'attendais pas à ce qu'il me dise qu'il ne voulait pas m'épouser. Il a dit qu'il m'aimait, mais pas de la manière dont un homme devrait aimer une femme.

— Je suis désolé.

Elle haussa les épaules.

— Au fond de moi, je sais que c'est une bonne chose. Je préfère avoir le cœur brisé depuis un an plutôt que de passer ma vie avec la mauvaise personne. Mes parents n'ont pas eu un mariage heureux. Je veux plus que ça. Mais ça pique quand même de savoir qu'il ne pouvait pas m'aimer comme moi je l'aimais. Ça me donne un peu l'impression de ne pas être assez bien, tu comprends ?

— Je suis sincèrement navré.

— Ne le sois pas, répondit-elle en se forçant à sourire.

Holden s'approcha et posa son bras sur mon épaule en arborant son fameux sourire arrogant.

— Salut. Je suis plus beau et j'ai un don pour la musique, mais mon ami Brayden ici présent est plus que riche. Est-ce qu'il en a déjà parlé ?

Lacey arqua un sourcil.

— En fait, non.

— Il est aussi très philanthrope. Il gère une association et il arrive à donner le sourire aux enfants malades.

— C'est vrai ? demanda Lacey en se tournant vers moi.

Je haussai les épaules.

— L'association n'est pas si énorme. On fait ce qu'on peut.

Holden me donna un coup dans la poitrine.

— Je le savais. Il est resté assis là à te raconter ses histoires pathétiques ces vingt dernières minutes au lieu de se vanter comme il devrait le faire.

— Je crois qu'on est à égalité en ce qui concerne les histoires pathétiques, intervint Lacey en souriant.

— Eh bien, laisse-moi finir de te le vendre et ensuite, je vous ficherai la paix, reprit Holden en ébouriffant mes cheveux. Mon ami Brayden ici présent a de très grandes qualités. Il est loyal – on est amis depuis la maternelle. Il est intelligent – je ne pourrais même pas épeler ce qu'il a réussi à faire breveter. Et il est propriétaire d'un immeuble à Manhattan.

Holden se pencha en avant en arborant un grand sourire.

— Je suis aussi l'un des propriétaires de cet immeuble, alors ça fait deux arguments en un. Tu pourrais avoir ce bel homme *et* son acolyte.

Je repoussai cet idiot.

— Je pense que tu peux te taire maintenant, crétin. Va raconter tes conneries ailleurs.

— Oh, d'ailleurs, est-ce que je t'ai dit qu'il était monté comme un âne ? Enfin, je ne l'ai pas vu depuis la cinquième, mais une fois, j'ai baissé son short de bain pendant la *pool party* de notre ami Ryan, et mon engin paraissait ridicule à côté du sien. Je suis sûr qu'il n'a fait que grandir depuis.

Je me mis à rire en secouant la tête.

— En réalité, c'est *moi* qui ai baissé *son* short de bain, et j'ai commencé à garder mes sous-vêtements dans les vestiaires des garçons juste après ça. Mais bien essayé, mon pote.

— Ma femme a beaucoup de chance, se vanta-t-il en me faisant un clin d'œil.

Sur ce, mon ami retourna jouer un autre set, nous laissant tous les deux en train de rire. Je ne pus m'empêcher de remarquer à nouveau ses lèvres.

— Tu as un joli sourire, la complimentai-je.

— Merci, répondit-elle en coinçant ses cheveux derrière son oreille. Et toi, tu as de beaux yeux.

— Regarde-nous. Est-ce qu'on est en train de flirter ?

— Je crois que oui !

— Ça se fête, non ? Un autre shot de tequila ?

— Absolument.

Quelques heures plus tard, il ne restait plus que nous au bar. Holden était chez lui avec sa famille, et les amies de Lacey avaient été ravies de la laisser ici. Nous étions tous les deux bien éméchés, alors je hélai un taxi en me disant qu'il nous déposerait chacun notre tour. À ma grande surprise, Lacey ne vivait qu'à une rue de chez moi, alors lorsque nous nous arrêtâmes devant chez elle, je sortis pour la raccompagner en sécurité, et je prévoyais de marcher jusqu'à chez moi ensuite.

Devant la porte de son appartement, Lacey fit tomber ses clés. Nous nous penchâmes en même temps pour les ramasser, et nos têtes se heurtèrent. Elle tituba, alors je la retins pour l'empêcher de tomber, et elle se retrouva dans mes bras. Elle me fixa avec ses grands yeux bleus, ses mains posées sur mon torse.

— Oooh… c'est agréable d'être contre toi, murmura-t-elle. Je n'ai couché avec personne depuis un an.

Ça faisait trois mois pour moi, mais tenir une femme dans mes bras me manquait déjà.

— Ça fait longtemps.

— Trop longtemps, confirma-t-elle en battant des cils et en mordillant sa lèvre. Tu veux entrer ? Peut-être qu'on pourrait s'aider à oublier ?

C'était tentant. *Enfin, presque.*

Lacey enroula ses bras autour de mon cou.

— Je sais qu'aucun de nous n'est disponible émotionnellement, mais ça n'a pas à être plus que ça. Tu me plais. Tu es canon. La partie physique d'une relation me manque.

Je mourais d'envie de désirer la même chose, mais je ne pouvais pas. J'aurais l'impression de tromper Alex. Ce qui était totalement ridicule, car pour pouvoir la *tromper*, il faudrait que je sois en couple avec elle, et je ne lui avais même pas parlé depuis trois mois. Pour autant que je sache, elle avait peut-être tourné la page et rencontré quelqu'un. Pourtant, je ne pouvais pas faire ça. Et puis, même sans penser à Alex, Lacey et moi avions bu beaucoup de tequila. La dernière chose dont cette gentille fille avait besoin, c'était d'avoir des regrets en plus de tout ce qu'elle endurait déjà. Cependant, je ne voulais pas qu'elle se sente mal ou qu'elle ait l'impression d'être encore rejetée, alors il fallait que je gère cette situation avec délicatesse.

Je levai sa main pour la porter à mes lèvres.

— Tu es magnifique, drôle et intelligente. Et ton ex est un vrai crétin. Mais tu as aussi beaucoup trop bu, alors même si l'invitation est tentante, je vais rentrer chez moi.

Elle fit la moue.

— Mais je n'ai pas besoin d'un gentleman ce soir. Je veux que quelqu'un me fasse de *vilaines choses*.

Je gémis et déposai un baiser sur sa tête.

— Tu me tues.

Lacey sortit son téléphone de sa poche.

— Donne-moi au moins ton numéro. Peut-être qu'on pourrait retenter quand on sera sobres.

— Ça marche, acceptai-je en souriant.

Le lendemain matin, Holden frappa à ma porte. Quand je lui ouvris, il jeta un coup d'œil par-dessus mon épaule en souriant.

— Je dérange ?

Je m'écartai sur le côté pour le laisser entrer.

— Je suis seul, abruti. Je savais aussi que tu viendrais aujourd'hui. Je suis surpris que ça t'ait pris si longtemps. Rien ne t'arrête quand il s'agit de ragots.

— Eh bien, tu m'en dois des tas. Tout ce que tu as fait ces derniers mois, c'est broyer du noir dans cet appartement, me rappela-t-il en se laissant tomber sur mon canapé. Alors... Lacey était sympa. Et mignonne.

Je soupirai.

— Tu veux du café ?

— Du café ? Mec, il est onze heures. J'en ai déjà bu trois tasses, j'ai réparé l'évier de madame Denton, j'ai changé deux couches et j'ai chanté une berceuse à ma princesse.

— Hope aime quand tu chantes ? demandai-je en me resservant.

— Je voulais dire que j'ai chanté pour ma femme, précisa Holden avec un sourire en coin. Chanter une berceuse à Lala revient pour elle à prendre du Viagra. Ça l'excite.

Je secouai la tête. La femme de mon ami était aussi la petite sœur de notre meilleur ami. Même s'ils étaient mariés et avaient un enfant, j'étais toujours protecteur envers elle.

— On parle de Lala, imbécile. Je ne veux rien savoir.

— Alors, il s'est passé quoi avec Lacey ? poursuivit-il en étirant ses bras sur le dossier du canapé.

— Elle m'a invité chez elle.

— Sympa.

— Pas vraiment, répliquai-je en fronçant les sourcils. Je n'ai pas pu le faire.

— Pourquoi ?

— Je ne pouvais pas faire ça à Alex, soupirai-je.

— Vous vous reparlez ? m'interrogea-t-il en fronçant les sourcils à son tour.

— Non, mais ça n'atténue pas pour autant ce que je ressens pour elle.

Il sourit.

— Je connais ça, mec. Tu te rappelles quand Lala est arrivée à New York ? Elle était fiancée à ce type, pourtant je ne pouvais pas être avec une autre femme. Ça a été la plus longue traversée du désert de ma vie.

— Oui, mais il y a toujours eu un truc entre Lala et toi. Dans vos cœurs, vous saviez que ça devait arriver. Moi, je m'abstiens pour une cause perdue.

— Tu en es sûr ?

— Sûr de quoi ?

— Que c'est une cause perdue. Parce que je ne te vois pas essayer de la reconquérir.

— De quoi tu parles ? Elle a pris une décision et j'essaie de la respecter.

— Et Lala avait décidé d'épouser le docteur Crétin. Tout est permis en amour comme à la guerre, mon ami.

— Ce n'est pas pareil.

Holden haussa les épaules.

— Si tu le dis. Mais si tu veux mon avis, je trouve que tu ne t'es pas assez battu.

— Tu ne comprends pas. Ça n'arrivera pas.

— Si tu le pensais vraiment, tu aurais accepté la proposition de Lacey hier soir. Ta tête a peut-être perdu tout espoir, mais pas ton cœur, mon pote.

— J'aimerais que mon entrejambe soit en phase avec ma tête.

— Peut-être que tu devrais fixer une date limite. Si ça ne s'arrange pas avec Alex d'ici là, tu tournes la page. Bouge tes fesses.

Mon téléphone vibra sur le comptoir. J'avais besoin d'une distraction, alors j'allai le récupérer. Je fus surpris de voir le nom de Lacey sur l'écran.

Lacey : Salut, je voulais juste te remercier pour hier soir. Pour les verres… et pour t'être comporté en gentleman quand tu m'as raccompagnée.

Je lui répondis aussitôt.

Brayden : Inutile de me remercier. J'ai passé une très bonne soirée.

Lacey : Moi aussi. Tu m'as fait prendre conscience qu'il y avait d'autres poissons dans l'océan. Une année, c'est bien trop long.

Brayden : Je suis content pour toi.

Lacey : Je pars en voyage d'affaires demain, mais je rentre samedi prochain. Peut-être qu'on pourrait se revoir ?

Je ne savais pas ce qu'elle voulait dire par *se revoir*, et je ne voulais pas lui donner de faux espoirs, alors je restai bloqué. Mes doigts étaient encore au-dessus des touches quand un autre message arriva.

Lacey : Je sais que tu n'as toujours pas oublié ton ex, alors je ne t'en voudrai pas si tu refuses. Mais si tu es partant, je serai chez moi à vingt heures. Nue et sobre.

Je restai bouche bée. J'avais complètement oublié que Holden était encore là, jusqu'à ce qu'il reprenne la parole.
— Tout va bien ?
Je passai ma main dans mes cheveux.
— Oui. Sauf qu'apparemment, ma date limite, c'est samedi prochain.

CHAPITRE 21

Brayden

Le mardi suivant, c'était notre soirée poker entre hommes. Nous recevions toujours chacun notre tour, et ce soir-là, Holden devait s'en charger pendant que sa femme et sa fille restaient chez Colby.

Holden posa les boîtes de pizza sur son plan de travail, pendant que Colby préparait la table pour jouer. Comme toujours, il avait installé une cinquième chaise, qui resterait vide en l'honneur de Ryan, le cinquième membre de notre groupe. À l'exception de ma soirée avec Holden le week-end dernier, je m'étais isolé, alors ça faisait du bien d'être ici, loin de mon appartement vide.

Owen fut le dernier à arriver. Il était le seul de la bande à avoir quitté l'immeuble après s'être fiancé. Entre le bébé et le frère et la sœur de sa fiancée qui étaient tout le temps chez eux, il ne s'ennuyait pas. Qu'il s'en rende compte ou non, il avait sûrement besoin de cette pause.

Une fois que nous fûmes tous réunis, Colby mélangea les cartes et regarda autour de la table.

— Comment vous allez ?

— Comme d'habitude, répondit Holden. Je suis toujours aussi beau, charmant et bien monté.

Colby leva les yeux au ciel.

— Et toi, Owen, quoi de neuf ?

— Devyn et moi avançons dans les préparatifs du mariage. Ce qui me fait penser que vous devez aller prendre vos mesures pour les costumes.

— J'ai l'impression que c'était hier qu'on allait prendre nos mesures pour le mariage de Holden, soupirai-je. Ils n'ont pas enregistré les informations dans leurs fichiers ?

— Ça ne marche pas comme ça. Il leur faut des mesures récentes.

— Qui est ton témoin, d'ailleurs ? demanda Colby.

— Brayden, évidemment, répondit-il en me souriant.

J'écarquillai les yeux.

— Ah bon ? Tu me l'apprends.

— Tu n'as pas l'air ravi, répliqua-t-il en riant.

— Ce n'est pas... C'est juste que tu ne me l'as jamais demandé.

— Quoi ? Tu veux des fleurs et une sérénade ? Considère ça comme ma demande.

— Je suis surpris, je crois.

— Tu voulais que ce soit qui ? m'interrogea-t-il en désignant Colby et Holden. Ces deux imbéciles se sont choisis. Ils nous ont laissés de côté. Alors je te choisis toi, Brayden.

Il battit des cils.

— C'est toi que je choisis.

— C'est tellement romantique, le taquinai-je.

— Tu as gagné par défaut, ajouta Owen.

— Super, merci. Dis comme ça... je suis ému, lançai-je avec sarcasme.

— D'ailleurs, tu ferais mieux de me choisir quand tu te marieras, souligna Owen.

On aurait dit que ce commentaire était une blague. *Je ne me marierai pas.* Du moins, pas dans les dix prochaines années. Je n'aurais peut-être pas pensé ça si on m'avait posé la question quelques mois plus tôt, mais à présent, j'étais un peu amer en ce qui concernait l'amour et le mariage.

— Je ne miserais pas trop là-dessus, affirmai-je.

Owen plissa les yeux.

— Tu choisirais qui d'autre comme témoin ?

— Ce n'est pas ce que je veux dire. Je parlais du fait de me marier un jour. Surtout avec ce qui s'est passé récemment.

Holden pointa sa bouteille de bière dans ma direction.

— Je trouve qu'il s'est passé de belles choses. D'ailleurs, il a rencontré une fille il y a quelques jours. Elle le supplie presque de la laisser s'occuper de lui samedi prochain. C'est déjà dans la poche, et lui, il envisage de ne *pas* y aller. Aidez votre frère parce qu'il devient fou. Remettez-lui les idées en place.

Colby se tourna vers moi.

— Tu hésites à cause d'Alex ? Mec, elle est partie. Elle a fermé cette porte, c'est la dure réalité. Tu ne lui dois rien.

Je baissai les yeux sur mes cartes et les rangeai sans réfléchir.

— Je n'ai pas dit que c'était à cause d'Alex.

— Tu n'as pas besoin de le dire, répliqua Holden. Malheureusement, on sait tous que c'est la vérité.

— Commençons à jouer, s'il vous plaît, lançai-je en avalant une grande gorgée de ma bière.

Heureusement, ils reportèrent leur attention sur le poker, et à mon grand soulagement, ils changèrent de sujet.

Je finis par être le grand perdant de la soirée, ce qui reflétait plutôt bien ma place actuelle dans la vie, comparé à mes amis. À présent qu'ils étaient tous les trois posés, je sentais une pression peser sur mes épaules. Néanmoins, avec Alex, je n'avais jamais ressenti aucune charge. J'avais eu envie de me poser pour la première fois de ma vie. Jamais je n'aurais pensé ressentir ça pour quelqu'un. Bon sang, j'aurais même envisagé de déménager dans le Connecticut. Voilà à quel point j'avais été dingue d'elle. Peut-être que c'était toujours le cas.

Lorsque je partis chercher une autre bière dans le frigo, Owen me suivit.

— Ça va ? demanda-t-il à voix basse. Tu n'as pas l'air en forme, et je comprends pourquoi. Je pensais pouvoir te remonter le moral en te proposant d'être mon témoin, parce que sérieusement, tu devrais être ravi de cette nouvelle. Et surtout du fait de devoir écrire un discours.

Il me fit un clin d'œil.

— Ne t'attends pas à quelque chose de très éloquent. J'ai l'impression d'être à côté de la plaque ces derniers temps, confiai-je en ouvrant la bouteille. Mais ça va, ne t'inquiète pas pour moi. Et merci de m'avoir demandé d'être ton témoin. Je ferai tout mon possible pour ne pas merder.

— N'hésite pas à être indulgent avec moi dans ton discours. Je n'ai pas besoin de me faire chambrer.

— Je ne peux rien te promettre, déclarai-je en haussant les épaules.

— Alors, il se passe quoi avec la nouvelle prétendante dont Holden a parlé ? Elle est mignonne ? Elle cherche quoi ?

Je bus une gorgée de ma bière.

— C'est juste une fille que j'ai rencontrée un soir, quand Holden jouait. Elle a aussi vécu une rupture difficile, alors on a tissé des liens. C'est à peu près tout.

— Tu devrais te forcer à y aller, même si tu hésites encore. Tu n'as rien à perdre.

Je soupirai.

— C'est difficile pour moi d'aller de l'avant physiquement, alors que ma tête est toujours avec Alex. Je sais que ce n'est pas sain et que je devrai bien me forcer un jour, mais ça ne me semble pas encore naturel.

— Je comprends. Au départ, quand Devyn me repoussait, j'ai retrouvé Tarryn. Je t'en ai déjà parlé, elle travaille dans l'immobilier.

Je hochai la tête.

— Elle s'est jetée sur moi, poursuivit-il. Elle a proposé de me faire passer un bon moment, mais même si je n'étais pas en couple avec Devyn, j'étais tellement dingue d'elle que j'avais quand même l'impression de la tromper. Alors je comprends.

Il marqua une pause.

— Enfin, Alex était en quelque sorte ton premier amour, non ?

Je réfléchis à sa question.

— Oui. J'ai vécu mon premier amour dans la trentaine, ce qui est sacrément pathétique.

— Non, m'assura-t-il en secouant la tête. Ce qui serait pathétique, ce serait de ne jamais ressentir ça. Au moins, tu peux dire que ça t'est arrivé.

Son commentaire me fit penser à Ryan. Il n'avait pas expérimenté ce genre d'amour avant de mourir. Je devrais être reconnaissant d'avoir vécu ça. Ça me rappelait quelque chose que ma grand-mère disait toujours. « Il vaut mieux avoir aimé et souffert que de ne pas avoir connu l'amour. »

— J'aurais quand même apprécié que parmi toutes les personnes sur Terre, celle dont je suis tombé amoureux ne soit pas la belle-mère de mon ex.

— Touché, lança-t-il en riant. Mais ce n'est pas comme si tu pouvais choisir de qui tu tombes amoureux, pas vrai ?

Il soupira.

— À un moment donné, tu seras obligé d'y aller franchement et de faire semblant jusqu'à ce que ça aille mieux.

— Faire semblant de quoi ? nous questionna Holden en s'approchant.

Owen se tourna vers lui.

— De s'intéresser à d'autres femmes qu'Alex.

— La fille qu'il a rencontrée l'autre soir est canon. Il ne devrait pas avoir à faire semblant très longtemps, reprit Holden en me donnant un coup sur la tête. Réveille-toi !

— C'est toi qui dis ça ? rétorquai-je. Quand tu en pinçais pour Lala, même quand elle était encore *fiancée*, les femmes se jetaient à tes pieds et tu ne mordais pas à l'hameçon.

Holden remua ses sourcils.

— Maintenant, je *mords* Lala dès que j'en ai envie.

— Est-ce que tu peux éviter de parler d'elle comme ça ? répliqua Owen en grimaçant.

— C'est ma *femme*. Je parle d'elle comme je veux.

— Ryan ne serait sûrement pas d'accord, intervint Colby en nous rejoignant dans la cuisine. Je n'arrive toujours pas à croire que tu aies épousé sa petite sœur. S'il était encore en vie, je suis certain qu'il t'aurait frappé au moins une fois.

— On aurait tous été aux premières loges pour assister à ça, ajouta Owen.

Je profitai de ce changement de sujet pour tenter de retourner à la table, mais Owen m'en empêcha.

— Hé, on n'a pas fini. Tu vas accepter ce rencard avec la fille dont on ne connaît pas le nom ou pas ?

— Elle s'appelle Lacey. Et je n'ai pas encore pris de décision.

— Il a jusqu'à samedi, ricana Holden.

Colby me donna une tape sur l'épaule.

— Eh bien, moi je vote pour que tu le fasses. Tu as attendu suffisamment longtemps.

— Je sais déjà ce que vous en pensez tous, merci.

Au même moment, Lala entra avec Hope dans ses bras.

— Vous jouez encore ? On est rentrées trop tôt ?

— La partie est finie, et il n'est jamais trop tôt, chérie. Vous m'avez manqué, répondit Holden en embrassant Lala sur la joue, et Hope sur la tête.

Lala tendit le bébé à son mari et se dirigea droit vers moi.

— Quoi de neuf, Brayden ? J'ai l'impression que ça fait une éternité que je ne t'ai pas vu.

— J'ai été occupé, mais ça fait plaisir de te voir, Lala.

— *Occupé*, c'est le code pour dire qu'il déprimait, plaisanta Holden.

Je le fusillai du regard.

— J'ai entendu parler de… ce qui s'est passé avec cette bénévole, m'informa-t-elle en m'adressant un sourire bienveillant. D'ailleurs, j'étais en train d'en parler avec Billie.

Je levai les yeux au ciel.

— Génial.

— On ne disait rien de mal, précisa-t-elle en riant. On parlait du fait que parfois, il y a de drôles de rebondissements dans la vie.

Elle regarda autour d'elle.

— Vous avez tous vécu des trucs dingues avec des femmes, mais vous avez tous fini par vous poser. Ce sera la même chose pour toi, Bray, m'assura-t-elle.

Holden arqua un sourcil.

— J'ai vécu un truc dingue, moi ? l'interrogea-t-il.

— C'est *moi* ton truc dingue, affirma-t-elle avec un clin d'œil. Mais regarde comment Devyn et Owen se sont rencontrés, par exemple. Ils ont eu une histoire d'un soir, et il ne savait même pas qu'elle vivait dans le même immeuble que lui. Les coïncidences folles existent.

Elle tourna les yeux vers moi.

— Même si *ta* coïncidence était un niveau au-dessus.

— Je suis presque sûr qu'elle bat celle des autres, confirmai-je.

Lala s'appuya contre le comptoir et croisa les bras.

— Si tu avais su que tu avais fréquenté sa fille, tu ne serais pas sorti avec Alex. D'une certaine manière, c'est presque *bien* que tu ne l'aies pas su, même si découvrir la vérité a été compliqué. Parce que je pense que cette expérience t'a vraiment aidé à grandir en tant que personne, Brayden. Tu es comme un grand frère pour moi. Je te connais depuis longtemps, et honnêtement, de tous les garçons, je pensais que tu serais le moins susceptible de te poser, de tomber amoureux. Tu m'as prouvé que j'avais tort.

Je pointai Holden du doigt.

— Je suis certain que c'était ton mari qui était le moins susceptible de se poser pendant longtemps.

— En apparence, peut-être, mais je pense quand même que Holden était moins fermé à l'amour que toi, indiqua-t-elle en souriant. Cela dit, tu as changé. Considère cette histoire avec Alex comme une expérience enrichissante. Tu laisseras peut-être une chance à celle qui arrivera après, ce qui ne serait pas arrivé avant. Maintenant, tu sais ce que ça fait de créer un lien avec quelqu'un.

— Merci pour ton avis, Lala, mais je ne me sens pas plus prêt à être en couple qu'avant. Au contraire, j'ai encore moins envie de me refaire briser le cœur comme aujourd'hui.

— Tu ne peux pas le voir, mais ça t'a vraiment fait grandir, insista-t-elle.

C'était difficile de voir le bon côté d'un scénario qui n'impliquait pas le fait d'être en couple avec Alex. Grandir et gagner en maturité pour une femme que je n'avais pas encore rencontrée ne m'apportait aucun réconfort.

Holden se mit à rire.

— Tu essaies de lui faire reconnaître sa maturité émotionnelle, alors que moi, j'essaie juste de le pousser à s'envoyer en l'air. Il a une opportunité ce week-end. Tu devrais l'encourager à la saisir. C'est comme ça qu'il tournera la page. Il faut oublier l'amour pour l'instant.

— Oh, tu as un rencard ? demanda-t-elle.

Son visage s'illumina.

— Je n'ai pas encore accepté, répondis-je en secouant la tête.

— C'est *elle* qui t'a proposé de sortir avec elle ? Elle a de l'assurance.

— Oui, elle est géniale, mais...

Elle écarquilla les yeux.

— Tu la fais attendre avant de donner ta réponse ?

— Je ne veux pas profiter d'elle si ce n'est pas sérieux.

— Tu vois ? Je te l'avais dit, répliqua-t-elle en frappant sur le comptoir. L'ancien Brayden n'aurait pas réfléchi de cette manière. Tu n'en aurais rien eu à faire de l'utiliser pour du sexe. Tu as vraiment mûri, Brayden. C'en est la preuve.

Je soupirai. Peut-être qu'elle avait raison. Mais à quoi bon avoir mûri et être prêt pour une relation stable si la seule personne avec qui on désirait vivre ça n'était plus là ?

Un peu plus tard, je rentrai chez moi en ne sachant toujours pas si je devais accepter ou non la proposition de Lacey, malgré tous les encouragements bien intentionnés de mes amis.

Je pris une douche avant d'aller me coucher, et alors que l'eau chaude ruisselait sur moi, je fermai les yeux et pensai à elle. Pas à Lacey, évidemment. Ça aurait été trop beau pour être vrai. *Alex* occupait toutes mes pensées. Mon sexe durcit dès que je revisualisai le moment où je l'avais prise contre le mur. Les deux fois où nous avions couché ensemble à Seneca Falls étaient des expériences totalement différentes. La première était brute et désespérée, tandis que la seconde était lente et pleine d'émotions. Parce que c'était un au revoir. Nous le savions tous les deux. Ce serait toujours un souvenir doux-amer.

En général, j'essayais de ne pas penser au sexe. C'était bien trop douloureux. Mais dans des moments comme celui-ci, seul dans la douche, mon corps en manque d'elle, les souvenirs remontaient à la surface. Quand Alex était venue dans ma chambre d'hôtel ce soir-là, c'était la dernière chose à laquelle je m'étais attendu. Je n'oublierais jamais ce choc. Il y avait des tas de choses que je n'oublierais jamais, comme son regard affamé quand elle m'avait dit qu'elle voulait savoir ce que ça faisait de coucher avec moi, ou le besoin urgent de la prendre sur-le-champ que j'avais ressenti. Je n'oublierais jamais à quel point elle était trempée quand je m'étais enfoncé en elle, comme si elle était déjà excitée avant de venir me voir. La sensation de ses beaux cheveux blonds dans ma main quand je les avais empoignés, son odeur incroyable, les bruits qu'elle avait faits. Bon sang, elle me manquait. Pas seulement parce que mon corps avait besoin d'elle, mais parce qu'elle était la seule personne à me donner l'impression d'être entier.

J'avais toujours évité de penser à ma mère dans le contexte de ma relation avec Alex. Certaines personnes avaient dit que mon attirance pour une femme plus âgée avait un lien avec le fait d'avoir été abandonné par ma génitrice quand j'étais petit, mais je savais que ce n'était pas vrai. Ce n'était pas comme si je m'étais intéressé aux femmes plus âgées toute ma vie. J'étais attiré par Alex parce que c'était *elle*. Aucun lien avec son âge. Putain, je ne savais même pas quel âge elle avait, puisqu'elle ne me l'avait jamais dit, et je n'avais pas essayé de trouver cette information en ligne. Ça n'avait vraiment aucune importance pour moi. Mais en mettant l'âge de côté, il était vrai qu'Alex m'avait donné cette impression d'être désiré, ce qui ne m'était pas familier. Peut-être que c'était le seul lien avec ma mère, et qu'elle m'avait rendu quelque chose que j'avais perdu il y avait très longtemps.

Après ma douche, je m'allongeai sur mon lit et parcourus les réseaux sociaux sur mon téléphone. Il y avait quelque temps, Wells, l'ami d'Alex, m'avait trouvé sur Instagram et m'avait suivi, alors je l'avais suivi en retour. Avec le recul, c'était une grosse erreur, car à ce moment précis, j'aurais aimé voir tout sauf son dernier post. J'étais face à une photo d'*Alex*. Non seulement elle était plus canon que jamais, mais l'homme à ses côtés avait enroulé son bras autour d'elle. Ils étaient assis avec Wells et son petit ami. J'aurais peut-être pu essayer de me convaincre que ce type était l'un des amis gays de Wells, s'il n'y avait pas eu cette légende :

Double rencard avec eux.

Putain. Double *rencard* ?

Elle a un rencard.

Ce n'était pas comme si je ne m'étais pas attendu à ce qu'elle aille de l'avant... Je déglutis en continuant à fixer la photo. Alex portait du rouge à lèvres rouge vif et une robe noire moulante qui épousait parfaitement sa magnifique poitrine. Elle était sublime.

Pourquoi je suis obligé de voir ça ce soir ?

Peut-être que c'était une bonne chose.

Peut-être que c'était exactement ce dont j'avais besoin pour tourner la page et accepter ce rencard avec Lacey le samedi.

J'avais l'estomac retourné. Je me désabonnai du compte de Wells. Toutefois, il me fallut quelques minutes avant de réussir à oublier ce post. Mais après ça, et avant que je puisse changer d'avis, j'envoyai un message à Lacey.

Brayden : Je suis partant pour samedi soir.

Ça aurait dû me faire du bien, mais ce n'était pas le cas. Ça ressemblait à un acte désespéré pour tenter d'oublier quelque chose qui allait me ronger pendant des jours.

Elle me répondit quelques minutes plus tard.

Lacey : Génial. J'ai hâte de te revoir.

CHAPITRE 22

Brayden

Lacey renifla en riant, puis couvrit sa bouche.

— Oh, mon Dieu, tu m'as fait renifler.

Je souris en pointant du doigt sa joue.

— Tu as aussi du ketchup juste ici.

— Pourquoi tu ne me l'as pas dit ?

— J'allais le faire, mais j'ai été distrait par la hyène qui est arrivée.

Elle roula sa serviette en boule et me la jeta par-dessus la table.

— Tu es nul.

Je me mis à rire avec elle. Cette soirée était notre troisième rencard. Les choses avaient commencé de manière un peu chaotique pour nous, nous avions tous les deux compati pour nos ruptures respectives, mais plus nous passions du temps ensemble, plus je l'appréciais. Toutefois, nous y allions doucement. Je n'avais pas accepté sa proposition d'aventure d'un soir. Au lieu de ça, je lui avais envoyé un message la veille pour lui proposer de dîner avec moi. J'avais été franc dès le départ, et je lui avais expliqué que je n'étais pas sûr d'être prêt pour une nouvelle relation, mais qu'elle me plaisait. Alors je m'étais dit que nous pourrions avancer lentement. En fait, tellement lentement que je n'avais même pas effleuré ses lèvres pour lui dire au revoir lors du premier rendez-vous. Néanmoins, après le deuxième, nous nous étions embrassés comme des adolescents devant sa porte.

— Tu dois aller à l'hôpital à quelle heure ? demandai-je en regardant ma montre.

— À vingt heures.

Lacey était en troisième année d'internat en gynécologie-obstétrique, alors elle travaillait quatre-vingt-dix heures par semaine. Voilà pourquoi ce soir-là, mais aussi lors de notre dernier rendez-vous, nous aurions pu bénéficier de la remise réservée aux clients arrivant tôt.

— D'ailleurs, qu'est-ce qui t'a fait choisir cette spécialité ?

— Pendant ma première année de médecine, j'ai découvert que les bébés naissent avec trois cents os.

— Je pensais qu'on en avait près de deux cents, non ? Elle prit une frite et l'agita devant moi.

— C'est le cas. Deux cent six, pour être exacte. Mais le squelette d'un bébé a du cartilage qui se transforme en os pendant l'ossification, et certains os fusionnent. Ça m'a intéressée, et ensuite, j'ai pu voir une naissance. Le corps de la femme est un vrai miracle.

— Je ne veux pas brûler les étapes, mais je dois admettre que c'est un peu intimidant de sortir avec quelqu'un qui a plus d'expérience que moi avec les vagins. Tu sais sûrement mieux t'en occuper que moi.

— En général, un homme a plus d'expérience avec son pénis qu'une femme, non ? demanda-t-elle en riant.

Je me penchai et attrapai sa frite avec ma bouche.

— Tu marques un point.

— Je veux te proposer quelque chose, mais je n'attends pas de réponse aujourd'hui, annonça-t-elle en essuyant sa bouche.

— D'accord...

— Mes amies ont une maison en colocation à East Hampton. Elles m'ont invitée le week-end prochain, et je ne travaille pas samedi et dimanche. Certaines sont célibataires, d'autres non, alors ce ne serait pas bizarre si j'y allais seule. Mais si ça te dit de venir, je pense que tu passerais un bon moment. Aucune pression. Je sais qu'on est d'accord pour y aller doucement.

— Est-ce que toi, tu te sentirais prête pour qu'on passe la nuit ensemble ?

— Je n'ai pas eu de relation sexuelle depuis un an, Brayden, me rappela-t-elle en mordillant sa lèvre. Et tu me plais. Tu me plais *beaucoup*. Réfléchis-y et tiens-moi au courant. Si tu décides de venir, je te promets que je ne m'attendrai pas à une demande en mariage juste après.

Je souris. C'était exactement ce que j'aimais chez Lacey. Elle était transparente et honnête, elle n'avait pas peur de dire ce qu'elle pensait.

— D'accord, merci.

L'hôpital dans lequel elle travaillait n'était qu'à quelques rues d'ici, alors après avoir payé l'addition, je l'y accompagnai. Lorsque nous arrivâmes devant l'entrée, nous nous embrassâmes. La dernière fois, une vague de tristesse m'avait submergé au moment où nos lèvres s'étaient éloignées. Une vague de tristesse, pas de culpabilité. Alors je me préparai à ressentir la même chose en m'écartant, mais... il ne se passa rien.

— Pourquoi tu souris ? m'interrogea Lacey.

— Pour rien.

Elle me rendit mon sourire, puis essuya ma lèvre avec son pouce.

— Tu as du rouge à lèvres.

— À quoi ressemble ton planning de la semaine ?

— Je vais passer ces portes et dormir dans ce bâtiment pendant les six prochains jours. L'une des autres internes a dû repartir en Californie pour un certain temps. Mais je t'enverrai un message, d'accord ?

— Ça me va.

Elle se dressa sur la pointe des pieds et posa ses lèvres sur les miennes avec un sourire.

— Est-ce que j'ai dit que tu me plaisais *beaucoup*, ou juste que tu me plaisais, tout à l'heure ?

Je lui rendis son sourire.

— Travaille bien.

— Merci. Tiens-moi au courant quand tu pourras pour les Hamptons.

— Pas de souci.

Alors que je m'éloignais, je me rendis compte que je me sentais un peu plus léger. J'entendis même quelques oiseaux chanter pas très loin. Je me sentais… bien. Vraiment bien, en fait. Et il n'y avait clairement qu'une seule raison pour expliquer ça. Je pris donc une décision sur un coup de tête et je fis demi-tour.

— Hé, Lacey ?

— Oui ?

Elle se retourna, alors qu'elle avait déjà presque passé la porte.

— Je suis partant pour le week-end prochain.

Le lendemain matin, je croisai Holden dans l'entrée de notre immeuble, alors que je me rendais au bureau pour une réunion.

— Salut, lança-t-il. J'allais passer te voir un peu plus tard. Je joue ce week-end, si ça te dit. Samedi soir au Scope.

— Merci, mais je ne peux pas. Je vais dans les Hamptons.

— Super. Pour jouer au golf?

— Non. Avec Lacey. Ses amies ont une maison là-bas.

Un sourire apparut sur le visage de mon ami.

— Tu vas dormir là-bas? *Sympa*, répondit-il en me donnant une tape sur l'épaule. Ça, c'est mon pote.

Je hochai la tête.

— Je me suis dit qu'il était temps d'avancer. Même si je dois bien admettre que j'ai toujours l'impression d'avoir une partie de mon cœur en moins.

— Ce sera plus facile avec le temps.

— Ah bon? Est-ce que c'est devenu plus facile quand tu pensais à Lala et que tu ne pouvais pas l'avoir?

— C'est différent. On finissait toujours par se retrouver. Je crois fermement que le monsieur là-haut nous a menés là où nous étions censés être.

Je poussai un soupir.

— Eh bien, mon cher ami, je vais dans les Hamptons le week-end prochain, alors il faut croire que c'est là-bas qu'il veut que je sois.

Quinze minutes après, je montais les escaliers de la station de métro près de mon bureau. Le réseau était toujours instable dans les transports, alors quand j'arrivai dans la rue, je reçus quelques messages. Je profitai d'être en train de marcher pour les trier.

Une publicité pour des chaussettes de marque hors de prix. *Effacer.*

Une notification de la banque me notifiant que mon relevé mensuel était disponible. *Sauvegarder pour plus tard.*

Ma compagnie de crédit me disant que mon score venait d'augmenter de deux points. *Effacer.*

Une lettre de l'inspecteur des bâtiments de Seneca Falls m'informant que la suspension des travaux avait été levée. *Rester figé sur place.*

Je m'arrêtai si soudainement au milieu du trottoir qu'un homme me percuta.

— Bordel, tu fais quoi ? grommela-t-il.

— Désolé, mec, m'excusai-je en levant la main.

Je m'écartai du flux de passants pour m'appuyer contre la vitrine d'une épicerie et relire l'e-mail.

Cher monsieur Foster,

Nous avons approuvé le permis d'installation électrique manquant, et nous avons terminé notre inspection du remplissage du sous-sol. Un certificat d'occupation sera délivré d'ici trois jours ouvrés. Après ça, vous pourrez retirer l'ordre de suspension des travaux et reprendre la construction sur votre propriété.

Si vous avez des questions, n'hésitez pas à contacter ce bureau.

Cordialement,

Inspecteur Davis Arnoff

Mon ventre se noua. Évidemment, c'était une bonne nouvelle pour Ryan's House et les personnes qui avaient besoin de se loger gratuitement afin de pouvoir rester aux côtés de leurs proches pendant leur traitement. Cependant, pour moi, c'était terrible. Parce que ça voulait dire qu'il y avait de grandes chances que je revoie Alex. Et maintenant que je savais qu'elle avait tourné la page, ce serait de la torture.

Toutefois… j'avais tourné la page aussi, non ?

C'était l'impression que j'avais eue une demi-heure plus tôt. Mais soudain, la seule chose à laquelle je pensais, c'étaient les mots de Holden. « Je crois fermement que le monsieur là-haut nous a menés là où nous étions censés être. »

Le jeudi soir, je me garai sur le parking de l'hôtel de Seneca Falls. J'avais annulé mon séjour dans les Hamptons avec Lacey, puisque je devais venir ici. Je m'en voulais de l'avoir laissé tomber, mais il fallait que je remette les choses en ordre ici aussi vite que possible.

Ma poitrine se serra en rejoignant l'entrée, tout en essayant de ne pas chercher des yeux la voiture d'Alex sur le parking. Bien sûr, elle n'avait aucune raison d'arriver si tôt. Le seul contact que j'avais eu avec elle était l'e-mail de groupe que j'avais envoyé à tous les bénévoles pour leur dire que les travaux reprenaient dès vendredi. La plupart avaient répondu pour dire s'ils pouvaient être présents ou non, mais pas Alex.

Je m'enregistrai à l'hôtel en parcourant le hall des yeux, même si je m'en voulais d'espérer. L'employée fit glisser ma carte magnétique sur le comptoir en me souriant.

— Bon retour parmi nous, monsieur Foster. Vous êtes dans la chambre trois cent deux.

— Merci.

— Si vous avez besoin de quoi que ce soit, n'hésitez pas à demander.

Je hochai la tête et m'éloignai de quelques mètres, avant de faire demi-tour.

— En fait, est-ce que je peux vous demander de vérifier si quelqu'un est déjà arrivé ? On est là pour un projet de bénévolat, et c'est moi qui ai les clés, donc...

Elle hésita.

— Oh, vous êtes avec le groupe de Ryan's House, non ?

— C'est ça, confirmai-je en souriant.

— Quel est le nom de famille de la personne à rechercher ? demanda-t-elle en baissant les yeux sur son clavier.

— Jones.

Mon cœur se mit à battre la chamade quand elle tapa sur les touches. Lorsqu'elle plissa les yeux en observant l'écran, je retins mon souffle.

— Hmmm... Vous épelez ça comment ?

Sérieusement ? Jones ?

— J-O-N-E-S.

— C'est bien ce que je pensais. Je ne trouve aucune réservation à ce nom.

— Peut-être qu'elle n'arrive que demain ?

La femme appuya sur d'autres touches.

— Je n'ai vraiment aucune réservation. Peut-être qu'elle a réservé dans un autre hôtel.

Mon cœur se serra.

— Ça doit être ça. Merci quand même.

— Pas de souci.

Quelques heures plus tard, j'étais allongé sur mon lit, en train de fixer le plafond dans le noir. J'avais l'impression de m'être pris une raclée. *Elle ne vient pas.* Je m'étais dit que j'avais tourné la page, que j'avais fermé la porte sur cette partie de ma vie, mais il fallait croire que je l'avais laissée entrouverte. Cette nouvelle, c'était comme me la claquer au nez. Et ça faisait mal. Ça faisait terriblement mal. Même si je savais que c'était mieux comme ça.

Je passai la moitié de la nuit à tourner dans mon lit, et je finis par m'endormir vers deux heures. C'était sûrement pour ça que je n'entendis pas mon réveil le lendemain matin. Je récupérai mon téléphone en me frottant les yeux.

9 h 35.

Merde. Je rejetai brusquement la couverture. J'avais dit aux bénévoles que je serais là à neuf heures, et les seules autres personnes à avoir les clés étaient les chefs d'équipe. L'un d'eux ne pouvait pas venir avant le lendemain, et apparemment, Alex n'avait pas prévu de venir du tout. Je pris une douche en trois minutes, m'habillai, et partis précipitamment avec les cheveux mouillés. En me garant devant la maison, je m'attendais à voir tout le monde patienter devant, mais il n'y avait personne.

Putain. *Personne* ne venait ?

Je vérifiai de nouveau l'heure sur mon téléphone après avoir coupé le moteur, en me demandant si j'avais mal vu plus tôt. Sans surprise, il était dix heures et quart. Ça n'annonçait rien de bon.

Cependant, la porte d'entrée était déverrouillée quand j'approchai. Et quand j'entrai dans la maison, Charlie m'accueillit. Il avait l'air d'aller bien. Il était fraîchement rasé et avait des vêtements propres. Ça me remonta le moral.

— Salut, Charlie, lançai-je en lui serrant la main. Ça fait plaisir de te voir. Je suis content que tu aies pu venir.

— J'ai dit à mon patron que je venais ici ce week-end, et il m'a dit de prendre ma journée.

— Ton patron ? Tu as eu le poste ?

Il redressa la tête en souriant.

— Eh oui. Grâce à toi. Je te rembourserai le costume et l'hôtel dès que je me serai remis sur pied.

— Absolument pas. Je l'ai fait de bon cœur. Tu le rendras à quelqu'un d'autre quand tu pourras.

— D'accord, acquiesça-t-il. Je ferai ça.

Je regardai autour de moi en essayant encore de comprendre comment l'équipe était entrée.

— Est-ce que Jason est là ? Je croyais qu'il n'arrivait pas avant demain.

— Je ne l'ai pas vu, répondit Charlie en haussant les épaules.

— La porte était ouverte ?

— Quand je suis arrivé, oui. Mais Alex était là avant moi.

Je me figeai.

— Alex est là ?

Puis je me retournai et aperçus des cheveux blonds dans la cuisine. J'oubliai aussitôt ma conversation avec Charlie, et mes jambes m'emmenèrent dans l'autre pièce. Lorsque j'approchai, nos regards se croisèrent.

— Salut. Te voilà, déclara Alex en souriant. Je commençais à m'inquiéter.

Je fronçai les sourcils.

— Pourquoi ?

— Parce que dans ton e-mail, tu as dit que tu serais là à neuf heures, et tu n'étais pas encore arrivé.

— Et toi, tu n'as même pas dit que tu viendrais.

Elle baissa les yeux.

— Désolée, c'était une décision de dernière minute. J'ai pris la route tôt ce matin.

Elle était magnifique. Ses cheveux étaient attachés en un chignon flou en haut de sa tête, et ses yeux paraissaient encore plus bleus que dans mes souvenirs. Et... ça ne fit que m'énerver. Le nouveau type de la photo sur Instagram aimait sûrement plonger dans ces yeux autant que moi. Je détournai le regard, en serrant les dents si fort que ça me déclencha un mal de tête. Il fallait que je mette un peu de distance entre nous.

— Pas de souci, répondis-je. Mais j'ai des trucs à faire, donc... peu importe.

Je la laissai dans la cuisine et me dirigeai vers les escaliers. J'aurais préféré mettre quelques États entre nous, mais pour le moment, un étage allait devoir faire l'affaire. Il fallait que je garde les idées claires et que je fasse avancer les choses ici, ce qui n'arriverait pas tant que je sentirais son parfum. Le même parfum que j'avais senti dans son cou quand j'étais enfoncé en elle.

À l'étage, quelques volontaires s'apprêtaient à couper des moulures... en utilisant la mauvaise scie. Je leur vins en aide, puis une livraison arriva. Je dus faire un détour rapide afin d'aller chercher de nouvelles vis pour installer les luminaires de la salle de bain, et l'une des bénévoles se coupa le doigt. Heureusement, elle n'avait pas besoin de points de suture, mais ça me remit bien dans le bain. Quand l'heure du déjeuner arriva, je commandai quelques pizzas et tout le monde fit une pause. Je sortis à l'extérieur et m'assis sur le perron pour manger ma part en essayant de rester dans mon coin, mais Alex vint me retrouver.

— Ça te dérange si je m'assois un instant ?

— Pour être honnête, je préférerais que tu ne le fasses pas.

Elle cligna plusieurs fois des yeux.

— Oh, d'accord.

Elle se retourna, puis elle se ravisa.

— Est-ce que tu es en colère parce que je n'ai pas répondu à ton e-mail, ou est-ce que c'est à cause de ce qui s'est passé entre nous ?

— Je ne suis pas en colère.

— On dirait que si.

— Je n'y peux rien si c'est l'impression que je donne.

— Tu préfères que je ne vienne plus ?

— Fais ce que tu veux, Alex.

— Eh bien, j'aimerais bien être ici, mais je ne veux pas te mettre mal à l'aise.

Je me levai, froissai l'assiette en carton dans ma main, puis je la contournai pour retourner dans la maison.

— Ne t'en fais pas pour moi, je suis un grand garçon.

Je parvins à rester occupé le reste de la journée. Nous avions beaucoup de choses à faire dans la maison. À un moment donné, je me rendis dans la chambre à l'étage et trouvai Alex au téléphone, dans un coin de la pièce. Elle arborait un sourire jusqu'aux oreilles.

— D'accord. Peut-être qu'on fera ça le week-end prochain, mais je dois y aller.

Elle marqua une pause.

— Je t'aime aussi, ajouta-t-elle.

J'eus l'impression de recevoir un coup de poignard en plein cœur. Je restai là, furieux. Je ne pouvais plus garder ma colère pour moi.

— Sérieusement ? lâchai-je.

Alex tourna brusquement la tête et posa sa main sur son cœur.

— Tu m'as fichu la trouille. Je n'avais pas vu que tu étais là.

— De toute évidence, répliquai-je en secouant la tête. Je n'en reviens pas que tu sois déjà amoureuse de lui. Ça t'a pris quoi, deux jours pour m'oublier ?

Elle plissa les yeux.

— De quoi tu parles ?

— Je t'ai entendue au téléphone, en train de faire des projets pour le week-end prochain. De lui dire que tu l'aimes. De flirter.

— Flirter ?

Je levai la main.

— Peu importe. Je m'en fiche.

— Brayden, tu penses que j'étais avec qui au téléphone ?

— Le type d'Instagram, je présume. Ou peut-être que tu l'as largué et que tu t'es déjà trouvé un autre petit ami.

— Instagram ?

— Je suivais Wells, Alex. J'ai vu la photo de votre double rencard.

Son visage se décomposa.

— Oh.

— Oui... *oh*.

— Ce n'est pas ce que tu crois. Il...

— Je ne veux pas en entendre parler, l'interrompis-je en secouant la tête.

— Brayden...

— Tu sais quoi ? Peut-être que tu ne devrais plus venir.

Alex eut les larmes les yeux, mais je m'en fichais. Je fis demi-tour.

— J'ai des choses à faire.

Plusieurs heures plus tard, j'étais encore de mauvaise humeur, assis au bar de l'hôtel, en train de boire mon deuxième verre de whisky. J'étais venu pour me détendre, ce que l'alcool avait fait, mais voilà que j'étais passé de la colère à la déprime. Je levai la main pour demander l'addition, juste au moment où la femme responsable de mon humeur massacrante arriva.

Alex s'approcha.

— Je peux m'asseoir un instant ?

Je me levai.

— On est dans un pays libre. Je partais de toute façon.

— Non ! s'exclama-t-elle en levant la voix, avant de se pencher vers moi. Je suis désolée. Je ne voulais pas crier. Et je ne veux pas rester seule au bar. Je suis venue pour te parler.

Je pris une grande inspiration, puis je soufflai avant de me rasseoir.

— D'accord.

— Qu'est-ce que je vous sers, madame ? demanda le serveur.

— Rien pour moi, merci.

— J'en prendrai un de plus, indiquai-je en levant mon verre. Je sens que je vais en avoir besoin.

Le type nous observa tour à tour et il hocha la tête.

— Je vous apporte ça.

Nous restâmes assis en silence pendant un long moment, puis elle finit par parler.

— Je ne reviendrai plus, mais j'ai des choses à te dire avant de partir.

L'idée de ne plus jamais la revoir m'anéantit, toutefois, je ne dis rien.

Elle prit une grande inspiration.

— Je suppose que tu as pensé que j'étais au téléphone avec un homme dont j'étais tombée amoureuse ces derniers mois, mais ce n'était pas le cas. J'étais au téléphone avec un homme que j'aime depuis que j'ai huit ans, rectifia-t-elle en se tournant vers moi. C'était Wells, Brayden.

Je croisai son regard.

— Je vais partir, mais je ne peux pas le faire tant que tu penseras que ce qu'on a partagé était si insignifiant pour moi que je pourrais tomber amoureuse aussi rapidement de quelqu'un d'autre. La photo que Wells a postée sur Instagram ? C'était son petit ami et le frère de celui-ci. Wells a essayé de me remonter le moral parce que je déprimais. Il voulait bien faire. Et pour être honnête, j'ai hésité à sortir avec lui. Everett était un homme bien, mais il n'était pas toi, alors je ne l'ai pas fait.

— Alors tu n'es pas en couple avec lui ?

— Non, confirma-t-elle en secouant la tête.

— Tu vois quelqu'un d'autre ?

— Non, répondit-elle en se levant. Bref, il était important que je te le dise. Ce qu'on a vécu comptait beaucoup pour moi, Brayden. Et il va me falloir beaucoup de temps pour aller de l'avant. Je ne voulais pas que tu puisses penser le contraire.

Je déglutis en sentant mes larmes dans ma gorge.

— Tu n'es pas obligée d'abandonner le projet.

— Tu es sûr ? demanda-t-elle avec un sourire triste.

J'acquiesçai.

— J'en suis sûr. Je sais que ça représente beaucoup pour toi.

— C'est vrai. Merci.

Mon téléphone vibra sur le bar, et le nom de la personne qui m'appelait s'afficha sur l'écran. Alex releva aussitôt les yeux vers moi.

— Lacey ? prononça-t-elle.

J'eus l'impression d'être une biche prise dans les phares d'une voiture.

— C'est récent.

CHAPITRE 23

Le mardi soir suivant, j'étais de retour à New York et je passais la soirée chez Owen. Devyn et lui m'avaient invité à dîner pour prendre de mes nouvelles. C'était probablement seulement la troisième fois que je venais dans sa nouvelle maison. L'odeur des fruits de mer et des oignons qui cuisaient flottait autour de moi dans le salon, alors qu'Owen et sa fiancée préparaient le repas dans la cuisine.

Heath, le frère adolescent de Devyn, était assis sur le canapé en face de moi, et sa sœur Hannah était en train de faire ses devoirs dans sa chambre. Techniquement, ils vivaient tous les deux chez leur mère, mais d'après ce que j'avais compris, ils passaient la majeure partie de leur temps ici. Ils avaient aussi chacun leur chambre dans cette maison.

Heath se leva et s'approcha de moi pour me montrer son téléphone.

— Hé, tu te souviens de ça ?

Il tourna l'écran vers moi, révélant la vidéo qu'il avait prise d'Alex et moi en train de nous embrasser contre le mur de l'immeuble, la fois où elle était venue à Manhattan. Mon cœur se serra. C'était douloureux à regarder, surtout après ce qui s'était passé le week-end dernier. Mais *bon sang*, c'était un sacré souvenir. J'avais été fou d'elle ce jour-là.

Le frère de Devyn était connu pour poster des conneries sur Internet, et plusieurs de ses vidéos étaient devenues virales. Owen m'avait prévenu de l'existence de celle-ci, mais Heath ne m'en avait jamais parlé avant aujourd'hui.

— Je m'en souviens, oui, finis-je par répondre après avoir réussi à détacher mes yeux de l'écran. Et je préférerais que tu l'effaces de ton téléphone.

— Pourquoi je ferais ça ? demanda-t-il en souriant. C'est trop amusant de pouvoir l'utiliser pour te faire du chantage.

— Il y a des choses bien plus intéressantes que deux personnes s'embrassant dans la rue. Les gens n'en auront rien à faire.

— Tu penses que ça ne deviendra pas viral ?

— J'espère que non.

Il haussa les épaules.

— Il n'y a qu'une façon de le savoir.

— S'il te plaît, ne fais pas ça.

— Si j'ajoute une musique intéressante ou une légende drôle, ça pourrait le faire. En plus, les filles adorent ce genre de baisers mielleux.

Je serrai les dents.

— S'il te plaît, est-ce que tu pourrais... ne pas le faire ?

— Tu me donnes combien si je ne la poste pas ? m'interrogea Heath en croisant les bras.

— Si tu ne la postes pas, je ne dirai pas à ta sœur que tu essaies de me faire chanter. Je suis sûr qu'elle ne serait pas ravie d'apprendre ça.

— Elle sait déjà comment je fonctionne. Je l'ai même déjà menacée, *elle*, et elle m'aime encore, répliqua-t-il en riant. La dernière fois, elle chantait sous la douche, et je l'ai enregistrée depuis le couloir. Sa voix pourrait tuer les oiseaux dehors. Je garde la vidéo en garantie.

Le supplier n'allait pas l'arrêter. Je devais essayer autrement.

— Je sais que tu es jeune, mais est-ce que tu as déjà eu le cœur brisé, Heath ?

Il détourna le regard, comme s'il réfléchissait à ma question.

— Oui. Une fois.

— Quand ça ?

— Quand j'étais au collège. Il y avait cette fille, Ava. C'est l'amie de ma sœur. Elle m'a fait penser que je pourrais lui plaire, avant de changer complètement de comportement. Je ne veux pas vraiment en parler.

— Oh, tu ne veux pas en parler parce que ça craint, hein ? Alors pourquoi le revivre ?

— C'est ça.

— D'accord, alors imagine si en plus de tout ça, j'avais une vidéo de toi en train d'embrasser Ava, et que je te menaçais de la publier partout sur les réseaux. Pas seulement pour que toi, tu la voies, mais pour en faire profiter tout le monde. Chaque fois que tu la verrais, tu devrais repenser à comment ça s'est terminé entre elle et toi. Tu te sentirais comment ?

Son sourire s'évanouit, et il soupira.

— La femme de la vidéo t'a brisé le cœur ?

— C'est une longue histoire, mais on n'est plus ensemble. Et si cette vidéo devenait virale, ou même si seulement une centaine de personnes la voyaient, ce ne serait pas cool. Ce n'est pas que je ne veux pas que tu t'amuses ou que j'essaie de t'empêcher de gagner des abonnés, parce qu'en général, je sais prendre sur moi et j'ai de l'autodérision. Mais cette vidéo ? Je ne veux plus jamais la revoir, et encore moins un million de fois.

Heath baissa la tête.

— Mince, je m'en veux maintenant.

— Suffisamment pour l'effacer ? m'enquis-je en arquant un sourcil.

Il plissa les yeux.

— Je ne sais pas.

— Et si tu t'en voulais assez pour l'effacer pour vingt dollars ? proposai-je en sortant mon portefeuille.

— Je me sentirais vraiment mal pour toi pour cinquante, négocia-t-il en se grattant le menton.

— D'accord, mais je veux te voir l'effacer de mes propres yeux.

Je l'observai supprimer la vidéo.

— Va dans tes fichiers supprimés et retire-la ici aussi, ordonnai-je en pointant du doigt son téléphone.

Il soupira, mais il obéit.

Je sortis un billet de cinquante dollars et le lui tendis.

— C'est sympa de faire des affaires avec toi, déclara-t-il en souriant.

— J'espère vraiment que tu pourras utiliser cette audace à bon escient un jour.

— Qu'est-ce que mon frère a encore fait ? demanda Devyn en entrant dans le salon.

— Rien du tout, répondis-je en rangeant mon portefeuille dans ma poche.

Elle lui adressa un regard sceptique.

— Le dîner est prêt, annonça-t-elle.

— Merci, Dev.

J'entrai dans la cuisine et trouvai Owen assis à table, en train de nourrir leur petit garçon nommé Devon, en l'honneur de Devyn.

Owen leva les yeux du petit pot de patates douces.

— Alors, comment s'est passé ton week-end dans les Hamptons?

J'avais parlé à Holden de ce fameux week-end, mais je ne lui avais pas dit qu'il y avait eu un changement de plan. Il avait dû prévenir Owen. Je secouai la tête en m'asseyant à côté de lui.

— Finalement, je n'y suis pas allé.

— Tu t'es dégonflé? s'étonna-t-il en écarquillant les yeux.

— Pas exactement.

Je lui résumai ce qui s'était passé avec le projet de Ryan's House, d'où mon annulation avec Lacey, et je finis par ma confrontation intense avec Alex à Seneca Falls.

Owen racla le fond du pot avec une cuillère.

— Alors, tu lui as dit que tu voyais quelqu'un d'autre?

— Oui. J'étais un peu obligé de le faire quand elle a vu le nom sur mon téléphone.

— Non, tu aurais pu mentir.

— À quoi bon mentir à ce stade? Ce n'est pas comme si Alex et moi avions une chance. Je n'avais aucune raison de le lui cacher.

— Alors c'est une bonne chose qu'elle l'ait découvert, pas vrai? Tu ne crois pas que ça vous aurait aidé tous les deux à tourner la page?

— Eh bien, Alex ne voit personne en ce moment, alors je ne sais pas vraiment comment ça va l'aider. Quand j'ai *cru* qu'elle fréquentait un autre homme, ça ne m'a pas aidé du tout. Ça a juste rendu les choses encore plus difficiles à digérer.

— Comment ça s'est fini avec elle ?

— Elle a eu l'air blessée quand je lui ai avoué que je fréquentais Lacey. Elle n'a plus parlé après ça, et je n'ai pas insisté. Je n'aurais rien pu faire pour rendre cette situation plus facile. Est-ce que j'aurais dû lui dire que ce que je ressentais pour Lacey n'était rien comparé à ce que je ressens encore pour elle ?

Je secouai la tête.

— Je ne peux pas non plus être près d'elle sans avoir envie de la toucher, avouai-je en massant mes tempes. C'est tellement difficile.

— Vous ne vous êtes pas vus en dehors de cette maison ?

— Si, juste une minute au bar ce soir-là. On a travaillé à la maison pendant la journée, et ensuite, on est rentrés chacun dans nos chambres d'hôtel respectives, indiquai-je en détournant le regard. Elle était blessée et c'était compliqué de la voir comme ça. Mais si elle ne change pas d'avis à propos de nous, peut-être qu'il vaut mieux qu'elle pense que les choses sont plus sérieuses avec Lacey qu'elles ne le sont vraiment.

— En parlant de ça, tu en es où avec Lacey ?

— J'ai accepté de l'accompagner dans les Hamptons quand je pensais qu'Alex avait tourné la page, parce que je me forçais à en faire autant. Maintenant, je ne sais plus vraiment où j'en suis avec elle, mais on doit se voir demain soir.

— Donc tu ne vas pas vraiment aller *jusque-là* avec elle.

— Il faut que j'avance un jour après l'autre. J'ai reçu l'e-mail pour la reprise des travaux juste après lui avoir dit que je venais avec elle, soupirai-je. Le timing était un peu étrange.

— Carrément, confirma-t-il.

— Tu crois que c'était le destin ? Moi, je n'en sais rien. Je dois réfléchir un peu, mais pas à propos d'Alex, parce que rien n'a changé de ce côté-là. Plutôt pour savoir combien de temps je peux encore mener Lacey en bateau avant qu'elle se débarrasse de moi. Je ne veux pas non plus lui faire de mal.

— Qui aurait cru que tu deviendrais si prévenant ? lança-t-il en me donnant une tape sur l'épaule. Je suis fier de toi. Tu aurais pu profiter de la situation et utiliser Lacey pour coucher avec elle sans attache, sans qu'Alex le sache.

— Il faut que je sois sûr de moi. Et ce n'est pas encore le cas.

— Mon petit devient un homme.

Je secouai la tête.

— Il était temps, à trente-et-un ans.

Le lendemain soir, Lacey et moi allions dîner à West Village après avoir d'abord pris un café ensemble. Nous marchions dans la rue, main dans la main. Elle avait choisi un restaurant dont je n'avais encore jamais entendu parler, alors je ne savais pas vraiment où nous allions, au sens propre comme au figuré.

Je l'appréciais vraiment en tant que personne, et dans d'autres circonstances, j'aurais pu parier que nous aurions pu avoir une chance. Mais à de très nombreuses reprises ce soir-là, j'avais revisualisé le visage d'Alex quand je lui avais dit que je voyais quelqu'un, et ça m'avait distrait. Je n'avais pas été capable d'être avec Lacey à cent pour cent.

— Je suis encore désolé d'avoir manqué le séjour dans les Hamptons, déclarai-je pendant notre balade.

— Ce n'est rien, ton travail sur le chantier est important.

— Merci pour ta compréhension. On arrive à la fin du projet, alors ça va faire du bien de le voir enfin terminé. Quel serait le but de tout ce travail si on n'arrivait pas au bout, pas vrai? Je suis vraiment reconnaissant, mais je n'arrive toujours pas à croire qu'ils nous aient donné l'autorisation de reprendre les travaux.

J'avais déjà confié à Lacey que la femme avec qui j'avais eu une histoire était aussi bénévole à Seneca Falls, alors je m'attendais à ce qu'elle me demande si j'avais vu Alex le week-end dernier. Toutefois, elle ne le fit pas, et je n'allais certainement pas le lui avouer de mon plein gré.

— Parle-moi de ton voyage, repris-je, ravi de pouvoir changer de sujet.

— Tu as déjà joué au pickleball? me demanda-t-elle.

— Non, mais on dirait que ça fait fureur ces derniers temps.

— J'ai fait quelques parties là-bas, m'apprit-elle. C'était vraiment amusant, un peu comme un mélange de tennis et de ping-pong.

— J'ai l'impression d'en entendre parler partout. Il va peut-être falloir que j'essaie.

— C'est sûrement un signe, oui. En fait, ça existe depuis les années soixante, mais ce n'est devenu populaire que récemment. Ne ris pas, mais je crois que je vais m'inscrire dans un club ici.

— Pourquoi ça me ferait rire? Parce que c'est la version moderne d'un club de bowling? répliquai-je en la poussant gentiment.

— C'est exactement ça, et je n'en ai même pas honte, plaisanta-t-elle.

— Tu as bien raison. Tout est bon à prendre pour se défouler.

— Je ne fais pas grand-chose d'autre pour me défouler ces derniers temps, ajouta-t-elle en me faisant un clin d'œil.

Argh. Nous y étions. Le sujet tabou. Le fait que je n'avais pas encore couché avec elle, alors qu'elle m'avait fait clairement comprendre plusieurs fois qu'elle était partante pour s'amuser avec moi. Elle ne demandait même pas d'engagement en retour. Est-ce que j'étais fou de ne pas sauter sur l'occasion ?

Je fis mine de ne pas avoir saisi son sous-entendu et je poursuivis la conversation :

— Sinon, à part le pickleball, tu as fait quoi d'autre ?

Lacey me raconta son séjour jusqu'à notre arrivée au restaurant d'inspiration asiatique, qui lui avait été recommandé par l'une de ses collègues. La nourriture était délicieuse. L'ambiance était bonne. Tout était parfait, à l'exception du fait que je ne savais toujours pas comment aborder la soirée une fois que nous quitterions cet endroit. J'avais officiellement atteint le stade où il fallait que je prenne une décision concernant cette relation. Ce n'était pas juste de jouer au con alors que Lacey avait toujours été honnête avec moi. Alors, lorsque nous sortîmes du restaurant, je décidai de faire le premier pas, pour une fois.

— On est plus près de chez toi que de chez moi, lâchai-je.

— J'y pensais aussi, avoua-t-elle en battant des cils. Est-ce que tu es en train de dire que tu aimerais poursuivre cette soirée ?

— Eh bien, il est trop tard pour que tu m'apprennes à jouer au pickleball, mais je suis sûr qu'on pourrait trouver autre chose à faire.

— Je crois aussi, répondit-elle d'un air rayonnant.

Voilà. J'allais le faire. Il était impossible de faire demi-tour à présent, parce que ce serait vraiment méchant.

Mon ventre était noué comme jamais au moment où nous prîmes le métro en direction de son quartier. Je tentai de me convaincre que c'était à cause de la nourriture plutôt que de mon incertitude persistante.

Quand elle ouvrit la porte de chez elle, je me rendis compte que Lacey vivait dans un appartement minuscule. C'était l'un des studios les plus étroits que j'avais vus à New York.

Je regardai autour de moi.

— C'est…

— Petit, compléta-t-elle en riant.

— Où tu mets toutes tes affaires ?

— Je suis un peu obligée d'être minimaliste. Mon canapé se transforme en lit, et il y a des rangements en dessous, expliqua-t-elle en rougissant. Ne t'en fais pas, il y a bien assez de place pour deux.

— Je n'étais pas inquiet.

Je ris nerveusement en me sentant comme un adolescent inexpérimenté. Je ne me reconnaissais même plus. J'étais le même type qui avait pris Alex contre un mur de chambre d'hôtel sans même réfléchir, pourtant, vu ma nervosité actuelle, on aurait dit que je n'avais pas eu de relation sexuelle depuis des années.

Je peux le faire.

Ça me fera du bien.

Il faut que j'aille de l'avant.

Avant de pouvoir réfléchir davantage, Lacey posa ses mains sur mes joues et m'attira à elle pour m'embrasser, alors j'ouvris la bouche pour laisser entrer sa langue. Elle appuya son corps menu contre le mien, et mon cœur se mit à battre la chamade. Elle pouvait sûrement le sentir, et elle allait sûrement mal l'interpréter.

Tu es en train de le faire.

Tu ne peux plus t'arrêter.

Mon cœur s'emballa encore quand elle me fit avancer jusqu'au canapé et que je me retrouvai au-dessus d'elle. Je me poussai à l'embrasser plus vite, à ressentir plus de choses, à être vraiment dedans. Mais plus je l'enlaçais passionnément, plus ça me semblait forcé. Mon corps était tendu, et tous mes muscles étaient raides... sauf mon sexe. Lacey se plaça au-dessus de moi.

Pourquoi je n'arrivais pas à avoir une érection ? Une femme magnifique était en train de me chevaucher.

Puis elle retira son haut, révélant son soutien-gorge en satin noir.

J'avais l'impression qu'un compte à rebours virtuel avait été enclenché. Mes expériences passées me disaient qu'il ne me restait pas beaucoup de temps avant de devoir m'enfoncer dans cette femme. Et étant donné que mon sexe avait l'air de faire une pause ce soir-là, ça allait poser problème. Toutefois, le plus gros souci, c'était de me rendre compte que même si je parvenais à bander, ça ne semblait pas être la bonne chose à faire.

Je fermai les yeux, et tout ce que je pouvais voir, c'était Alex. Ses cheveux blonds. Ses yeux remplis d'inquiétude la dernière fois que je l'avais vue. L'inquiétude de se dire que j'avais peut-être tourné la page et rencontré quelqu'un d'autre. Elle n'aurait pas pu être plus loin de la vérité.

Je me redressai sous Lacey, puis j'essuyai ma bouche du dos de la main, le souffle court.

— Je suis vraiment désolé.

— Qu'est-ce qui ne va pas ?

— Ce n'est pas toi. Bordel, tu es magnifique, intelligente et charismatique...

Son expression s'assombrit quand elle comprit où j'allais en venir.

— Le problème, c'est que... je suis toujours amoureux de quelqu'un d'autre. J'aimerais que ce ne soit pas le cas, mais c'est comme ça, révélai-je, avant de marquer une pause. Je l'ai vue le week-end dernier sur le chantier, et ça m'a fait prendre conscience que mes sentiments sont toujours aussi forts qu'avant. Je ne suis pas en couple avec elle, mais je n'arrive pas à la sortir de mes pensées.

Je la regardai droit dans les yeux.

— Je pensais pouvoir aller de l'avant avec toi ce soir. Je suis désolé de ne pas en être capable.

J'avais du mal à déchiffrer l'expression de Lacey, qui était un mélange de compassion et de dégoût.

— Je ne sais pas quoi dire, Brayden. Je suis juste contente que tu aies arrêté les choses à ce moment-là, parce que même si ça ne me dérange pas de coucher avec quelqu'un qui traverse une rupture difficile, perdre mon temps avec quelqu'un qui ne veut même pas de moi est une tout autre histoire.

Elle poussa un soupir.

— J'espère que tu pourras la retrouver si tu n'arrives pas à tourner la page.

J'ai plus de chances de finir seul.

Et je l'aurais bien mérité.

Je me levai et ajustai ma chemise en secouant la tête.

— Je dois être dingue de laisser passer ma chance avec toi.

Elle ferma les yeux et baissa la tête en signe de frustration. Cette fille avait déjà été blessée par son ex, et voilà que je lui avais fait du mal à mon tour. Je me sentais mal. Lacey méritait le meilleur, mais je n'allais pas être celui qui allait le lui offrir. Alors plus vite je sortirais de sa vie, mieux ce serait.

Je partis en me sentant gêné, et je me promis de ne plus jamais faire ça. Il fallait que je sois sûr de ne pas faire perdre de temps à une femme avant de m'impliquer dans une relation. Je ne m'étais jamais senti aussi seul qu'en longeant la rue après avoir quitté son appartement. Non seulement je n'avais pas Alex, mais j'étais incapable de créer un lien avec une autre. J'avais envie d'appeler quelqu'un, cela dit, il était tard et je ne voulais pas déranger les enfants en appelant les garçons.

Cependant, mon téléphone sonna quelques minutes plus tard. Owen.

— Salut, mec, lançai-je en décrochant.

— Tout va bien ? demanda-t-il. Je me suis dit que j'allais prendre des nouvelles. Je voulais voir si tu étais allé à ton rencard.

— Ça ne s'est pas bien passé, avouai-je d'une voix tremblante. Je sais qu'il est tard, mais... est-ce que tu crois que je pourrais te prendre un peu de ton temps ? Je ne suis vraiment pas bien. J'aurais bien besoin d'un verre et d'un ami.

Il hésita.

— Brayden, je te connais presque depuis toujours, et c'est la première fois que tu me demandes quelque chose. Donne-moi l'adresse et j'y serai.

Je lui demandai de me retrouver dans un bar à mi-chemin entre chez lui et l'immeuble, et je montai dans un taxi dès qu'il accepta. Il m'envoya un message pour me dire qu'il était arrivé alors que j'étais encore en chemin, alors quand j'entrai, je m'attendais à le voir assis seul dans un coin.

Mais au lieu de ça, ils étaient trois : Owen, Colby et Holden.

CHAPITRE 24

Alex

— Alors, quoi de neuf?

Je remuai la sauce qui était en train de cuire dans la casserole.

— Je crois que j'ai trop cuit les pâtes. Mais bon, ce n'est pas nouveau, hein?

Je pointai du doigt le placard à côté de ma belle-fille.

— Est-ce que tu peux me passer la passoire, s'il te plaît?

Caitlin récupéra l'objet en métal et le posa dans l'évier. À l'aide de maniques, j'allai égoutter la casserole de cheveux d'ange. J'avais préparé son repas préféré : des boulettes de viande aux vermicelles. En général, elle arrivait plus tôt pour m'aider à cuisiner, mais ce soir-là, elle avait travaillé plus tard que prévu. Nous apportâmes tout ce qu'il fallait sur la table, et avant de m'asseoir, je remplis nos verres de vin.

— Tu as fait quoi le week-end dernier? demandai-je en remplissant son assiette de pâtes.

— Vendredi soir, je suis sortie boire un verre après le travail et... j'ai rencontré quelqu'un.

— Vraiment ? Dis-m'en plus.

Elle arbora un sourire jusqu'aux oreilles.

— Eh bien, il s'appelle Justin. Il a quelques années de plus que moi. Il n'a jamais été marié et il n'a pas d'enfants, mais il en veut. Et il est mignon et gentil. Oh, et il est orthodontiste.

— Ça m'a l'air parfait. Surtout le fait qu'il soit gentil.

— On est aussi sortis samedi et dimanche soir, ajouta-t-elle, les yeux brillants.

Je ne me rappelais pas la dernière fois où Caitlin avait semblé si enthousiaste après avoir rencontré un homme. Ça me rendait heureuse.

— J'ai hâte de faire sa connaissance.

— Je lui ai beaucoup parlé de toi, et il a hâte de te rencontrer aussi, me confia-t-elle en posant sa fourchette sur son assiette. Ça va peut-être paraître bizarre, mais il me rappelle un peu papa. Il est attentionné et maladroit.

Mes yeux s'embuèrent.

— Ton père était vraiment comme ça. Je suis très heureuse pour toi, Caitlin. Il a l'air génial.

— Et toi, tu as fait quoi le week-end dernier ? demanda-t-elle en coupant l'une de ses boulettes de viande.

— En fait, je suis retournée à Seneca Falls. Les permis manquants pour la reprise des travaux sont arrivés, alors tout s'est remis en route.

— Oh, waouh. Est-ce que tu as vu Brayden ?

— Oui, il était là.

J'essayai de garder un air impassible, en vain.

Caitlin soupira et reposa sa fourchette.

— Je ne comprends pas pourquoi tu te tortures. Je t'ai dit que ça ne me dérangeait pas, et je suis sincère. Ma relation avec Brayden remonte à longtemps. On était des enfants, je t'assure.

— Je sais, mais… commençai-je, alors que les larmes me montaient aux yeux. Ça n'a plus d'importance, de toute façon. Il a tourné la page. Brayden voit quelqu'un d'autre.

Elle fronça les sourcils.

— Oh, non.

— Ce n'est rien. Vraiment.

— C'est sérieux ?

— Je ne lui ai pas demandé, répondis-je en haussant les épaules.

Caitlin essuya les coins de sa bouche avec sa serviette.

— Peut-être qu'il t'a dit qu'il voyait quelqu'un juste pour te rendre jalouse. Une dernière tentative pour te faire changer d'avis.

— J'ai vu son nom sur son téléphone quand elle l'a appelé, révélai-je en secouant la tête. La seule raison pour laquelle il m'en a parlé, c'est parce que je lui ai posé la question quand j'ai vu ça.

Ce fut au tour de ma belle-fille de soupirer.

— D'accord, eh bien, je suis sûre qu'il a tourné la page seulement parce que tu as coupé les ponts avec lui. Ce n'est peut-être pas trop tard. Dis-lui ce que tu ressens. Je veux que tu le fasses. Je te l'ai dit, j'ai réagi comme ça parce que j'étais sous le choc. C'était immature et ça a ravivé des souvenirs du sentiment de compétition absurde que j'avais avec toi à l'époque. Mais je sais qu'on n'est pas concurrentes, m'assura-t-elle en posant sa main sur mon bras. Tu es ma plus grande supportrice, maman. Tu ne pourrais jamais être une adversaire.

— Merci de dire ça, répondis-je avec un sourire triste. Mais je vais de l'avant. Je pense que c'était juste le fait de le revoir après quelques mois et de découvrir qu'il était avec quelqu'un qui a rendu les choses plus difficiles. Ça deviendra plus facile avec le temps.

Caitlin me lança un regard perplexe.

— Je n'en suis pas sûre. J'espère que tu sais que je suis sincère quand je te dis que je veux que tu te battes pour lui.

— Je le sais, trésor. Et c'est gentil de ta part.

Elle enroula ses pâtes autour de sa fourchette.

— Mais... si tu vas vraiment de l'avant, ça veut dire qu'il faut que tu fasses de nouvelles rencontres. Est-ce que tu t'es inscrite sur des sites ?

— Pas encore.

Elle fronça les sourcils. Je ne voulais pas qu'elle s'inquiète, alors je partageai une information qui allait peut-être la réjouir.

— Mais j'ai eu une proposition de rencard dernièrement.

— Ah bon ?

Ses yeux s'éclairèrent.

— Le petit ami de Wells a un frère. Il s'appelle Everett. On a dîné tous les quatre un soir, et à la fin de la soirée, il m'a proposé de le revoir.

— Excellent. Vous vous voyez quand ?

— Bientôt, inventai-je.

— Peut-être qu'on pourrait organiser un double rencard avec mon nouveau copain !

— Ce serait bizarre, mais amusant, répondis-je en souriant.

Nous parvînmes à ne pas reparler de Brayden pendant le reste du repas, mais il ne s'éloignait jamais vraiment de mes pensées. Après le départ de Caitlin, je me blottis sur le canapé avec une couverture et j'allumai la télé, cependant, après un moment, je récupérai mon téléphone et jetai un coup d'œil aux réseaux sociaux. Je fixais l'écran, pourtant je ne prêtais pas vraiment attention aux photos, jusqu'à ce que l'une d'entre elles me fasse l'effet d'un coup en pleine poitrine.

Brayden portant un bébé.

Mon cœur s'emballa. Il ne sortait pas avec cette fille depuis suffisamment longtemps pour avoir un bébé, pourtant je ne pus m'empêcher de penser à ce que je ressentirais si c'était le cas.

Brayden, papa.

Il ferait un bon père, j'en étais certaine. J'avais vu sa douceur et ses compétences paternelles avec les enfants à qui il rendait visite à l'hôpital. J'imaginais aussi qu'il serait un papa poule, du genre à avoir un porte-bébé et à se rendre à des cours mère-enfant. Il inventerait des chansons drôles et il laisserait l'enfant manger tout un gâteau avec ses mains. Imaginer ça me fit sourire, jusqu'à ce que je me souvienne que le bébé de Brayden devrait être celui *d'une autre femme*. Ensuite, j'eus du mal à respirer.

Je balayai l'écran pour lire la légende. Il avait été identifié par Owen. *Oncle Brayden a changé sa première couche. La prochaine fois, il la mettra peut-être à l'endroit !*

Ça me rendit triste de savoir que je n'avais jamais vécu ces premières fois. Quand j'avais épousé Richard toutes ces années auparavant, il avait déjà subi une vasectomie. Je n'avais jamais eu l'impression de passer à côté de quoi que ce soit, puisque j'avais Caitlin. Et Richard et elle m'avaient toujours suffi. Toutefois, voir la photo de Brayden en train de porter un bébé me donna envie d'en avoir un.

Je fixai mon téléphone pendant un long moment, avant de m'obliger à passer à autre chose. Je me sentais juste seule. Je ne voulais pas vraiment d'enfant. Le cliché ne faisait que me rappeler à quel point ma vie et celle de Brayden étaient différentes. Nous étions dans des situations tellement opposées. Il finirait par se marier, par avoir trois, peut-être quatre bébés, et probablement un chien et un poisson rouge. Alors que moi, j'avais... mon travail.

Je déglutis et me forçai à continuer à scroller. Tout comme avant, je ne regardais pas vraiment les photos, du moins, pas avant qu'une autre me fasse m'arrêter net. Cette fois-ci, c'était Everett, le frère du petit ami de Wells.

Il était à la plage, devant un filet de volleyball, en plein saut pour rattraper la balle qui arrivait en direction de sa main levée. Il était impossible de ne pas remarquer ses abdos. *Ceux de Brayden étaient beaucoup plus dessinés.* Cependant, je me forçai à me sortir ça de la tête et zoomai sur son visage. Everett souriait. Il s'amusait. Il profitait de la vie. Contrairement à moi, qui étais restée assise chez moi à déprimer pratiquement tous les soirs depuis plusieurs mois.

Je tentai de passer à une autre photo plusieurs fois, mais quelque chose m'en empêchait.

Peut-être qu'il était temps.

Temps de tourner la page.

Brayden l'avait fait. La seule façon d'emprunter un nouveau chemin était de faire le premier pas. Et quel meilleur moyen de le faire que de se lancer avec quelqu'un que j'avais déjà vu ? Ce serait plus facile que de rencontrer un inconnu sur un site. En plus, Everett était sympa. Et beau. Alors je pris une grande inspiration, puis je parcourus mes conversations jusqu'à trouver celle où nous nous étions écrit plusieurs fois. J'hésitai en mordillant mon ongle.

Ça faisait trois semaines à présent, et je n'avais pas répondu à son message où il me proposait de dîner avec lui.

Est-ce que je pouvais simplement lui écrire à l'improviste ?

Est-ce que je devrais le faire ?

Oui, oui, je devrais.

Brayden avait tourné la page avec Lacey.

Il était *temps*. Plus que temps, même.

Alors je tapai un message rapide avant de pouvoir changer d'avis.

Alex : Salut. Désolée d'avoir mis si longtemps à répondre, mais si la proposition tient toujours, je suis partante pour dîner avec toi un de ces jours.

Je me forçai à appuyer sur le bouton d'envoi.

Voilà. C'était fait. J'étais allée de l'avant. Du moins, j'avais fait un premier grand pas.

Peut-être qu'il ne répondrait jamais. Peut-être qu'Everett voyait déjà quelqu'un d'autre. Mais je l'avais fait. Je m'étais jetée à l'eau.

Moins d'une minute plus tard, mon portable vibra.

Everett : Salut ! Ça fait plaisir d'avoir de tes nouvelles. Tu es libre demain soir ?

J'étais une boule de nerfs. Assise au bar en attendant mon rencard, je regardai autour de moi. La femme assise un peu plus loin portait un jean. Est-ce que j'étais trop bien habillée ? J'avais mis une petite robe noire en me disant que c'était un choix sûr, mais à présent, je me demandais si j'aurais dû mettre un jean, ou au moins des chaussures plates plutôt que des talons. *Bon sang, je suis tellement à côté de la plaque. Peut-être que je devrais rentrer me changer...*

Toutefois, un instant plus tard, Everett arriva, l'air épuisé.

— Désolé pour le retard. Une voiture a embouti l'arrière de la mienne en venant ici.

— Oh, mon Dieu. Tu vas bien ?

— Oui, il n'y avait pas grand-chose, répondit-il en hochant la tête. Mais on a dû échanger nos informations pour l'assurance. La dernière fois que ma voiture a été un peu cabossée, ça m'a coûté presque quatre mille dollars pour un nouveau pare-chocs. Où est passée l'époque où ils se contentaient de redresser la carrosserie et de repeindre ? Maintenant, ils remplacent tout.

— Je sais. J'ai l'impression que même l'électroménager est jetable de nos jours.

Il se pencha pour m'embrasser sur la joue.

— Bref, je suis désolé de t'avoir fait attendre. Ça fait longtemps que tu es là ?

— Suffisamment longtemps pour déstresser avec cette bonne vieille méthode, indiquai-je en pointant du doigt mon verre vide.

— Qu'est-ce qui te rend nerveuse ? demanda-t-il en souriant. On se connaît depuis longtemps. Ça fait quoi, trois semaines ?

Je lui rendis son sourire.

— On est presque des amis d'enfance.

— Et puis, on m'a rappelé de bien me tenir. Winston est peut-être plus jeune, plus petit et plus mince, mais ce type se bat comme un ninja. Je ferai comme si je n'avais jamais dit ça, mais il pourrait me mettre une raclée.

Ça me paraissait impossible, mais l'autodérision d'Everett me mit à l'aise.

— Wells et lui vont bien ensemble, confiai-je. Je ne me souviens pas de la dernière fois où j'ai vu mon ami vérifier aussi souvent son téléphone et sourire. Enfin, mis à part la fois où la femme qu'il préfère dans les Real Housewives a annoncé son divorce. Là, il a cherché des ragots pendant des semaines sur les réseaux.

Everett se mit à rire et désigna la femme à l'accueil.

— Tu veux aller voir si notre table est prête ?

— Bien sûr, acceptai-je en me levant. Je suis allée la voir quand je suis entrée, et elle m'a demandé de lui faire savoir quand tu arriverais.

Il m'observa en secouant la tête.

— Waouh. Je sais que je dois avoir un comportement exemplaire, mais est-ce que je peux te dire que tu es carrément sublime ?

— Merci, répondis-je en rougissant.

Une fois que nous fûmes installés, Everett me demanda si j'aimais le vin rouge, et quand le serveur passa près de nous, nous décidâmes de partager une bouteille.

— Donc... j'ai été un peu surpris de recevoir ton message. Dans le bon sens du terme, mais surpris quand même, avoua-t-il en croisant ses mains sur le menu.

Je pris une grande inspiration en hochant la tête.

— Je suis désolée d'avoir été si longue. J'étais...

J'hésitai à mentir en lui disant que j'avais été occupée ou que j'étais en voyage, mais je ne voulais pas démarrer du mauvais pied. Alors je choisis l'honnêteté.

— J'essayais d'oublier quelqu'un.

Il acquiesça.

— Eh bien, tant pis pour lui et tant mieux pour moi. Et j'apprécie que tu aies pris ton temps pour être certaine d'être prête.

Je me sentais un peu coupable, parce que je n'étais pas vraiment sûre de l'être. En réalité, je commençais à me demander si je serais vraiment prête un jour à oublier Brayden. Toutefois, je ne me voyais pas partager ça avec mon rencard, alors je souris et ouvris le menu.

— Je ne suis encore jamais venue ici. Tu vas prendre quoi ?

— En fait, c'est aussi ma première fois. J'ai cette règle idiote qui consiste à toujours choisir un endroit où je ne suis jamais allé quand je sors avec une femme pour la première fois. Je trouve ça sympa de repartir sur de nouvelles bases et de ne pas être dans un lieu qui me rappelle quelqu'un d'autre.

— J'adore cette idée, déclarai-je en souriant.

Le serveur apporta notre vin et nous servit.

— À un nouveau départ ? proposa Everett en levant son verre.

— À un nouveau départ, répétai-je en souriant de nouveau.

La conversation était fluide. Everett me raconta comment il était arrivé dans le secteur de l'ameublement, tandis que je lui parlai du spa que je tenais avec Wells. Ça n'aurait pas pu mieux se passer. Cet homme avait tout pour lui. Il était beau, indépendant, divorcé, mais tout se passait bien avec son ex et ses enfants. Si je devais faire une liste des pour et des contre, je ne voyais pas quoi mettre dans cette dernière colonne. Enfin, mis à part le plus important : *il n'est pas Brayden.*

Malgré tous mes efforts, il s'avérait que la centaine d'arguments dans la colonne des pour n'arrivaient pas à contrebalancer le seul point dans la colonne des contre. À la fin du repas, Everett me raccompagna à ma voiture.

— J'ai passé une très bonne soirée, déclara-t-il.

— Moi aussi.

— Tu penses qu'on pourra remettre ça un de ces jours ?

Il aurait été plus facile d'accepter et de trouver une excuse pour annuler plus tard, mais c'était un homme bien et il méritait que je sois honnête. En plus, c'était le frère du petit ami de Wells. Je souris et croisai son regard.

— Tout à l'heure, quand tu es allé aux toilettes, je me disais que tu étais vraiment quelqu'un de bien.

Everett fronça les sourcils.

— Oh oh. J'entends un *mais* qui arrive.

Je soupirai.

— Je te trouve génial, mais malheureusement, je ne pense pas être prête à reprendre une vie amoureuse, en fin de compte. Je me suis rendu compte que je n'avais pas encore oublié l'homme que je fréquentais. Tu es un homme qui prend la peine de chercher un nouveau restaurant juste pour t'assurer de donner un nouveau départ à une relation, alors tu mérites une personne qui est prête à t'offrir la même chose en retour. J'aimerais pouvoir en être capable, mais j'ai encore la tête ailleurs.

— Je comprends, m'assura-t-il en acquiesçant. Et j'apprécie ton honnêteté. Wells n'exagérait pas quand il disait que tu étais spéciale.

— Merci.

— Tu sais quoi ? Si la situation change, appelle-moi. Peut-être que c'est juste un mauvais timing.

Je l'embrassai sur la joue.

— Je le ferai. Merci pour ta compréhension.

❤CHAPITRE 25

Brayden

J'enfilai un T-shirt, tout en parlant à Billie en haut-parleur.

— Qu'est-ce que je peux apporter ce soir ?

— Toi, c'est tout, insista-t-elle.

Billie et Colby avaient invité tout le monde à un dîner de groupe. Les week-ends avaient été chargés ces derniers temps, alors ils avaient choisi de faire ça un mardi.

— D'habitude, j'apporte du vin, mais Colby et toi avez l'air de ne plus savoir quoi faire de toutes ces bouteilles.

— Je suis presque sûre qu'elles viennent toutes de toi, Brayden. Tu n'apportes jamais rien d'autre. Je ne me plains pas, j'énonce juste un fait.

Je soupirai.

— C'est parce que je ne sais jamais quoi apporter à part ça. Ramener une bouteille m'évite de réfléchir. Puisque je ne cuisine pas, mes options sont limitées.

— Eh bien, Owen et Holden ne cuisinent pas non plus. C'est toujours Lala et Devyn qui préparent ce qu'ils apportent. Donc techniquement, les autres garçons n'apportent rien, alors ne culpabilise pas.

— Je pourrais peut-être acheter quelque chose à l'épicerie puisque tu en as marre de mon vin.

— Brayden ! Le dîner est prévu dans quinze minutes. Viens, ce sera suffisant, je t'assure. Et ne sois pas en retard. Tu sais à quel point je déteste quand les plats que je prépare refroidissent.

Je jetai un coup d'œil par la fenêtre.

— J'ai encore le temps de passer au magasin...

— Brayden, si tu apportes quelque chose, je t'étrangle.

Je me mis à rire.

— Eh bien, dit comme ça...

J'entendis un coup à la porte.

— Mince, quelqu'un frappe à ma porte, Billie. Je te laisse. On se voit dans quinze minutes.

Je raccrochai.

Quand j'ouvris, mon cœur faillit exploser. Au cas où je serais en train d'halluciner, je clignai des yeux. *Elle est là.*

Elle est là ?

— Alex...

Ses joues étaient rouges. Était-ce à cause du froid de janvier, ou à cause du stress ? Le vent avait décoiffé ses longs cheveux blonds, et jamais je ne l'avais trouvée aussi belle durant ces cinq derniers mois depuis notre rencontre.

Peut-être que j'aurais dû trouver quelque chose de plus éloquent à dire, mais rien ne franchit mes lèvres.

— Est-ce que c'est une mauvaise surprise ? demanda-t-elle en jouant avec ses mains.

Je secouai la tête.

— Qu'est-ce que tu fais là ?

— Je peux entrer ?

Bon sang. J'étais bête.

— Évidemment, répondis-je en me décalant sur le côté. Désolé. Entre.

Alex observa mon appartement et humecta ses lèvres.

— Est-ce que je peux avoir de l'eau ?

Elle avait l'air épuisée, comme si elle venait de faire un marathon. Est-ce qu'elle avait couru jusqu'ici ?

— Oui, bien sûr.

Je me précipitai à la cuisine. Je récupérai un verre dans le placard et le remplis d'eau filtrée du frigo.

Elle l'avala d'un trait.

— Mince alors, tu avais soif.

Elle essuya sa bouche du dos de la main et soupira.

Peut-être que c'était juste le stress. Je ne pouvais pas lui en vouloir. J'étais stressé aussi.

— Tu es sûre que tu ne veux pas quelque chose de plus fort ?

— En fait, *j'adorerais* ça.

— Je m'en occupe.

Alex me suivit lorsque je retournai à la cuisine. C'était surréaliste. Elle se tenait à plusieurs mètres de moi, alors que je me débattais avec le tire-bouchon et que je manquai de faire tomber un verre. *OK, qui est le plus nerveux ici ? Elle ou moi ?* Je pris soin de verser le chardonnay lentement pour ne pas en mettre partout par terre. Je pouvais voir son reflet dans la bouteille pendant que je nous servais.

Je n'arrive pas à croire qu'Alex se trouve dans ma cuisine.

Je me tournai vers elle.

— Tiens.

— Merci.

Elle but une gorgée, alors que je croisais les bras.

— Qu'est-ce qui t'amène ?

— J'ai rendez-vous ici demain avec un collaborateur potentiel pour le spa, expliqua-t-elle. Quelqu'un qui tient une entreprise qui fabrique des saunas infrarouges. On envisage d'en faire installer. C'était une décision de dernière minute. Wells était censé venir avec moi, mais sa grand-mère n'est pas en forme, alors il est allé lui rendre visite dans le Massachusetts.

— Je suis désolé de l'apprendre.

Elle hocha la tête d'un air sombre.

— Alors je suis seule.

— Tu es arrivée quand ?

— Il y a quelques heures.

— Tu t'es déjà installée à l'hôtel ?

— Oui. Je suis arrivée cet après-midi, je me suis installée… puis je me suis assise dans ma chambre et je me suis dit que j'aurais vraiment aimé passer te dire bonjour, me confia-t-elle, avant de marquer une pause. Et alors, je me suis demandé ce qui m'empêchait de le faire.

Elle baissa les yeux sur son verre de vin.

— C'était un peu tendu entre nous la dernière fois qu'on s'est vus, mais je me suis dit que j'allais tenter ma chance, en espérant que tu sois seul et que ma visite surprise ne te dérange pas.

— Je suis content que tu n'aies pas laissé ce qui s'est passé à Seneca Falls t'empêcher de venir ici, affirmai-je en me forçant à la regarder. Je suis désolé… pour tout. Je me suis senti mal de te voir prise au dépourvu devant le nom de Lacey sur mon téléphone. Et je regrette de ne pas être venu te voir avant de partir, mais je ne voulais pas empirer les choses en te courant après alors que tu étais déjà contrariée.

— Tu n'as pas à t'expliquer, Brayden. On n'est pas en couple.

Elle poussa un soupir.

— Honnêtement, si tu es heureux… je le suis aussi.

J'aurais dû lui avouer sans attendre que je ne sortais pas avec Lacey, et que je n'avais aucune raison d'être *heureux* dernièrement. Mais pour une raison que j'ignorais, je choisis de ne pas le faire. Je la laissai juste parler.

— Mais tu as raison. J'étais surprise, même si je n'aurais pas dû l'être. Enfin, un type viril comme toi n'allait pas rester célibataire très longtemps.

Incapable de me retenir plus longtemps, je fis un pas en avant.

— Il n'y a personne, Alex.

— Comment ça ? s'étonna-t-elle en écarquillant les yeux.

— Absolument personne. La femme dont tu as vu le prénom sur mon téléphone était une personne que j'avais vraiment *envie* d'apprécier, surtout parce que je pensais que tu avais tourné la page avec quelqu'un d'autre, révélai-je en secouant la tête. Mais je ne pouvais pas tomber amoureux d'elle, même si je mourais d'envie que quelqu'un m'aide à aller de l'avant. Je n'ai pas non plus couché avec elle. On a juste passé quelques soirées ensemble, puis il y a une semaine, je lui ai avoué que je n'étais pas prêt.

Elle posa son verre de vin et frotta ses mains sur ses bras.

— Alors... tu ne vois personne ?

— Non.

— Waouh, souffla-t-elle. D'accord. J'ai besoin de quelques secondes pour digérer ça. Je ne m'y attendais pas.

— À quoi tu t'attendais en venant ici ?

— Au pire, admit-elle en riant nerveusement.

Je penchai la tête.

— Tu t'attendais à me trouver avec elle ?

— Je ne savais pas vraiment.

— Et toi alors ? la questionnai-je. Tu as commencé à voir quelqu'un ?

Elle soupira.

— J'ai tenté un rendez-vous avec le frère du petit ami de Wells dernièrement, mais il ne m'intéressait pas du tout, m'apprit-elle en riant. Il était trop gentil pour moi. Il mérite quelqu'un qui l'apprécie à sa juste valeur, pas quelqu'un qui désirait seulement une personne vivante capable de l'empêcher de penser à quelqu'un d'autre. C'était fini avant même de commencer.

— Eh bien, regarde-nous... lançai-je avec un grand sourire. Il faut croire qu'on est tous les deux à côté de la plaque, hein ?

Je réprimai le besoin de poser ma main sur sa joue.

— Je suis content que tu sois passée. Je sais que ça n'a pas été une décision facile, surtout si tu pensais que je ne serais pas seul.

— Même si tu voyais quelqu'un, je ne suis venue ici que pour parler. Rien n'a changé. C'est juste que... je voulais arranger les choses entre nous. Je veux au moins qu'on puisse être amis, si possible. Je sais que ça peut paraître fou après tout ce qu'on a vécu, mais je ne veux pas que tu sortes de ma vie. Je pense que c'était ça le plus difficile. Notre relation s'est créée bien avant qu'on couche ensemble, avant que tout devienne dingue. Avant qu'on apprenne pour Caitlin. Tu étais un bon ami pour moi, et tu rendais ma vie meilleure.

Je la regardai droit dans les yeux.

— Je peux en dire autant de toi, déclarai-je, avant de prendre une grande inspiration. Je veux que tu sois heureuse, que tu n'aies aucun regret, et je ne veux surtout pas que tu sortes de ma vie. C'était horrible d'être à Seneca Falls et de ne pas pouvoir te parler.

Je jetai un coup d'œil à l'heure.

— Mince.

— Qu'est-ce qui ne va pas ? m'interrogea Alex d'un air inquiet.

— J'ai oublié le dîner chez Colby. Billie et lui ont invité toute la bande, et Billie s'énerve quand on est en retard et que la nourriture refroidit.

— Pas de souci, je te laisse tranquille, annonça-t-elle en désignant la sortie d'un geste du pouce. J'ai dit ce que j'avais à dire.

Je tendis la main pour la retenir.

— Tu plaisantes ? Alex, tu as fait tout ce chemin jusqu'ici. Tu ne peux pas partir, insistai-je en riant. Enfin, je dis ça de la manière la moins effrayante possible.

— Je ne veux pas que tu annules ta soirée avec tes amis.

— Je ne suis pas obligé de le faire. Tu peux venir dîner avec moi. Viens faire leur connaissance.

Je n'en reviens pas de lui proposer ça.

Elle mordilla sa lèvre en ayant l'air d'hésiter.

— Est-ce que ce ne serait pas terriblement gênant ?

— Je crois que mes amis seraient très heureux de te voir, lui assurai-je en haussant les épaules. Ce serait sûrement la plus grosse surprise que je pourrais leur faire.

— Tu leur diras quoi ?

— La vérité, que tu es ici pour le travail et que tu es passée dire bonjour.

— Est-ce qu'ils sont au courant de la situation entre nous ? Je n'aurais pas à m'expliquer ?

— Pas à moins d'en avoir envie. Je leur ai tout dit. Ils savent qu'on n'est plus ensemble et tout le reste.

— Ils ne vont pas trouver ça bizarre que je débarque avec toi ?

— Si. D'ailleurs, j'ai hâte de voir leurs têtes quand on entrera.

Elle haussa les épaules.

— D'accord. Je vais me jeter à l'eau.

Alex me suivit jusqu'à l'ascenseur. Me retrouver dans cet espace clos et restreint avec elle raviva des souvenirs douloureusement sexy. Heureusement, les portes de la cabine s'ouvrirent rapidement, et très vite, nous arrivâmes devant la porte de l'appartement de Colby et Billie.

Je pris une grande inspiration. Jamais je n'aurais imaginé un scénario aussi étrange pour une rencontre entre Alex et mes amis. Ça allait être intéressant.

Quand Billie ouvrit la porte, elle regarda à ma droite et sa mâchoire se décrocha.

— Oh, mon Dieu… *Alex!* Qu'est-ce que tu fais là ?

Celle-ci resta bouche bée.

— Comment tu as su que c'était moi ?

— Eh bien, je t'ai espionnée sur les réseaux dès que Brayden m'a parlé de toi, avoua-t-elle en grimaçant. J'espère que ça ne te dérange pas.

— Pas du tout, répondit Alex en me souriant.

— Au fait, je suis Billie, ajouta-t-elle en lui tendant sa main.

— Je sais. Je me souviens du jour où ton beau visage est apparu sur le téléphone de Brayden. C'est un plaisir de faire enfin ta connaissance. J'ai entendu des tas de choses formidables sur toi.

— Pareil, mais est-ce que tu vas me dire pourquoi vous êtes venus ensemble ?

— Est-ce que tu me crois si je te dis que je ne sais pas vraiment ? lança Alex en riant.

Billie tourna les yeux vers moi.

— Je suppose que tu as trouvé quoi apporter ce soir, hein ? me taquina-t-elle en me faisant un clin d'œil. Vous deux, vous avez des choses à m'expliquer.

— J'ai fait la surprise à Brayden, intervint Alex avant que je puisse dire quoi que ce soit. Il ne savait pas que j'étais en ville pour le travail. Et je suis arrivée chez lui il y a seulement quinze minutes. C'était aussi étrange que tu peux l'imaginer. Ensuite, il m'a dit qu'il était en retard pour le dîner avec vous tous, alors je me suis incrustée.

Billie fit entrer Alex et la présenta à tout le monde. L'appartement était plein ce soir. Nous étions les derniers à arriver. Autour de la table, il y avait Owen, Devyn, bébé Devon, et Heath et Hannah, le frère et la sœur de Devyn. Il y avait aussi Holden, Lala et bébé Hope, ainsi que Colby, sa fille Sailor et son fils Mav.

— Si tu dois savoir une chose sur nous, Alex, c'est qu'on aime taquiner, l'informa Holden. Mais la plupart du temps, on se chambre entre nous, on laisse les autres tranquille, alors tu ne risques rien.

Il lui fit un clin d'œil.

— Mais tu peux t'attendre à entendre des tas d'histoires embarrassantes à propos de Brayden, ajouta Owen.

— Tout ce que tu as à faire, c'est de t'asseoir, de te détendre, de boire du vin, et de laisser les garçons te divertir, expliqua Lala.

— Ça me semble parfait.

Alex s'installa. Elle avait l'air plus détendue.

Je ne parvins pas à la quitter des yeux pendant le repas. Toutefois, elle ne me regardait pas. Et elle n'était pas non plus restée assise à ne rien dire. Plus le temps passait, plus elle semblait à l'aise. Je l'avais observée parler de sciences avec Lala, puis elle avait eu un échange animé avec

Billie au sujet de l'intelligence artificielle. Ce soir-là, Alex avait relevé un défi et en était sortie gagnante.

Toutefois, il y eut un moment gênant au moment où Heath finit par se rendre compte qu'Alex était la femme de la vidéo qu'il avait enregistrée, celle que je lui avais fait effacer.

— Ce n'est pas la femme que tu as embrassée au coin de la rue ? lâcha-t-il. Celle qui t'a brisé le cœur ?

Je dus alors expliquer à Alex que j'avais été excessivement dramatique dans mes explications pour qu'il efface la vidéo au lieu de la poster sur les réseaux. Heureusement, elle me crut...

En définitive, tout au long de la soirée, on aurait dit qu'Alex faisait partie du groupe, et que ça avait toujours été le cas. Cette expérience m'avait permis de voir à quoi les choses auraient pu ressembler si tout n'avait pas tourné au désastre entre nous.

Quand toutes les personnes ayant des enfants – c'est-à-dire à peu près tout le monde – rangèrent leurs affaires pour partir, je savais qu'Alex et moi devions en faire de même. Alors nous saluâmes mes amis et nous dirigeâmes vers l'ascenseur.

Je ne voulais pas qu'elle rentre déjà à l'hôtel, mais je savais qu'elle n'accepterait pas de venir chez moi. Ça n'aurait pas été une bonne idée si « rien n'avait changé ». Cependant, ça ne m'empêcha pas d'essayer...

Mon cœur s'emballa.

— Est-ce que tu veux venir chez moi ? Je te promets de bien me tenir.

Quand elle prit un air sérieux, je devinai la réponse.

— Il vaut mieux que je rentre à l'hôtel, déclina-t-elle. J'ai rendez-vous avec le vendeur tôt demain matin. Je veux être sûre de bien dormir cette nuit.

— Tu retournes quand dans le Connecticut ? demandai-je, abattu.

— Juste après mon rendez-vous.

J'hésitai à insister pour qu'elle déjeune avec moi, mais je me ravisai. La bonne humeur de cette soirée n'était qu'une parenthèse. Notre réalité n'avait pas changé. Alex avait fermé la porte à la possibilité d'être en couple avec moi, alors il était toujours dans mon intérêt de ne pas passer trop de temps avec elle, même si c'était tentant.

Je lui appelai un Uber, et j'attendis dehors avec elle jusqu'à ce qu'il arrive.

Malgré ma résolution de garder mes distances, il fallait que je sache quand je la reverrais.

— Est-ce que tu seras à Seneca Falls ce week-end ?

— Oui, j'ai prévu de venir travailler.

J'étais un bel hypocrite, car j'avais soudain hâte que le week-end arrive.

— D'accord, super, répondis-je. Je suis content qu'on ait pu passer cette soirée ensemble pour que les choses ne soient pas bizarres entre nous.

Elle sourit.

— Moi aussi, Brayden. Bon, je ferais mieux de ne pas le faire attendre.

Je l'arrêtai juste au moment où elle allait entrer dans la voiture.

— Alex...

— Oui ?

— Merci de ne pas avoir eu peur de frapper à ma porte ce soir.

Elle m'adressa un magnifique sourire.

— J'ai frappé à ta porte plusieurs fois depuis qu'on se connaît, et je ne l'ai jamais regretté.

CHAPITRE 26

Brayden

Il était tard, il ne restait que quelques minutes avant la fin des visites, mais j'avais hâte de montrer à Landon l'accessoire que j'avais fabriqué pour sa prothèse de bras Spider-Man. Bon, j'en avais peut-être fabriqué deux – dont un pour moi –, car on n'était jamais trop vieux pour des superpouvoirs, et on ne pouvait pas prévoir quand on allait avoir besoin d'attraper quelqu'un dans notre toile.

J'entrai dans le Memorial Hospital et me dirigeai tout droit vers le bureau de la coordinatrice des bénévoles pour parler à Liz. La dernière fois que j'étais venu, j'avais dû porter une blouse et un masque, car le traitement de Landon avait affaibli son système immunitaire. Avec un peu de chance, ce n'était plus cas, mais je me dis que j'allais vérifier avant de monter dans le service. Toutefois, la porte du bureau de Liz était fermée. Il était presque vingt heures, elle devait avoir fini sa journée, alors je décidai plutôt d'aller vérifier au bureau des infirmières à l'étage.

Peyton, une assistante médicale que j'avais déjà croisée quelques fois, s'y trouvait quand j'arrivai.

— Salut, Brayden. Ça fait un moment.

Je hochai la tête.

— Oui. On a eu quelques soucis de permis avec la maison qu'on est en train de construire, alors le projet était en pause pendant quelques mois, mais on s'est remis au travail. J'espère qu'on pourra commencer à accueillir des familles à partir du mois prochain.

— C'est une super nouvelle, affirma-t-elle en souriant.

— Mais en attendant, je suis venu offrir un nouveau jouet. En fait, c'est plus un complément à quelque chose que j'ai déjà fabriqué.

— Tu crées vraiment des trucs sympas. Je peux voir ?

Je posai le carton sur le comptoir et en sortis l'un des accessoires pour poignets. Landon pourrait l'attacher à sa prothèse grâce à un aimant, afin de pouvoir le retirer facilement, mais le mien s'attachait autour de mon avant-bras. Je le mis en place et levai mon membre.

— C'est comme ça que Spider-Man attrape les méchants.

Je levai le pouce, l'index et le petit doigt comme le faisait le superhéros, et je me servis de mon autre main pour appuyer sur le bouton au niveau de mon poignet. Un filet fut projeté d'un orifice caché, et atterrit à au moins trois mètres de moi.

Peyton se mit à rire.

— J'aurais aimé que tu puisses voir ta tête quand le filet est sorti. Tu es vraiment un grand enfant, hein ?

— Qui ne l'est pas ?

Ma réponse la fit rire.

— Alors, qui est l'heureux destinataire de ce gadget ?

— Landon Wilkes. J'ai conçu le sien pour qu'il s'attache au bras que je lui ai déjà fabriqué.

Le visage de Peyton se décomposa.

Je compris aussitôt que la situation ne s'était pas améliorée comme je l'avais espéré.

— Son système immunitaire est encore affaibli ? demandai-je, le ventre noué.

— Je suis désolée, Brayden, répondit-elle en secouant la tête. On aurait dû t'appeler. Landon est décédé la semaine dernière.

Le sol se déroba sous mes pieds.

— Quoi ?

Elle hocha la tête.

— Je suis sincèrement navrée. Il était très malade.

— Peyton ! l'interpella une infirmière au bout du couloir. Tu peux venir m'aider une minute ?

— Je reviens, indiqua-t-elle en me tapotant la main.

Je retins mes larmes, figé sur place, et je regardai autour de moi. Sur ma gauche, un homme d'entretien vêtu d'un uniforme gris passait la serpillère en sifflant. Il sourit quand nos yeux se croisèrent. À ma droite, deux enfants qui ne devaient pas avoir plus de neuf ou dix ans traversaient le couloir en riant, tout en poussant leurs colonnes d'intraveineuses. Peyton et l'infirmière qui l'avait appelée se trouvaient à quelques mètres de là, en train de rechercher quelque chose sur l'ordinateur qu'elles apportaient partout avec elles sur un chariot à roulettes. Tout semblait normal. Comme toutes les autres fois où j'étais venu ici.

Sauf que ce n'était pas le cas. Landon était parti.

J'observai autour de moi pendant encore quelques minutes. La vie continuait. Quand je sentis le goût de mes larmes dans ma gorge, je décidai que je n'avais pas besoin d'attendre que Peyton revienne. Il n'y avait plus rien à dire ni à faire. Alors je laissai le carton sur le comptoir, avec mon accessoire et celui que j'avais fabriqué pour mon ami, et je retournai à l'ascenseur.

— Brayden ?

Je levai les yeux, mais même apercevoir Alex dans le hall de l'hôtel un jour plus tôt que prévu ne parvint pas à me remonter le moral.

— Salut.

Elle fronça les sourcils.

— Qu'est-ce qui ne va pas ? Il s'est passé quoi ?

— Je reviens de l'hôpital, l'informai-je en faisant un geste du pouce par-dessus mon épaule. J'ai fabriqué un accessoire pour Landon, et il...

Les mots restèrent bloqués dans ma gorge, et les larmes qui avaient menacé de couler depuis mon départ de l'hôpital se mirent à couler.

— Oh, non, lâcha Alex en réduisant la distance entre nous et en me prenant dans ses bras.

Je ne pouvais pas le faire. Je ne pouvais plus tenir le coup. Je pleurai comme un bébé, alors qu'elle me tenait.

— Laisse tout sortir, murmura-t-elle. Ça n'aide pas de tout garder en soi.

Sans savoir comment, nous nous retrouvâmes assis sur un canapé dans un coin tranquille, alors que je ne me rappelais pas avoir marché jusque-là. Ça faisait longtemps que je n'avais pas pleuré, et manifestement, toutes les larmes que j'avais retenues pendant toutes ces années avaient attendu ce moment.

Alex me caressa le dos.

— Je suis désolée, prononça-t-elle d'une voix brisée. Je suis vraiment désolée, Brayden.

Entendre sa tristesse fut certainement la seule chose capable de me faire arrêter de sangloter pendant des heures. Une fois que je me rendis compte qu'elle souffrait, quelque chose bascula en moi. Je passai de l'apitoiement au mode protecteur.

— Je vais bien, me repris-je en reniflant.

Cependant, des larmes silencieuses coulaient désormais sur les joues d'Alex. Je les essuyai avec mon pouce.

— S'il te plaît, ne pleure pas. Je ne supporte pas de te voir dans cet état.

— Ne t'en fais pas pour moi, répondit-elle avec un sourire triste.

— Comme si c'était possible.

Elle posa sa tête sur mon épaule en soupirant.

— Tu as rendu sa vie plus belle.

— Ce n'est pas juste. Ce n'était qu'un enfant.

— Je sais. Au moins, il ne souffre plus. Il a traversé tant d'épreuves.

Je laissai mon regard se perdre au loin. Les gens entraient et sortaient, comme n'importe quel autre soir, comme tout à l'heure à l'hôpital.

— Ça ne me paraît tellement pas normal que le monde ne s'arrête pas, ne serait-ce qu'un instant, pour pleurer cette perte.

— On peut faire ça ensemble, proposa Alex en entrelaçant nos doigts.

Nous restâmes ainsi pendant un long moment, assis main dans la main en silence, mettant nos vies sur pause en l'honneur de Landon. Puis je finis par prendre une grande inspiration et serrer ses doigts.

— Je ne savais pas que tu arrivais ce soir.

— Je ne savais pas si je devais le faire, mais je suis contente d'avoir pris cette décision.

— Moi aussi, acquiesçai-je.

— Je n'ai pas encore récupéré ma chambre. Je t'ai vu avant d'arriver à la réception. Tu as dîné ? Je crois que le restaurant de l'hôtel est encore ouvert.

Je secouai la tête.

— Je n'ai rien pu avaler.

— Oui, je comprends, m'assura-t-elle en hochant la tête. Tu devrais aller te reposer. Tu veux qu'on prenne un petit déjeuner ensemble, demain matin ?

— Avec plaisir.

Elle me sourit.

— Ça me fera plaisir aussi.

J'avais l'impression qu'aucun de nous n'avait envie de bouger, mais quand mon téléphone vibra au moment où je reçus un appel de Liz, je le montrai à Alex.

— C'est la coordinatrice des bénévoles de l'hôpital. Et si tu allais t'enregistrer pendant que je décroche ?

— D'accord. Bonne idée.

Elle revint pile au moment où je raccrochais.

— Tout va bien ? demanda-t-elle.

Je hochai la tête.

— J'ai laissé un carton au bureau des infirmières, avec un lanceur de toile de Spider-Man que j'ai fabriqué pour la prothèse de bras de Landon. L'assistante a dû appeler Liz chez elle pour la prévenir que j'étais passé. Elle voulait s'excuser de ne pas m'avoir appelé la semaine dernière, et elle m'a demandé si j'étais d'accord pour envoyer ce que j'ai fabriqué aux parents du petit. Apparemment, son grand frère s'intéresse aux prothèses, et elle a pensé qu'il aimerait l'accessoire en plus.

— Oh, c'est gentil.

— C'est comme ça que j'ai commencé à m'intéresser à ce domaine aussi, grâce à mon ami Ryan.

— Le monde ne s'arrête peut-être pas de tourner, mais il change. Grâce à Ryan, tu as amélioré le secteur des prothèses avec ta technologie. Peut-être que le frère de Landon en fera autant.

— Je l'espère.

Nous nous dirigeâmes ensemble vers les ascenseurs. Une fois à l'intérieur, j'appuyai sur le bouton du cinquième étage.

— Quel étage ? l'interrogeai-je.

— Le même que toi.

Nous tournâmes tous les deux à droite en sortant, et Alex s'arrêta devant la chambre 519. Je pointai du doigt la porte juste à côté de la sienne.

— Sérieusement ? Je suis juste là, au 521.

Elle glissa sa carte dans le lecteur.

— Il faut croire que l'univers savait qu'on aurait besoin l'un de l'autre aujourd'hui.

Je dus me mordre la langue pour ne pas lui dire que j'avais besoin d'elle tous les jours.

— Ça te va huit heures pour le petit déjeuner ? proposa-t-elle.

— Oui, c'est parfait. On se rejoint en bas.

♥

— Bonjour.

J'étais déjà en train de boire ma troisième tasse de café quand Alex arriva en bas à huit heures moins dix le lendemain matin. J'avais aussi déjà terminé mon petit déjeuner.

Elle observa mon plateau vide.

— Je suis en retard ? Je croyais qu'on devait se retrouver à huit heures.

— C'est bien ça, mais je me suis levé tôt et je voulais me mettre en route. Je suis désolé. J'ai hésité à venir frapper étant donné que je sais que tu es une lève-tôt, mais j'ai écouté à ta porte et je n'ai rien entendu. Je me suis dit que tu dormais encore.

— C'était le cas. J'ai eu du mal à m'endormir hier soir, alors j'ai dormi jusqu'à presque sept heures et demie. Mais si tu veux te mettre en route, je ne suis pas obligée de prendre un petit déjeuner. Je peux juste prendre un café à emporter. J'ai toujours une barre protéinée dans mon sac.

— En fait... je vais prendre la route pour Philadelphie. C'est pour ça que je t'attendais. Je voulais te demander si tu pouvais gérer les travaux aujourd'hui, en mon absence.

— Oh. Bien sûr. Mais, est-ce que tout va bien ?

J'essuyai ma bouche avec ma serviette.

— Oui. J'ai juste besoin de rendre une visite rapide à Ryan.

— Ryan ? répéta Alex en fronçant le nez. Ton ami qui est...

J'acquiesçai.

— J'y vais parfois pour parler de tout ce qui se passe. C'est ce qu'on était l'un pour l'autre, des confidents. Il n'est peut-être plus là, pourtant bizarrement, c'est comme s'il était encore présent pour moi. Je n'ai pas très bien dormi cette nuit, mais je me suis réveillé avec la certitude de devoir aller lui rendre visite aujourd'hui. Ça fait trop longtemps.

— Le trajet dure combien de temps ?

— C'est à quelques centaines de kilomètres, donc ça devrait me prendre quatre heures et demie. Je serai absent toute la journée.

— Est-ce que tu veux que je vienne avec toi ?

Je souris.

— C'est gentil de proposer, mais c'est quelque chose que je dois faire seul. Et puis, j'ai besoin que quelqu'un me remplace à la maison. J'ai déjà écrit une liste de choses à faire, si jamais tu es d'accord. Je pourrais te l'envoyer par message.

Alex balaya mon commentaire d'un geste de la main.

— Allez, tu devrais y aller. Ne t'en fais pas pour le projet. Je m'occupe de tout.

Je me levai et déposai un baiser sur son front.

— Merci.

— Salut, mon pote.

Plus tard ce jour-là, je retirai d'un geste de la main toutes les saletés sur la pierre tombale de Ryan.

— Ça fait un moment. Je suis désolé.

J'avais le cœur lourd, mais la tombe de mon ami parvenait toujours à me faire sourire. Il s'en assurait. Après sa mort, son père avait donné des lettres à toutes les personnes qui avaient compté dans sa vie. Elles finissaient toutes de la même manière. *P.S. : Ne venez jamais sur ma tombe les mains vides. Apportez-moi quelque chose à manger.* À l'époque, cette demande avait paru bizarre, mais c'était toujours amusant de voir toutes les choses qui étaient posées là en arrivant. En général, je pouvais deviner les visiteurs les plus récents grâce à ce qu'ils avaient apporté. Comme aujourd'hui, je pouvais dire que la mère de Ryan et Lala étaient venues ces dernières semaines. La pomme de terre posée contre la stèle était en train de germer. Madame Miller apportait toujours une patate, puisque le plat préféré de son fils était sa purée maison. Il pouvait en manger deux kilos à lui tout seul. Lala avait dû venir plus récemment, car le sachet de biscuits chinois à côté de la pomme de terre n'était pas encore sale.

La petite sœur de Ryan avait quelques années de moins que nous et était la personne la plus intelligente que je connaissais, mais elle avait aussi été la plus naïve quand nous étions petits. Quand Ryan devait avoir dix ans et Lala sûrement huit, il avait réussi à la convaincre que les prédictions notées sur les papiers dans les biscuits chinois se réalisaient si on y croyait assez fort. Pendant très long-temps, il avait remplacé tous ceux des biscuits de sa sœur par des trucs ridicules.

Les filles blondes doivent se teindre les cheveux en rose pour s'assurer une longue vie.

(Lala utilisait une boisson rose pour teindre ses cheveux le lendemain.)

Une femme sachant parler trois langues peut résou-dre le problème de la famine dans le monde.

(Elle parlait couramment l'espagnol et le mandarin.)

Lala n'était pas une grande cuisinière, alors chaque fois qu'elle passait lui rendre visite, elle apportait la même chose : un sachet de biscuits chinois. C'était leur truc à eux. Ce qui me faisait penser... Je glissai ma main dans ma poche et en sortis le petit paquet d'Oreo que j'avais ap-porté. Ryan et moi avions l'habitude de dévorer un gros paquet entier avec un litre de lait tout en regardant les des-sins animés ensemble le samedi matin.

— Tiens, mon pote. Profites-en bien.

Je m'assis sur l'herbe et regardai autour de moi pen-dant un long moment. Le cimetière était plutôt vide cet après-midi-là, mais quoi qu'il en soit, personne ne m'aurait empêché de parler à mon ami.

— Je ne sais pas si tu l'as déjà rencontré, mais ce se-rait gentil de garder un œil sur mon ami Landon.

Je cueillis quelques brins d'herbe, puis secouai la tête en les jetant par terre.

— *Putain de cancer.* Il continue de tuer des gens ici. Ce n'était qu'un enfant.

Je n'aimais pas que mes visites à Ryan soient complètement déprimantes, alors je décidai de lui parler de ma vie. Il s'était passé beaucoup de choses depuis la dernière fois que j'étais venu.

— Sinon... il y a du nouveau. Tu es assis ? Tu ne vas peut-être pas me croire, mais j'ai rencontré quelqu'un. Elle s'appelle Alex, et elle est vraiment incroyable.

Je marquai une pause en visualisant son joli visage.

— Je sais, moi aussi je pensais que ça n'arriverait jamais. Mais tu l'adorerais. Elle est chaleureuse et attentionnée, et évidemment, elle est canon. Je suis amoureux, mec, avouai-je, avant de prendre une grande inspiration. Je suis presque sûr qu'elle ressent la même chose, même si elle ne veut pas l'admettre. L'histoire derrière tout ça est dingue. En fait, avant de te la raconter, laisse-moi te préciser que c'est *Brayden* qui te parle, et pas Holden, parce que ça ressemble vraiment à une galère qu'il aurait pu vivre. Avant d'être en couple avec la charmante Lala, évidemment.

Pendant la demi-heure qui suivit, je me confiai à lui. Je lui racontai toute l'histoire à propos de Caitlin, et je le mis même au courant pour Lacey.

— J'avais envie de le faire, mais je ne pouvais pas. J'avais l'impression de la tromper, même si je n'étais pas en couple avec Alex et que je ne l'avais pas vue depuis des mois. Je ne sais pas quoi faire pour passer à autre chose. Peut-être que tu pourrais m'aider, me guider, parce que je suis complètement perdu.

J'examinai le cimetière paisible à la recherche d'un signe quelconque de mon ami. Lorsque je ne trouvai rien, je fermai les yeux et pris une grande inspiration. Peut-être qu'il n'y avait pas de réponse, et que le mieux que je puisse faire, c'était de trouver la paix intérieure. Mais soudain, une bourrasque fit tomber quelque chose sur mes genoux.

J'ouvris les yeux et aperçus le sachet de biscuits chinois apporté par Lala.

Je souris.

— Je ne suis pas aussi naïf que ta sœur à l'époque, mais d'accord... je vais essayer.

J'ouvris le sachet pour en sortir le premier biscuit, et je le cassai en deux. J'aperçus la série de chiffres familière au dos du petit morceau de papier, alors je le retournai pour lire mon message.

Ne laisse jamais un non être la fin de ton histoire. Fais-en un chapitre dans ton voyage vers le oui.

— Sérieusement ?

Je jetai un coup d'œil à la pierre tombale, le sourire aux lèvres.

— Comment tu as fait ça ?

Je n'étais pas sûr d'avoir un jour une réponse, mais Ryan m'avait donné ce dont j'avais besoin : un coup de pied aux fesses. Toutefois, la réponse avait été évidente depuis tout ce temps, non ? J'étais resté assis là, à dire à Ryan que j'étais amoureux et que je pensais qu'elle m'aimait aussi. Pourtant, je n'arrivais pas à savoir quoi faire. J'étais aveugle ou quoi ? Parce que la réponse me semblait tellement évidente à présent. *Ne laisse jamais un non être la fin de ton histoire.*

Je me levai précipitamment en glissant le bout de papier dans ma poche.

— Merci, mon pote. Je sais ce que je dois faire maintenant.

Mon cœur s'emballa lorsque je montai dans ma voiture et que je sortis mon téléphone. J'hésitai à appeler Alex, mais je ne voulais pas que quelque chose puisse gâcher ce que j'étais sur le point de faire. Alors je préférai lui écrire un message en allant droit au but.

Brayden : Je suis fou amoureux de toi. Sois prête à 20 h ce soir.

J'appuyai sur envoyer, et je me rendis compte qu'elle allait peut-être penser que j'étais ivre, ou qu'elle n'allait pas savoir pour quoi elle devait se préparer, alors j'en envoyai un autre.

Brayden : Au cas où tu te poserais la question, je suis totalement sobre. Et on dîne ensemble à 20 h. Porte une tenue sexy.

J'appuyai de nouveau sur envoyer, mais je remis en question le fait de lui dire comment s'habiller. Elle était venue à Seneca Falls pour faire des travaux. Elle n'avait sûrement rien apporté de sexy. Il allait falloir que je règle ça. Il y aurait bien un magasin hors de prix qui pourrait livrer. Mais d'abord, il fallait que je lui écrive encore...

Brayden : Une tenue te sera livrée.

J'avais probablement perdu la tête, mais je me sentais excité, alors je m'en fichais. Et puis merde. Puisque Alex allait sûrement penser que j'avais pris un coup sur la tête, autant y aller à fond.

Brayden : Et ne porte rien en dessous.

Les points de suspension apparurent. *Oh, merde.* Alex me répondait. Elle allait peut-être refuser, ce que je n'accepterais pas. Alors avant qu'elle puisse le faire, je tapai rapidement un dernier message.

Brayden : Je voulais aussi te dire que je vais te bloquer, donc je ne recevrai plus tes appels ni tes messages. Désolé (enfin, pas vraiment). On se voit à 20 h, ma belle.

CHAPITRE 27

Quelqu'un frappa bruyamment à ma porte de chambre d'hôtel.

Je regardai par le judas et aperçus une femme portant un gros paquet.

— Livraison pour mademoiselle Jones, annonça-t-elle lorsque je lui ouvris.

Oh, mon Dieu.

Il l'a vraiment fait.

— Oui, c'est moi. Merci.

Elle me tendit la boîte blanche au nœud en satin noir. Mes mains tremblaient presque quand je la récupérai et me dirigeai vers le lit pour l'ouvrir.

À l'intérieur se trouvait une mini robe noire en dentelle. D'après l'étiquette, je savais aussi qu'elle n'était pas donnée. Le grand carton contenait également une boîte à chaussures, dans laquelle se trouvait une paire de talons aiguilles noirs ouverts au bout absolument parfaits. La robe et les chaussures étaient exactement à ma taille. Je n'avais jamais mentionné ces détails à Brayden, alors je sentais que Wells avait quelque chose à voir là-dedans. J'étais certaine qu'il avait dû prendre un malin plaisir à donner un coup de main.

Qui aurait pu deviner que j'allais venir à Seneca Falls pour travailler et finir par me retrouver dans un remake de *Pretty Woman*? J'avais travaillé comme une acharnée à la maison pendant toute la journée, alors je venais juste de me doucher, et j'étais restée en peignoir étant donné que Brayden avait proposé de me faire parvenir une tenue. Néanmoins, je n'en revenais pas qu'il ait fait tout ça.

Mais au-delà de ça, je ne comprenais pas ce qui lui prenait. C'était comme si quelque chose avait basculé en lui quand il était allé en Pennsylvanie. Je ne savais pas vraiment comment gérer ça, toutefois, il était hors de question que je le déçoive après les journées qu'il venait de passer – d'abord le décès de Landon, ensuite sa visite sur la tombe de Ryan. J'allais être ce dont il avait besoin ce soir-là.

Je retirai mon peignoir, apportai la robe devant le miroir et l'enfilai. Elle avait un col droit et des manches courtes. Elle était ajustée à la taille et possédait une jupe légèrement évasée qui s'arrêtait juste au-dessus du genou. Elle épousait parfaitement mes formes, même si je portais des sous-vêtements, contrairement à ce que Brayden m'avait demandé. J'allais encore devoir réfléchir un peu concernant ce point.

Les chaussures allongeaient encore plus mes jambes et allaient parfaitement avec la tenue. Je me tournai pour voir le rendu vu de derrière. Je souris en me rendant compte à quel point Brayden m'avait fait me sentir sexy, désirée et aimée. Et à ce moment-là, j'eus un déclic.

Je fermai les yeux un instant en sentant l'émotion monter en moi. Je savais au fond de mon cœur que je ne pouvais plus nier tout ça. Comme tout le monde autour de moi me le disait, il fallait que j'arrête de fuir Brayden et que je gère les éventuelles conséquences plus tard.

Quand il m'avait écrit plus tôt pour me dire qu'il était fou amoureux de moi, mon cœur avait failli exploser. J'avais essayé de trouver le meilleur moyen de répondre, mais il m'avait bloquée, me retirant ainsi la responsabilité de lui dire quoi que ce soit. Ce n'était pas plus mal, car je n'avais pas été capable de mettre des mots sur ce qu'il me faisait ressentir. Je ne savais toujours pas comment j'allais gérer cette soirée, mais j'étais certaine de ne plus vouloir lutter contre mes sentiments.

Un coup frappé à la porte me fit sursauter.

Je vérifiai mon téléphone. Il me restait encore une heure avant de devoir rejoindre Brayden pour le dîner. Néanmoins, je jetai un coup d'œil dans le judas et je l'aperçus devant la porte.

Mon cœur manqua un battement lorsque je lui ouvris.

— Salut, lançai-je dans un souffle.

Il me sourit.

— Tu es absolument magnifique. Encore mieux que ce que j'aurais pu imaginer.

— Tu es en avance. Je ne suis pas encore coiffée ni maquillée.

— Tu n'as besoin de rien de plus. Tu es parfaite.

— Comment Wells et toi avez fait ça ? demandai-je en admirant ma robe.

— C'est si évident que ça que j'ai eu un peu d'aide ? répliqua-t-il en riant.

— Juste un peu, plaisantai-je.

— Sur le chemin du retour, je me suis arrêté dans un centre commercial et je l'ai appelé en vidéo. Il m'a aidé à tout choisir, et ensuite, j'ai tout fait emballer et j'ai payé l'hôtel pour qu'ils te livrent le paquet.

— Je n'en reviens pas que tu aies fait ça. Mais merci.

— De rien, trésor.

Brayden portait un blazer noir au-dessus de sa chemise. Il était tellement canon que j'avais envie de crier.

— Tu es très beau, mais tu es en avance.

— Je sais, répondit-il en hochant la tête. J'avais hâte de te voir.

— Qu'est-ce qui t'est arrivé en Pennsylvanie ?

Il fit un pas vers moi.

— Je me suis dit que je n'en avais plus rien à foutre du reste, Alex, me confia-t-il en me regardant avec ses yeux brillants. Apprendre le décès de Landon m'a rappelé que la vie est courte. Je l'ai toujours su, mais ce n'était qu'un autre rappel brutal de cette réalité. En ce moment, il n'y a qu'une chose que je désire plus que tout dans la vie, et elle se tient devant moi. Et je sais sans l'ombre d'un doute que tu ressens la même chose. Alex, j'en ai assez d'essayer de vivre ma vie comme si tu n'existais pas. Je ne peux pas t'oublier. J'ai essayé.

— Je sais, murmurai-je.

— Et si tu t'inquiètes pour Caitlin, vois les choses de cette manière : être séparés ne changera pas la situation. Est-ce qu'il y a un intérêt à être loin de toi si je continue de t'aimer chaque jour ? On peut changer des situations, mais pas des sentiments. Je t'aime, qu'on soit ensemble ou non. Alors je suis coupable, peu importe ce qui se passe.

Il marqua une pause.

— Je t'aime, et personne ne pourra changer ça, reprit-il. Je n'accepterai plus de refus.

Un frisson me parcourut. Il m'avait laissée sans voix.

— Dis quelque chose, insista-t-il.

J'avais envie de dire des tas de choses, mais rien ne sortit. Aucun mot ne pouvait décrire ce que je ressentais.

Rien ne pouvait expliquer ce que ça faisait de comprendre à quel point Brayden m'aimait. Ou à quel point je l'aimais. Tout ce que je voulais, c'était lui *montrer* tout cet amour.

Je passai mes doigts dans ses cheveux, et il laissa tomber sa tête en arrière en poussant un long soupir, comme si le fait que je le touche lui avait terriblement manqué.

— Mon beau Brayden, finis-je par prononcer. Moi non plus je ne peux plus lutter contre ça.

Je l'attirai contre moi et ouvris ma bouche dès qu'elle toucha la sienne, impatiente de le goûter.

— Est-ce que tu sais à quel point tu m'as manqué ? marmonna-t-il contre mes lèvres.

Notre baiser devint passionné.

— Je ne veux pas que ça s'arrête, souffla-t-il d'une voix rauque, tout en glissant ses doigts dans mes cheveux mouillés.

— N'arrête pas, insistai-je en l'embrassant.

— Qu'est-ce que tu veux, ma belle ?

— Je veux te chevaucher, exigeai-je.

Il s'écarta de moi, et son regard s'illumina.

— Comme tu voudras alors.

Brayden baissa la fermeture de ma robe, tout en continuant à m'embrasser, et je la retirai lorsqu'elle tomba au sol.

Il se débarrassa de sa veste et la jeta sur le côté, puis nous nous laissâmes tomber sur le lit. Son sexe étirait tellement son pantalon que j'avais l'impression qu'il allait craquer. Je me léchai les lèvres rien qu'en imaginant le prendre dans ma bouche.

Notre baiser s'interrompit un instant, et il haleta en levant les yeux vers moi.

— Tu es tellement belle, Alex.

— C'est toi qui me fais me sentir belle.

Il s'allongea et me fixa d'un air émerveillé. Je dégrafai mon soutien-gorge et l'enroulai malicieusement autour de son cou pour le faire venir contre moi, nos bouches fusionnant alors que je chevauchais son bassin. Je me mis à me frotter contre lui, seulement vêtue de ma culotte. La chaleur de son érection me fit mouiller encore plus. J'avais hâte qu'il soit en moi.

Lorsqu'il se rallongea, je passai mes ongles sur son torse, par-dessus sa chemise, tout en continuant à appuyer mon clitoris contre lui. Il m'avait laissé les rênes ce soir-là, mais vu son expression, il n'allait pas supporter que je l'allume comme ça beaucoup plus longtemps. Et honnêtement, moi non plus.

Je me soulevai un instant pour ouvrir son pantalon. Brayden gémit quand je posai ma bouche sur son sexe et que je léchai son gland en dessinant des cercles lents et sensuels.

— Putain, souffla-t-il. Je pourrais mourir heureux, là, maintenant.

Je le pris plus profondément, et je me mis à caresser son érection humide tout en bougeant ma bouche de haut en bas, savourant son goût salé. Je le laissai s'enfoncer jusqu'à ma gorge, aussi loin qu'il pouvait aller une dernière fois, puis je reculai.

Il m'observa avec des yeux voilés et continua à me laisser mener la danse. Je retirai son pantalon et son boxer, avant d'enlever mon string. Au même moment, il se débarrassa de sa chemise, et nous nous retrouvâmes tous les deux entièrement nus. Son sexe était dressé, me suppliant de le prendre en moi. Je me plaçai au-dessus de lui et m'assis lentement en le laissant me pénétrer. Brayden laissa échapper un son guttural quand je remuai mes hanches. Il posa ses mains sur ma taille, alors que je faisais des va-et-vient sur son érection.

Je n'avais jamais tenu les rênes comme ça pendant un rapport, mais sa façon d'avoir pris les choses en main la dernière fois me donnait envie de lui rendre la pareille. Le fait qu'il m'ait dit qu'il était fou amoureux de moi me donnait envie de lui faire l'amour à lui en faire perdre la tête.

— Je t'aime, Brayden Foster, haletai-je en bougeant plus vite.

— Je t'aime tellement, souffla-t-il sans jamais me quitter des yeux.

Une minute plus tard, mon bassin ralentit en sentant le plaisir remonter à la surface. J'appuyai mon clitoris contre lui, et sa respiration devint erratique lorsqu'il enfonça ses doigts dans mes flancs.

Il me donna ainsi la permission de me laisser aller, alors je rejetai la tête en arrière et laissai mon orgasme m'emporter. Quelques secondes plus tard, le corps de Brayden trembla sous le mien, alors qu'il jouissait plus fort que les fois précédentes, son cri résonnant dans la pièce. Je me contractai autour de lui pour recevoir jusqu'à la dernière goutte de sperme qu'il déversait en moi. J'adorais sentir sa chaleur. J'adorais *tout* de ce moment. De *nous*. Et je savais que je ne pouvais pas revenir en arrière. Plus jamais. La situation était loin d'être parfaite, pourtant Brayden l'était pour *moi*. C'était comme ça, que ce soit bien ou pas.

Une fois l'extase passée, nous nous allongeâmes l'un face à l'autre.

— Qu'est-ce qui t'a pris ce soir ? Mis à part *moi*, demanda-t-il. Je dois dire que j'adore cette version d'Alex.

Il caressa ma joue.

— Qu'est-ce qui m'a pris ce soir ? Je pourrais te demander la même chose après ce que tu as fait aujourd'hui.

— Il faut croire qu'on a tous les deux décidé d'arrêter de lutter, hein ? répondit-il en passant son pouce sur mon visage.

— Comment ça ?

Il déposa un baiser sur mon front.

— Ce que je veux dire, c'est qu'il faut qu'on avance un pas après l'autre, qu'on arrête de s'inquiéter de ce que les autres pensent, et qu'on commence à accepter ce qui est déjà dans nos cœurs. Arrête d'être mal parce que tu penses que d'une certaine manière, c'est la bonne chose à faire. La bonne solution, ce n'est *jamais* de te mentir, Alex.

Je hochai la tête, car pour la première fois, je le comprenais.

— Tu m'as demandé ce qui m'a pris… L'histoire est un peu plus compliquée que ça.

J'écoutai Brayden me parler du message qu'il avait trouvé dans le biscuit sur la tombe de Ryan. Ça semblait vraiment être un signe de Là-Haut. Et j'étais reconnaissante pour le timing parfait.

— Je crois qu'il essaie de m'envoyer un autre message, annonça-t-il en fixant le plafond.

— Lequel ? lançai-je en me redressant.

— Il dit qu'il faut qu'on remette ça.

Il agita ses sourcils en riant.

— Ravie de voir que Ryan a le temps de se préoccuper de ce genre de choses là où il est.

— Tu as vu ça ? Il est tellement attentionné, plaisanta-t-il en m'attirant contre lui pour enfouir son visage dans mon cou, avant de m'embrasser.

— Eh bien, tu as de la chance, parce que je ne pourrais pas attendre une seconde de plus avant que tu sois en moi, prononçai-je contre sa bouche.

— Cette fois-ci, c'est moi qui prends les commandes, d'accord ?

— Oui, s'il te plaît, murmurai-je.

Brayden me retourna et colla son corps contre mes fesses. Très vite, sa main se retrouva entre mes jambes. Il caressa mon clitoris, avant de glisser ses doigts en moi.

— J'adore sentir mon sperme en toi.

Je me contractai autour de lui.

— Moi aussi.

— Il va bientôt y en avoir encore plus.

Il se mit à rire contre moi, ce qui me fit frissonner, puis il empoigna mon sein en embrassant mon dos. Je pouvais sentir son sexe dur comme la pierre contre mes fesses, alors je les poussai contre lui.

— Vous essayez de me faire comprendre quelque chose, mademoiselle Jones ?

— Je crois que je ne suis pas très subtile... répondis-je en me poussant de nouveau contre lui.

— Demande et tu auras ce que tu veux, murmura-t-il contre mon cou.

— Je veux ça.

— Quoi donc ?

— Que tu me prennes par-derrière.

Il poussa un gémissement rauque. Quelques secondes plus tard, je sentis la brûlure de son sexe me pénétrant. Il fit des va-et-vient et mordit doucement mon dos pendant qu'il me faisait l'amour.

— Tu es tellement parfaite, Alex...

Je remuai mes hanches pour lui rendre ses coups de reins, qui s'intensifièrent rapidement, ses testicules claquant contre moi. Rien n'égalait ça. Nos corps peau contre peau, le sentir à l'intérieur de moi, son souffle chaud caressant mon épiderme, les bruits qu'il faisait. C'était une symphonie de plaisir que je n'avais jamais connue avant lui. Brayden Foster avait officiellement fait disparaître tous les autres.

— Merde ! gémit-il, le corps tremblant.

Je sentis la chaleur de son sperme se déverser en moi, et je me contractai autour de lui, emportée par un orgasme encore plus intense que le précédent. Il remua lentement en moi jusqu'à ce que nous soyons tous les deux redescendus, et quand il se retira, je me tournai face à lui pour passer mes doigts dans ses cheveux décoiffés.

— Je n'ai pas pu me retenir, cette fois-ci. Je suis désolé, s'excusa-t-il.

— Je n'étais pas loin derrière. Chaque fois avec toi est plus incroyable que la précédente.

Nous finîmes par sortir du lit, et après avoir pris une douche ensemble, je remis la robe qu'il m'avait achetée, sans sous-vêtements cette fois-ci. Mais ensuite, nous décidâmes de commander plutôt que d'aller au restaurant dans lequel il avait réservé une table. Pour une fois, je n'avais pas envie de partager Brayden avec le reste du monde. C'était trop agréable d'être dans notre petite bulle. Contrairement aux autres fois où nous avions été ensemble, il n'y avait pas de culpabilité ce soir. Je ne savais pas comment l'expliquer. Peut-être que c'était parce que je l'avais entendu déclarer son amour, ou parce que j'avais enfin pris conscience que je menais une bataille perdue d'avance. Il fallait que je prenne la bénédiction de Caitlin comme un cadeau. Et considérer que Brayden était à moi me rendait presque sauvage.

Après le repas, je grimpai sur lui alors qu'il était assis sur une chaise en face de moi, et j'enroulai mes bras autour de son cou.

— Je ne veux pas te quitter ce week-end.

Il posa ses mains sur mes fesses et les serra.

— Je ne veux plus *jamais* te quitter.

— Qu'est-ce qu'on va faire ? demandai-je. Enfin, on vit à plusieurs heures l'un de l'autre.

— C'est vrai, acquiesça-t-il. Ça ne va pas le faire. Je te veux dans mon lit tous les soirs. Je veux boire mon café tous les matins avec toi. Je veux dîner avec toi pendant la semaine et parler de tes journées. On a déjà gâché tant de temps précieux, Alex.

Il marqua une pause.

— Je crois que je devrais venir vivre dans le Connecticut.

— Toi ? Comment ? lançai-je en écarquillant les yeux.

— Je trouverai une solution. Tu as ton spa là-bas. Tu ne peux pas partir. Mon travail est plus mobile.

— Mais tu es propriétaire, ça fait partie de ton travail.

— Les garçons peuvent attester que je suis probablement le moins présent sur le terrain pour la gestion de l'immeuble. Tant que je m'implique financièrement, ils n'ont pas besoin que je sois à New York tous les jours. Je serai quand même assez proche pour pouvoir faire le trajet si nécessaire.

— Mais ils ne te manqueront pas ?

— Bien sûr que si. Mais pas autant que toi, m'assura-t-il en posant ses mains sur mes joues. Tu es ma reine, Alex. Je ne veux pas être séparé de toi.

Ses paroles m'emplirent de fierté. Même si ça me soulageait énormément de savoir que Brayden pourrait venir vivre dans le Connecticut pour moi, ça me donnait aussi une nouvelle raison de culpabiliser. Ses amis étaient sa famille. Toutefois, je me promis de ne pas y penser pour l'instant. J'avais réussi à ne pas me sentir coupable ce soir-là, alors je voulais profiter de ce moment avec mon homme.

Mon homme.

Ça faisait tellement de bien de pouvoir enfin dire ça.

CHAPITRE 28

Alex

Bon sang, je me suis fait saigner.

Et moi qui pensais que ma fâcheuse habitude d'enfance était de l'histoire ancienne. Ça faisait des années que je ne m'étais pas rongé les ongles. En même temps, je ne me souvenais pas de la dernière fois où j'avais été aussi stressée. Je récupérai mon téléphone sur le comptoir pour vérifier l'heure, et je faillis le faire tomber quand il se mit à vibrer. *Brayden.*

Rien que voir son prénom sur l'écran m'apaisa un peu. Peut-être que j'aurais dû le laisser être présent pour parler de nous à ma belle-fille, comme il me l'avait proposé. Si j'avais accepté, j'aurais probablement encore ma bouilloire préférée et ma maison ne sentirait pas le métal carbonisé. Ce qui me rappelait que je devais allumer une bougie. Je décrochai en me dirigeant vers le placard où elles étaient rangées.

— Salut.

— Tu stresses ?

— Comment tu le sais ? demandai-je.

— Je te connais, Alex, indiqua-t-il en riant.

— Eh bien, depuis ce matin, j'ai dû aller deux fois chez le caviste, j'ai mis ma bouilloire à chauffer sans l'avoir remplie d'eau, et ensuite, j'ai complètement oublié que je l'avais mise sur le feu et je suis allée prendre ma douche. Oh, et j'ai aussi fait cuire de la poitrine de bœuf pendant deux heures sans avoir allumé le four.

— Tu as acheté du vin et tu as dû y retourner une deuxième fois ? Tu as bu ce que tu as acheté au premier voyage ?

— Non, j'ai déposé deux bouteilles de vin à la caisse, je les ai payées, et je suis sortie sans le sac. Je ne m'en suis rendu compte qu'au moment où je voulais le sortir de la voiture quand je me suis garée dans mon allée.

Brayden se mit à rire.

— J'aurais aimé que tu me laisses être là. J'ai un remède spécial qui fonctionne très bien pour calmer la nervosité.

— Je n'en doute pas...

— Sérieusement, ma belle. Tout va bien se passer. Et même si ce n'est pas le cas – ce qui n'arrivera jamais –, on traversera ça ensemble. On est une équipe maintenant.

Je soupirai. Ça faisait longtemps que je n'avais pas eu quelqu'un sur qui me reposer. Il allait falloir que je m'y habitue. Mais même quand il n'était pas physiquement à mes côtés, je savais dans mon cœur que Brayden était là pour moi quoi qu'il arrive.

— Merci, répondis-je en souriant.

— Inutile de me remercier. Mais j'ai besoin que tu fasses quelque chose pour moi avant que Caitlin arrive.

— Quoi donc ?

— Ouvre la porte d'entrée et récupère ce qui vient juste d'être livré.

— Comment tu sais qu'une livraison vient d'arriver ?

— J'ai reçu une notification. Je savais que tu allais stresser ce soir, et puisque je ne suis pas là pour te rassurer, je t'ai fait parvenir quelques petites choses.

Je m'approchai de la porte en ressentant un autre genre de stress. Celui qui me faisait sourire. Un grand carton se trouvait devant chez moi. Mon nom était écrit dessus, et je reconnus l'écriture de Brayden.

— Qu'est-ce que tu m'as envoyé ?

Je retournai à l'intérieur avec le paquet et le posai sur la table basse du salon.

— Passe en appel vidéo pour que je puisse te voir l'ouvrir.

— D'accord.

J'appuyai sur quelques boutons, et le joli visage de Brayden apparut à l'écran. Il était torse nu, ce qui était très distrayant.

— Salut, lançai-je avec un sourire niais.

— Salut, ma belle. On n'a sûrement pas beaucoup de temps, alors tu ferais mieux d'ouvrir ce colis.

— D'accord, tu devras me rappeler plus tard en étant torse nu, pour que je puisse te reluquer comme il se doit.

Il se mit à rire.

— Marché conclu.

J'ouvris le carton, soulevai une couche de papier bulle, et trouvai quelques petits produits à l'intérieur. Tout au-dessus se trouvait un paquet de cookies, mais je n'avais encore jamais vu cette marque.

— Cookies de réconfort ? m'enquis-je en les levant.

— Ils sont infusés au CBD. Je me suis dit que tu aurais peut-être besoin d'en grignoter un. Ça ne te fera pas planer, mais ça te détendra un peu.

— Oh, c'est une bonne idée. On vient juste de lancer les massages au CBD au spa, les clients ont l'air d'aimer.

— Continue.

Je sortis ensuite une bougie. Le pot en verre était totalement noir, à l'exception de l'étiquette blanche sur laquelle était écrit un seul mot : *calme*.

— Le timing est parfait. J'allais justement en allumer une pour me débarrasser de l'odeur de la bouilloire carbonisée.

Je trouvai aussi dans le paquet des sels de bain, du thé à la camomille, un appareil de massage du cuir chevelu et une balle antistress. Le dernier objet tout au fond était une boîte en velours rouge sans inscription.

— Quel joli emballage, remarquai-je en le soulevant.

— Celui-ci, c'est mon préféré. C'est peut-être aussi un cadeau pour moi.

J'écarquillai les yeux en ouvrant la boîte et en découvrant un vibromasseur rose vif. Je sentis mes joues rougir en le sortant. Ce n'était pas du tout un petit modèle. J'en avais un dans ma table de nuit, mais il était loin d'être aussi gros que celui-ci.

— Je ne savais pas si tu en avais un, ajouta Brayden. Mais ton visage n'est jamais aussi détendu qu'après un orgasme, alors peut-être qu'on pourrait s'appeler en vidéo un peu plus tard. Je te dirai tout ce que je te ferai quand j'arriverai demain, pendant que tu te serviras de ça.

— Il est... imposant.

Brayden me fit un clin d'œil.

— J'en voulais un qui se rapproche le plus de la réalité, pour que tu puisses faire comme si j'étais là avec toi.

Je frissonnai.

— Regarde ce que tu as fait. J'ai déjà la chair de poule.

— Et tu as l'air bien plus détendue qu'avant d'ouvrir le paquet, alors je crois que ma mission est accomplie, même si tu n'as pas encore profité du contenu du colis.

— Je me sens beaucoup mieux, en effet, admis-je en souriant, avant de prendre une grande inspiration. Merci, Brayden. C'est très attentionné de ta part.

— C'était aussi très *coquin*, mais toutes les mesures étaient bonnes à prendre.

La sonnerie interrompit notre conversation, et mes yeux s'écarquillèrent.

— Oh, bon sang, Caitlin est là. Il faut que je cache tout ça.

Je jetai le vibromasseur dans le carton, sans même prendre la peine de le remettre dans sa jolie boîte, et je regardai autour de moi dans un mouvement de panique, à la recherche d'un endroit où le cacher. Le calme que j'avais ressenti disparut rapidement.

— Je dois y aller. Elle est là ! Elle est là !

— D'accord... Accorde-moi d'abord deux secondes.

— Quoi ?

— Regarde-moi.

Je fixai le téléphone.

— Ferme les yeux et prends une grande inspiration.

J'étais presque sûre que même en utilisant l'intégralité du contenu du carton, je me sentirais toujours stressée maintenant que Caitlin était devant ma porte. Toutefois, Brayden avait de bonnes intentions, alors je lui obéis et fermai les yeux. Quand je les rouvris, il souriait.

— Je t'aime, trésor. Tout se passera bien.

— Je t'appelle plus tard.

— Bonne chance.

Mon cœur s'emballa lorsque je cherchai une cachette pour le colis. Je ne voulais pas faire attendre Caitlin, alors je le rangeai dans le débarras au fond de la cuisine, sur l'étagère du haut. Personne n'allait jamais là-bas. J'essuyai mes paumes moites sur mon jean et me dirigeai vers la porte.

Lorsque je l'ouvris, Caitlin me tendit une bouteille de merlot.

— Il n'est pas trop tôt pour boire, pas vrai ?

— Pas du tout, répondis-je en la prenant dans mes bras.

Dès qu'elle entra, je me sentis extrêmement gênée. Je priai pour que ce soit seulement dans ma tête et que Caitlin ne le ressente pas. On m'avait toujours dit que mes sentiments se lisaient sur mon visage, alors je tentai de rester occupée pour qu'elle ne le remarque pas. J'ouvris le vin, je vérifiai le repas dans le four et je mis la table, même si je me sentais très nerveuse.

— Alors, quoi de neuf ? demandai-je.

Ma belle-fille souriait bizarrement, je me demandai donc si je marchais trop vite, ou si j'avais parlé d'une voix trop aigüe. Ça m'arrivait quand j'étais stressée.

— Justin m'a proposé une relation exclusive.

— Oh ! Waouh. C'est une bonne chose, n'est-ce pas ?

— C'est super. Je l'aime beaucoup.

Je m'en voulais de ramener ça à moi, mais j'étais ravie de cette nouvelle relation pour des raisons égoïstes.

— Je suis très heureuse pour toi, Caitlin.

— Merci. Je veux que tu fasses sa connaissance. Peut-être qu'on pourrait aller dîner tous les trois ?

— Euuh...

Brayden arrivait demain matin, mais je ne voulais pas qu'elle pense que je n'avais pas envie de rencontrer son nouveau petit ami, alors je hochai la tête en souriant.

— Bien sûr. Avec plaisir.

Caitlin s'assit sur un tabouret de l'autre côté de l'îlot et sirota son vin.

— Il m'a proposé de l'accompagner à un mariage avec lui dans quelques semaines. Sa sœur se marie.

— Est-ce que ça veut dire que tu vas rencontrer toute sa famille ?

Elle acquiesça.

— Je suis stressée, mais je suis aux anges qu'il veuille déjà me présenter. Je ne suis jamais arrivée à l'étape de la présentation à la famille, même après des relations de plusieurs mois. J'ai demandé à Justin si sa famille avait rencontré beaucoup de ses précédentes petites amies, et il n'y en a eu qu'une, alors j'ai l'impression que c'est un grand pas en avant.

— C'est génial. Dis-m'en plus. Est-ce qu'il a une grande famille ?

— Une énorme. Ils sont six enfants, et son père a neuf frères et sœurs. Il a l'air assez proche de sa mère, mais pas *trop* proche comme ce cinglé d'Éric avec qui je suis sortie une fois. Tu te souviens de ce type ? Il est venu avec sa mère la première fois qu'on est allés boire un verre, me rappela-t-elle en posant son verre de vin. Et ensuite, il y a eu Wes, avec qui je suis sortie plusieurs fois, celui qui ressemblait à un dur à cuire avec tous ses tatouages et la moto qu'il conduisait, mais qui vivait au sous-sol chez sa mère et qui l'appelait cinq fois par jour.

Je me mis à rire, ravie qu'elle se charge de la conversation.

— Les parents de Justin sont toujours mariés ?

— Non. Ils ont divorcé quand Justin était petit. Son père est aussi dentiste. Pas orthodontiste, juste dentiste. En fait, je l'ai déjà rencontré parce que leurs bureaux sont dans le même bâtiment. Ça fonctionne bien, car son père lui envoie beaucoup de patients. Mais je dois dire qu'il est plutôt canon. Quand je l'ai rencontré, je me suis demandé si ce ne serait pas bizarre de te le présenter. Peut-être pas maintenant, mais si j'épousais Justin et toi James, alors tu serais ma belle-mère de deux façons différentes, plaisanta-t-elle. Entre ça et l'histoire avec Brayden, on pourrait à coup sûr passer dans l'une de ces émissions de Jerry Springer.

Oh, bon sang. Génial. Vraiment génial.

J'avalai la moitié de mon verre de vin. Caitlin continua à parler, mais je me perdis dans mes pensées. Une minute plus tard, elle marqua une pause et me regarda bizarrement.

— Tout va bien, Alex ?

— Bien sûr. Pourquoi ça n'irait pas ?

Elle fixa avec insistance la planche à découper devant moi, sur laquelle j'étais en train de trancher du pain.

— Parce qu'en général, tu cuis le pain à l'ail surgelé avant d'essayer de le couper.

Je baissai les yeux. *Pas étonnant qu'il soit si difficile à trancher.*

Je secouai la tête et tentai d'en rire, mais désormais, Caitlin m'étudiait. Je me mis à transpirer, et je restai là, comme une biche prise dans les phares d'une voiture, incapable de trouver quelque chose à dire. Même pas un mot. Après une minute, elle sembla inquiète, et je me sentis soudain comme une cocote minute sur le point d'exploser. Je ne pouvais plus garder ce secret pour moi.

— J'ai couché avec Brayden, lâchai-je. Je suis amoureuse de lui, et on veut se laisser une chance. Je voulais l'oublier. Je te jure que j'ai essayé, Caitlin. Mais c'est impossible. Je sais qu'il est bien trop jeune pour moi et que toute cette histoire est folle, mais c'est le second homme que j'ai aimé, et j'ai tellement peur de perdre encore celui que j'aime. Perdre ton père a failli me tuer, je ne pensais pas que ça arriverait de nouveau, et je m'y étais résignée jusqu'à ma rencontre avec Brayden. Mais ensuite...

Les larmes me montèrent aux yeux.

— Landon est mort, Ryan aussi, et la vie est courte, et...

Je pris une grande inspiration, car je manquais d'air.

— Et je ne veux pas aller dans l'émission de Jerry Springer. J'ai tellement peur de te perdre.

Caitlin se précipita à mes côtés et me prit dans ses bras.

— Oh, mon Dieu. Qui sont Landon et Ryan ? Je suis navrée qu'ils soient morts, mais tu ne me perdras jamais, Alex. Tu es coincée avec moi pour toujours.

Toutes les émotions que j'avais refoulées depuis une semaine remontèrent à la surface, et mes larmes se mirent à couler. Je ne savais même pas vraiment pourquoi je pleurais. De culpabilité parce que j'aimais quelqu'un d'autre que Richard ? De bonheur parce que Caitlin m'avait dit que je ne la perdrais pas ? De tristesse parce que Landon était mort ? Quelle qu'en soit la raison, je sanglotai dans les bras de ma fille, au point d'en avoir les épaules qui tremblaient, le nez qui coulait, et de ne plus pouvoir m'arrêter.

— Oh, maman, ne te mets pas dans cet état.

Elle recula et me regarda, tout en pointant du doigt ses propres larmes.

— Tu me fais pleurer aussi. Et tu sais comment ça se passe. Mon visage va gonfler et devenir tout rouge, et j'avais prévu de surprendre Justin avec un appel coquin en rentrant chez moi.

Caitlin se mit à rire en essuyant ses larmes, et nous reniflâmes toutes les deux pour reprendre le contrôle de nos émotions.

— Pourquoi on pleure, d'ailleurs ? demanda-t-elle. Parce qu'on est toutes les deux amoureuses et heureuses ?

Je ris à travers mes dernières larmes.

— Je n'en ai aucune idée.

Après quelques minutes, nous parvînmes à nous calmer, puis Caitlin saisit mes épaules.

— Est-ce que c'est bon ? Parce que je suis presque sûre que quelque chose est en train de brûler dans le four.

J'essuyai une larme solitaire sur ma joue.

— C'est impossible. J'ai oublié de l'allumer tout à l'heure, alors le repas n'est pas encore prêt.

Pourtant, de la fumée s'échappait effectivement du four derrière nous. J'attrapai un torchon pour dissiper la fumée pendant que j'ouvrais la porte. À l'intérieur, à côté de la viande à moitié cuite, se trouvait un morceau de papier plié, désormais carbonisé.

— C'est quoi ça ? m'interrogea ma belle-fille lorsque je le sortis.

Je fermai les yeux.

— C'est ma liste de courses. Je l'ai cherchée partout cet après-midi.

♥

— Tu es prête ? me demanda Brayden en serrant ma main.

Le lendemain soir, nous étions garés devant le restaurant où nous devions retrouver Caitlin et Justin pour un double rencard.

— Pas vraiment.

Il posa ses mains sur mes joues et me rapprocha de lui.

— Viens par ici.

Je pensais qu'il allait me faire un discours d'encouragement, mais il approcha sa bouche de mon oreille.

— Écarte tes jambes. J'ai apporté le vibromasseur, juste au cas où tu stresserais. On a dix minutes avant d'y aller.

Je restai bouche bée.

— Tu plaisantes ?

Il prit ma main et la glissa dans la poche intérieure de sa veste. Effectivement, l'objet était bien là.

Brayden arbora un grand sourire en appuyant sur un bouton, et sa veste se mit à vibrer.

— Tu es fou ? On s'apprête à dîner avec Caitlin.

— Je sais. C'est pour ça que je l'ai apporté. Je n'en aurais pas eu besoin si c'était juste un repas en tête-à-tête. Je peux me garer plus loin si c'est le fait d'être devant le restaurant qui te fait paniquer. Même si je dois avouer qu'imaginer te faire jouir alors que des personnes passent devant nous m'excite énormément.

Il retira ma main de sa poche pour venir la placer entre ses jambes, sur son érection dure comme la pierre.

Alors évidemment, il fallait que ma fille apparaisse à ce moment-là. Elle se pencha et frappa à la vitre de la voiture en agitant sa main. *Oh. Mon. Dieu. Ma main est sur son sexe !* Voilà qu'elle allait penser que j'étais l'instigatrice de tout ça. Je grognai en regardant Brayden, qui avait l'air plutôt amusé, et je retirai rapidement ma main.

— Je vais te tuer.

— Il faudra d'abord que tu survives au dîner.

Si Caitlin avait remarqué ce qui se passait dans la voiture, elle ne le montra pas. Je n'avais d'autre choix que de me forcer à sourire, et j'ouvris la portière. Brayden ne sortit qu'une minute plus tard, et je pensais savoir pourquoi. Je remarquai aussi qu'il se tenait partiellement derrière moi pendant que Caitlin et moi faisions les présentations. *Bien fait pour cet imbécile.*

Étonnamment, les premières minutes ne furent pas aussi gênantes que je m'y attendais. À l'intérieur, notre table n'était pas encore prête, alors nous nous installâmes au bar pour boire un verre. Brayden commanda un alcool dont je n'avais entendu parler, et Justin lui confia que c'était son préféré, ce qui les amena à se plonger dans une longue discussion, comme de vieux amis qui se seraient retrouvés.

Caitlin et moi les observions de notre côté.

— Si vous finissez par vous marier, j'espère que ça ne te dérangera pas que je l'appelle papa, murmura-t-elle en sirotant son vin. Parce que tu vois, il fut un temps où je l'appelais *Daddy*.

Mes yeux faillirent sortir de leurs orbites.

— Je plaisante, précisa-t-elle avec un grand sourire. C'est encore trop tôt ?

— Beaucoup trop tôt, Caitlin Marie.

Mais même si c'était bizarre, son commentaire décalé brisa la glace, et c'était tout ce dont j'avais besoin. Rire de cette situation lunaire nous permit de dépasser tout ça, plutôt que de la laisser peser sur nous toute la soirée.

Nous passâmes les deux heures et demie suivantes à rire et à profiter de ce moment tous ensemble. Justin était quelqu'un de bien, et dès que Brayden avait appris qu'il avait inventé quelques gadgets pour son travail d'orthodontiste, ils avaient presque oublié que nous étions avec eux. La soirée n'aurait pas pu mieux se passer. Du moins, jusqu'au moment des au revoir devant le restaurant.

Caitlin me prit dans ses bras en me promettant de m'appeler le lendemain, mais je savais qu'elle allait probablement m'envoyer des messages d'ici cinq minutes dans la voiture. Quand elle s'écarta, l'une de ses boucles d'oreilles se prit dans mon pull et tomba par terre. Tel un gentleman, Brayden se pencha pour la ramasser, et quelque chose tomba de sa poche. *De sa poche intérieure.* Pire encore, quand le vibromasseur rose vif heurta le sol, il *s'alluma.* Nous restâmes tous les quatre au milieu du trottoir, à fixer un vibromasseur de vingt centimètres en train de *vibrer* sur le béton.

Je fermai les yeux.

— Je vous en supplie, dites-moi que ce n'est pas vrai.

Justin se mit à rire.

— Quoi donc? Le fait que le petit ami de la mère de ma copine, qui est aussi l'ex de ma copine, vient de faire tomber par terre un sex-toy plus gros que mon entrejambe?

Un sourire éclaira le visage de Brayden.

— Justin, mes amis vont t'adorer.

CHAPITRE 29

Alex

Puisque la rénovation de la maison était terminée, Brayden et moi étions désormais libres les week-ends, alors je passai deux jours merveilleux à New York avec lui. Le vendredi, nous étions allés au MET avant de dîner à Chinatown, et le samedi, comme il avait plu, nous avions passé une journée tranquille à regarder des films et à préparer des pizzas maison.

Mais aujourd'hui, nous avions prévu de passer voir ses amis avant mon départ pour le Connecticut le lundi matin. Je me sentais toujours un peu triste quand je savais que j'allais bientôt devoir quitter Brayden. Toutefois, j'étais excitée, car j'avais une surprise pour lui, plus tard dans l'après-midi. Le soleil brillait, et je me sentais optimiste quant à l'avenir.

Nous nous arrêtâmes d'abord chez Holden et Lala pour un brunch du dimanche, et nous venions de finir de leur raconter l'histoire du fameux vibromasseur rose.

Holden faillit s'étouffer avec son café.

— On dirait quelque chose qui aurait pu m'arriver.

— En réalité, tu serais plutôt du genre à cacher un vibromasseur dans la veste de quelqu'un juste pour l'embêter, rectifia Brayden. Ensuite, tu aurais attendu de voir comment la personne s'expliquait.

— Tu as raison, c'est plus mon truc, confirma-t-il. Tu viens de me donner une idée pour le prochain cadeau d'anniversaire de Colby.

Lala berça bébé Hope et se tourna vers moi.

— Alors, vous emménagez quand dans l'immeuble ? demanda-t-elle en me faisant un clin d'œil. Je plaisante. Je sais que nous n'avez encore rien décidé. Enfin, peut-être que j'espère secrètement que ça arrivera bientôt.

Elle haussa les épaules.

— Je pourrais m'habituer à vivre ici, répondis-je en souriant. On a passé un super week-end, et je n'ai vraiment pas envie de rentrer chez moi.

Brayden enroula son bras autour de moi.

— Hélas, toute sa carrière et son entreprise sont dans le Connecticut. On ne peut pas prendre le spa avec nous. Mais je peux travailler n'importe où et je ferai le trajet quand j'en aurai besoin, donc il faut croire que je vais être un peu moins présent dans le coin pendant un moment. Je vais passer la plupart du temps chez Alex une fois que j'aurai amené mes affaires là-bas cette semaine.

— Toi, moins présent ? le taquina Holden. Il n'y a rien de neuf. C'est toi le plus rare dans le coin, de toute façon.

Il se tourna vers moi.

— Alex, ne le laisse pas t'embobiner. On n'a pas besoin de lui dans les parages. Colby et moi avons le contrôle de la situation, étant donné qu'Owen a lui aussi mis les voiles.

— Mais on voit souvent Owen, intervint Lala. Il est toujours à New York. Brayden sera à plusieurs heures d'ici.

Le fait que Brayden soit obligé de laisser son appartement me rendait triste. Même s'il avait une bonne relation avec son père à Philadelphie, sa vraie famille était ici. La famille du cœur pouvait être bien plus importante que celle du sang. Il suffisait de voir Caitlin et moi.

Je jetai un coup d'œil à Brayden, qui jouait à faire coucou à Hope. Il cachait son visage, puis le révélait avec l'expression la plus adorable qui soit. Ça me réchauffait le cœur et ça faisait exploser mes ovaires en même temps. Hope gloussait et arborait le plus mignon des sourires sans dent.

— Tu vois comme elle te regarde ? demanda Lala.

— Hope adore son oncle préféré, roucoula Brayden. Hein c'est vrai, bébé ? Toi et moi, on sait que je suis ton préféré. Les autres sont tous occupés avec leurs propres enfants, mais oncle Brayden t'accorde toute son attention.

Il la sortit de sa chaise haute pour la poser sur ses genoux, puis il fit du bruit avec sa bouche en la faisant rebondir. Elle se remit à rire en le regardant.

Je pensai à son nom. *Hope.*

Je gardai un infime espoir d'avoir mon propre enfant. J'étais censée avoir tiré un trait sur cette possibilité depuis des années, et je n'étais même pas sûre que ce soit encore possible, mais ces derniers temps, j'y réfléchissais de plus en plus.

Cette envie me submergeait quand je voyais Brayden avec elle. Il croisa mon regard un instant, et il plissa les yeux comme s'il pouvait sentir qu'il y avait quelque chose. Presque comme s'il pouvait lire dans mes pensées. J'aurais aimé que ce ne soit pas si évident. Ce n'était pas mon intention.

Il se concentra de nouveau sur Hope, mais il y eut une sorte de tension implicite après ça.

Après avoir quitté l'appartement de Lala et Holden, nous passâmes chez Brayden pour aller aux toilettes et nous rafraîchir avant de repartir. Mais avant que je puisse atteindre la salle de bain, il enroula ses bras autour de moi et me plaqua tendrement contre le mur.

— Qu'est-ce que tu fais ? demandai-je en riant.

Il posa une main de chaque côté de mon corps, m'emprisonnant pour m'embrasser passionnément.

— J'ai vu ta façon de me regarder avec Hope, admit-il contre mes lèvres.

Je déglutis.

— D'accord...

— J'ai l'impression de savoir à quoi tu pensais, mais je veux que tu me dises si je me trompe.

— Je pensais à quoi selon toi ?

— Je pense que c'était plus quelque chose que tu ressentais...

J'avais l'impression d'avoir été découverte, alors je baissai les yeux.

— C'était un mélange d'espoir et de peur, soupirai-je. J'ai peur de ne pas pouvoir te donner un enfant à toi, mais j'espère qu'il nous reste une chance.

— Je te l'ai déjà dit, il y a plein de moyens d'avoir des enfants.

Je passai mes doigts dans ses cheveux.

— Oui, mais pas avec ton joli visage et tes beaux yeux. Je veux vraiment que tu aies ton enfant à toi.

— Et pourquoi pas *ton* joli visage et tes beaux yeux ? Qu'est-ce que tu veux pour *toi*, Alex ? Ne pense pas à moi. Enlève-moi de l'équation. Est-ce qu'une partie de toi regrette de ne pas avoir d'enfant biologique ? Parce que si la réponse est non, tu ne devrais pas ressentir une quelconque pression à cause de moi.

— J'ai peur de penser à ça.

— N'aie pas peur, murmura-t-il.

— Une partie de moi le regrette, oui, avouai-je après un moment. Beaucoup, même.

Il hocha la tête.

— Tu sais à quoi je pensais quand je regardais Hope ?

— À quoi ?

— Je ne me disais pas que je voulais un bébé à moi. Je me disais que j'arrivais à voir des traits de Ryan sur son visage, révéla-t-il en souriant. Et c'était comme un cadeau. Je me sens tellement reconnaissant pour tout ce que j'ai dans ma vie en ce moment. Je n'ai envie de rien d'autre. Est-ce que ce serait un rêve de vivre l'expérience d'avoir un enfant avec toi ? De voir ton corps magnifique se transformer avec un bébé dans ton ventre ? Bon sang, j'en meurs d'envie. Mais ça n'empêche que ce que je désire le plus, c'est que tu fasses partie de ma vie et que tu sois heureuse, qu'on ait un enfant à nous ou pas.

Il posa son front contre le mien.

— Je crois fermement que ce qui doit arriver arrivera. Ce que je n'accepterai pas, c'est de laisser la peur d'un futur imaginaire dérober ce qu'on a aujourd'hui.

J'avais besoin de clarification.

— Est-ce que tu es en train de me dire que ce ne serait pas grave si je ne pouvais pas te donner un enfant biologique ?

Il arqua un sourcil.

— C'est bien ce que je dis. Et toi ?

Je pris une grande inspiration, avant d'expirer.

— Je pense que c'était plus facile quand je m'étais convaincue que je ne voulais pas de bébé. Quand je me suis mariée avec Richard, il était résolu à ne pas avoir d'autre enfant. Il avait subi une vasectomie avant notre rencontre, alors ça a rendu la finalité plus facile à accepter. Je me disais que c'était mieux comme ça, que j'avais plus d'indépendance et plus de temps pour Caitlin. Et j'y croyais vraiment. Mais la vérité ressort par intermittence. Une sensation bizarre dans ma poitrine quand je vois une mère avec son bébé au parc, ou une femme marcher main dans la main avec son enfant.

Je le regardai droit dans les yeux.

— Cette sensation, c'est le regret. Mais regretter est une chose, et désirer l'inatteignable en est une autre. Je n'ai jamais désiré avoir un enfant plus que maintenant. À cause de toi. Parce que je suis amoureuse de quelqu'un qui aimerait aussi avoir un enfant un jour, ce qui me donne encore plus envie. Et je déteste le fait de pouvoir être celle qui nous freinerait dans ce projet, non pas parce que je n'en veux pas, mais parce que mon corps n'en est pas capable.

Je fermai les yeux et poussai un long soupir.

— Ça fait du bien de laisser sortir tout ça, avouai-je.

— Je suis content que tu l'aies fait, déclara-t-il en m'attirant contre lui.

— On n'est même pas fiancés. Je sais qu'il est encore tôt pour penser à ça, mais la vérité, c'est que...

Je reculai pour pouvoir le regarder.

— Le temps presse de mon côté, Brayden. Je panique un peu. J'ai l'impression d'avoir un peu moins de chances d'y arriver chaque jour qui passe. Quand on arrive à un certain âge, chaque jour compte, confiai-je, les larmes aux yeux.

— Oh, chérie. Je suis désolé. Je ne savais pas que ça te tracassait, indiqua-t-il en prenant mon visage en coupe. Je t'aime tellement. Et je ferai tout ce qui est en mon pouvoir pour que tu te sentes mieux. Tu veux que je fasse quoi ?

J'essuyai mes yeux en reniflant.

— J'ai besoin que tu remontes le temps.

— Je ne le ferai pas si ça signifie ne pas finir là où on en est aujourd'hui, répondit-il en souriant. Écoute, je ne peux pas remonter le temps, mais je peux éviter de gâcher la moindre seconde de celui qu'il nous reste. Je ne veux pas que tu aies le moindre regret. Et si on fonçait tête baissée et qu'on voyait ce qui arrive ?

J'écarquillai les yeux.

— Tu veux essayer d'avoir un bébé ? On ne vit même pas encore ensemble.

— Je te propose beaucoup de sexe – ce qui est déjà le cas – et de ne rien faire pour empêcher que ça arrive. Il n'y a aucune garantie, mais le fait d'y croire a beaucoup de pouvoir. Ton corps écoute ton esprit. Si on croit que ça va nous arriver, je suis convaincu que ça arrivera. Au lieu de t'empêcher d'y penser, autorise-toi à le faire. Laisse-toi nous imaginer avoir un bébé. Laisse-toi y croire, et j'en ferai autant.

Laisse-toi y croire.

Y croire était comme le contraire de l'espoir. Espérer, c'était souhaiter quelque chose. Y croire, c'était *savoir* que ça allait arriver. Est-ce que je pouvais faire ça ? Est-ce que ça me ferait encore plus de mal si je parvenais à me convaincre que ça pouvait arriver, et que j'échouais ? Il fallait que j'essaie.

— Est-ce que tu serais prêt si par chance, je tombais enceinte ? demandai-je en plissant les yeux.

— Je serai aussi prêt demain que dans un an.

— Tu me promets que tu ne dis pas seulement ça car...

— Je ne t'ai jamais menti, Alex, m'interrompit-il avec un regard sincère. Je te le promets.

Je soupirai.

— C'est fou.

— Eh bien, même si j'arrive à te mettre enceinte, on ne pourra même pas dire que c'est la chose la plus dingue qui nous soit arrivée. C'est fichu.

Plus tard dans l'après-midi, j'avais dit à Brayden que je voulais voir West Village, mais j'avais en réalité une destination spécifique en tête. Lorsque nous arrivâmes, je m'arrêtai devant le bâtiment.

— J'aimerais te montrer quelque chose, annonçai-je.

— C'est ma ville. C'est *moi* qui suis censé te faire visiter.

Presque au même moment, Owen apparut et avança vers nous. Le visage de Brayden s'éclaira face à cette surprise.

— Salut, mec. Qu'est-ce que tu fais dans ce quartier ? demanda-t-il.

— Alex m'a demandé de venir.

— Ah bon ? s'étonna-t-il en me regardant d'un air suspicieux.

Juste à ce moment-là, une voiture se gara, et Wells sortit du véhicule.

Brayden fronça les sourcils.

— Qu'est-ce que tu fais ici ?

— Ton joli minois me manquait, répondit mon ami.

— Mis à part ça...

Wells posa ses mains sur ses hanches et se tourna vers moi.

— Tu lui as déjà dit ? m'interrogea-t-il.

— Me dire quoi ? lança Brayden en nous regardant tour à tour.

Owen sortit un trousseau de clés et nous mena vers le bâtiment.

— Entrons, si vous voulez bien.

— C'est quoi cet endroit ? me questionna Brayden.

— C'est un endroit qui est à louer, finis-je par révéler.

— Oui, ça j'avais compris.

— Wells et moi avons envisagé de reprendre un spa médical ici, à New York, pendant un certain temps, commençai-je.

— Alex n'a jamais voulu franchir le pas avant aujourd'hui, ajouta mon ami. À ton avis, qu'est-ce qui aurait pu la faire changer d'avis ?

— Tu envisages d'ouvrir une entreprise ici ? s'exclamat-il, choqué. Que va devenir le spa dans le Connecticut ?

— Wells et moi avons décidé de le vendre et d'investir l'argent ici, expliquai-je. On va reprendre tous les services et le personnel des spas médicaux existant à New York, et on ajoutera les nôtres dans ce nouvel endroit. Ce sera bénéfique pour leurs clients, et pour moi aussi, car je pourrai être constamment avec toi ici.

Je pouvais le voir digérer progressivement cette information.

— Bordel. Tu emménages à New York ? Je n'arrive pas à croire que tu m'aies caché ça.

— Je voulais te faire la surprise. J'espère que ça te plaît.

— Évidemment ! Tu m'offres tout ce dont je pourrais rêver. Pas étonnant que tu aies été si peu pressée que j'apporte mes affaires dans le Connecticut et que tu m'aies dit de prendre mon temps. Et moi qui pensais que tu doutais peut-être à l'idée de me voir envahir ton espace.

Je souris.

— Pas du tout. Au lieu de ça, c'est moi qui vais envahir le tien. Je sais que tu ne voulais pas déménager. Tu le faisais pour moi. Et j'apprécie, vraiment. Mais ça me fera du bien d'être ici. Vivre avec toi dans la maison que Richard et moi avons construite ensemble ne me semblait pas correct. Il est temps pour moi d'écrire un nouveau chapitre de ma vie.

Brayden secoua la tête.

— Je n'en reviens pas.

— Tu peux y croire, beau gosse, lui assura Wells en lui donnant une tape dans le dos.

— Allons jeter un coup d'œil, proposa Owen d'un air rayonnant.

Après avoir visité, nous nous installâmes avec Owen, qui avait réalisé une étude des locaux commerciaux loués récemment dans cette zone. Puisque d'autres personnes étaient intéressées, nous voulions agir vite, alors cet après-midi se conclut par la signature d'un accord préliminaire de location.

Dans la soirée, Brayden, Wells et moi retrouvâmes Colby et Billie pour fêter ça autour d'un dîner.

— Je suis tellement heureuse pour vous, déclara Billie. Et moi qui pensais qu'on allait perdre Brayden, alors que finalement, on gagne Alex.

Je regardai Billie et Colby, qui étaient assis en face de nous.

— Je ne vous remercierai jamais assez pour votre accueil.

Colby nous servit le champagne choisi pour l'occasion, que Brayden avait commandé pour notre table.

— Merci de rendre mon ami aussi heureux.

— Merci de faire en sorte que mon amie se sente comme chez elle, ajouta Wells. D'ailleurs, est-ce que vous auriez un appartement disponible pour moi dans l'immeuble ?

Colby réfléchit.

— Rien pour le moment, mais on peut te mettre tout en haut de la liste.

— Ce serait très gentil, répondit Wells avec un grand sourire.

— Est-ce que tu emménages chez Brayden, ou est-ce que vous envisagez de vivre ailleurs ? demanda Billie.

Je me tournai vers Brayden.

— Son appartement est suffisamment grand pour nous deux. Il a juste besoin d'un peu de bons soins, et peut-être de quelques œuvres au mur.

— Si on cherche *garçonnière* dans le dictionnaire, je suis presque sûr que c'est la définition de l'appartement de Brayden, le taquina Colby.

Mon petit ami haussa les épaules.

— Au moins, je lui laisse une page blanche à remplir.

— Tu es si attentionné, déclarai-je en repoussant une mèche de cheveux sur son front.

— Correction, intervint Wells. C'est à *moi* que tu as laissé une page blanche à remplir, Brayden.

Puis il se tourna vers moi.

— Chaton, il faut qu'on remédie à ça rapidement. J'ai hâte de passer à la décoration.

Lorsque le repas fut bien entamé, je me penchai vers Billie.

— J'envisageais d'accepter ton offre de tatouage, si tu as le temps, bien sûr.

— J'en trouverai pour toi. Tu ne sais pas à quel point c'est excitant pour moi de faire un premier tatouage à quelqu'un. Tu sais ce que tu veux ?

— En fait, oui. C'est simple et tu vas sûrement trouver ça ennuyeux, mais il faut bien que je commence quelque part.

— C'est quoi ? me questionna Brayden.

— Tu devras attendre pour le découvrir, répondis-je.

Billie posa soudain sa serviette sur la table.

— Avec un peu de chance, tu n'attendras pas long-temps. Passons au salon après le dîner.

Je me figeai.

— Ce soir ?

— Pourquoi ? Tu vas changer d'avis ?

— Non, je pensais juste que je devrais prendre ren-dez-vous longtemps à l'avance.

Billie secoua la tête.

— J'ai un délai de six mois d'attente, mais il n'y a pas de rendez-vous pour les amis. Ce sera amusant. Comme un dernier verre.

— Est-ce qu'il y a la moindre chance que ton employé canon, tatoué et très gay soit là ? lui demanda Wells. Le type dont m'a parlé Brayden et qui s'appelle Deek.

J'étais tellement absorbée par ce qui passait dans ma vie dernièrement que j'avais presque oublié que Wells avait rompu avec son petit ami et qu'il était reparti en chasse.

— Je peux totalement appeler Deek pour lui demand-er si ça lui dit de nous rejoindre, indiqua Billie. Il vit dans notre immeuble.

Une fois le repas terminé, nous nous rendîmes di-rectement tous les cinq dans le salon de tatouage de Billie.

Deek était effectivement disponible et nous attendait à notre arrivée. Je l'avais déjà vu une fois, et il était exacte-ment comme dans mes souvenirs : extrêmement grand, baraqué, et tatoué des pieds à la tête.

Les yeux de Wells s'éclairèrent comme jamais.

— Alors, c'est le fameux Deek.

Ce dernier lui tendit sa main.

— Salut, Wells. Ravi de faire enfin ta connaissance. Brayden m'a dit beaucoup de bien de toi.

— Moi de même.

Est-ce que mon ami venait de rougir? Je souris à l'idée qu'il puisse se passer quelque chose entre eux. Ce serait tellement bien que mon meilleur ami finisse avec l'un des amis de Brayden. C'était peut-être un doux rêve, mais c'était amusant d'y penser. Et puis, sans même que je m'en rende compte, Wells et Deek avaient disparu sans même dire au revoir. Il fallait croire que la nuit ne faisait que commencer pour eux. J'étais obligée d'en rire.

Je suivis Billie jusqu'à l'un des postes de travail, et je lui décrivis ce dont j'avais envie.

— C'est tout, tu es sûre? insista-t-elle.

— Oui, si tu veux bien.

Brayden jeta un coup d'œil dans ma direction depuis l'autre bout du salon, alors que Billie se mettait au travail, inscrivant un simple mot dans une belle écriture à l'intérieur de mon poignet : *Believe*.

CHAPITRE 30

Brayden

Deux mois plus tard

— J'adore cette chanson, déclara Alex en se tournant pour regarder une marée de couples se balancer sur cette musique. Tu veux danser ?

J'avalai le reste de mon gin-tonic et posai ma serviette sur la table, avant de me lever et de lui offrir ma main.

— Bien sûr.

Elle sourit, et le fait que je n'étais pas d'humeur à danser devint un souvenir lointain. Main dans la main, nous arrivâmes sur la piste de danse. Je l'attirai contre moi, et j'enroulai mon bras autour d'elle en laissant ma main se poser sur sa peau nue.

— Tu sais danser ! s'exclama-t-elle une minute plus tard.

— Tu as l'air surprise. Et moi qui pensais te montrer à quel point j'avais du rythme au lit.

Elle se mit à rire.

— Je n'ai pas à me plaindre de ce côté-là, mais tu ne m'as pas invitée à danser de toute la soirée, alors je me suis dit que ce n'était peut-être pas ton truc.

— Désolé. J'étais un peu préoccupé.

Dès que je prononçai ces mots, je me rendis compte que c'était bête de dire ça. Elle allait me poser des questions.

— L'avocat qui m'aide à soumettre le nouveau brevet dont je t'ai parlé m'a envoyé une liste de questions juste avant qu'on parte ce soir, expliquai-je.

Ce n'était pas un mensonge, mais ce n'était pas non plus le problème.

— Oh, je ne m'en suis pas rendu compte.

— Ce n'est pas grave. Je crois que je me perds parfois dans mes pensées.

— Tu as le droit, m'assura-t-elle en se redressant pour effleurer mes lèvres des siennes. Tant que tu te perds aussi en *moi* de temps en temps.

Je posai mon front contre le sien.

— Il n'y a rien que j'aime plus que ça, trésor.

Alex posa sa tête contre mon torse. Ça me paraissait tellement naturel. Il était difficile de croire que j'avais un jour pu penser que passer sa vie avec une seule femme était dingue. Ces temps-ci, je n'aimais pas passer plus de quelques heures sans elle. Quand elle s'absentait quelques jours, j'avais l'impression qu'il manquait une partie de moi.

Je jetai un coup d'œil autour de moi, et mes yeux atterrirent sur l'heureux couple marié. Owen dut se sentir observé, car il leva les yeux, puis son verre, en m'adressant un signe de tête approbateur et un sourire.

Et le troisième célibataire est à terre. Qui aurait cru que ce jour arriverait ? Mes trois meilleurs amis étaient mariés, avaient des enfants, et moi, j'étais fou amoureux. Je rendis son hochement de tête à mon ami, et son attention se reporta sur sa femme.

Alex et moi restâmes sur la piste de danse pour deux chansons supplémentaires. Juste au moment où nous passâmes devant le DJ, il s'écarta de son poste et couvrit le micro avec sa main.

— Hé, Brayden ?

— Qu'y a-t-il ?

— Je voulais juste te prévenir que c'est bientôt l'heure de ton discours.

— Oh, d'accord. Ça me va.

Quelques minutes plus tard, une nouvelle chanson pop commença, alors Alex et moi regagnâmes nos places. Je regardai au loin, encore une fois perdu dans mes pensées.

— Tu stresses à cause du discours ? murmura-t-elle en serrant ma main.

— Qui ça ? Moi ? demandai-je en m'adossant à ma chaise, dans l'espoir de paraître décontracté. Non, pas du tout.

Alex leva nos mains jointes.

— Oh, parfait. Alors peut-être que tu pourrais serrer moins fort ? Tu me fais un garrot.

Je souris en pensant qu'elle me taquinait, mais quand je baissai les yeux, je vis ses doigts blêmir.

— Oh, mince. Désolé.

Holden se pencha vers nous, un grand sourire sur le visage. Évidemment, il avait fallu qu'il entende notre conversation, alors il ne pouvait pas laisser passer ça.

— Il a la trouille parce qu'il sait que son discours sera nul comparé à celui que j'ai fait au mariage de Colby. C'est pour ça que j'ai été choisi comme témoin. Tout le monde sait que j'en mets plein la vue.

Je secouai la tête.

— Mec, premièrement, tu étais témoin au mariage de Colby parce qu'on a fait un tirage au sort, et que tu as tiré le morceau de papier où il était écrit *témoin* et non pas *crétin*. Et ton discours consistait en une explication de cinq minutes des mots *yin* et *yang*, que tu avais dû chercher dans le dictionnaire avant d'écrire ce blabla idiot.

Colby se pencha à son tour vers nous.

— Si on parle de discours de témoins, le mien était bien meilleur que celui de Holden.

Je me mis à rire.

— Si je m'en souviens bien, tout ce que tu as fait, c'est rappeler à tout le monde que le marié était un imbécile et que la mariée aurait pu épouser un homme plus intelligent.

Colby sourit à Holden.

— La vérité peut être moche, mon ami.

Le DJ coupa la musique, interrompant notre débat. Quand il leva le micro pour le pointer en direction de notre table, je fus à deux doigts de vomir le bœuf Wellington que j'avais mangé un peu plus tôt.

— Mesdames et messieurs, veuillez accueillir chaleureusement notre témoin, monsieur Brayden Foster, qui va venir dire quelques mots sur nos charmants mariés.

— Bonne chance, m'encouragea Alex en m'embrassant sur la joue.

Je me levai et me rendis au milieu de la piste de danse, sous les applaudissements des invités. *Bon sang, il n'y a même pas un podium derrière lequel me cacher.* Il n'y avait que moi et le micro, sans défense.

Je me raclai la gorge.

— Bonsoir, tout le monde. Pour ceux qui ne me connaissent pas, je suis Brayden Foster, le meilleur ami d'Owen.

— *Objection !* s'écria Holden à notre table.

Je me mis à rire en le pointant du doigt.

— Je vous prie d'excuser notre ami Holden. Il n'est pas le couteau le plus aiguisé du tiroir, alors dès qu'il porte un costume et que quelqu'un parle dans un micro, il se croit au tribunal, comme s'il s'était fait arrêter après une bagarre dans un bar ou pour exhibitionnisme, *encore une fois.*

Je lui fis un signe de la main et parlai lentement en direction de notre table.

— C'est un mariage, Catalano. On t'expliquera la différence plus tard.

Tout le monde se mit à rire. Ça m'aida un peu à me détendre.

— Mais plus sérieusement, je suis ravi d'être ici ce soir pour célébrer l'union d'Owen et Devyn. J'aimerais aussi préciser qu'Owen m'a *choisi* pour me faire l'honneur d'être son témoin, et mon nom n'a pas été bêtement tiré au sort.

Je jetai un coup d'œil à Owen et Devyn, qui arboraient tous les deux de grands sourires.

Puisque je n'avais pas encore sorti mon discours de ma poche, je me dis que je pouvais continuer sans pour le moment. Je sortis le micro de son support, appuyai mon coude sur le pied, et désignai les mariés.

— Vous voyez tous ce sourire ? C'est grâce à Devyn. Avant que mon ami rencontre sa magnifique épouse, c'était un accro au travail grincheux. Il travaillait quatre-vingts heures par semaine, et je n'aurais même pas pu vous dire s'il avait encore des dents. Mais maintenant, il n'arrête plus de sourire. Ça me donne presque l'impression que quelque chose cloche chez lui. Tu ne t'es pas cogné la tête récemment, n'est-ce pas, mon pote ?

Owen rit et secoua la tête.

— Bon, très bien. Et puis, je crois que je ne peux pas lui en vouloir de sourire tout le temps, parce qu'il a clairement épousé quelqu'un de bien.

Je m'inclinai devant la mariée avant de poursuivre :

— Devyn, tu es absolument sublime ce soir. Bienvenue dans la famille.

Elle me remercia.

— Au cas où vous ne seriez pas au courant, Devyn est directrice de casting. Elle a trouvé des acteurs pour des rôles qui ont fini nommés aux Oscars. Pourtant, bizarrement, la vidéo de son petit frère montrant Colby en train d'essayer de sauver la vie d'une poupée gonflable a fait plus de vues que les films de tous ses acteurs.

Les invités huèrent et sifflèrent, tandis que je secouai la tête.

— Oh, arrêtez, je suis tout autant là pour le discours que pour le chambrer.

Colby agita son doigt pour me mettre en garde, mais il souriait toujours. C'était juste pour plaisanter.

— Blague à part, Devyn est géniale. Non seulement elle est belle et intelligente, mais elle gère aussi sa propre entreprise, elle s'occupe d'un bébé, et elle donne un coup de main pour s'occuper de son frère et sa sœur. Elle est aussi l'une des personnes les plus attentionnées et bienveillantes que j'aie jamais rencontrées, alors elle mérite un mari tout aussi merveilleux. Dieu merci, Owen a réussi à lui faire dire oui avant qu'elle en trouve un.

Mon ami me fit un doigt d'honneur, mais toujours en riant. Ce ne serait pas le mariage de l'un d'entre nous s'il n'y avait pas de doigts d'honneur. Ça me donna l'impression d'avoir rempli ma mission, et le moment était venu de passer au discours que j'avais préparé. Alors je glissai ma main dans la poche de ma veste et en sortis une fiche avec mes notes, ainsi qu'un petit sachet de biscuits chinois. Je levai ce dernier et secouai le plastique pour qu'il fasse du bruit dans le micro.

— Même si je suis le témoin officiel aujourd'hui, je suis seulement l'un des cinq membres d'un groupe de frères. Owen, Holden, Colby et moi sommes amis depuis l'enfance. Notre cinquième frère, Ryan, est décédé il y a presque dix ans. Récemment, je suis allé lui rendre visite, et j'ai trouvé ceci sur sa tombe. Des biscuits chinois, précisai-je en levant le sachet une seconde fois. Ryan ne nous a pas demandé grand-chose pendant les vingt années où nous avons été amis, mais il nous a laissé des instructions très spécifiques concernant nos visites après son départ : « *Ne venez jamais sur ma tombe les mains vides. Apportez-moi quelque chose à manger.* » Il adorait se goinfrer. Bref, la dernière fois que j'y suis allé, j'ai trouvé un paquet comme celui-ci, que sa sœur Lala lui avait apporté. À ce moment-là, j'avais du mal à comprendre comment gérer quelque chose qui était important pour moi, alors j'en ai parlé à Ryan. Je lui ai demandé un signe qui me dirait quoi faire. Il n'y a eu aucune apparition soudaine de la foudre ou d'un arc-en-ciel, mais avant de partir, j'ai ouvert l'un des biscuits, et le message à l'intérieur m'a incité à saisir ma chance. Et je suis ravi d'annoncer que ça a plutôt bien fonctionné. Sans vouloir être trop mièvre, j'ai eu l'impression que Ryan m'avait aidé à accomplir mon destin. J'ai trouvé ça assez cool, alors j'ai demandé à mes amis d'écrire chacun leur vœu pour Owen et Devyn, pour voir si on pouvait aussi faire en sorte que de belles choses leur arrivent.

Je me dirigeai vers la table où mon groupe était installé, et je posai ma main sur l'épaule de Colby.

— Je n'ai pas encore lu les vœux qu'ils ont écrit, et je ne suis pas assez bête pour prononcer aveuglément à voix haute ce que ces idiots ont écrit – surtout pas Holden –, alors je vais les laisser lire leurs propres vœux.

Je tendis d'abord le paquet à Colby. Il en sortit un biscuit et le cassa en deux, afin de sortir le morceau de papier.

— Que souhaites-tu aux mariés ? demandai-je en plaçant le micro devant sa bouche.

— Puisses-tu ne jamais t'endormir fâché, et te réveiller chaque matin avec un sourire en regardant ta femme.

Un chœur de « oooh » attendris s'éleva dans la salle.

Je repris le micro.

— Leur bébé est avec la baby-sitter ce soir. Il veut juste s'envoyer en l'air.

Tout le monde se mit à rire, et je m'avançai vers Holden.

— Très bien, monsieur Catalano, que dit le vôtre ?

Holden prit un biscuit, le brisa en deux, et baissa la tête.

— J'avais oublié ce que j'avais écrit. Et je croyais que ces messages devaient être drôles, pas sentimentaux.

— Oh oh. Que dit ton message pour les heureux mariés, Catalano ?

Holden sourit.

— Chaque sortie est l'entrée d'une nouvelle expérience.

La salle éclata de rire. Devyn rit si fort qu'elle dut essuyer des larmes sur ses joues. Je leur laissai un instant pour se remettre, avant de sortir le dernier biscuit du sachet. Mon stress de tout à l'heure revint en force. Je pris une grande inspiration et jetai un coup d'œil à Owen. Sa femme et lui étaient les seuls à savoir ce que j'avais prévu. Owen me fit un clin d'œil et hocha la tête.

Je m'approchai d'Alex et lui tendis le dernier biscuit.

— Je n'ai pas mes lunettes, déclarai-je. Tu pourrais me rendre service et lire ça pour moi ?

— Euuh... tu ne portes pas de lunettes, mais d'accord.

Je retins mon souffle lorsqu'elle brisa le biscuit et qu'elle sortit le petit bout de papier.

— Je souhaite aux mariés que leur vie entière soit remplie du bonheur que je vais vivre aujourd'hui.

Alex leva les yeux vers moi en fronçant le nez.

— Retourne-le. La suite est derrière, indiquai-je avec un geste du doigt.

— Oh.

Elle m'obéit.

— Si tu dis oui... compléta-t-elle, avant de me regarder, toujours un peu perdue.

— Relis-le en entier cette fois.

Elle retourna le papier et le relut sans s'arrêter.

— Je souhaite aux mariés que leur vie entière soit remplie du bonheur que je vais vivre aujourd'hui, si tu dis oui...

Elle ne semblait toujours pas comprendre... jusqu'à ce qu'elle lève les yeux et me voie un genou à terre.

Mes mains tremblèrent en ouvrant l'écrin en velours rouge.

— Alex, veux-tu m'épouser ?

PILOGUE

Brayden

Un an et demi plus tard

Holden tartina du beurre sur un bagel.

— Sérieusement ? Ce caviar coûte probablement plus cher que ma batterie. Qui aurait cru que les dentistes se faisaient autant d'argent ?

— Qui aurait cru que du caviar serait proposé au petit déjeuner ? renchérit Colby en étalant les œufs noirs sur un morceau de pain grillé.

— Eh bien, apparemment, non seulement Justin vient d'une famille de dentistes et d'orthodontistes, mais son père possède aussi une chaîne de cabinets dentaires, les informai-je.

Owen hocha la tête.

— Donc oui, ils peuvent se permettre le caviar.

Colby, Holden, Owen et moi étions assis au bord de la piscine, en train de savourer le brunch à notre disposition. Mon groupe et moi avions pris possession de la maison des Hamptons de James Cartwright, père de Justin Cartwright, le mari de Caitlin. Justin et elle s'étaient mariés environ six mois après leur rencontre, et ils attendaient désormais leur premier enfant, une fille qui devait arriver dans trois mois.

Nous étions tous à Bridgehampton pour leur baby shower, qui allait durer tout le week-end. Puisque Caitlin n'avait pas une grande famille de son côté, le père de Justin lui avait demandé d'inviter des tas d'amis. La propriété possédait une dépendance avec quatre chambres, ce qui était suffisamment grand pour accueillir notre groupe. La mère et les sœurs de Justin allaient organiser la baby shower plus tard dans la journée, sous un grand chapiteau dans le jardin, et nous allions tous y assister.

Lorsque je jetai un coup d'œil au chapiteau blanc sur la pelouse, je me rappelai mon mariage avec Alex l'été dernier. Nous avions choisi une salle de réception dans le Connecticut, près d'une plage. C'était définitivement la meilleure soirée de ma vie, même si Owen avait fait bien trop de blagues sur l'écart d'âge entre ma femme et moi dans son discours. J'avais eu à la fois envie de le frapper et de le prendre dans mes bras ce jour-là.

Ce week-end dans les Hamptons était un vrai miracle, car pour la première fois depuis très longtemps, il était réservé aux adultes. Les parents de Lala, de Colby et d'Owen étaient tous venus séjourner dans l'immeuble pour veiller sur les enfants, pour que nous puissions profiter entre nous. Je ne me souvenais même pas de la dernière fois où nous nous étions retrouvés tous ensemble, entre adultes. Alex et moi aurions tout donné pour devoir trouver quelqu'un pour garder notre enfant, mais hélas, nous n'avions pas encore la chance d'en avoir un. Toutefois, Alex était ravie pour Caitlin et l'arrivée prochaine de son bébé. Nous plaisantions à propos du fait que j'allais devenir un grand-père par alliance. Ça rendait notre histoire encore plus folle.

Malgré le bonheur de savoir que Caitlin allait donner la vie, une tristesse enfouie au fond de moi me rongeait, encore plus en ce week-end. Et même si j'avais envie de réconforter Alex qui était entourée de toutes ces affaires de bébé aujourd'hui, j'hésitais à aborder le sujet. Elle ne voudrait pas enlever quoi que ce soit à la joie de cet événement. Elle ne voudrait pas admettre que la grossesse de Caitlin lui rappelait que nous n'avions pas réussi à concevoir malgré deux ans d'essais, dont les six derniers mois avec une aide médicale. Je choisissais de continuer de croire que ça allait arriver, mais à chaque échec, ça devenait un peu plus compliqué. J'avais lu que Halle Berry avait eu un bébé à quarante-sept ans, alors je m'accrochais fermement à cette information. Même si je pouvais accepter un monde où Alex et moi n'avions pas d'enfant biologique, je ne pouvais pas tolérer que ma femme culpabilise. Je voulais qu'elle soit heureuse.

— Hé, Foster ! lança Colby en me sortant de mes pensées. Viens nous rejoindre dans la piscine.

Pendant que j'étais resté allongé sur ma chaise longue, les garçons étaient partis se baigner. Colby se trouvait sur une bouée, tandis que Holden et Owen se faisaient des passes avec un ballon de football américain en mousse.

Je me forçai à revenir à l'instant présent, et je sautai dans la piscine pour les rejoindre. Nous étions entre hommes pour l'instant. Billie, Lala et Devyn étaient allées chez le coiffeur afin de se faire chouchouter pour la baby shower.

— Est-ce qu'elles ont dit à quelle heure elles revenaient ? demanda Colby.

— Non, répondit Holden. Mais ma femme fait coiffer ses boucles folles, alors ça pourrait prendre la journée. Je lui ai dit qu'elle avait intérêt à laisser un bon pourboire.

Son commentaire me fit rire. Lala avait en effet une sacrée crinière.

Alex passait la matinée à aider la mère de Justin à tout préparer. Même si les parents de Justin étaient divorcés, ils avaient visiblement gardé une bonne relation pour le bien des enfants, et son père était également présent pour cet événement. J'étais sûr qu'il y aurait de l'alcool à volonté, ce qui avait suffi pour motiver mes amis à venir. Nous n'étions pas du genre à refuser de la nourriture et des boissons gratuites.

Colby flotta devant moi.

— Regarde-nous, tous vieux et mariés, à profiter de la vie dans les Hamptons. Qui l'aurait cru, hein ?

Holden nagea jusqu'à moi.

— Tu crois que ça dérangerait ces gens riches si je pissais dans l'eau ?

— Te connaissant, c'est déjà fait, intervint Owen.

— Mince, je suis grillé, répondit Holden en l'éclaboussant.

Je levai les yeux vers la résidence principale et j'aperçus ma magnifique femme en train de me faire signe par la fenêtre. Le soleil illuminait ses cheveux blonds, et elle était habillée tout en blanc. Elle ressemblait à un ange. Ça me rappelait le jour où je l'avais vue remonter l'allée dans sa robe de mariée. C'était Wells qui m'avait donné sa main, bien évidemment.

Alex disparut de la fenêtre presque aussi vite qu'elle était apparue. *Bordel.* Je ne l'avais pas vue de toute la matinée, et ce bref instant me fit me rendre compte à quel point elle me manquait. Toutefois, je savais qu'elle était occupée avec l'organisation de la fête.

Environ une demi-heure plus tard, les femmes rentrèrent de leur rendez-vous. Je dus me couvrir la bouche pour ne pas rire, car contrairement à Devyn et Billie qui avaient les cheveux parfaitement lisses, ceux de Lala étaient tout ébouriffés.

— Apparemment, j'ai oublié à quel point l'air était humide aujourd'hui, soupira-t-elle.

— Je jure qu'ils étaient presque normaux quand on est sorties du salon, plaisanta Devyn.

— Ne t'en fais pas, ajouta Billie. Je vais arranger ça, Lala. On va te faire un chignon.

Holden se dirigea vers elles à la nage, puis il sortit de la piscine.

— Attendez. Qui a électrocuté ma femme ?

Est-ce que les baby showers sont toujours aussi barbantes ?

J'avais promis à Alex que je regarderais Caitlin ouvrir tous ses cadeaux, mais j'avais l'impression que ça n'en finirait jamais.

Un bébé avait besoin de combien de bodies ? Et je pouvais jurer qu'elle avait reçu suffisamment de couches jusqu'aux trois ans de l'enfant. Cependant, comme le *grand-père* fier que j'étais, je restai assis patiemment, et je comptais les minutes avant de pouvoir avoir Alex pour moi tout seul. Nous avions prévu de faire une promenade nocturne sur la plage, juste elle et moi.

Ma femme était assise à côté de sa fille, et elle notait sur un carnet chaque cadeau reçu et la personne qui l'avait offert. J'étais tellement fier d'elle en la voyant endurer tout ça avec le sourire. À un moment donné, elle croisa mon regard, et je lui envoyai un baiser. Elle me fit un clin d'œil, et tout sembla aller bien dans le monde.

Toutefois, j'étais encore distrait quand j'entendis quelqu'un m'appeler.

— Hein ? lançai-je en levant les yeux.

Caitlin me tendait un paquet cadeau.

— Pour moi ? demandai-je en me pointant du doigt.

Je me levai pour m'approcher d'elle. Elle avait l'air excitée en me donnant le carton.

Lorsque j'ouvris le papier pastel, je me mis à rire en m'attendant à une blague sur le fait que j'allais devenir grand-père. Nous en plaisantions constamment ces derniers temps.

À l'intérieur de la boîte se trouvait une mini casquette des Eagles de Philadelphie pour bébé, un doux hommage à Ryan. J'étais sûr qu'Alex était derrière tout ça, car elle savait à quel point il adorait cette équipe.

— Il y a une carte à l'intérieur, indiqua Caitlin.

Je la sortis.

— Tu n'étais pas obligée. Merci.

Puis je lus le mot. Encore et encore. Je dus le lire au moins cinq fois pour comprendre. Mes mains tremblaient lorsque je levai les yeux vers Alex, qui hochait la tête, les larmes aux yeux.

Je regardai les garçons, et je vis que Holden pleurait aussi.

C'est quoi cette histoire ?

Ils savaient. Toutes les épouses essuyaient également ment leurs larmes. Personne n'avait lu le mot, pourtant ils savaient *tous*.

Cette baby shower était peut-être prévue, mais c'était la surprise de ma vie. Et officiellement le plus beau moment de ma vie. Je me précipitai vers Alex pour la soulever et la faire tourner. *Les* faire tourner.

Je regardai de nouveau le message pour m'assurer que les mots étaient toujours là et que ce n'était pas un rêve.

Ma future nièce t'appellera peut-être papy, mais c'est moi le petit chanceux qui aura la chance de t'appeler papa.

Je t'aime,

Celui en qui tu as toujours cru.

AUTRES TITRES DE LA SERIE :

L'art de séduire
L'art de séduire la sœur de mon meilleur ami
L'art de séduire mon coup d'un soir

DE VI KEELAND & PENELOPE WARD

Nos Lettres Enflammées
Bien à Vous

DE VI KEELAND

Bientôt disponible
Disponible dès maintenant

DE PENELOPE WARD

Disponible dès maintenant
Hors d'atteinte
Step Brother
The Boy Next Door
Room Hate
Mack Daddy
Hors d'atteinte
Mon Voisin Idéal... Ou Pas
Love Online
The Crush

REMERCIEMENTS

Merci à tous les blogueurs, bookstagrammeurs et booktokeurs géniaux qui nous ont aidées à promouvoir ce livre. Votre enthousiasme est contagieux, et nous sommes reconnaissantes pour chaque post, chaque vidéo, chaque partage et chaque avis !

À nos piliers : Julie, Luna et Cheri. L'écriture peut parfois être une profession solitaire, mais vous êtes toujours là pour illuminer nos journées.

À Jessica. Merci d'avoir fait briller tous les hommes de cette série !

À Elaine. Une éditrice, correctrice et maquettiste géniale. Tu fais tellement pour nous, et nous sommes reconnaissantes de pouvoir te compter parmi nos amies proches !

À Julia. Merci pour ton attention sans faille aux détails. Ton œil de lynx rend nos manuscrits impeccables.

À notre agent, Kimberly Brower. Merci de nous aider à mettre nos livres dans les mains des lecteurs partout dans le monde. Nous avons hâte de voir cette série en librairie l'année prochaine.

À Kylie et Jo de *Give Me Books Promotions*. Nous apprécions tout ce que vous faites pour promouvoir nos livres et nous permettre de rester organisées !

À Sommer. Merci d'avoir donné vie à cette série sur les quatre couvertures !

À Brooke. Merci pour tout ce que tu fais pour nous dans l'ombre !

Enfin et surtout, merci à nos lecteurs. Nous vous l'avons déjà dit, mais nous pourrions le répéter un million de fois que ce ne serait toujours pas assez : sans vous, nous ne serions pas là. Merci pour votre fidélité. Nous vous aimons !

Avec toute notre affection,
Vi et Penelope

À PROPOS DE L'AUTEURE

Vi Keeland est une auteure de best-sellers n° 1 au classement du *New York Times*, n° 1 au classement du *Wall Street Journal* et figurant au classement de *USA Today*. Avec des millions d'exemplaires vendus, ses titres sont mentionnés dans plus d'une centaine de listes de best-sellers et sont actuellement traduits en vingt-cinq langues. Avec son mari et ses trois enfants, elle habite à New York où elle vit son propre conte de fées avec le garçon qu'elle a rencontré à l'âge de six ans.

À PROPOS DE L'AUTEURE

Penelope Ward est auteure de best-sellers au classement du *New York Times*, *USA Today* et *Wall Street Journal*.

Elle a grandi à Boston avec cinq grands frères et a été présentatrice de journaux télévisés quand elle avait une vingtaine d'années. Aujourd'hui, Penelope vit à Rhode Island avec son mari, leur fils et leur jolie fille atteinte d'autisme.

Auteure de plus de vingt-cinq romans, elle a vendu plus de deux millions de livres et a fait partie de la liste de best-sellers du *New York Times* vingt et une fois. Ses livres ont été traduits dans plus d'une douzaine de langues et sont disponibles dans les librairies du monde entier.